あの人ともういちど

色川大吉対談集

日本経済評論社

色川大吉対談集　目次

はじめに——わが一族を語る

イロイロ対談

色川武大

司会　矢崎泰久

いろかわ だいきち　一九二五〜。東京大学在学中に学徒出陣。劇作家を目ざし新演劇研究所を創立。その後北村透谷研究のかたわら三多摩地方の歴史調査に取り組み「五日市憲法草案」を発掘。自由民権研究を軸に市民運動を含む多様な社会活動に意欲を燃やしつづける。

いろかわ たけひろ　一九二九〜八九。東京牛込矢来町生まれ。一九四一年旧制第三東京市立中学入学、四五年同校中退、アウトローに身を投じ、六九年週刊誌に連載した『麻雀放浪記』で脚光を浴びる。一九七七年に『怪しい来客簿』で泉鏡花賞を受けているが、それは矢崎泰久の『話の特集』に連載したものだった。七八年、『離婚』で直木賞受賞。

（写真＝毎日新聞社提供）

武大さんとは初対面である。だが、その名は「マージャンの神様」阿佐田哲也《あさだてつや》として知っていた。「朝だ！ 徹夜だ！」の意味なのだそうである。この人のことを「作家にしてギャンブルの神様」と伝記的な小説に描いた伊集院静の長編『いねむり先生』に人柄の魅力や行状などが活写されている。私もこの作品によって武大さんの優しい温かい人柄を知った。

武大さんは若くして（二十四歳で）直木賞を受賞（作品は『離婚』一九五三年）、作家としての出発を飾った。四年後には『百』で川端康成賞、『狂人日記』で読売文学賞を受けている。戦前から浅草に入りびたり、父親の色川武夫（日露戦争の「軍神」広瀬武夫から名前をとったというほどの海軍高級将校）に反逆して道楽の生き方を選んだ。あらゆるギャンブルに手を出し、酒びたりにもなった。ただ、作家としての仕事は棄てなかった。

私との対談は一九八四年だから亡くなる五年前だ。人間として円熟していたが、自分の出自を江戸時代にまで遡って、大河小説として書きたいという意欲を示していた。そのために、「あなたの歴史の弟子にしてくれ」と申し出ていた。

もとよりこの対談を実現したのは『話の特集』の主宰・矢崎泰久さんの力だ。矢崎さんは武大さんと親交のあった人で、この対談には司会者以上の発言を随所でしている。その質、量からいって対談というより鼎談というのがふさわしい。私はこの人のお陰で色川武大という稀有な存在を知り、親交を深めるきっかけを与えられたのである。

だが、残念なことにわずか五年後に彼は他界した。東京の遊び仲間から離れ、岩手県の一ノ関に書斎を構え、大作の執筆に専念しようとしていた矢先であった。そのとつぜんの訃報を聞いて私は天を仰いで嘆いた。享年六十一。

矢崎　今を去る六百五十年前、吉野へ脱出した後醍醐天皇を擁して、色川党とよばれる水軍が活躍したという記録が古文書に残っています。有名な楠木正成が湊川で敗れ、北朝と戦った色川水軍も、やがて関東へ落ち延びた――。

さて、その末裔であるらしい色川大吉さんと色川武大さんは、名前が似ていることもあって、しばしば間違われる。ところが、一面識もないという奇妙な関係ということがわかった。そこで、初対面対談を企画し、いろいろ語っていただきました。

「はじめまして」ではじまった

大吉　出がけにポストを見ましたら、これが届いてました。（と、一冊の本を武大さんに渡す）

武大　あ、これはどうも。（献辞が色川武大になっているのを確かめて）きっと、うちには色川大吉様と書いたのが……。

大吉　いや、この小説家の方を私は知りませんので、出版社が間違えたんでしょう。

武大　並んでいる名簿があるから、書き違えたのかも知れませんね。どうも、ご迷惑をかけまして。

矢崎　ところで、お二人は初対面だそうで。改めて、わたしから紹介させていただきますが、ダイキチさんとタケヒロさんです。

大吉　はじめまして。

武大　どうぞよろしく。

大吉　お住まいはどのあたりですか？

武大　今は豊玉の方なんです。

大吉　渋谷の辺にいらしたことは？

武大　ええ、仕事場を青山学院の近くに持っていたことがあります。

大吉　わたしも渋谷の近くに事務所がありますので、クリーニング屋へ行くと、別の色川さんのを渡されることがありました（笑）。

武大　同じ店に出していたんですね。昔、平凡社に友人がいて、ときどき電話すると、出た人が丁寧に応対するんですね。ところが、色川大吉さんじゃないとわかると、急に言葉遣いがぞんざいになる（笑）。

大吉　そんなことはないでしょう。わたしなんか、この間銀行へ行ったら、女の子が「サインをいただけますか」って言うんですよ。「作家の色川さんでしょう」って。「違う」と言っても信用しない。「支店長がそう言っております」（笑）。

武大　ぼくは最近「堅い本もお書きになるんですね」って感心される。おかしいと思っていると、果たして間違えられている（笑）。

矢崎　ダイキチと武大では、確かにまぎらわしいですね。お父上はどんなお名前ですか？

大吉　わたしの父は、新しく助ける、新助という名前です。

武大　ぼくの父親は、武夫というんです。だから、ぼくはやはり一本足りない（笑）。

大吉　そういえば、全国色川会というのがありましてね。その名簿のトップが色川武夫さんです。

武大　九十いくつまで生きてたから、年の順でそうなったんでしょう。

大吉　海軍でしたか。

武大　そうです。だいたい組織に合わない人間ですから、早いうちに引退しました。ダイキチさんのふるさとは野田の方でしたね。うちは祖父の代まで土浦にいました。やはりどこかでつながりがあるんでしょうね。

大吉　ええ。土浦から分かれて、土浦には色川の本家が今でもありますからね。うちも川筋を迂回して利根川の対岸の佐原に定着したんです。いまも色川姓が多いのは石巻、塩釜あたりですね。

武大　仙台とか。

大吉　あとは土浦、石岡。

武大　松戸なんか歩いていると色川書店とか看板を見つけますよ。

大吉　だいたい全国に百世帯くらいしかないようです。

矢崎　そんなに少ないんですか。

武大　アイヌみたいに滅びかけているんだ。

大吉　それを研究した人がいましてね。本も出しているんですよ。『全国色川姓の分布研究』というんです。わたしは自分の先祖なんかどうでもいいと思っていたから全然無関心だった。それが別の人が調べまして、面白いことをする人がいますね。

武大　ぼくも小さい頃、親父から昔の話をきれぎれに聞かされて、その頃は自分は自分だと思って反発していたけれど、年とったせいか、どうも人間ってのは、二、三代かけて時間をかけて、貯金でつくられていくような気がしないでもないですね。生まれちゃって小学校、中学校あたりで直そうとしても、どうも原点の方で何代かかけて子供ってつくられていくようだ。ぼくなんか何にも努力も勉強もしないで貯金で食っている（笑）。

大吉　そうですね。ぼくら色川なんて特別な姓でしょう。困りましたね。早い話が、ぼくは堅い仕事をしているでしょう。講演なんか呼ばれても、名前のイメージと書いている本のイメージと実物が一致しないらしいんです。前に最高裁の裁判官をやっていた色川幸太郎さんは、東大新人会出身の人で、左翼の社会運動なんかの弁護をやっていたんだけど、その人がこぼしていましたよ。国民審査ってあるでしょう。あのバツをつける。その時に「おれは国民のために一番奮闘しているつもりなのに、他の人より五十万票も×印が多いんだ」って言うんですよ。色川幸太郎さんのところだけガクッと票が落ちるらしいんです。最高裁の判事にふさわしくない名前だって思われて。

武大　それでね、寺内大吉さんが言うんですよ。色川大吉ってのは、色川武大と寺内大吉を合わせたような名前だってのに、全然ギャンブルもしないしヘンな人だね、って（笑）。

大吉　この間寺内さんにお目にかかりましたよ。寺内さんは「わたしは大吉寺です」って言うから、わたしは金が貯まったら大吉堂を開くつもりですって言ったんです（笑）。

武大　あちらは本名じゃないんだ。寺内大吉ってペンネームなんですよ。

矢崎　武大さんには阿佐田哲也というペンネームがあるけど、色川を使いたくなかったんですか？

武大　それはあったみたいね。子供の時は、アクの強い名前より、普通のありふれた名前の方がいいと思ってた。大人になってからはあまり安使いしないようにしようと……

大吉　やっぱり四十過ぎてから、わたしもそう思うようになりました。色川大吉っていうと電話で一発でわかる点は便利です。

武大　銀行や役所で名前呼ばれるでしょう。たいがいシキカワさんて呼ぶんですね。あれはどうも、イロカワと呼んで間違ったら悪いと思っている（笑）。

音に聞こえし悪党色川

矢崎　色川神社というのがあるそうですね。

大吉　那智勝浦町の色川地区（旧色川村）にある。紀伊半島の突端に近いです。

矢崎　ずい分遠い所にありますね。

大吉　土浦にはあっちから来たんですよ。

矢崎　元々は那智勝浦なんですね。

武大　それが色川郷っていう戦後になってようやく電気が引けたっていうくらいの山の中なんだけど、ぼくは色川って姓の人がたくさんいるのかって思っていたら、一人もいない。

大吉　みんな出ちゃったんですね。大正時代まではいたらしいんですよ。一人もいなくなって色川村は那智勝浦に合併された。色川郵便局とか、色川農業組合とか名前としては残っていますがね。

武大　水がきれいでいいところです。みんな人間らしい顔をしているのね。不思議に僻地の方が人間らしい顔をしている。

矢崎　那智勝浦ってところは滝があるんでしょう。

武大　そう、銅山があって、熊野川の急流だから川は澄んでいるんだけど、ひとつだけ濁った川があって、それで色川ってつけたらしい。

大吉　わたしが那智の方から来たってことを知らされたのは戦争中、大学の国史学科に入ってから。東大に平泉 澄《ひらいずみきよし》さんっていう神がかりの教授がいたんですが、その人に「色川神社にある後醍醐天皇の綸旨《りんじ》を知ってるか」って言われて、その時ですね。

この方の専門は永六輔さんなんですが、あの人紀伊の山の中なんかくわしいでしょう。紀伊の山奥に平家の残党グループが悪党集団をつくっていたんですよ。中世の文書には悪い奴はみんな悪党って出ている。色川族っていうのは悪党なんです。後醍醐天皇の綸旨は二通あるんですが、楠木正成が湊川で戦死して天皇が吉野においやられていますから自分の力はないわけです。それで吉野のずっと奥の紀伊の悪党どもに挙兵せよ、という一種のアジテーションですね。その内の一人なわけです。色川兵衛《ひょうえ》盛氏《もりうじ》というのは。

矢崎　それが現在では百世帯くらいしか残っていないということは、色川族は子孫が繁栄しにくいのかな。

大吉　そうかもしれませんね。名前がいやで養子にいっちゃうんでしょうか（笑）。

矢崎　武大さんのところは子供がいなくて、ここで終わりですね。大吉さんは？

大吉　男の子が一人だけです。

武大　もう、やっぱり古い血なんですね。だからさかりの頃は過ぎて、そのかわりピュアに、純粋になっていく。

大吉　さっき武大さんがおっしゃってたけど貯金があって、おれ一人で勝手に生きていると思ってたら、意外に三代四代前の遺産を食っていたって本当ですね。わたしは明治の自由民権運動を研究していたでしょう。気がついたら色川三郎兵衛という人が自由民権家なんです。茨城県土浦の第一回代議士なんですが、なんだ自由民権はおれ一人ではじめたと思ってたら、ちゃんといたんです。

武大　その三郎兵衛っていうのは、ぼくの三代か四代前なんですよ。

大吉　三郎兵衛はなかなかの人で、その親父の三中《みなか》は色川文庫という四万点くらいの文書を残したコレクターだったんです。

武大 庄屋だったらしい。だいたい庶民の銭を収奪した家は、何か国学をやったり、社会意識に目ざめたり、そういう血がある。たしか天狗党にもいたんですよね。

大吉 ええ、勤皇の志士もね。

武大 ぼくは那智にもう一度行ってみたいんです。どうも住みつきたくなりそうな気がする。空気はいいし、南国で木が多くて男性的なんだな。まあ、バクチはできないけど（笑）。そういうところでなきゃ生まれ変われない。

大吉 新宮が近いですね。あそこからは革命児がたくさん出ている。

武大 それで秘史というか、正史でないものを読むと、由井正雪の最初のカミさんが色川の出とある。謀反心もあるようです。

大吉 もともとは紀伊の悪党ですからね。東大寺文書には頻々と『悪党色川』と出てきます。

矢崎 悪党が肩書きになってる（笑）。

武大 要するに野蛮人だったんだ（笑）。

大吉 色川党の連中が水軍と一緒になっていろいろやったんですね。

武大 色川水軍については、書かれたものがかなり残っているようです。

大吉 古文書には出てきますね。

矢崎 たどれば同じ血ということに……

大吉 武大さんは悪党の本流で、わたしは幕末の学者の道を継承した（笑）。

武大 中上健次が新宮でしょ。色川党をよく知っていましてね。あの辺のアウトサイダーで、いわば同胞だって言う。あの喧嘩っぱやいのが、ぼくにだけはからんでこない（笑）。

矢崎　色川党の再興でもはかったら。

大吉　いやあ、たいした一族はいないみたいですからね（笑）。だいたい拡散し過ぎちゃってます。那智の郷土史家の人が全国的に調べられたようですけど、百軒ぐらいしか残っていないんですから、まあ、紀伊の山奥に山林でも持っていれば、独立王国も夢じゃないけど（笑）。

色川にいろいろあって

武大　親戚以外で色川という姓の方とおつきあいはあるんですか？

大吉　ええ、あります。講演なんか行くでしょう。そんな時訪ねてくれたりして。

武大　銀座のバーに、色川という姓の女の子がいましてね。仙台の方らしいんですが、飲んでいても親子で飲んでるようで、面白くもなんともない（笑）。

大吉　色川幸太郎さんは大阪が本拠なんですが、もとはやっぱり土浦なんです。最高裁にいらした頃にお目にかかったんですが、たいへんに優しい紳士です。わたしは同姓のためひとつ迷惑したことがあるんです。幸太郎さんは新人会時代に林房雄と仲間で、林房雄をひどくやっつけたらしいんですね。

武大　そんなお年の方ですか。

大吉　八十二、三歳でしょうか。今でも大阪の弁護士会の大御所役をやってるんです。かくしゃくたるものです。で、若い頃に林房雄とやり合ったものだから、その恨みを林さんが根に持ってましてね。

わたしが『明治人』という本を出したら、「あいつだ！」と思ったらしく、東京新聞で五回にわたって、ひどいやっつけられ方をしました（笑）。これは書評なんてものじゃなくて、遺恨のある文章だ。腹が立ったから、反論を出したら、「失礼した、間違えちゃった」ですって（笑）。

武大　それは災難でしたね。

大吉　色川党にしても、幕末から明治にかけては、とても面白いんですね。武大さんのところをとっても、四代前の色川三中から三郎兵衛、国士、武夫さんと、もう波瀾万丈。

矢崎　大吉さんの方はどうですか。

大吉　わたしの方は女系なんです。その分家の娘が佐倉藩の奥女中にきて、出入りの腕の立つ職人と駆け落ちして、それが善助というひいおじいさんなんですが、全部婿なんですよ。わたしの曽祖父も親父も、みんな婿なんです。だからちょっと陰《いん》にこもってるわけなんですね。波瀾万丈ってわけにはいきませんね。武大さんの系統の方が荒くれですよ。自由民権や軍人をやったりして。

武大　祖父はすごい人だったらしいんですね。それが一生失敗し続けるんだけど、振りが大きいのね。十五、六歳で出奔しちゃって江戸の書店に友だちがいたから、そこで石版印刷を始めるのね。それで友だちとアメリカへ技師を雇いにいった。ところがサンフランシスコへ行ったら西部の方にはまだ印刷機がきてないっていうので、皿洗いなんかしながら南米へ行ってニューヨーク回って技師を二人連れてきたの。だけど高給払うから商売になんないのね。何年かしたら日本人に技術を伝播させようとするんだけど、日本人が憶える前に二、三年で技師に逃げられちゃった。それで失敗して今度は大蔵経《だいぞうきょう》っていう仏教の予約出版みたいなのをやって、それが日本で最初の大蔵経って言われてるのね。

大吉　それは出版史に残っていますよ。大蔵経の出版っていうのは有名な話ですよね。

武大　それも失敗したんだけど生家の金は使っていなくて、まだ大破産はしないのね。

矢崎　金持ちだったんですね。

大吉　水戸藩の豪商ですからね。

武大　その後、例の利根運河の、土地を買い占めて生家が大破産する。何も成功しなくてころげまわって一生懸命やっていたのね。

大吉　その前の世代まではいいんですよね。利根川の水運を開いたり、機械船を入れたり。水運がだめになったら今度は常磐線を敷くんですね。土地の功労者なんですよ。次がいけないわけだ。だんだんころげ落ちていく（笑）。

武大　いよいよ終わりのところまで来た（笑）。

大吉　わたしの祖父は女房を七人代えましたからね。戸籍を見てびっくりしちゃった。結婚、離婚、結婚、離婚……みんな十八くらいで入籍して二十八、九で離婚ですよ。

矢崎　それはすごい。

大吉　わたしが中学生くらいの頃は、二十九くらいの祖父の妻、つまりおばあちゃんがいました。わたしの母が五十くらいで、戸籍上そのお母さんにあたる人が娘みたい。おばあちゃんとは呼べないから、なるべく代名詞を使わないようにして。それでも七番目のカミさんにまだ不満なんですよ。祖父はしまいには検番の社長になって置屋を経営して、芸者は半玉から水揚げされて一人前になるでしょう。それをじいさんがやるんです。わたしの小学校の同級生なんかも後に水揚げされたんです。それ以来、わたしは反動で真面目になっちゃってね（笑）。

武大　だから貯金で食ってるような気がする（笑）。

大吉　面白いものですよね。わたしの母は十二人子供を産んだ。わたしは二番目なんです。正確にいうと、上三人が死んだから五番目なんですけど。

武大　ぼくの親父は十八人兄弟の長男なんです。

矢崎　色川ってのはムチャクチャなんだなあ（笑）。

武大　大正から昭和に入って突如ダメになるんです。

大吉　生産力が急激に落ちるんだな（笑）。

　母の代までは九人いたから食事は一、二、三で二テーブルで食べはじめるんです。パッと箸をつけないと、のろいやつは葉っぱしか食べられない。それにしても面白いんだ。だるま抜きってありますよね。あれみたいに一つずつ、わたしの兄がグレていて反動でわたしが真面目になる。弟がグレる。その下が真面目……一本置きになるんですね。

武大　兄弟なんてそんなものですよ。兄貴が真面目だと弟がグレる。兄貴がグレると弟が真面目になる。ああいうふうになっちゃいかん、と思うのね。ぼくの弟なんかサラリーマンでわりに真面目ですよ（笑）。

大吉　わたしの兄は中学の頃から芸者買いやっていましたし、同級生が次から次へと知った人に水揚げされるのを見ていて無残でしたね。反発するでしょう。下の弟はまたこれがヤクザなんですね。その下が商店主で、そのまた下が悪い。

矢崎　じゃあ、息子さんはどうなるかわからないね。親父が真面目だから。

武大　もう少し小さい頃にぼくのところに預けてくだされればカーッと真面目になったでしょう（笑）。

大吉　ぼくがいつも夜、寝ながらつくづく思うのは人間らしいたのしい人生を送ったのは、上とか下のやつで、間にサンドイッチのように挟まったぼくたちは寂しい、つまらない人生を送ったんじゃないか、とよく思いますよ。やりたいことやるんですから。それで尻ぬぐいはこっちにくるんですから。

武大　いや……傍目に面白そうでも面白いことばかりじゃないから（笑）。

姓は色川、名は……

矢崎　色川大吉にせよ、色川武大にせよ、何というか決まっていて、実にいい名前ですね。

大吉　わたしの場合は、もう後がない（笑）。

武大　ぼくは、いっそ色川大凶と改名しようかな（笑）。大凶は大吉につながるもの。

大吉　そうですよ。陰の極だから、もう悪くなりようもない（笑）。息子が生まれた時にどうやって名前をつけようか、苦労しましたよ。はじめは雄大とつけたんですが、もし、痩せて細いやつだったら、どうしよう、とかね。

武大　上の苗字が色川なんてのは、名前そのものとしてはよくても苗字にそぐわないってのがありますよね。わりに振りの大きい名前の方がいいんじゃないのかな。昔、親父に聞いたら武大ってのは金瓶梅の隠語だっていうんだ（笑）。

大吉　それはお父さんが考えたんでしょうかね（笑）。

武大　まあ、最初に考えなかったにしても、どうもね……

矢崎　それで大吉さんの息子さんは何て名前にしたんですか。

大吉　回り巡って結局、テーブルを見る、卓見にしたんです。上にフザけた名前があるから、下はガシッとまともでなくちゃいかん。普通のまともでなくて大きなね。

武大　スケールの大きい名前がいいんだ。色川なんていうのは。おとなしい無難な名前だと釣り合いがとれないんだな。

矢崎　苗字に影響されるんですね。でも、色川って苗字は気にいってるんでしょ。

武大　成人してからは居直ったね。でもぼくは色川大吉さんじゃなくても、小説書きに先に色川って名前の人がいたら使いにくいな。その山田とか鈴木ならいいんだけど、二番煎じが目立つのね。

大吉　そういえば、ペンネームで色川っていないですね。みんな色川がペンネームだと思っているくらいですから。

武大　ぼくなんか阿佐田哲也が本名で色川武大がペンネームだと思われている（笑）。

矢崎　大吉さんの方はペンネームというか別名を持っていないんですか。

大吉　あります。三木順っていうんです。ぼくは新協劇団にいたから。

矢崎　三木淳という写真家がいますね。

大吉　ええ、だからぼくは区別するためにイチをつけて順一にしたんです。劇団の時にはそれで通していたんですよ。

矢崎　地方巡回劇団でずっと歩いていたんでしょう。

大吉　ええ、内田良平なんかは無二の親友だったんですよ。この間、死んじゃったけど。

武大　あの人があんな年だとは思わなかった。

大吉　五歳差し引いていたんです。

武大　杉浦直樹もいっしょですか。

大吉　直樹は一つ下です。小松方正もいました。

矢崎　役者もやってらしたんですか。

大吉　いや、演出だけです。直樹とか方正とかは同窓、一年上に西村晃がいたんです。

矢崎　すると大吉さんはわりに昔、軟派の方だったんですね。
大吉　ええ、ぼくは途中からかたぎになったんです。根っからの悪党じゃなかった（笑）。
武大　だけどぼくは名前負けするからあんまり色っぽくないもんね。昔「あんたは色川じゃない。内川だ」って言われたんですよ（笑）。
大吉　そうですね。作品にはあまり色っぽいのありませんね。
武大　濡れ場を書くのは、下手でしょうね。たぶん貯金が邪魔してるんだ（笑）。
大吉　貯金の問題ですね。永井荷風もあんまり濃厚な濡れ場みたいなものは書かないですね。前後の匂いだけで。
矢崎　学者っていうのは面白くないものだと思うんだけど、学者になるって決心はいるんですか。
大吉　ええ、決心はいります。やっぱり芝居の世界の方が面白いでしょう。
武大　それは学生の頃ですか。
大吉　いえ、いえ。卒業してから。要するに職業として選んで新協劇団の研究所に入ったわけですから。兵隊から帰って学問は放棄しちゃって。戦争後に学問などバカバカしくてできないわけですよ。戦前の学生でしょう。世の中がひっくり返って卒業はしたけれど、劇団に入っちゃったんです。その後結核になって、肺を切除しちゃった。それでやむなく、一番メシを食いやすい学者に戻っちゃったんです。
武大　それでも、ぼくなんかに較べたら、ずっとマトモでいらっしゃる。
大吉　毎日新聞の日曜版に連載されているのを読むと、わたしよりずっと説教が上手だ。
武大　ああ、あれはときどきむなしくなってくるんです。貯金で生きているのに、人に安説教しているようで（笑）。

大吉　十代くらいの劣等生に向けて諄々と説いているような感じですね。これからバクチを打ちたいっていう子に向かって（笑）。

武大　あそこはお母さんの読者が多いので、最初は劣等生に向けて、と思ったんですけど、お母さんには何代かかけて、そのつもりで子供を、と言いたいんだけど、それじゃあ今日の問題じゃないから。

ヨーロッパなんかではキリスト教の宗教文化が根づいているせいか、インテリゲンチャはインテリの筋でものを考えたり本を読んだりとか、八百屋さんは八百屋さんの筋で考える。自分たちの、何か道があるような気がするのね。どうも日本ではあらたまって何か考えようとすると、教養主義のルートにいったん入っていかなきゃならんのね。せめてぼくなんかインテリゲンチャのルートではなく、ちがうルートからちがう言葉でつくっていく必要があるんじゃないかと思ってる。大吉先生の裏の仕事のようなことですね。

大吉　独特の語り口ですからね。おそらく福沢諭吉が最初に口語体で書いた時もそんな気持ちだったんでしょうね。それまでの侍言葉をいっさい捨てて、町人言葉で世の中のことわりを説いてやる、ってな調子ではじまりますよね。毎日新聞の連載は楽しみにして読んでいますけれど。

武大　秋から『不良少年の旧約聖書』ってのを始めるんですよ。とにかく宗教から入らないでね、聖書を読んじゃうっていう。なるべく日常的なものと聖書とをつなげたい。難しいんですけどね。

大吉　多分成功するんじゃないでしょうか。ああいうやわらかい話で日本人の独特の哲学みたいなものを展開してゆくんですから。それがややこしい理屈じゃなくて、話があっちにいったりこっちにいったりしながら次第次第に核心に迫っていくようにできていますし。

武大　もう少し、もうちょっと認識論をやりたいな、と思うと歯止めがかかったりして。

大吉　うん、なるほどね。

武大　ところで、軍隊は外地ですか。

大吉　いえ、海軍でまさに那智勝浦の近くにいたんです。後で気がついたんだけど。鳥羽や伊勢湾の答志島《とうしじま》とか。ずっとあの辺の沿岸警備です。

武大　それじゃ相当、危ない目にも合ってるわけですね。

大吉　よく、米軍のP51戦闘機と撃ったり、撃たれたりしましたけれど……かえって東京にいて爆撃を受けていた人の方が危なかったんじゃないですか。

武大　あの戦争では、なんか原点を見ちゃったようなところがあるのね。地面が泥だったんだ——という感じが。前にあった建物は飾りにすぎなくて、もとは泥なんだという。

大吉　もとがあって、そのうえに人間がたまたまつくった脆いものなんですね。

武大　理屈でなく実景を見ちゃったっていうか、ぼくだけじゃなくてあの年頃の、それが良かれ悪しかれ、悪い方にも出てきちゃって、すぐ信じないとか、確証ができないとかあるんですよ。

大吉　ええ、廃墟に立つと東京にはじつに山坂が多くて。ずーっと海が見通せて、ああいう元の東京の景色がわかってきた。今はビルが立ち並んでいて、でこぼこしているけど、実はちょっとした丘からでも海が見えるんだ、とかね。いつも二重写しに見えますもんね。

武大　ぼくは子供の頃、関東平野っていうのは地図見ると青いからたいらなところに立っていると思っていたんだ。それが焼け跡はこんなにデコボコしていて丘陵地帯があるとか、そういうことは眼に見えないとちょっとね、観念として知ってても違うんだな。

大吉　わたしは四十歳くらいまで朝起きて、ああ、手足がくっついているなァ──という感じがあったんですよ。戦争中には、いっしょに寝ていたやつが次の朝には手足がなくなっているということがあるわけですよね。おれは手足がくっついている、と。おれがこうやってまともに生きていられるのは、まったくの偶然で、何かふにゃふにゃした、生きていることが不確かな、どこか着地できないような不安感がずっとありましたね。ああいうのは確かに理屈でいくら言っても通じませんね。人間ってのはしょせんチョボチョボだって言うのが根本にあるんですよ。

武大　やっぱり空襲の次の日の朝、付近の知り合いの家なんかどうなってるかなと思って歩き回っていると、往来をどうしても死体をまたいで行かないと避けて通れないような、ボロボロ一ヵ所にたくさん死んでいて、そういう所へ行くとね、本当に人間て瑣末なところでは違うけれど大体、大差はない。で、それまでぼくはまあ、劣等感はきれいさっぱり無くなんないけど、やっぱり死体の山を見た時に、多少おれはずるけていても大差はないんだなあと思ってきたのね。

武大が大吉の門下生になる⁉

武大　前からやらなきゃいかんと思っているんですけど、努力家じゃないものだから。最低のところから生まれて、独特ののし上がり方をして戦争商人になっちゃう奴と、さっき話に出た祖父のことを書いてみようと思っているんです。昔の本は建前みたいなものは書いてあっても、庶民生活の空気がさっぱりわからない。

矢崎　大吉さんに弟子入りしますか。

大吉　こういうものが必要なんだ、とおっしゃってくださいよ。御前講義しますから。

武大　イメージが出てくるような手がかりが欲しいんですね。シチュエーションは立つんだけど、なかなか……

大吉　幕末から始めるんですか。

武大　庶民の方は天保くらいから。飢饉くらいからね。

大吉　そうですね、書かれた史料ってのは表向きのことですから、時代の空気とか匂いとか感じが表現されていないんですよね。

武大　要するに氷山の下の部分が大きくないと書いていても自分が安定しないから、直接使うんじゃなくても、知れるだけ知りたいっていうことはある。特にフィクションなんか作っていくと、そこがアカデミックでないぼくなんかの泣き所で、ちゃんと大筋から別のものが産み出せればいいんだけれど。ひとつ弟子に、よろしくお願いします（笑）。

大吉　それは筋書きをお聞きしてこういうテーマでこういう時代と、おっしゃっていただければ、お読みになってイメージがわいてくる生々しい資料はたくさんありますからね。近頃庶民史研究とか生活史研究とか民衆史研究とかさかんになりましてね、明治のものでも新しい発掘が随分あるんですよ。刊行文書じゃなくて日記とかね、だれだれ何衛門の一生みたいな。これは家庭の中にも血で血を洗うような暗闘もあるし、部落の中とか、出世のために人を沈めていくようなギラギラしたものが書かれているわけです。そういう原史料を読んでいくうちにイメージができていくんですよね。特に幕末から明治の終わりにかけては本当に面白い時代ですからね。

矢崎　今日は面白い話がたくさん出てよかった。でも武大さんはこれから弟子になるからたいへんだ。弟子ですよ、この人は（笑）。第一、すぐ眠っちゃうから。

大吉　いや、まだものになるかどうかわかりませんから（笑）。

武大　外国へ行くとイロカワって言いにくいらしいんだ。それでおれはブダイでしょ。だから仏陀って言われるの。「ブッダ、ブッダ」って。悪い気持ちがしないから、困っちゃうです。

大吉　ブダイって魚がいるんですよ。武大さんに似ている。顔つきが似ていますね。

矢崎　フィリピンの沖の方に多いらしいですね。

大吉　日本でも四国の沖とかね。

矢崎　武大さんにはナルコレプシーという業病がとりついているけど、大吉さんは糖尿は大丈夫なんですか。

大吉　ええ、心臓の関係でニトログリセリンはいつも持っています。去年の暮れに女子医大に入院して、油断すると悪くなるって脅かされたものでね。

矢崎　弁膜症ですか。

大吉　いや、動脈硬化が二ヵ所ばかりあるんですよ。切っちまえばいいんでしょうけど。

武大　ぼくの友だちが弁膜症で、乃木坂の心臓血管研究所に行ってたんですけど、あそこはいいみたいです。煙草だけはやめましたけどピンピンしてますよ。

大吉　今はすごいことやりますからね。動脈に穴をあけて心臓まで管を入れて撮影するんですから。

武大　バリウムを入れるんでしょう。

大吉　そうです。

矢崎　胆石も手術しないで取る方法があるんでしょう。管を口から入れて胃を通して胆石のところにくると管の先がふっと開いて胆石をつかんで取っちゃう。

武大　それは胆石じゃなくて胆管に石があるんじゃないの。
大吉　この間いただいた武大さんの本の一番最後の作品を思い出しましたよ（笑）。
武大　あのお医者さんは、ぼくは親愛をこめて書いたつもりなのに、どうもあれ以来気まずくなっちゃって（笑）口きいてくれない。
大吉　そうですか、ずい分あたたかくやさしく書いているのにね。
武大　あの人も神経つかうから、つかい過ぎてちぐはぐになって円滑にしゃべれなくなっちゃったっていうところがあるのね。
矢崎　何かうっかり言ったらまた書かれるんじゃないかと。ところで、血液型は大吉さんは何型ですか。
大吉　ぼくは単純A型です。
武大　ぼくは単純B型です。
矢崎　イロカワ一族は何型って決まっていないわけですね。
武大　それほど純粋じゃない。
大吉　それこそ、いろいろな血が混じってしまっているようですね（笑）。
武大　飯沢匡さんのお母さんが、色川三郎兵衛、つまりぼくの祖父の妹なんです。だから又従兄弟にあたるのかな。それで、叔父、甥のようなつき合いになっちゃった。
大吉　ですから色川と名乗る者は、たどってみれば、みんなつながるでしょうね。
武大　間違って食べ物が贈られてきたら、開けて食べてしまってもいいわけで（笑）。
大吉　そう、それはすでに実行している。

武大　ぼくは選挙の応援演説なんかまるで駄目だけど、大吉さんは市民運動も積極的にやられているし、街頭で多数の人を相手に話すこともあるでしょう。あれは最初は緊張することもあるでしょう。最初は緊張するものですか？

大吉　ええ、最初はね。

武大　でも、学校で教えておられるから。

大吉　そうですね。だけど学校とは違うからどんなのがいるかわからないし、年齢も関心もみんなバラバラだし。でも、だんだん慣れてくるんですね。

武大　大吉さんは選挙にお出になる気はないんですか？

大吉　毎年選挙になると、出ろ出ろと言われるんですよ。「あんたは名前がいいから有利だ。売り込む必要がない」って。住まいが八王子ですから、市長選っていうとよく来ますわ。「冗談じゃない。やるとしたら文部大臣なら一年やってもいい」と答えることにしてるんです。試験制度を全部廃止して、東京大学なんて、入りたいやつはみんな入れて、国技館なんかにパートの教授を集めてやらせる（笑）。それくらいやれるなら、面白いからやりますよ。

武大　それは面白い。

矢崎　今日はイロイロなお話をどうもありがとうございました。これを機会に、大いに親戚づき合いをやってください。

武大　いや、ぼくは弟子になったわけですから、色川ゼミに聴講に行くことにします。

大吉　生徒もいいですけど、講師もやってください。

（対談は七月三日、原宿・楼外楼飯店にて収録。『話の特集』一九八四年九月）

歌、女、映画を語る

たかみね ひでこ　一九二四〜二〇一〇。函館生まれ。一九二九年、松竹蒲田撮影所に結縁、野村芳亭監督の『母』でデビュー。三七年東宝に移籍、五〇年フリーとなる。五五年松山善三と結婚。代表作は木下恵介監督の『カルメン故郷に帰る』『二十四の瞳』『浮雲』『喜びも悲しみも幾年月』など。一九七九年引退。

（写真＝毎日新聞社提供）

歌は心、歌はひと

高峰秀子

同世代と語った愉しい時間

高峰秀子さんを自宅に訪ねる前に、彼女の自伝的なエッセイ『わたしの渡世日記』を読んでいった。彼女には私の本『昭和史 世相編』を贈っておいたのか、憶えていないが、よく読んでくれていたので、話はとんとん拍子で進んだ。たがいに呼《い》吸《き》が合い楽しい時間であった。

彼女の豊かな経歴とカンの良さが、この対話を支えてくれた。それに私が若い時代に演劇や映画に熱中していた経験があったこと（新協劇団や新演劇研究所などで発声法や近代舞踊や演技指導を受けたこと）などが役に立った。この速記はどなたが起こしたのか記憶はないが、一九九一年、平成三年七月に小学館発行の『本の窓』に掲載されたから、その編集部員が努力してくれたのであろう。まことによい速記になっていて感謝している。

高峰さんは、一九二四年生まれで私より一歳上だが、ほとんど同世代といえる。映画の世界からは五十代で身を引き、沢山のエッセイ集を出したり、理解のある夫、松山善三氏（元映画監督）と家庭の幸福を享受している。ベストセラーとなった高峰秀子のレシピ『台所のオーケストラ』（婦人画報社刊）などがそれを語っている。

梅原龍三郎など各界の芸術家や著名人に知己が多く、でこちゃんと愛され、高い評価を受けていた。最近でもその名作がリバイバル上映され、昭和を代表する国民的女優としての人気を持続している。出演作品は百六十本を数える。日本アカデミー賞、エッセイストクラブ賞など十余の賞を受賞している。二〇一〇年十二月肺がんで死去した。享年八十七、であった。

映画と流行歌

高峰　色川先生の『昭和史 世相篇』を拝見しますと、色川先生は映画もよくご覧になっているし、歌もじつによくご存じですね。

色川　祖父が田舎の映画館の経営に関係していたものですからね。映画は子どもの頃から浴びるほど見ました。高峰さんのお書きになった『わたしの渡世日記』に出てくるような映画は、ほとんど見てますよ。子役で出ておられた高峰さんの印象で、特に鮮烈に浮かび上がるのは、やはり「馬」からですね。

高峰　あれは昭和十六年。三年かかって撮ったんですから、今から考えるとずいぶんぜいたくなことですね。私が十四歳から十六歳にかけてでしょう、子役なのにオッパイがどんどん大きくなって困った記憶がある（笑）。

色川　五歳で映画界に入られて、今日まで百本以上の映画に出演されてきた。その間、時代もずいぶん変わったけれども、好きな歌とか思い出の歌とか、いろいろありますでしょう。

高峰　私は北海道で生まれて、三歳半のときに母が死にまして、四歳半くらいのときに東京の親戚にもらわれてきたんです。そのとき最初に覚えたのは「紅屋《べにや》で娘のいうことにゃ……」という歌。それと当時はチャールストンがはやっていましたね。

　それから一年半もしないうちに松竹へ子役として入ったのですから、歌は幼いころから身近にあったわけです。「サーカスの唄」とかね。あれは昭和八年くらいかしら。「旅のつばくろ寂しかないか……」。何かじめじめしていて苦手だけれど。

色川　ぼくは「愛染《あいぜん》かつら」。この歌でぼくの人生変わってしまった。

高峰　お幾つのときですか。

色川　十四歳くらいでした。軍国主義の時代で、ぼくも陸軍の学校を目指していたんですよ。そのとき映画で「愛染かつら」の三部作が大ヒットして、ぼくも見たわけです。ヒロインの田中絹代さんが主題歌を歌った。

高峰　「花も嵐もふみ越えて……」。

色川　それぞれ（笑）。人生にはこんな素敵な恋愛というものがある（笑）。それで軍人になるのがばかばかしくなったんです。

高峰　ずいぶん早熟でしたね（笑）。

色川　それで高校（旧制）受験へ切り換えました。それともう一つ、忘れられない歌は「涙の渡り鳥」。

高峰　「雨の日も風の日も泣いて暮らす……」。

色川　母がいつも歌っていたんです。私の母は好きな男がいたのに、無理やり親のきめた婿をとらされた女なんですよ。いまも元気ですけどね。その母がいつもこの歌を歌っていたんです。私がまだ小学生のころから。だからこれを聞くと昭和の初めの時代が思い浮かぶんですよ。そしてほんとに女というものに同情したんです。

高峰　日本の歌は全部、涙節ばかり。

色川　実際の生活が暗かったんですよね、家の中も。それで、自分よりもっとみじめな者の心を歌うことで、救われていたんでしょうね。

高峰　「酒は涙か溜息か」で、「雨の日も風の日も泣いて暮らす」ですから。

色川　「酒は涙か……」は名作ですね。今でもカラオケで、中年層以上に依然として歌われているようです。

高峰　好き嫌いは別として、確かに名曲ですね。それと「出船」もいい。

色川　「影を慕いて」とかもね。ほとんど満州事変前後のものですね。高峰さんもいろんな歌を歌われたでしょう。

高峰　私は十二歳のときＰＣＬ（東宝の前身）に入ったのですが、東宝は松竹と違ってミュージカル風の映画が多かったのです。しゃべっていて、それがスーッと歌になって、歌が終わればまたお芝居になる。歌というのは私にとって、台詞《せりふ》の延長だったのですね。

ですから「銀座カンカン娘」でも何でも、レコードに吹き込むようにいわれても、「私は歌は素人ですから、歌のプロじゃない者がレコードにふきこむなんていうことは、おこがましいから絶対にいや」って、一度も吹き込んだことはないんです。映画の中ではたくさん歌っていますけれども。レコードはフィルムからとったものです。

ちょうど「馬」の撮影のころでしたけれども、どうも自分の発声が気に入らないんです。当時のことですからマイクもよくなかったのだけれども、自分の台詞がもごもごして自分でも気に入らない。それで発声を直したいと、東宝の音楽室へ相談に行ったのです。そうしたら、発声の先生はいい方のほうがいいでしょうと、いきなり連れていかれたのが長門美保さんと奥田良三さんのところ。お二人とも当時オペラの第一人者です。

私は二年間、自分で月謝を払って交互に通いまして、ずいぶんしごかれましたが、やっぱり一流の先生についてよかった。いろいろなオペラの発声法を習いました。火のついたローソクを口の前に置いて大きな声を出しても、炎は絶対動かなくなりました。

色川　発声が悪いとローソクの火は消えるんですか。

高峰　息が多いと炎は揺れて、消えてしまいます。訓練すると、その息が全部声になるのです。オペラの人は絶対にマイクを使いませんでしょう。息が全部声になるから、どんなに大きな声を出しても、炎は絶対に揺れない。横隔膜からお腹だけではなく、背中まで息というのは入るものなのです。そういうことも覚えまして、しっかりした発声ができるようになりました。

戦中・戦後

高峰　戦争中、女優はよく軍の慰問に駆り出されまして、歌を歌わされました。会場が航空隊の場合は格納庫だし、陸軍だと野外です。そうすると、変なマイクなんかあっても全然だめなんですよ。そういうとき、マイクなしで歌ったのは私だけ。

色川　格納庫は天井が高いですからね。どういう方がご一緒だったんですか。

高峰　山田五十鈴《いすず》さんが清元を歌ったり、入江たか子さんは何もできないのでご挨拶だけ（笑）。長谷川一夫さんが日本舞踊を踊ったり、淡谷のり子さんがブルースを歌ったり。

色川　豪華メンバーだったんですね。高峰さんは何を歌いましたか。

高峰　私、涙節はいやなの。軍歌もだめ。それで結局「谷間の百合」。「折らずに置いてきた……」って、あったでしょう。それから「出船」とか「波浮《はぶ》の港」とかね、そういう歌。

軍歌でも、「空の神兵」というのがありましたね、落下傘部隊の歌、あれは私、名曲だと思いますよ。「藍より蒼き……」っていうの。

色川　明るくてほんとにいい歌ですね。名曲ですよ。昭和十六年、七年ころは日本がまだ戦争に勝っていたから、あのころの歌は「ラバウル海軍航空隊」なんかも割にのどかなんです。

でも大体暗いですね、日本の軍歌というのは。悲壮感があって。だからアメリカのジャーナリストなんかは、日本の軍歌は戦意を昂揚させるんじゃなくて、かえって戦意を失わせるんじゃないかって不思議がったといいます。

高峰　「ここはお国を何百里……」というの、あれなんかほんとに悲しくなっちゃいます。

色川　悲しい歌ですよね。悲しい歌のほうが、自分のお母さんや妹のためにおれは頑張るんだという思いをかきたてるのかもしれない。国家のためとか東洋平和のためとかではなくて、最後はもう、自分のふるさとや母や妹のためということで納得するのですから。

私は軍隊には一年くらいしか行ってないんですが、兵舎で一番よく歌われたのは「五木《いつき》の子守唄」とかそういう歌でした。自分が死んだとて誰が泣いてくれるって。

そんなふうに戦争中でも、軍歌の陰でいろいろな歌が歌われ続けてきた。それが敗戦後ガラッと変わって「リンゴの唄」とか「銀座カンカン娘」とかで、一種の解放感を感じた。

高峰　「東京ブギウギ」とかね。笠置《かさぎ》シヅ子さんは「銀座カンカン娘」で私の友だち役で出てますが、私は笠置さんのファンでして、浅草でもどこでも追いかけて聞きに行ったものです。

色川　あの人のステージは、まさに敗戦後の占領時代のイメージにぴったりでしたね。戦前、戦中の暗さがいっぺんに吹っ飛んだ感じでした。私もよく覚えているんですが、昭和二十年冬の敗戦直後でいちばん食糧難のころ、軍隊から復員して千葉の田舎にいたら、灰田勝彦さんがギターを持って流しに来たんですよ。出演料はいらないからお米と木炭をくれといって、坂本座という小さな映画館でやってもらったのですが、満員でした。

高峰　あの人も戦争で人生全部狂っちゃった人ですよね。あの人はほんとはアメリカ軍にいるはずの人。

色川　ハワイの日系二世なんですね。

高峰　ええ。子どものときにハワイから家族全部で東京へ遊びに来て、関東大震災に遭うんですね。しかもそのとき泥棒に全財産盗られちゃって、次の日から一家で路頭に迷ったんです。ハワイへ帰るどころではなくなっちゃったの。そのまま大きくなって立教大学へ入って、ハワイアンのバンドなんか始めて、そのうち戦争でしょう。日本の兵隊にとられて、戦地で黄疸になって帰ってきた。

ひどい目に遭った人ですよね。ですから敗戦後は困っていたんだと思いますよ。働き手がないから、自分がそうやって流しもやったんですね。

色川　そのときも「新雪」やハワイものを歌っていました。みんな大喜びで、やんやの喝采でした。

高峰　私は戦争中、軍の慰問に歩いてたでしょう。もちろん奉仕ですけれども、お土産に石鹸をくれたりして。当時は貴重品でしたからね。陸軍の場合はどういうわけかおこわや鯛のお頭《かしら》つきが出て、海軍の場合は洋食でした。最後のころはステーキなんかだいぶ落ちて、カエルのソテーだったりしましたけど。

戦争が終わると同時に、今の有楽町の宝塚劇場がアーニー・パイルという占領軍専用の劇場になって、そこへ東宝がショーを提供して、私もそこで今度はアメリカの唄を歌ったんですよ。モンペではまずいから、カーテンでイブニングドレスをつくりましてね。
そうすると向こうの人は日本の軍隊と違って、派手でキャーキャー喜んで、楽屋へ押すな押すなとＧＩが来るわけです。日本人は困っているだろうといって、山のように食料を持ってきてくれる。それを毎日のように持って帰って、撮影所の人たちにも分けてあげました。
そんなふうですから、戦争中も戦後も、ちっとも物に困らなかった。トウモロコシの粉のパンとかカボチャの蔓とか、一度も食べたことないんです。ほんとに悪いやつなんですよ、私は。申し訳ない。

色川　日本の国民が飢えて一番どん底で苦しかったときにね。

高峰　きのうまでは「勝ってくるぞと勇ましく……」、一夜明ければ「サウス・オブ・ザ・ボーダー」。いくら東宝の契約者で会社のいうままとはいえね。二十一歳でしたけど。

色川　やっぱり何か気持ちの中で抵抗はありましたか。

高峰　そりゃありましたよ。明日は死ぬ身の若い特攻隊員の前で「同期の桜」をいっしょに歌って。別れるとき、向こうは帽子を丸く振って、「ありがとう」「さようなら」って。私はわんわん泣きましたよ。
日本が戦争に敗けて、その記憶も新しいうちに、今度は進駐軍の前で「サウス・オブ・ザ……」。ほんとに何をしてたんだか。でも、それこそ食べていかなければならなかったですからね。
いろんな時代《とき》がありました。

失ってはならないもの

色川　戦争中の島の小学校を描いた『二十四の瞳』は、木下恵介監督の戦後の名作の一つで、高峰さんが主演なさっているんだけれども、童謡がたくさん出てきましたね。

高峰　小学唱歌ね。タイトルに「仰げば尊し……」と出るだけで、お客様は泣いちゃうんですよね。

色川　いろんな思いがいっぱい詰まっているんです。それにどういうわけか、小学唱歌には名曲が多い。

高峰　「箱根の山」なんかも名曲でしたね。ただ、子どもが歌っても歌詞が一つもわからないでしょう。

色川　難しいですね。第一、「天下の険」がわからない。

高峰　「函谷関《かんこくかん》」がわからない。「羊腸《ようちょう》の小径《こみち》」がわからない。それでもよく歌われつづけてきましたよね。

色川　ああいう漢語のもっている角張った語調がよかったのでしょう。それにあのメロディーも大変よかった。

高峰　向田邦子さんの『眠る盃』というタイトルの本があるのですが、「荒城の月」の「めぐる盃」というのを、子どもの時から「眠る盃」だと思っていて、大人になるまでずっとそう歌っていた、とお書きになってますが、そういうものですよね。

色川　戦後、言葉の改革がいろいろあって、ずいぶん変わりましたけど、歌の、特に演歌の本質的な情緒の部分は変わっていませんね。その時代その時代の色がちょっとついているだけで。

美空ひばりさんの歌なんか聞いてますと、あの人には確かに二つの要素がある。涙節は最初からずっと一貫していて、それがだんだん深くなって名曲になっていくけれども、もう一つジャズやブギウギ調のものがあるでしょう。その面が伸びないというか、聴衆はあまり受けなかったようですね。

本当はああいう二つの要素がひばりさんの中でせめぎ合って。ひばりさんのほんとの渾然とした歌ができてくればよかったと思いますね。

高峰 私は自分が下品なものですから下品なものは嫌いで、上品なのが好きなんです。美空ひばりさんという人は何ともいえない下品なところがあったでしょう。口では説明できない……。それで私は苦手なんですけれども、あの人が天才だということはほんとに認めますよ。

彼女は譜面も読めないけれど、ピアノで何回かメロディーを弾くとすぐ覚えてしまう。そして歌の心、その歌が何を歌おうとしているか、それをパッとつかむ心は日本一です。本当に天才だと思う。カンがいいのですね。

色川 「悲しい酒」なんかは非常にいいでしょう。完成してますよ。

高峰 あれはいいですね。上手です。それから「リンゴ追分」。私、ひばりちゃんで聞いてみようかなと思うのはこの二つです。

色川 「リンゴ追分」はすばらしいですね。まだ十五歳くらいでしょ。

高峰 ずいぶん初めのころですよね。何てうまい人かと思いました。

色川 「悲しい酒」にしても「リンゴ追分」にしても見事ですよ。それにあの人は歌詞が非常に明瞭でしたね。

高峰 そうですね。俳優でも台詞がはっきりしない俳優は、どんなに演技ができても上手とはいえないのです。歌手も同じで、歌詞のわからない歌手なんて、絶対に歌手とは認めませんね。半人前です。

それと私、「がぎぐげご」の発音の汚いのは耐えられない。俳優でも歌手でも、これがきれいに言えないなら、言えるように直すべきなんです。

色川　今はそんなことに気がつく人も少なくなりました。

高峰　いないでしょう。教えてくれる人もいなくなりましたから。

色川　日本語の「がぎぐげご」だって鼻に抜ける、耳に快い発音ができていたのに、そういう日本語の美しい使い方を意識するということ自体がもうなくなってしまった。

今はかえって、言葉をわざと汚くしたり、ひっくり返したりして、それをもって新しさだとか個性的と思うような価値観が氾濫しているわけでしょう。今の若い人には特に。

高峰　あの「何々だからア」と語尾を上げて伸ばすのもいや。よく若い編集者からの電話で、「何とかの雑誌ですけどオ……」「いついつまでにイ……」といわれると、「忙しいっ」と言ってガチャッと切っちゃうの（笑）。

色川　本当にいやですよ。ぼくも学生たちがそれを使いますから注意するんですけれども。ただ、ぼくは歴史家ですから、そういうのを文化現象として、ある世代の心情を表している記号というふうには見てますけどね。それが美しいか美しくないかは、もう別問題です。

高峰　確かに世の中はずいぶん変わってきたのですが、変わってはならない部分、大事にしたいことというのがあると思うのです。ちょっとした心づかいとか、ある種のモラルとか、美しい言葉とか、それも文化だと思うのですが、そういうものがどんどん崩れていく中で、歌謡曲というのも、これからもっと変わっていくのでしょうね。

色川　そう思いますよ。もう十年もしたら、何をいっているのか、全然歌詞さえ理解できないような歌が出てくるんじゃないですか。十代にターゲットを向けた曲なんかでは特に。

高峰　いまでも十分通じませんもの。

色川　文化がどんどん使い捨ての対象になってきています。永続するのは古臭いのであって、瞬時に燃え上がって一時影響を与えるものがいいんだと。言葉も記号化されて、非常に速いスピードで変わっていく。そうすると歌の生命も短くなっていくし、コマーシャリズムはそれでいいのだと割りきって、つくっては消費し、つくっては消費しのくり返しです。

高峰　昔の流行歌手は、灰田勝彦さんや東海林《しょうじ》太郎さんもそうだし、今もご活躍の藤山一郎さんもそうだけれど、皆さん世に出てくるときは音楽学校を出て、そうでなくてもきちんと音楽の基本を勉強して、それから舞台にデビューしたもので、みんな三十歳前後になっていました。今のタレント歌手の大半は、十代の嬢ちゃん、坊ちゃんでしょう。ちゃんとした歌があっても歌いこなせるはずがないし、第一、十六や十七で人生わかられちゃたまりません。今はテレビだから、歌のまずさはファッションや振りでカバーするって感じ。そんなことが大手を振ってまかり通るから、大人の曲や歌詞をつくる人もいなくなってしまった。

色川　NHKの「紅白歌合戦」なんかにも責任があるんですよ。ヤング文化にすり寄っちゃって、国民的な歌の祭典ではなくなってしまった。基準が狂ってしまったのです。

高峰　その「紅白」ももうおしまいでしょう。誰も相手にしなくなった。

歌は心　歌はひと

色川　その一方で、今や世界的なカラオケブームなんですよ。この間、シンガポールでアジア・カラオケ大会というのがあって、日本からは代表が出なかったのですが、インドネシア、マレーシア、香港、台湾、韓国などから集まっていました。スタイルと技術だけ日本のカラオケからとって、中身はそれぞれの国の持ち味を出してやってました。

高峰　それぞれの国に日本の歌謡曲にあたるものがあって、そういう大会で持ち寄って歌われるようになると、ひ弱な歌は通用しなくなりますね。

色川　そうですね。現実にいま日本の歌謡界に韓国や台湾の歌手が来て、日本の歌謡界を圧倒しているわけです。第一、歌唱力が全然違います。基礎技術がしっかりしている。そういう人に日本の歌を歌われて、それをおはこにしていた日本の歌手が圧倒されてしまっている。そういう現象がもう起きているわけです。

高峰　韓国のチョー・ヨンピルさんとか、ああいう人は歌唱力がありますね。その前は欧陽菲菲《オーヤン・フィーフィー》とか、二、三人いますね。皆さん発声の基本からしっかり勉強していますから、日本のアイドル歌手ではもう太刀打ちできないですよ。

歌の世界でも、これからはやはり本物が生き残っていく時代でしょう。

今日は私、悪口ばかり言っちゃったけれど、日本の歌手にも本当にうまいなと思う人はたくさんいるんです。例えば森山良子さん、それから森進一さん。やっぱりいいんじゃないですか。

色川　いいですね。それから尾崎紀世彦《きよひこ》。「また逢う日まで」というのを歌ってましたが、歌唱力は抜群でした。

高峰　それから不思議な人なんですけれども、和田アキ子という人。女の九ちゃんみたいで、へんに叫んだりしないけれども、息の長い感じがします。器が大きい感じで、第二の越路吹雪になれる人ではないでしょうか。

色川　いま名前が上がった人たち、何か共通項があるような気がしますね。歌はもちろんすばらしいんだけれど、それだけじゃなく、人柄が非常にいい。

高峰　そう、私もそれが言いたかったんですけれども、役者もそうなんですよ。やっぱり出るんですね。映像で見ても好感の持てる人っていますよね。別にいい男だとか美女だとかいうことではなくてね。そういう人柄というものが歌にも出てくるんです。生き方を大事にするというかね、もちろん、だから歌も大事にする。それが伝わってきて私たちの心を打つんです。

色川　そういうものを求めている人たちがいるかぎり、そういう歌は歌い継がれ、聴き継がれていくし、また新しい心を打つ歌が生まれてくるのだと思いますよ。

ぼくの大学でも、毎年学生が入ってきて、ゼミナールの顔合わせのコンパの後、「カラオケへ行きましょう」って誘われるんです。そこでけっこう古い歌も歌っている。「上を向いて歩こう」とか「襟裳岬」とか「北国の春」とか。一方でビートルズの歌もまだ歌われています。やっぱり時代を超えてハートにひびくものがあるんですね。

これからは一層、そういうふうに国境を越えて通い合う、そういう歌が日本からもどんどん生まれてくることを期待したいですね。

高峰　結論はやっぱり、歌は心であり人だということですね。

（『本の窓』一九九一年七月号、小学館）

やまざき ともこ 一九三二〜。佐世保市生まれ。父の関係で軍港があった佐世保や呉《くれ》で育つ。広島の原爆からは間一髪で逃れている。一九五二年、福井大学を修了したあと、小学校教師も勤めている。一九六六年、夫の上笙一郎との共著『日本の幼稚園』で毎日出版文化賞、受賞後、アジア女性交流史研究会を創立、アジア女性交流史研究の先駆者。代表作『サンダカン八番娼館』は大宅壮一ノンフィクション賞、映画化もされた。一九九〇年代にアジア女性交流基金に参加している。

新しい女性史をめざして

山崎朋子

山崎朋子『サンダカン八番娼館』から

私が『サンダカン八番娼館』を手にして朝日新聞に書評を書いたのは、まだお逢いする以前で、一九七二年七月だった。私はそのころ「朝日」の書評委員をしていた。この本の新鮮さと元からゆきさんに対する誠実な対応には、民衆史の立場をとっていた私はひどい衝撃を受け、感動した。絶賛に近い書評だった。

そのことが本人に逢うきっかけになったと思う。私も四十代後半で、彼女はいっそう若かった。あるとき国分寺市にある東京経済大学の私の研究室に訪ねてこられた。黒い髪を長く垂れて、顔半分を隠している。敗戦後、新宿のガード下でアルバイトをしていたとき、刃傷沙汰に巻き込まれ、左頬を斬られた、その深い傷をかくすためだと何かの本で読んでいた。初対面のとき、そのことには触れなかった。

長身の美人だった。そのころ私は人生の曲がり角の鬱状態の中にいて、生きていくことが嫌になり、実存が揺らいでいた。訪ねてきた彼女と話しているうち、ひとりごとのように、死にたくなった、誰か一緒に死んでくれる人でもあれば、と漏らした。そのとき、間髪を入れず言われたことばを忘れない。「わたくしでよろしかったら……」と。

人生にはこういう峻嶮のような岐路がある。山崎朋子さんの父君は海軍の潜水艦長で一九四〇年に殉職された。彼女の生まれた一九三二年には海軍青年将校らによる首相暗殺の五・一五事件が起こっており、満洲国が建国され、十五年戦争が始まっていた。

「軍国少女」といわれる世代にしては峻烈な戦時体験があったであろう。戦後、国を越えて、アジアの底辺女性の運命に共感を寄せる道を選んで行かれたのには、それなりの動機があったに違いない。

「アジア女性交流史」

色川　四月に出る山崎さんの『アジア女性交流史』は、「ちくま」に連載された以外のものも収録されて、大きなものになるんですか。

山崎　連載の「大正編」の前に「明治編」が入ります。両方あわせると、枚数にして七百枚ぐらい。

色川　大作ですね。

山崎　「明治編」を書いたのは、もう二十数年前です。柿の木坂で下宿屋して、子育てやってたころで、まだ女性史というのは、高群さんの「女性史」が出ていたぐらいです。

色川　そういう時代に、三題噺《ばなし》じゃありませんが、女性が、アジアで、底辺の、という三つが一つの線上でとらえられたというのに、みんなびっくりしました。

山崎　みたいですね。一九七〇年一月七日に後書きを書いています。

色川　しかしこれを読むと、基本的な考え方が変わっておられないから、二十年前に書かれたものだとは思わないで、私は読みました。

山崎　いやーっ、よかった。先生がそうおっしゃって下さると、ほっとします。

相馬《そうま》黒光《こっこう》のことなど

色川　私、きょうの対談の会場が中村屋だから、相馬黒光のところを特に読んできたんですが、ドラマを読むような面白さがありますね。

山崎　そうですか。

色川　私も戦前から『黙移』を読んでね、卒業論文が「北村透谷」だったものですから。あの中には実に異質な人間がいっぱい出てきて、黒光さんがそれを演出していくわけですよね。ああいう多彩な人物を生む時代もあったんだなと、つくづく感心しますよ。

　例のビハリ・ボースと俊子のことを書いているでしょう。黒光さんについてはちょっと許せないように書いてますね。印象では。

山崎　ちょっとね。だって娘の俊子さんがかわいそう……。どうですか、先生。

色川　いや、女性の見方というのはきびしいなと思いながら、読んでいたんですけどね。渡辺倭文栄《しずえ》さんに対しては、きわめて寛大な書き方をなさってる。

山崎　篠山紀信の叔母さんですね。だって彼女が二十年間ボースの面倒見たわけですからね。

色川　片方じゃ相馬家との財政的なルートを確保しながら、もう片方では倭文栄さんに結婚もしないで奉仕させる。ひどい男じゃないか。そんな男にべんべんとする渡辺倭文栄はなんだというフェミニストたちもあったらしいけど。

山崎　ただ、私は二十七年前に「渡辺倭文栄聞き書き」というのをとったわけですね。そのときにお会いして、はじめはそういうフェミニストがけしからんという感じの方かなと思って、お会いしてびっくりしました。ものすごい、強い、立派な女性ですよ。

色川　しなしなした、従順型の女性じゃない。

山崎　美しくて、ふくよかではありますけれども、それは堂々たるものなんでね。それで「どうして」と、当然質問しましたら、「私の意志です」って。たいへんなもんですよ。

色川　主体的なんですね。

山崎　それから郭沫若《かくまつじゃく》の日本人妻になりました佐藤をとみというのは、郭沫若が蘆溝橋《ろこうきょう》事件のときに、心が波立ち騒ぐ。これは当然ですけどね、革命家として。それで彼を中国へ帰しますね。しかし彼のふらふらする性格が気がかりだと言う。そのふらふらの中には、彼はたいへんなロマンチストで、いろんな女の人を好きになる。そのことも私は含めてたと思います。それでも彼を送り出すというのがね、たいへんなもんだと。人物のスケールの大きさからいうと、佐藤をとみさんという郭沫若夫人も、たいしたもんだと思います。

渡辺倭文栄という人も「私の意志で」ということで、非婚の妻の道をとる、これはフェミニストだって、認めざるを得ないわけでしょう。

色川　それはそうですね。

山崎　ただ、相馬俊子の場合は、まだ二十歳です。それでこの下の階に中村彝《つね》の絵がありますけれども、彼女は半裸体の絵のモデルになっています。そういう良家の若い娘が、男の前で脱ぐというのは、いかに相手が絵描きであろうとも、やはり好意があったと見るわけですね。そこへ迷い込んできた窮鳥、ビハリ・ボースを助けろと。頭山満にも言われたし、いちばんの便法は多少英語のできる俊子と結婚させることです。俊子もその意をなにほどか察知して結婚した。このあと、俊子の妹に千香子さんという方がありまして、この方も、私、取材を二十七年前にしてるんですけど、千香子さんの場合は、安南のプリンス、クォンデ公が思いを寄せて、ぜひ結婚をと言ったけれども、黒光は千香子さん本人に話しもせず、もうその場で断った。というのは、やっぱり俊子にさせた結婚というものを……。

色川　悔いてるわけですね。

山崎　と思います。中村彝が死んで、その後を追うように、結婚後間もなく俊子も結核で、ふたりの子どもを残して死んでるわけですね。だから……。

色川　そうですね。ほんとに気の毒な女性です。あの人は。そういうことについての山崎さんの義憤みたいなものが、文章の端々に出てるんですよ（笑）。だから、その辺は相馬黒光に非常にきびしい書き方をしておられる。

山崎　そうですかね。

色川　相馬黒光も明治女の成り立ちから見たら、よくもあそこまでがんばった人だと思います。同時代の女たちは、そのずっと手前までも行けなかったでしょう。

明治と大正の違い

山崎　「明治編」では、五編扱っているわけです。最底辺のからゆきさんから、内蒙古と呼ばれた所に入って、国から表彰状をもらった河原操子《みさこ》まで。そして中国女性では秋瑾《しゅうきん》。

明治人の場合はみんな、国家意識が強いと思いましたね。からゆきさんも、日清・日露のときに、お国のためにっていうんで献金してますでしょう。河原操子だって、教師として内蒙古へ行って、教師としてすぐれているけれども、表彰されたのは軍事スパイとしてで、たいへん国家意識が強い。

それが、「大正編」になってくると、ちょっとそこに余裕が出てくるというんでしょうかね。黒光なんか、いい例ですけれども、国のためにやったというよりも、やっぱり自分の気持ちで窮鳥懐に入らずんばっていう、これは保護しないといけないという意識。で、その余裕というのは何か。やはり教育を受けているということと、それから経済的な余裕があることでしょうね。そして大正期に入って、曲がりなりにも市民社会というのができて、国民というよりは、一市民としての気持ちというのがあったと思いますね。だからボースを匿うとか、それから三・一独立運動の志士の妹を自分のうちの女中に雇うとか。まあ、ボースはともかくとして、三・一独立運動というのは反日運動ですからそれをうまく警察からかわすわけですから、お国に刃向かう姿勢があるわけですね。

色川　「大正編」では、金子文子と朴烈《ぼくれつ》を選んだり、郭沫若と佐藤をとみを選んだりというのは、意図的にそういう人選をしたんですか。それとも、たまたまやったら同じようなタイプの人が出てきたという……。

山崎　やっぱり、典型を選びたいと思って。だからそれぞれ違うと思うんです。だけど、結論的に大きく言えば、さっき言ったようなことが共通点として言えるんじゃないかと。

色川　明治的な人たちじゃないですよね。国の枠からはみ出しちゃってるんですものね。

山崎　ええ、先生のご本を拝見しても、明治という時代は民権運動をやっている人でも、やはり最後はたいへんな国権主義者になりますね。戦争が始まりますと、国家意識というのが出る。大正期に入って、それが違ってくる。これは伺いたいんですけれども、女性だからでしょうか。

色川　いや、女性だけじゃないですね。やっぱり近代国家の形成期で、個人の価値よりも、とにかく近代国家の形成にプラスになることをしなくてはいけないんだという、そういう内的規制が、大正期のあの人たちには弱まるのじゃないでしょうかね。

山崎　そうですね。

色川　ですから男にも女にも、その枠からはみ出る自分の個性を生かす道が開けてきた。「白樺」にしてもアナーキストたちにしても、朴烈なんかの運動に対する理解にしても、非常に幅が出てくるんですよね。それにまたタガをしめられるのが昭和でしょうけれども。大正というのは、国家と個人という対立する価値をぶつけあえるようなところへさしかかったと思うんですよ。

山崎　そうですね。

女中史の意味

色川　山崎さんは、売春婦、女中、女工、農婦という取り上げ方をなさって、いつだったか「私、女中をやってみたいんだ」っておっしゃってたでしょう。

山崎　そうです。

色川　日本の女中の歴史をやった人がほとんどいないんです。

山崎　そうなんです。でも資料はあるんですよ。ただ、通史として書いてもあんまり面白くない。だから「女中史、聞き書き」というのも、十数編とってあります。

色川　そうですか。「女工史」というのはずいぶんあるんですけどね。

山崎　そうそう。細井さんとかね、高井としおさん。

色川　しかし女中とか、子守女とか、個人の家で使われていた人たちについてのものが、まったくないですね。

山崎　私の夫の母親が、女中奉公を十数年した人でした。そもそも私は物書きになるなんて考えがぜんぜんなくて、それで結婚して、私の結婚した男の母親となんとかうまくいきたいもんだと思ったんです。うまくいくにはどうしたらいいか。相手がいままでどうやって生きてきたのか聞けばわかるだろう。そうすれば仲良くはできなくても理解はできるだろうと思った。それで、母親は無学な人で造花の内職をしてましたけれど、行ってはいっしょに造花の内職をしながら、どこで生まれたのかとか、その家がどうのこうのとか、女中奉公の話を延々聞いたんです。これが私の女性史の始めです。だから母には五人の息子がありますけれど、なんかわからないことがあると、朋子さんに聞けばっていうことになった。だからお陰でうまくいきました。嫁姑は（笑）。

色川　私の家には、このあいだ亡くなりましたけれど、私が生まれたときから、小学二、三年ぐらいになるまで、ずっとついてくれたおもとさんという女中がいました。私の母は生まれながらの小児麻痺で、左手が利かないんです。

山崎　ああ、そうでしたか。

色川　ところが、子どもを十二人も生んだ。

山崎　まあー。

色川　最初のころは女中さんも雇えないような状態だったのですが、途中から男の子がどんどん生まれたから、しょうがないので男の子一人ひとりに子守りや女中をつけたんです。おさとさんとか、おもとさんとか、おふじさんとかいろいろ。

山崎　そのおもとさんなり、おさとさんなり健在ですか。

色川　いや、もう亡くなりました。

山崎　すぐ取材のことを考えて。申し訳ない（笑）。

色川　ぼくの弟についていた人たちで、まだ生きている人もいますけどね。ほとんど母親代わりでしたよ。

山崎　そうでしょうね。まず子守奉公から始まって、ばあやになって。

色川　小さい頃からのつき合いですから、老婆になっても、ぼくがたまに実家に帰ると、「大ちゃん、帰ってきたね」って来るんですよ。もう、年とってね。「家まで送っていくから」って言うと、「いや、ひとりで歩けるよ」なんて。もう一生のつき合いなんですよ。

山崎　そういうことですね。

色川　小児麻痺の母が、女中さんの力を借りて、子どもをたくさん育てた。しかしその女中さんに対する給与っていうのは、もう安いものでしたね。ほんとにお金じゃなくて。

山崎　そうです。まあ、口減らしみたいなもんですからね。

色川　反物の一反とか、あるいは下駄や草履を買ってやる程度でしょう。あとお小遣いぐらいしか払わない。ですから、昭和のあの時代にはすでに家庭電化製品が出てるはずなんですけど、そんなのぜんぜん買わない。女中さんの手がいっぱいあるから。それがまたタダみたいなもんでしょう。だからよく「主婦之友」とか、「婦人倶楽部」あたりで、家庭改善運動なんて特集してましたけれど、ぜんぜん浸透しない。女中さんにまかせてればいいんだと。ああ、日本ていうのはこういう国なんだな、と思いながら育ったんですよ。

山崎　なるほどね。

色川　ある面で残酷な、ああいう低賃金労働者を雇って、ありとあらゆる仕事をさせるわけでしょう。そうした関係なのにまた人間的なつながりが一生涯続くという、不思議な存在だと、ぼく思ってるんですよ、戦前の女中さんというのは。

山崎　そうですね。

色川　単なる雇用労働でない。そういうものにせまるような本が出ないかなと期待してるんですけどね。

　私たちが言う「民衆史」というのは、民権運動家をみても、どっちかというと字の書ける人たちだから、地主とか豪農たちが、「民衆史」の中心になっちゃうんです。

　ところが実際には、もっと本当の底辺があって、本当の民衆があって、その人達というのは文書を残さないから、それを調べるのはたいへんむずかしい。そうすると地主たちの日記の中にあらわれる底辺の庶民が何を考えていたかということを、そこから下りていってその人達の意識をくみ上げなくちゃならないというのは、もどかしいことだった。男でもそうなんですから、女性の場合には、底辺の女性を研究するというのは、学問的に成り立ち得るんだろうかという疑いを最初にもってました。

根強い文書信仰

山崎　学問的にはどうなんですか。成り立ち得ないんじゃないでしょうか。
色川　学問的という、その学問的の意味ですよね。学問というのを、現存している……。
山崎　学問と称する学問ですね。
色川　そうそう。いわゆる文献資料がなければものが言えないという、そういう実証主義の学問の枠からは出ちゃいますよ。だから、最初に「民衆史」なんてことを言ったときに、みんな仲間から言われたんですよ。「民衆史」なんて学問にならないよって。第一、客観的な根拠になる資料がないじゃないか。聞き書きといったって、それは主観の入ることであって、聞き書きが即資料といえない。向こうだって話を誇張するかもしれない。聞くほうはある意図を持って聞くから、どうしたってそこに客観性というのは生まれないんだ。そんなのを研究の対象にするのはおかしいと最初から言われました。

山崎　ちょっと飛躍するようですけど、「従軍慰安婦」の方々がカクカクシカジカと具体的にして詳細な証言をされてるわけですよ。にもかかわらず、その証言は資料じゃない、文書に残ってないと言って、国ははじめ逃げてたんですね。ところが、防衛庁の防衛研修所から資料が出てきて、それでようやくその存在を認めることになった。そのときも私は、文書資料がなければ当人がいくら主張しても認めないというのが、公的な歴史というのかな、その研究方法とかかわる面白い問題だと思いました。

色川　いまでも、官学とか、官庁では資料というのは文献だと。仮にその人が書いたものでなくても、その人から何か聞いたり、その人が話したことを文書化したもの、それがなければだめだという。つまり「証言集」みたいなね。活字化されたものがなければ資料として認めないというのは、いまでも行政はみんなそうじゃないですか。

山崎　しかも、その書き手が、私、この「明治編」を書いたころは、借家で賄い下宿屋のおかみさんをやってたんですけど、そういう人が書いたんじゃだめなんですね。やっぱり何々大学教授というのが書かないとだめ、認められない。「そういう時代でした」と過去形で言えればまことにいいんですけれど。

色川　七〇年代ぐらいになってから、柳田国男らの民俗学の方法が歴史研究者の間にも入ってきて、文献がなくても歴史は書けると。人びとの生活の仕方、人びとの言語伝承資料、あるいはものに表現されてる意味をくみ取るということを通じても、歴史は書けるんだというのが、一般の史学の方法の中にも取り入れられてきたんですよ。それから少しずつ、無名の人や学問をきちんとやってない人でも、何かものを言ったら、それは無視できない資料だよ、というふうになってきましたね。

魔にとりつかれる研究者

色川　『サンダカン八番娼館』はいつでした、お書きになったのは。
山崎　これの「明治編」の後ですから、一九七二年ぐらいじゃないでしょうか。あの時先生が朝日新聞の書評委員をやってらして、たいへん褒めた批評を書いて下さった。
色川　いや、褒めたというよりも、ああいう報告があのころ絶無といっていいくらいなかったんですよ。だから非常に感動しました。つまり、その調査に対する、研究者の姿勢ですよね、それに感動しました。
山崎　でもね、別なところからはずいぶんお叱りを受けましてね。
色川　そうですか。いやいや、ああでなきゃ。
山崎　パスポートとか写真を、私が全部ブラジャーの中に入れて、逃げるところがありますでしょう。あれね。これは泥棒だ、窃盗罪だと怒られた。だから、そうですよ、私泥棒なのよって。天草の留置場に入ろって決めて、それでやったことだからって言うんです。
色川　研究者は、そういう魔性を持つんですよね。やってる人をたくさん知ってますよ。だけども知らん顔して、自分は自分の努力でなんか全部解決したようなことを言ってますけどね。
山崎　でしょうね。
色川　山崎さんはそれをズバッとお書きになって、それをちゃんと最後に責任とるようなところまでお書きになってるから驚きました。

山崎　それを悪びれもせず堂々と書くというのは、いったいいかなる神経かと書かれた（笑）。どこかの神経が抜けてるのかもしれませんね（笑）。

色川　自分の調査過程まで書いてありますでしょう。それで最後にオサキさんの前で、自分が取材してるはずのからゆきさんに、逆に、自分はその人よりずっと下の……。

山崎　卑小な人間。

色川　卑小な人間だ、ということに気がついていくというところなど、率直にみんなが認めなかったことですよ。調査される人と調査する人とのあいだのステータスをずっと保ち続けてきたでしょう、研究者は。それじゃ、だめなんだと。調査される人から調査され、やがて、自分が上から教えているつもりの人から、逆に教えられるという、この逆転の関係の中で人間の研究というものの、生命が生まれてくるというようなことが、大学を出ただけの先生にはわからないんですよ。

　私たちは水俣の研究に行っているときに、石牟礼道子さんあたりからよく言われたんです。まず聞き書きを患者さんからとりますでしょう。患者さんというのは、東京から偉い人が来られたときは、ちょうどかたつむりがカラに入ってしまったような状況になります。かたつむりがツノを出すまで、我慢して待って下さいと。そして出てきたら、そろりそろりと近づいて、やさしく話しかけてくださいと。それでも何かあるとすぐ引っ込むから、焦らないで、しずかにしずかにと、よく言われたもんですよ。

　ところが、同じ人たちと五年も十年もつき合って話していると、「この問題についてはわしの方が先生じゃ」と、こう言われるようになるんですよ。

山崎　なるほどね。

色川　「先生は広い世間のこと、学問のことをいろいろ知っとるだろうけど、この問題についてはわしが先生じゃ」。そうなってくると実に面白いんですよ。今度はこちらが生徒になって聞くわけですから。そういう相互交流の中で、とっておきの話、今まではほとんど話してくれなかった話までが出てくる。そういう本当の話が出てくるには、研究者自身が自分を変えなくちゃならないんです。変えることは誰でもいやなんですよね。それを最初の『サンダカン八番娼館』のところでおやりになってるから非常にびっくりしたんです。そこを評価したんです。私は。

山崎　最後のおばあちゃんに私が泣き伏すところは、みなさんなんか言ってくださるんだけれど、泥棒の一幕、ここはインテリ・エリートの方から、ほんとにやられましたよ。

色川　亡くなる前に私に近代史を教えてくれた服部之総という明治維新の大家がいるんですがね。その人は愉快な盗癖がありましてね。

山崎　あ、そうですか。

色川　欲しくなると、子どものように無性に欲しくなるタチらしい。鎌倉にお宅があって、服部先生の隣が田中絹代さんのお屋敷だったんです。その田中絹代の家へ行ってるうちに、庭にすばらしい石仏があったらしい。それを見ているうちに、あの人、蓮如や鎌倉仏教の研究をやってたんで、そのひらめきがあったのかどうか、どうしても欲しくなって、夜の夜中に、持ってきちゃった（笑）。

山崎　面白い（笑）。

色川　みんなびっくりしちゃってね。どうするっていうわけ。これは泥棒だが、憎めない泥棒。服部さんはそれを見ながら親鸞や蓮如のことを書いてたんでしょ。

山崎　絹代さんにちゃんと話せば、あの人も気風のいい人だから、じゃあ、貸してあげるわよってことになったんでしょうけど。

色川　そこが一種の天才、なんか、カーッと頭に来るんでしょうね。夢中になって盗んできちゃったらしい。

山崎　でも、私、その気持ちよくわかります（笑）。これから私が何かお話を聞きに行ったら、山崎が帰った後、なんか消えてないかって……。

色川　魔がさすといいますね。あるんですよ。それに執念をもって取り組んでいる人には。

山崎　でも、魔がさすくらいじゃないと仕事やっていけないんじゃないかなって、偉そうなこと言いますが。

（一九九五年一月、新宿中村屋にて。『ちくま』NO289 一九九五年四月、筑摩書房）

映画と女性史から語る「昭和」

佐藤忠男 ＊ 山崎朋子

さとう ただお 一九三〇〜。新潟県生まれ。新潟在住時代に『思想の科学』に大衆映画論を投稿し、鶴見俊輔に認められる。以後、『思想の科学』にかかわりながら評論活動を行う。二〇一一年から日本映画大学の学長。一九九六年紫綬褒章、その他芸術選奨文部大臣賞。

映画と女性史家が語る「昭和」

佐藤忠男さんは高名な映画評論家。その活動は五十年以上にわたり、五年前からは日本映画大学の学長までしている。だが、私が親しくご本人に接したのは、この時がはじめてであった。当時（一九八九年）、彼は五十九歳、同席した山崎朋子さんは五十代の半ば。佐藤さんは昭和時代の映画史を大局的に示してくれた。

佐藤さんによれば、年間三〇〇本以上の作品を作る国は、日本とインドとアメリカしかない。それに日本はその半分が「時代劇」だという。それに関心の範囲が狭く、戦前植民地のものを題材にしても、日本人以外はほとんど登場させていない。「土と兵隊」などもそうであった、という。

これに対してアジア女性史を研究してきた山崎朋子さんは違う視点を提起する。日本という男性中心社会の中での女性とアジアの扱われ方である。佐藤さんは客観的に大観し、山崎さんは主体的・批判的に捉える。その舌鋒は鋭い。日本が、いかに、今でも男性中心社会であるか、それに自国中心であるか、東南アジアなどから迎えている農村の男たちの嫁取りの実例をあげて、きびしくその体質を批判している。

だが、最近になって女の意識も変わり、自立した女性があらわれるようになった。それはただ高学歴の女が増えただけではない。「私、女子大生というのは差別された特権階級だと思いますよ」ときびしい指摘がある。昭和の終焉の年にあたるこの一九八九年の鼎談は、私には内なる視点からの底辺の女性たちの声を聞いているように思えた。

色川　昭和という時代は、日本の歴史の中でも、一番大きい変化があった時代だと思いますが、これを三つぐらいに分けますと、一つは一九四五年の敗戦だと思うんです。まるきり価値体系が変わりましたし、生活のしかたも国のしくみも変えられたわけですから。それから、やはり一九六〇年前後で分けなくちゃいけないんじゃないか。私どもの生活を考えますときに、六〇年以前の生活と六〇年以降、高度経済成長を経ての生活とでは、ズバリ生活革命の前と生活革命をへた時代というふうな分け方さえできるんじゃないかと思うほど、大きな変化があったと思うんです。

佐藤さんは映画の畑をずっと通ってこられ、山崎さんはアジアの女性史研究、女性交流史、そして『サンダカン八番娼館』で、大きな社会的インパクトを与えられた方ですから、それぞれ自由に話していただきたいと思います。

映画と「昭和」国民文化

色川　佐藤さんは、一九五六年に『任俠論』をお書きになっています。あれはキネマ旬報賞をとった最初の著作集ですね。その頃、日本映画にかぎりませんが、映画というのが一番たくさんの人びとを惹きつけていた時代じゃなかったですか。

佐藤　たとえば一九二〇年代までは、映画が日本の社会を正確に反映しているとは言えなかったかもしれない。というのは、やはり低俗文化と見られていましたから。三〇年代になると、良識ある人が見てもおかしくない文化にそろそろなってきて、国民文化的な立場を占めていたと思いますけどね。ということは、老若男女、それから教育のレベルの関係なしにみんなが見ていた。七〇年代になるとまた、テレビがインサイダーの文化で、映画はアウトサイダーの文化みたいに分裂しますんでね。
　三〇年代から六〇年代の半ばぐらいまでは、映画にこういうふうに描かれていたから、これがその当時の世相だというようなことが言えましたが、その前後は、映画が日本の社会の全体を反映していたわけじゃないというように思います。

色川　戦前、私は、人口二万ぐらいの田舎の町にいたんですが、洋画と、それからいわゆる新派ものとチャンバラものとは、截然と分けられていて、洋画館というのは洋画ばかりで、そこへ行く人はごく一部の人、役場の偉い人であるとか、学校の先生とかで、ふつうの人はみんな新派とかチャンバラのほうへ行くわけですね。
　そういうふうに、世代というよりも、階層によって分けられていたような感じがするんです。

佐藤　昭和の初年ぐらいまでは、インテリは日本映画は見ないというのが原則でしたね。

色川　なんか非常に下賤なものだみたいなことですね。

佐藤　ええ、それで、インテリが日本映画もみるようになったのは、昭和四、五年（一九三〇）くらいからですね。具体的にいえば、小津安二郎とか、溝口健二とか、そういう人が一流の映画をつくり始める頃です。その頃から映画もわりと高級な文化の仲間入りをするようになって、それ以前は小学校だけの人が日本映画をみて、中学以上――あの頃は中学生になるとインテリだったんですから――は外国映画をみる。観客層は、知的なレベルによって、はっきり分かれていました。

山崎　戦争中、学校で国策映画というのをみせられましたよね。

佐藤　「映画法」というのができるのが、昭和十四年（一九三九）。その頃になると、全部統制で、事前検閲だし、文部省が奨励した映画は、だいたい学校が連れて行くということでしたからね。

色川　戦時下は片方で、三原山の火口に身を投げる心中事件があったり、片方では農村女性の身売りみたいなことが話題になったりというようなときに、大衆は、そういう社会的なストレスをどういうもので慰めていたんだろう。どういうものを映画とか、流行歌なんかに求めていたんだろうと考えるときに、映画というのは、反体制的なものや、すごく愉しいもの、華やかなものをみせてあげるとか、あるいはもっと庶民の共感するようなものをつくって見せてやるとかいうようなことがあるのでしょうが、たとえば昭和十年前後の映画でいうと、どんな作品にあらわれているのでしょうかね。

私は『土』というのを、日中戦争が始まったあとで見ましたけれど、なんだか滅法暗くて、あんまり感動しませんでした。

佐藤　ごく大まかにいえば、世界の映画の流れのなかで日本映画に何か特色があるかと考えますと、戦前でいえば、二つぐらい重要な特色があったと思いますね。それは、年間三〇〇本以上の作品を映画史のはじめからずっとつくり続けていた国は、日本とインドとアメリカしかないんです。これは世界的にみると特色なんですね。

つまり、この三つの国は、巨大な人口を抱えていて、なおかつ自給自足的文化を持っていたという面がかなりあるんです。ほかのヨーロッパの国のほうがはるかに豊かで、映画をたくさんつくっていたように錯覚するのですが、フランスだとか、イギリス、ドイツとかいった国々はせいぜい年間三〇本とか四〇本だったんです。

日本がなぜそんなに映画の大量生産国だったかというのは、考えてみると、日本は外国映画で置き換えられない欲求を持っていたからだと思いますね。

それからもう一つの特色は、映画の半分が時代劇だったこと。これも、日本だけの現象です。世界的には、そんなことはあり得ないのですね。

色川　アメリカの西部劇なんて、比率は小さいですか。

佐藤　あれは西部劇だけ目立つけれども、全体のなかからみれば、せいぜい一〇%とか、そんなもんですよ。日本みたいに時代劇が半分あったということは、ちょっと信じられない。

ヨーロッパの国々は、アメリカ映画と近隣の国々と自国とを三分の一ぐらいずつみて、だいたい満足していたわけです。ところが日本は、自分の国の映画、なおかつ時代劇をみないと満足できないという。日本だけ、やはり文化的に孤立していたというか、世界文化と交わらない部分があったということでしょうね。やはり洋服を着ている自分を美しいと思えない。着物を着て畳の上に座らないとサマにならないという意識があったということじゃないですかね。

そういう意味からすると、日本映画の非常に大きな変革期は、時代劇が滅びた六〇年代の半ばですよ。一九六三年から七三年までが、やくざ映画の全盛期ですが、七〇年代になって、任侠映画もなくなりました。

そして、テレビには受け継がれたけれども、その間に日本の時代劇というのは、産業としてはほぼ消滅して、残されたものは遠山の金さんだの、忠臣蔵だの、もうお決まりのものだけですよね。日本映画における時代劇が滅びたときに、日本人は着物を着なくてもいい、着物姿でなけりゃ日本人だという意識が持てないという気分がなくなったんじゃないかと思いますけどね。

色川　実生活においても、サラリーマンが家に帰って、着物に着替えることなどありませんね。もうパジャマかなんかになったりして。

転換期の徒花《あだばな》〝やくざ〟映画

佐藤　ええ。だから、映画の衣裳、風俗史からいうと、六〇年代の半ばが日本の社会の大きな転換期で、そして、その転換期に一つの徒花というか、狂い咲きというか、転換期を飾ったのが、やくざ映画だったという気がしますけどね。要するに、それを捨てるときに、着物的なショーのひとつの極致として、着流しで斬り込みにいくというイメージがね。それで、わアーっと、これで終わり、ということだったんじゃないかという気がするんですけどね。

色川　時代劇と違って、大正、昭和的感覚でしょう。やくざの任俠ものは。

佐藤　そうです。

色川　もう、それ以前の江戸時代ものじゃなくて、セミ現代ですよね。

佐藤　どうも日本の特殊性は、映画に関しては、ひとつはそういうことですね。

色川　戦前に時代劇があったということは、大衆がそれを求めたということでしょうし、ああいう戦前の社会では、時代劇のような、ちょっと荒唐無稽なフィクションを使わないと、いろいろな言いたいことも辛辣なことも言えないという、そういう雰囲気があったのかもしれませんね。

佐藤　一面ありました。それを意図的に使っているのは反体制時代劇といって、忠義を否定するというようなテーマは、現代劇ではできないけれども、時代劇だと意外とできるわけですね。天皇制に反抗することはできないけど、悪い殿様に反抗するぐらいのことはできるわけでね。

それで、時代劇だから、逆に反封建というテーマが描けるという面は、一部ありましたね。でも、それは一九二〇年代の半ばから三〇年ごろまでの限られた、五、六年のあいだの、つまり、左翼運動の高揚期に、それに付随して起こった現象で、これは左翼運動の弾圧と同時に、きれいに消えちゃったわけです。

そして、それまで反体制的な時代劇をつくった人も、けっこう忠義バンザイの時代劇をつくるようになりましたね。だから、それほど大きい流れだとは思わないですね。

つくづく思うんだけれども、たとえば時代劇のなかで、また非常に大きい分野を股旅もの、やくざものが占めている。いわゆるサムライの時代劇は、これは忠義ということをうたいあげていたんだけれども、やくざものは必ずしも忠義ではないですよね。流れ者の話ですからね。

これが表現していたものは何か。昭和十二、三年ごろ、うちの近所がみんな町工場で、夜の十二時ぐらいまでモーターの音が響いていました。なんか景気がいいという感じがあって、そこらへんの職人とつき合っていると、その職人は、その工場に勤めているというよりも職人の親方がいて、その親方について、いろいろな工場を転々としてたんですね。それが、日中戦争のころから、どんどん大企業が中小零細企業を統合していって、腕のいい職人も大企業に勤めるようになって、会社から給料をもらうようになるんですね。

親方子方制というのはだいたい昭和初年まで、かなり一般的だったんじゃないですかね。その親方子方制的な感情をもっともよく表現しているのが、やくざ映画なんですね。あれ、旅に出て修業したりして、親方に対する忠誠心もあるけれども、勤め人よりもむしろ自分たちのほうが自由だという感覚もあるし、相互扶助の感覚があるし、会社に勤めていると首になったりすると一コロだけれども、親方はわりと人情的に面倒をみてくれたりね。ああいう親方子方制的な社会がだいたい三〇年代ぐらいに日中戦争の過程で崩壊していって、そのノスタルジーがひとつやくざ映画みたいな形に、つまり、封建的忠誠心というほどフォーマルなものじゃなく、もう少し義理人情的な関係として表現されたわけです。

色川　『無法松の一生』なんか、それかな。それと「西部劇」との関係はどうでしょう。

佐藤　放浪が素晴らしいという感覚はどこからきたかというと、これは明らかに西部劇からきたんです。大正時代を通じて日本で流行していた西部劇というのはいろいろあって、昭和初期からはやり始めた日本のやくざ映画、股旅ものというのは、だいたいそれのストーリーのいただきなんですね。

だから、日本の封建的な社会が崩れて、近代的な資本主義に統合されていく過程で、アメリカ的な放浪がいいという感覚と、それから義理人情的な結びつきの社会がよかったという感覚と、しかし、そういう感覚をない混ぜにしたものとして、やくざ映画が成立したように思うんですけどね。

そういう意味からすると、日本の映画というのは、当時の大衆の希望も非常に反映していたと思います。

色川　それは、アウトロー的な感覚ではないんですね。

佐藤　アウトローという感覚も少しはあるかもしれません。親方についてふらふらしているようなのは、あんまり国策に沿っていないわけです。昭和十二、三年ぐらいになると、庶民もみんな国策に沿わなきゃいけないという感覚になって、親方について歩いている連中というのは、正しくなくて、大会社に入って給料をもらうのが正しいという感覚が確立されつつあったような気がしますね。

色川　そういう親方子方のシステムさえ、もう社会のなかで殆どなくなってしまって、意識の残像みたいなもので、ただ、意識だけはどこかに残っていると。そういうのが、「寅さん」みたいなものの人気になっているんですか。

佐藤　そうだと思います。良識に受け入れられる範囲では、「寅さん」、それからちょっと過激なヤングに受け入れられるものでは、任侠ものというかたちで、残像として残ってたんだけれども、それがきれいに転換するのが六〇年代だったという気がしますね。

色川　大衆層のところまで、モダニズムが深く浸みこんできたということですね。

大河ドラマは大衆の権力への擬似願望

山崎　ただ、テレビに吸収されませんでした？

「必殺シリーズ」なんていうのは、あれ、一種の反体制的なものだなと思ってみてたんですけど。いまでも、NHKの大河ドラマは、やっぱり時代劇でなければならないというのはどういうことなんでしょう。

佐藤　大河ドラマというのは、日本の映像文化史のなかでは重大な意味をもつと思うけれども、それまでは時代劇といっても、だいたいしがない侍の物語ですよ。あるいは浪人とか、やくざとかね。要するに、闘ってやぶれて死んでいく男たちの物語ですよ。でも、あの大河ドラマというのは、世の中を治める人の物語で（笑）。

山崎　まさに上からの——。

佐藤　〝天下をとったら面白いだろうな〟という感覚は、大河ドラマで、〝天下をとったらうれしい〟なんていう感覚は、映画で表現されたためしないですよ。

山崎　『三匹の侍』だってね。やっぱり。

佐藤　せいぜい、その程度で。忠臣蔵だって、みんな死んじゃうしね。次郎長一家だって、明治になりゃ解散しなきゃいけないしね。だから、そんなに栄光に輝いたチャンバラなんていうのは、映画にはなかったものですよ。ところがテレビになると、それは時代との関連なのか、大河ドラマが出てきたのは高度成長になってからだから。

山崎　そうなんですよ。一九六〇年代以降。

佐藤　ですから、そういう時代を反映しているものなのか、それともスケールが大きくなったから、映画はせいぜい二時間だけれども、テレビの場合は何十時間だからなのか、スケールが大きくなると人間もたくさん出なきゃいけないし、人間がたくさん出ると、ヒエラルキーをいっぱいつけてないと構成できないし、それでトップから下までの階級秩序の物語になるのか、そのへん、私にはよくわからないんですけどね。

色川　大河ドラマをいっぺん分析したことがあるんですけど、時代は戦国ものか、明治維新ものか、あるいは源平ものと、ほとんどがこの三つ。

そういう時代にとってのヒーローも男のヒーローも出すわけで、出すとなれば、いま佐藤さんがおっしゃったような、成功して上から統治するか、あるいはそれで失敗して苦しむとか、そういうものになっちゃうわけでしょう。

そうすると、それは二時間やそこらの映画じゃつくれませんから、一年間通してということになる。ふつうの資本じゃできないから、NHKがやる。日本が経済大国になってどんどん成長していく過程で、疎外されて、砂粒みたいになった庶民の、権力への擬似願望をそこに移しかえる役割を担ったことになりますかね。

統率する快感や、マネージメントのテクニックもありますしね。これは会社人間としては参考になるし、いろいろな意味で、あれは続けられるプラス条件をつかんでいたんじゃないでしょうかね。

山崎　女の視点からみますと、女はやっぱり男に従属すべきもので、そうした女こそが女であるという婦徳物＝女大学なんですね。その中で多少、権力ではないんだけど、擬似権力が持てるのは男子を生んだ母であって、娘とか妻ではないというのは、もうありありなんですよね。

色川　前に、維新ものに『三姉妹』というのがありましたが、今まで女性でヒロインになって、そして、男に従属しない生き方を描いたのはあれくらいでしょう。

日本映画の特殊性——植民地への視点の欠落と敵兵の出ない戦争映画

佐藤　日本の映画は、日本の世相を反映したと一応はいえるんだけれども、欠落している部分がいくつかあって、完璧に欠落した部分は植民地だと思いますね。

昭和の初めから敗戦までの時代を特色づけるものは何かというと、歴史上、日本が最大の植民地をもった時代——それ以前から朝鮮はあったけれども——だと思う。植民地をもったことが戦争につながったわけだから。

非常に重要な存在だったのに、このあいだ、『大日向村』という映画を久しぶりで見直したら、これは信州の貧しい村で、村民の半分が満洲にいって、自分たちはやっていけるんだろうかといって、ひとりの農業組合の理事が視察にいく場面があるんですね。そして、帰ってきて、「これが満洲でとれた作物だ」といって、みんなに見せる場面があるんだけど、この映画は、なぜ分村移民していくかという村の中での葛藤がドラマの大部分を占めているわけです。つまり、村の中でこういう問題があって、貧しくて、それからまた資本家がいて、それと小作とがどういう関係にあって、ということが延々と描かれまして、それらの矛盾を全部解決する一番いい方法は、人口を半分に減らして満洲にいくことだという。その意見が一致するまでの物語なわけです。

それは、こちら側の事情なわけで、向こうにどういう人間がいて、その人たちとうまくやっていけるかどうかという問題は一切出てこないわけです。そして、視察にいっても、画面の中に現地の人間がひとりも出てこないんです。これはいま見ると、やっぱり異常ですね。つまり、日本人には日本人の都合だけしか意識になくて、植民地は持ったけれども、そこでどういう問題にぶつかるかということについての意識はまったくなかった。これが日本映画の欠落していた最大のものであったという気がしますね。

色川　でも、佐藤さん、『土と兵隊』とか『麦と兵隊』とかいう、一連の大陸ものがあるでしょう。あるいは日本の国策会社であった満洲映画協会のつくったものとか。あの中にも出てこないですか。

佐藤　たとえば戦争映画の最初の佳作といわれた『五人の斥候兵』、これは、中国兵が全然出てこないところが非常にユニークな特色として国際的に評価されているんです（笑）。

つまり、戦場にいって、敵と遭遇戦になります。だけど、中国兵の姿がチラチラッとみえるだけなんですよ。

非常に面白いのは戦争中に日本の戦争映画をアメリカがたくさん押収して、日本研究をやったわけです。ルース・ベネディクトとか、映画人ではフランク・キャプラとか、そういった人たちが集まって、日本研究のために日本映画をみたわけです。日本の戦争映画をみて、彼らは、「われわれがこんな映画をつくったら、反戦映画といわれる」と言ったというんですね。それは、戦争でいかに苦しいかということはよく描いている。それからもっぱら戦友愛だけを描いている。しかし、敵を憎々しげに描かない。これが日本の戦争映画の特色である。なんでこんな映画が戦意高揚映画なんだろうかと。そしたら、ルース・ベネディクトが非常に卓抜な解釈をして、「日本人は苦労すれば苦労するほど天皇陛下に恩を返したと思って、それで自己満足をする民族なんだ。だから、こういう映画をみても反戦にはならないんだ」と言っているんです。もっと精密な分析をする必要があると思うけど、大筋ではなかなかいい点をついている解釈だと思います。

そして、日本の映画作家たちの比較的、良心的な部分では、「自分は軍の要求で、戦争協力映画をつくったけれども、敵を憎々しく描くというような下等な映画はつくらなかった。だから、基本的には自分はヒューマニズムを捨てなかった」ことで満足して日本側の弁解としているわけです。『土と兵隊』も戦争映画の傑作のひとつですけど、これはもう泥の中を行進する場面ばっかりなんです。つまり、戦争というのはどんなにシンドイかということがよく描かれている。もうあの泥の中を行進するばっかりというのは、あれがまさに昭和初期の日本のシンボルですね。

色川 どこまでいっても泥濘《ぬかるみ》ぞ、というやつでね(笑)。

佐藤 日本国内でもそうだし、外へ出ていっても同じ。そして、最後に激戦がありますけど、敵の兵隊というのは見えないわけです。最後にトーチカをひとつ攻略するんです。そうすると、まだ少年みたいな中国兵が足を鎖でゆわいている。それで茫然と振り返るというのがワンカット、これだけが敵の兵隊なんです。

これは、その当時、中国軍というのは非常に弱くてすぐ逃げるけれども、なかに最後までとどまって戦うやつもいる。しかし、それは後ろに督戦隊というのがいて銃でねらっているから、逃げられないんだと、そう説明しました。そして、そうでないのは、鎖で縛られているんだと。だから逃げられないんだというようなことがいわれました。
　そういう日本側の宣伝を裏づけるような形で中国兵がひとり出てくるだけなんです。これらは、やはり日本のあの当時の意識をよく反映していると思うな。やはり、敵というのは眼中にないんですね。お互い同士苦しいから、苦しさを打開するために助け合おう、そしてがんばろうと。がんばるということと敵との関係は、あまりないんですよ。
　これは日本の戦争映画の非常に重要な特色ですね。

色川　たしかに言われてみると、そうですね。あれだけたくさん朝鮮、満洲、台湾、アジアにいったのに、出てこないですものね。亀井文夫さんのドキュメント映画『上海』を除くと。

佐藤　ところが、大陸映画というのはいくつかあるんですけれども、その基本パターンは、もう日本男子が現地の女性に惚れられるという、もうそれだけです（笑）。その最高傑作が『支那の夜』。中国の女の子は反日意識を持っているんだけれども、誠意をこめて愛すれば、その誤解をといて日本男子を愛するようになるという、そのパターンなんですよ。

山崎　いま日本の農山村をはじめとして嫁不足の男性と第三世界の女性との間におこなわれている〈国際結婚〉。フィリピンとか中華人民共和国、台湾、韓国、スリランカ、タイなどからどんどん若い女性を日本につれてきているわけですよね。これがまったく同じパターンですね。全然、相手をみないんですよ。でも、日本の男の側は、一緒に暮らしていればいつかは惚れられると信じているわけですね。

アジアの映画は「八月十五日」をどう描くか

佐藤　だいたい八月になると、季節的な行事として戦争への反省がある。それは非常に悲劇的なこととして反省、回顧するわけですね。その決定版が、天皇死去の二日間のテレビでさんざん見せられるだろうと予想していたら、やっぱり例によって、二重橋の前でひざまづいて泣いているシーンを出すわけですね（笑）。そういうイメージとして定着しているわけですよ。八月十五日というのは非常に悲劇的な悲痛な日と。しかし、アジアの映画に八月十五日がよく出てくるんですが、それはもう爆発するような歓喜の日なんです。

韓国映画で、『自由万歳』という映画がありますが、その日はソウルの路地裏からどんどん人が出てきて、それがしだいに大通りの群衆になっていって、ついに広場で爆発的な感じになる。それがクライマックスなんですね。また、中国映画で、重慶の場面のその日は爆発的な歓喜の場面から始まりますが、上海に帰って、そこで非常に悲惨な生活に直面する。けっしてそんな解放ではなかったという結末ですけどね。

インドネシアの映画で、天皇の放送から始まる映画がありまして、天皇の放送を聞いて、どうも日本は負けたらしい。それで、日本軍に捕まっているお父さんを釈放してもらえるんだと思って、家族が駆けつけると、実はもう死んでいる。そこで、そのお父さんの思い出になるというような映画とか……。

八月十五日はアジアの映画ではまず、喜ばしき日として描かれているんですね。

考えてみると、私たちは視野が狭いんですね。あの日の意味をどうとらえるにしても、なんとなく悲劇的に思うという点ではみんな一致していなければいけないような雰囲気があって、そこから外れた人間はアウトサイダーで、たとえアンチ天皇制であっても、あの日の思い出は悲痛であるというふうに思わなければいけないという……。

なんとなく、自分でもそれでいいと思っていたのですが、あの日は人類の解放の日であったという感覚が大多数で、われわれだけがいつまでもなんか悲劇の日と思っているのが変な気がしてきましたね。べつにそんな映画ばかり見ているわけじゃないのですが、日本人からみれば特殊な映画でも、世界的な視野で見ればふつうなんですね。われわれが自分の穴の中に閉じ籠もっているだけのことでね。

色川 私も、以前、八月十五日にインドに旅行に行ったときに、デリーの例の赤い壁の前で大祝賀会をやっていた。インドの場合は、戦勝と解放と独立と三つ、みんな歓喜なんですよ。

山崎 私も、たまたま八月十五日ソウルにいたときに、あちらでは光復節ですよね。光が蘇った日で、大変なお祭りがあるわけですけどね。このように外から見ないとものが見えてこないことが多いんじゃないでしょうか。

佐藤 韓国ではいまだに日本映画は上映禁止なんです。文化侵略といってましてね。だけど、もうそろそろ韓国も力をつけてきたから、いいじゃないかということになって、映画交流ということがしきりと話題になり、ひとつ合作映画をつくろうじゃないかということで向こうから注文があった。

日本の作家に依頼があって、日本のだめな青年が韓国の一流の女優に惚れられて、それで、彼女に慰められ、励まされて立ち直るという、そういうストーリーを書いた。そしたら、韓国の映画のおえら方が読んで「わが国の一流女優が、日本のだめ男に惚れるとはなんだ。バカにするなッ」といって、それで終わり（笑）。日本は非常に変わったんだけれども、日本人の中のそういう意識はちっとも変わっていないですね。

戦後、男と女の意識変革度の違い

色川　山崎さんはアジア女性交流のお仕事をされて、もう二十年近くになりますでしょう。いま女性交流どころか一方的にどんどん呼んできて、自分の嫁さんにしているわけですけれども。いま佐藤さんがおっしゃったような意識は、やっぱり少しも変わってないですか。

山崎　少しも変わってないですね。農山村の〈国際結婚〉の原動力になっているのは男で、男が、まず自分の小さな家を守って、そして家を守ることによって先祖を守る。男の中にまだ家というものがございますね。そして、その結果、村なり町なり、共同体を維持するんだという。そのために、日本の娘は嫁に来てくれないから、外国から、来てくれそうなところということで貧しい第三世界から女の人たちを連れてくる。

男の人たちは言葉の勉強とか、風俗習慣を知ろうとか、ほとんどしませんね。外国人と接したこともないし、海外旅行へもいったことがなかった人たちが、生まれて初めての海外旅行に村のおえら方の先輩連中に引率されていく。着いて翌日簡単な見合いをする。

どだい日本の男は日本の女とでも会話が不得手ですから、ろくに話もしない。それでも、決めてきて、とにかく連れてきて、うちの中に囲い込めば、自分を好きになるもんだという――その恐るべき意識というのは、やっぱり兵隊さんの時代と変わらないですね。村の中でも、これを推進しているのは、あくまでも男ですね。

一九六〇年代ごろから農家の主婦が、自分の娘だけは農家へ嫁にやらないというかたちで、人生の自己否定をやってのけたわけですけど。これ、けしからんとか、婦徳が衰えたとかいって非難しますけれども、女がおよそ示しうる決定権というのは、けっしてある意味の言挙げするとか、ある意味の積極的なことばかりでなく、こういう消極的な決定権というのが私はすごいなと思います。五十代、六十代の農家の主婦が、死後、夫の家の墓には入りたくないという声も聞かれるようになりました。

夫が嫌いだったとかいうようなことでなく、家の嫁としてしか生きられなかった自分の、せめて死後だけでも家から解放されたいという願望なのですね。そうした自分の二の足を踏ませないということで、娘が農家に嫁ぐことに対しての否定を打ち出し、そこに嫁不足、さらには〈国際結婚〉という現象が登場してきたわけですね。

色川 じゃ、そういう現象は年々ふえているわけですか。どんどんお嫁さんを外からもらってくるという。

山崎 〈国際結婚〉を推進している男の人たちのプランと意気込みとしては、盛んなものがあります。その発想の根底はどこにあるかというと、やはり村の存亡をかけるということがありますね。東北のある山村では人口五〇〇弱ですけど、三十五歳以上のシングルの男が一〇〇人前後いるんです。

私が取材のために村に住み込んでいると、いつも絶対に言わないようなことを、老いたる村長は、やっぱり酒のむと言いますからね。「山崎さん、百人だ。このままにしておけば、いずれ死んでいく。たとえばそれぞれに嫁をつれてくれれば、人口が百人増える。そして子供を二人産めば全部で三百人以上増える。それだけ税収も期待できる。だから、村は維持できる」と。とにかくそういう発想なんですね。

でも、若い娘がいないのかというと、その村の周辺の小さな町に、独身の女性というのは、たくさんいらっしゃるわけなんですよ。私、そういう女性たちを集めまして、大座談会というのをやりましたときに、農村地帯の女の人たちの変化というのに、びっくりしたのです。いつも突然に行くんですけど、「未婚の人も既婚の人も、とにかく山崎という女が来たから、別にテーマも何もないんだけれど、思う存分、自分たちの胸のうちを話さないか」っていうと、わァーっと集まってきてくださるわけですね。

そして、そんなとき、彼女たちは生鮮食品をセット化したキット食品の鍋ものセットというのをパッと買ってくるわけです。ところが農村地帯ですから野菜なんていうのは台所にごろごろあるわけですよ。しかも、女が二十代から四十代まで十人ばかり集まっているわけで、つい私が、「もったいないじゃないの」って言ったんですよ。そのとき返ってきた言葉が、「そのために〝だれか一人〟ないし二人が、台所に立つということじゃ愉しめない」というんですよね。

私、非常に感動いたしました。女の人たちは客が来るといつももてなす役。男を中心として家族たちが愉しみ、談論をする。女はいつもその〝だれか一人〟になって台所に立って、サービスをしなければならないわけです。女だけがたくさん集まったときに、その〝だれか一人〟をその中から出したくないというわけですよ。

そういう感覚というものを非常に日常次元で持ち始めているわけですから、結婚に対しても、家族に対しても、それが人間関係のベースになってくるわけです。だから、村のおえら方やら、それから男の人やなんかが勧める「立派な青年」という結婚相手が、女の目から見れば全然つまんない、向き合うに値しない男だということにもなってくるわけです。

男女の関係だけでなく、いろんな人間関係に対して常に横に水平にありたいという気持ちが、都会の女の人たちのあいだにはすでに少しずつ出てきていたんですけれども、農村地帯でもそうなってきたかと、その物差しで家庭をみ、そして結婚をみ、男を選ぶようになったんだなと、つくづく感じたわけです。

また中高年女性からの離婚請求というのが多くなりましたね。しかも、どうして離婚したいかというのをみますと、むずかしい言葉を使っているんですけど、「夫と価値観がちがう」というのが理由の第一位なんですね。ただ、あくまでも女性は現実的ですから、子育ての時期の女からの離婚請求というのはまだ少ないですね。中高年というのは、子育てを終えていますから、捨て身になって働けば自分の口一つぐらいはなんとでもなると考えているわけです。

三十代の、たとえば子持ちの女が離婚をしますと、日本の場合、協議離婚が圧倒的に多いのですが、養育料というのは、まだ全員の一割くらいの人しかもらえていないので、やはりこの時期は耐えられるだけ耐えようということなんでしょうね。女がそういう意味でいくらかリードを握りはじめたのは、未婚の時代と中高年になってからということがいえると思いますけど。

恋愛観に変化はあったか

佐藤　母親が自分の娘を農家にやりたくないということですが、母親の意思が非常に強力に作用しているわけですね。

そこで考えるのは、日本の男は、戦前は恋愛というのは非常にふしだらなことだと考え、戦後は恋愛こそ素晴らしいことだといわれたわけです。私にとって戦前、戦後を分ける思想史上の重大な変化は何かといえば、恋愛のイメージが悪いことから、いいことへ変化した。これが最大のことだったように思います。

しかし、にもかかわらず、日本の男は、女性を口説くのがうまくなったのか、ならなかったのか、かねがね気になっていることでありまして、これは映画史的に考えて、非常に大きな問題なんですよ。なぜかというと、外国映画とくらべて日本映画独特のものがあるかというと、なかなか考えられない。小津安二郎の映画は静かだというけれど、静かな映画なんて、外国にだってあるんですよ。日本には、小津安二郎たったひとりしかいないんでね。小津の亜流なんて、だれもいやしない。静かな瞑想的な映画をつくる人は世界中にいるわけで、小津がその代表とはいえないんですよ。そうすると、本当に日本的なものは何だろうというと、男のスターで、ラブシーンをやるスターとやらないスターとが画然と分かれているということです。これが日本独特で、外国にない特色なんですよ。

非常に模範的に立派そうな男性、心がすわっているし、軽挙妄動しないし、それからいざとなったら、これほど頼りになる男はいないと、そういう立派な青年、立派な男をやる役者というのは、ラブシーンをやらないです。もちろん例外はありますけど、原則としてはそうなんです。

しかし、これは映画の問題じゃなくて、もう近松門左衛門の時代から歌舞伎で確立された形なんですよ。それは現代の昭和の映画にも引き継がれたし、いまなお、厳として変わらないし、そういうふうに訓練づけられているんですね。戦後になって恋愛がいいことだとなっても、それから半世紀近くたっても、なおかつ、基本的にはそうなんですね。

だから、農村の男性も、男と女の問題というのは個人の問題だから、原則的にはだれかを自分で捜してくればいいわけだけど、立派な青年、模範的な青年は自分で女性をなんとか口説くということはしない。そして女性たちは、母親から農家になんかやらないと言われれば、彼はステキだからということだけで、嫁に行こうということにはつながらない。

日本の風俗は非常に大きく変わったように見えるし、男女関係は自由化したといわれているんだけれども、その基本のところでは、やはり恋愛をするのは少し安っぽい男であるということです。

色川 近世以来そうだとすると、日本人男性の持っている一つの痼疾、個性みたいなものは、ちょっと変わりがたいものですか。

佐藤 どこが変わらないのかよくわからないが、たとえば家庭のシステムにおいて、家のなかで愛情の表現をしちゃいけないとか、また子供に恋愛の訓練なんてするもんじゃないとか、そういう全体のシステムの一環としてあるんでしょうかね。だから、全体のシステムは変わらないし。

色川 演歌のメロディーとか、演歌の一番基底にある情緒ってのは、昭和の初年からあんまり変わってないと思うんですよね。演歌そのものは、べつに日本固有のものじゃなくて、いろいろな要素が入ってできたんだと思うんですけれども、そこに歌われている世界っていうのは、戦後の民主感覚があろうがなかろうが、昭和の前期からあんまり変わってない。歌詞とかメロディーを聞いていると、相変わらず、「あなたのそばに置いてください」とか、「その脇にいるだけでしあわせ」っていう言葉のくり返しですよね。実際はそうじゃないんだ。逆になっているんだけれども。

山崎 あれはモテない男の応援歌(笑)。

色川 応援歌か。そういうところは、たしかに戦後のこんなに大きな生活革命を経てきている六〇年代以降にも、ずっと流れつづけている、変わりにくかったものでしょうね。

もちろん、いまの若い世代が果たしてこのままいくかどうかわかりません。あるいは少しずつ変わっていくのかもしれませんけれども、この半世紀ぐらいの時間では変わらなかったものとしてあったでしょうね。

崩れた「村・家の永続」信仰

佐藤　だけど、村を永続するという建前は、牢固としてあるわけですね。家、あるいは村の永続というのは、柳田国男の指摘するような日本人の基層的な信仰なんですかね。だとすると、それは変わるんですかね。

色川　柳田の指摘したものは、もう基本的には崩れちゃっているんじゃないですか。本当にいま残っているのは長男と、そのすぐ上の親の関係ぐらいで、先祖代々なんていう感じも擬似的なものとしてはあるけれども、もう柳田が考えていたような「家」が日本の社会の基本要素になるという時代は終わった。

柳田は三世代以上つながる家、ある意味では三世代同居の家で、その脇に予備軍をつつみこんだ大きな家を考えていたわけですから、それは血縁集団、親族集団と一緒になって、日本社会をささえるものと期待されていたでしょうが、そういうパターンのものは、もう一九七〇年代ぐらいで基本的に崩れましたね。今は、放置しとけば最小ユニットまでがガタガタになってしまうところで、もうぜいたくなことを言ってはいられない。どこからでも嫁を連れてこいやという状況のような気がします。

じゃ、彼らは東南アジアから女性を呼んできて、家が継承されるということに自信を持っているかというと、持っていないと思う。だって、家の中にはお母さんもいれば、おばあちゃんもいるわけですから、その感情問題がありますからね。村の男たちが考えているようにはゆかないと思うんですよ。柳田が考えたような社会構成の原理としての村落共同体というのは、もう単なる残存イメージだけじゃないんでしょうかね。村の主力部隊はほとんど出ちゃって、近郊の都会や町で暮らしているわけですから。

山崎　ただ、やむにやまれずなんでしょうけれども、男の人たちはそういうぐあいに国際結婚だということっぴもない冒険を蛮勇をふるってやっているんですが、長男だけが嫁不足じゃなく、長女も婿不足なんですね。

長男、長女は残っているわけですから、家を壊しちゃって、長男、長女の家族を合体して、別なる家族集団をつくったらいいんじゃないかという考えが出ていますし、女が主導権、発言権の強い家族では、そういうことが模索されつつあるわけですね。

けれども、ここ十数年の日本の経済構造の変化は高度工業社会というか、情報社会というか、第三次産業社会になってきましたから、農村の一部は残るかもわからないけれども、いま、そういう問題が起きているような農山村というのは、政策の基本的な変更がない限り、どんなにあがいても、切り捨てられていくと私は思っています。

色川　非常に冷淡な言い方をすれば、大勢はそういう方向に動いていくでしょうね。これから農産物の自由化が進めば進むほど、それに対応できる専業農家しか残れなくなるかもしれませんね。

山崎　大型農業といいますけれど、あれは農業の工業化でして、かつての農業とは違うと思うんですよね。そうなってくると、連れてこられたアジアの嫁さん方はどうなるのか。男の人たちはいったいどういう責任をとれるんだろうかということですね。

ただ、そうやって外からやって来た彼女たちも、それなりの採算やもくろみを持ってきてますからね。

色川　ある程度資産をためて帰るかもしれませんしね。

とにかくいま大量に残っているのは、ほとんど二種兼業の農家でしょう。本当に農業でやっている人というのは全体の八〜九パーセントしかない。あと大部分は二種兼業。その主たる収入はみんなサラリーマンとしてとっているわけですね。

だから、それは日本農業が国際化されたとき、一番弱いところ、ドーッと瓦解していくところです。そういうものの上に立っている農村の自治体ですから、たとえば一〇〇人ほど嫁さんを連れてくれば三〇〇人増えるとか、人口が何人になるとかいうのは、まったく架空の計算で、状況はもっとひどいところにきちゃっていると思うんです。

だからね、農業そのものの問題よりは、むしろ過渡期のなかでもがいている村の独身男性たちが、そういうアジアの女性にどう対処していくのかということのほうが、社会問題としては一番大事になってきますね。

山崎　フィリピンとか、そういう国からくる人たちは経済的なハンディキャップこそ持っていますけれども、総じて学歴も高く、やはりトップバッターっていうか、先遣隊というか、自分と自分の家族の生活権を背負って、その責任感を持ってきていますから。

ただ、村長さんのいうようになる可能性もかなりあるわけです。というのは、やはり彼女たちは経済的な目的できているわけですから、富のあるほうに残ると思いますね。

日本の農村が切り捨てられていったとしても、まだまだ比較のうえで日本のほうが豊かですから、だいたい皆さん三年ぐらいいて、そして永住権もとって、日本には残るけれども婚姻関係は解消する、という格好をとっていくんじゃないかなと思う。

色川　大いに考えられますね。西ドイツだとか、フランスなんかでも、そういう例がずいぶんありますものね。北アフリカやトルコ系の労働者がそういうパターンでやってきて居残っている。自立して、フランス市民やドイツ市民になっている人が多いですね。

日本社会がそうなっていくことは、結果としていいことじゃないですか。

生活技術の変化は「女」を変えたか

山崎　私、日本人が変わったことといえば、女性の生活面に、ものすごくあると思いますね。これは一九六〇年以降、資本主義における家事と育児の社会化が行われたことだと思います。

衣食住のうち着る物ひとつをとってみても、昔は着物をほどいて、洗い張りをして、それから熨斗《のし》をして、それから截って縫って、大変な手間だったんですけれど、いまは買うほうがはるかに安いですから、その時間の短縮たるや大変なものがあると思うんです。

食生活でも、電気炊飯器なんて便利ですものね。昔は薪で炊く。私なんか藁で炊かされましたからね。あれ、かまどの前に張り付いていなくちゃいけなかった。

住の場合でも、たとえばお風呂、これも大変な仕事でした。でも今は外出先から電話でお湯が沸かせちゃうわけですからね。そういう時代になって、時間的にも、エネルギー的にもたくさんの余裕を女が手にしました。

それから、性革命というんでしょうか、一九六〇年までは、バース・コントロールといえば中絶だったと思うんですね。それを境として、避妊法が発達しました。IUD（避妊リング）とか、経口避妊薬（ピル）——これはまだ解禁になっていないようですけど、これもちょっと医者の指示さえもらえば簡単に買えます――などがある。家庭生活のなかでは家族計画、バース・コントロールというのは常識として行われた。だから昭和二十年代まで平均出産数はたしか五・六人ぐらいだったのが、今は一・六〜一・七人と激減しました。

また、幼稚園や保育園の就園率はほぼ一〇〇パーセントに近い。女の時間とエネルギーが余っちゃって、それが女を職業に向かわせた一因でしょうね。その反面、教育過熱というんでしょうか、そちらの方向もあると思います。

女も高学歴になりましたけれど、私、女子大生というのは差別された特権階級だと思うんです。本当の意味で働いて生きていこうというのは、やっぱり少数派なんですね。とにかく仮面をかぶって、恵まれたエリートの家庭の主婦になるための適応を自分の内面から計っている。その仮面のもとに男にぶらさがるという考えは昔と少しも変わっていないわけです。

戦前の女はそれより以外に生きる道がなかったわけですが、現代のこうした若い女の価値観というのは、楽をしたいというのが最優先されていますから、男は、男女の生き方におけるあまりの違いにいらだち、その不満を女に向ける。そうすると、女はその鬱屈を、子供を超エリートに育て上げることで満たそうとし、男もそれに力を貸す。なにしろ零歳児からの塾が成り立つのですからね。

そしてまた、高度経済成長はパートという名前の非常に多数の女子労働者を必要としましたから、とにかく外へ出て働こうという方向をとる女が出てきまして、結局この二群に女の方向が分かれていると思うんですね。

色川　そういう大きな変化は、たしかに経済の成長とか、生活の技術が非常に進んだためという理由もあるでしょうけれども、その少し前に、占領時代の改革というのが出発になっているんじゃないですか。

もしも占領時代に婦人解放のいろいろな枠がつくられなかったら……。あれは最初はスローガンだけだったが、男女同権ということで、いろいろな制度の改革に手がつけられた。あるいは教育の場を開放するとか、そういうことを民主化という名前でGHQがやった。これは町でも村でも、多分に実態は貧弱だったんだけど、その方向性が示されたということは、やっぱり非常に大きかったと思うんですよ。

そのあと、それに中身をつける下からの運動なり、技術革新なり、女性の進出なりというのがあって、いまおっしゃったような生活のなかの大転換が可能になったんだろうと思うんですね。

だけど、それじゃ、そうやって蓄えたエネルギーや、時間や、余力をどういうふうに生かしているかというと、そこが大変なんですよね。

それから、今の女子大生は大部分が本当に学問をして、立派な社会人になってやろうなんて思っていない。やっぱりお嫁さんにいくことを前提としている。その原理はもう、絶対、省エネで、エンジョイですよ。そのためには従順なふりをして男を手玉にとるわけです。手玉にとるためには、女というものを出した方が有利なんです。

山崎　だから、仮面をかぶっているわけですね。

色川　多くの人がそういうふうにいくというのは、きわめてノーマルな姿じゃないなと思うんだけれど、そういうふうに家庭のなかでも仕向けているというところがあるでしょう。とくに余力をもったお母さんたちが。

余力をもったお母さんたちが男の子に対しては、管理者になれよ、出世せいよと塾の時代から鞭撻督励をしているのに、女の子に対してはちょっと違う鞭撻をするという、あれはどうしてなんですか。

山崎　女が生きていくということは独身は独身なりに、既婚者は既婚者なりに、この男性社会ではまだ実に大変だということを知っているということと、娘が自分とは異なる人生観を持って、自分とは異なる価値観を持つことへの不安、もっと直截的に言えば、話が合わなくなることの淋しさを察知していて、自分と同じ道を歩いていってほしいんだと思うのでしょうね。

色川　それから、主婦専業の女たちでも、小さなサークルやグループを家庭のまわりにいっぱいつくっているんですね。いろいろな名称の女性たちの集まりをつくっていて、男なんて要らないで処理できる空間がいっぱいできていますね。

山崎　ただ、女の人たちが自分の地域にいろいろなミニ集団を持っているというのは、マイナス面ばかりとは思いませんね。やはりそれは地域活動の一環として、公害反対になってみたり、逗子の市長選挙に結びついたり。地域のああいう主婦のパワーというのも、かなり本格的になってきたなと思いました。

色川　ああいう運動に参加している女の人たちというのはしっかりしていますよ。思想をちゃんと持っていて、ムードで動かされなくなりましたね。

天皇問題をめぐる女たちの態度

山崎　今度の天皇の問題（昭和天皇の重症にともなう社会の〝自粛〟現象）でも、私、あれは自粛ではなく、萎縮だと思うんですよね。自粛というのは、主体的に行為をひかえることで、それはそれで結構だと思うんですけどね。そうでなくて、みんなあちらこちらをみて萎縮したんだと思うんです。

そんな中で、女の人たちは何回も執拗に天皇制をテーマとした集会をやりました。
私なんかも、ちょっとおっかなびっくりでしたけれども、勇気を出して発言しました。そういう集会に国家公安委員というのが六人みえるわけです。その人たちの監視のもとで女がリーダーシップをとった集会を数回行いました。そういう点で、昭和の終わりにようやく女の人たちが、まだ手探りで、なかにはマイナス的に浮遊している人たちもいるのですが、世相におけるリーダーシップを少し持ち始めたという感じが非常にしています。

色川　それを持ってくれればありがたいですけどね。持ち始めたところですか。日本の男があまりだらしないから、しょうがないから出てきたというところでしょうかね（笑）。

山崎　男がどうだからということではなく、主体的に出てきたと思いますね。ただ、これで、「女はそういうことをやってくれて大変ありがたい。男は勤めがあるから、ご婦人の皆さんお願いします」ということでは、やっぱりまずいんですよね（笑）。女はいつも男の補完物という考え方は困ります。

色川　戦後四十年もたって、去年から今年にかけての自粛だとか、言論の立ちすくみみたいな状況をみていると、この四十年はいったい何だったのか。民主主義とか人権だとか言ってきたけれど、いったいどれだけホンモノになっていたのか、庶民の気持ちの底というのは変わっていたのか、いなかったのかということが、大いに問われましたね。
明治維新の研究とか、日本の天皇制国家論とか、あるいは立憲君主や絶対君主の問題というのは、口がすっぱくなるほど論争し、何千本という論文がこの四十年ほどのあいだに積み上げられてきました。
ところが、Xデーが来て、いざ蓋をあけてみると、この三～四ヵ月のあいだにさまざまな天皇論や日本国家をめぐる報道、あるいはエッセーが出ましたが、これまでの私たちの研究の成果などほとんど反映してない。これは、私たちがやってきた仕事があまりにも孤立していて、マスコミに無視され、社会に何のインパクトも与えなかったということなのか。それとも、ジャーナリズムはそれを書いてくれたんだけれど、結局、体制側による歴史の偽造に敗けてしまったんだろうか。それとも、日本国家というものの基本的な枠組みが戦前も戦後もそのままずっと続いてきたためなんだろうか。

もういろいろながっかりするようなことにぶつかりまして、いささか自己嫌悪に陥ってしまいました。

山崎 お気持ちはわかります（笑）。私、あの時期、ある高校に講演に行って、「いよいよXデーがきたら、先生方はどうなさいますか」という質問をしましたら、男性の教師と女性の教師とでは明らかに反応が違いましたね。男性の場合は、「通達がございますから、それが来てから考えてみます」ということなんですね。女性の側は、通達がありまして、そこまでは同じ。でも、「それを職員会議で検討して、その結果で決めます」と。

それで、あなた個人の意見はどうなのかといったら、「特別な弔意をあらわすということには大反対です」と女の先生はおっしゃいますね。管理職指向のある男性は、上をみたり下をみたりして、必ず横の様子が気になるというものだと思いました。ですから、上下をみない女性は横に連帯できるんですね。

色川 本当に戦後民主化といったって、庶民の心理のなかにある、ああいった特別な存在に対する漠然とした畏敬といいますか、半ばカリスマ的なものに対する感覚というのは、四十年たっても抜きがたく残っていたんだなということがわかりますね。

山崎　そういう天皇カリスマに対する畏敬の念ではなく、お隣もやるからうちもという集団指向、これが基盤だったという気がしますけれども。

色川　集団指向がたしかに同調心理となって横並び自粛をやらせましたが、そういう集団主義的にみんなが自粛する、もうひとつ手前のところに、メンタリティというか、心のなかに、やっぱり天皇に対する何かがちょっとあるような気がしますね。

山崎　私は、あんまりなかったと思いますけどね。ちょうど私ぐらいの年齢から上の人、それも男性には多少あったでしょうけど。

それよりも、ここで〈自粛〉に逆らって自分だけ目立って損をするのはかなわないという利己主義が束になって〈自粛〉現象をまき起こしたのだと思っています。ヤングが記帳に行きましたね。それだって、私は、言ってみれば初詣のようなもんじゃなかったかと思ってます。天皇信仰などとはまったく関係なく、皆がするパフォーマンスには自分もちょっと参加しておこうかという――めったにないチャンスですものね。タダでいけるし。記帳は無料ですから（笑）。「行ってみようか?」「行ってみよう」って。集団指向性だと思うんですけれども。それで、行ってみますと、なかなかきれいにセッティングされているわけですよね。そういうことで行ったし、それから、若い世代というのは、マイクを向けると、一応おとなが言っているようなことを口伝えに、幼児が反芻するみたいに、なぞらえて言う術が非常に巧みですから。

色川　喜ばせるようなことを言うわけ?

山崎　ええ、私はそうだと思っていますけど。

色川　私は学生たちを相手にして、何度か二〇〇人ぐらいの単位でアンケートをとりましたけど、もちろん私たちの世代よりは、天皇に特別な感情を持っている人はすごく少ないですよ。ものすごく少ないけれども、しかし、それだって天皇肯定派が半数近くいるんですからね。

山崎 統計でみると、天皇制や皇室に対して無関心な人が、二十代では過半を占めておりますね。

色川 知識がないですからね。今までどんなものか全然わからなかったですから。でも、ある程度知ってしまったこれからはきっと違いますよ。特別なステータスをもった人に近づきたいという願望は強いですから。

山崎 今度の自粛は、そのデモンストレーションであったわけですか。

色川 徹底して宣伝しましたから、意識は変わると思いますよ。その場合に、ヨーロッパの個人主義みたいに、きちっと「自分はこういうプリンシプルだから嫌だ」というふうに言わない、日本の若い人はまだ言えないです。それは、これからの課題に残っていくと思うんですがね。

明治・大正・昭和の「時代相」

色川 〝昭和人〟なんて複雑怪奇で……。明治人というのと大正の人というのでは、イメージが非常に違ってとられますよね。明治は、きわめて重厚長大な時代で、威厳のある重苦しい天皇が上にいましたから。大正の時代は、その点ではうんと軽く解放されたような感じが強かったと思うんですよ。ある意味じゃ、伸び伸びした発言もできた時代だと思います。それとくらべて、昭和というのは、一筋縄じゃいかんでしょうね。戦前と戦後でガラッと変わっているんですから、性格づけに困るんです。

佐藤 明治というと、わりとひとつ明治のプリンシプルというのがあったような感じがあるわけですね。そしてまた、大正は大正で、短い時代だから、ひとつのムードがあって、昭和に何があったかというと、なんか付和雷同の時代であったような気がするんですがね。

ある一時期ものすごく輝いてみえる業界とか職種、たとえば戦時中の航空機産業とか、戦後は映画界、そしてリクルートとかいったものがあって、そこに優秀な青年たちが付和雷同的にいっせいに流れ込む。そして十年後にみんな裏切られたという思いをもつ。そういうことがだいたい十年おきぐらいに繰り返されてきたのが昭和という時代であったという気がするんですがね。

何十年の見通しをもてる人間がいればともかくとして、だいたいそんな長いスパンの見通しなんて人には立てられないから、非常に偶然的であるわけで。だから、なんとなく左右を見回して、みんながどこを狙っているかということにしか指針が求められないという感じですね。一番安全なところはどこかと。要するに、安全指向と、それから数字指向ですね。偏差値とか。

何が頼りになるのかわからないという気持ちをくり返しくり返し、新しい世代に与えてきた。昭和という時代はそういう時代で、自分に何か衝動があって、自分の好きな道はこれだという原則は非常に拭い去られている。だからみんなプリンシプルなんてない。時代の流れを読むことだけが生き方の基本にあった。そういう時代であったような気がします。

明治にはひとつの型を持った〝礼〟というのがありました。それももちろん侍、知識人、農民、みな少しずつ違いますが、それぞれの階層にひとつ秩序をなす〝礼〟があったんです。それが明治文化というもののベースで、生活様式のスタイルも、そこから著しく乱さないようなところで安定していた。

だから、日清、日露という大きな戦争があったり、近代化による変動があったにもかかわらず、生活そのものは淡々としていたように思うんです。昭和になってからでしょうね、それがひどく乱調になったのは。

ひどく時間に追われて、相場師みたいな目つきをみんなが持つようになったり、乱調になって、服を脱ぎ替え脱ぎ替えしてきた。時によって、軍服になり、国民服になり、敗戦後はひどい襤褸《ぼろ》になり、また背広を着、ミニやジーパンになったり、ということで、でも、中身はあんまり変わってない。

山崎　私は、女の人はちょっと変わったと思いますよ。変わりましたでしょう?

色川　たしかに、変わった。

山崎　昭和は付和雷同の時代で、乱調の時代であるということが言えるわけですが、私は女性の変化というものが、その乱調のひとつのトーンをなしていると思うのです。女と職業そして結婚、この三つの関係が大きく変わったと思いますね。

昭和の戦前期までは農家や商家などの家業は別として、女が生涯職業婦人として生きるということは特別のこと、マイナス・イメージで捉えられていて、戦後も十数年は結婚退職が当然でした。それが一九六〇年頃に入りますと、共稼ぎ族が登場。これは一見男女同権風なのですが、実際は女性が仕事も家事も育児も一手に引き受けるという点で、性別役割分担意識の壁を強く感じさせました。

それが、七〇年代の半ば頃になりますと、新〈玉の輿〉願望が若い女性のなかに生まれ、それと並行して「職業によって、自己実現をはかろう」というキャリア・ウーマン・タイプも誕生してきます。この人たちにはシングル派も多いけれど、結婚もしてなおかつキャリアを積んでいこうという人たちもいるのですね。

一方では、主婦の再就職による低賃金パート労働者の大群があります。私が現在注目しているのは、働く女性のなかのこうした二極分解現象なのです。働く女性のなかの隔差が女性間の新たな差別を生むのではないか、生んでいるのではないかということで注目せざるを得ないのです。

さらに、この女同士の差別がよりあらわになっているのが、第三世界の女性と日本女性との関係でしょうね。

売春観光が主婦容認の上で成り立っているということは、第三世界の女性を性の道具として見ているからですし〈じゃぱゆきさん〉の労働条件も日本人ホステスとの間に明らかな差別がある。さらにいうなら、農村男性との国際結婚も、日本女性が結婚したがらない男の人の花嫁として、第三世界の女性が選ばれているということも言えるわけです。これは、何も女だけの問題ではありませんが、みんなの嫌がる仕事、いわゆる「ブラック・ワーク」に第三世界の人たちを充当する日本の経済構造が、私たちのなかにあらたな差別意識を生んでいると思うのです。

色川　企業は企業で、安定した伝統的産業をだんだん育てていくという明治的パターンでなくて、もう急ピッチのスクラップ・アンド・ビルドでしたね。

ヨーロッパの技術や進んだアメリカの技術を見ると、すぐ持ってきて、三年前に建てた工場をスクラップにし、輸入技術に合わせてすぐビルドする。これの連続です。ですから、非常にあわただしい。これでは主体的な、どっしり落ち着いた、一定の秩序をもった、あるスパンをもった計画的な文化というのはできないわけですよ。それが社会心理にも非常に響いていると思うんですね。

山崎　すなわち、経済の論理がすべてに優先して、それに女も男も振り回されている。人間の尊厳とか価値が急速に低下し、少しでも異なる人たち、ハンディキャップを持った人たちを弱者としてふるい落としていこうとしているのが日本の現状です。少しでも違う考えや生き方を持っている人を排斥する。そこに先頃の〈自粛〉現象も起こったわけで、日本は恐ろしい国になってしまったと痛感しました。

色川　昭和は、そういう意味ではあまりにも脱ぎ替えの激しすぎた時代で、だから、明治、大正の持っていたものと対照できるものを、まだ、整理して提示するということはできないんじゃないかと思います。

ただ、このあいだ、大岡昇平さんが遺言みたいなエッセー（『朝日新聞』一九八九年一月二十四日「遺稿 ひとむかし集」）のなかで書いていましたけれども、昭和文学は元禄に匹敵するものを生んだと言っていましたね。たしかに創造的なものは生まれたかもしれないけれども、それが歴史的な遺産として継承されるところまで行くのでしょうか。

そういう乱調の時代を生きた人間として、自分で自分を整理できない、それが今の昭和人間じゃないのかな、という気もしますけどね。

佐藤　昭和で何か生んだものがあるかといえば、たとえば憲法の〝戦争放棄〟なんていうのは、これはきわめてユニークなものだと思うんですけどね。

たしかにいろいろ問題はあるにしても、ある範囲の平和思想が国民的な合意として成り立った点が、非常に心の拠り所であり得たと思いますが、いつのまにか国民総生産が増えたら、それにしたがって軍備も世界で有数のものになっちゃって。

色川　理想の高いすばらしいものをつくったけれども、現実はすぐそれを消去しちゃうような、現実もつくったわけですね。

山崎　人間の論理を弱者の立場でいかに確立するかということでしょうね。空前の老人社会を迎えることが明らかな現在、経済原則だけでどこまで突っ走れるものなのか——そのことに、ほんの一部ですけれど、女の人たちは気づきはじめている。そして、第三世界の女性たちとの連帯の集まりなどにも参加しはじめているんですね。その芽を大事に育て合いたいと切実に思っています。

色川 大きな目でとらえれば、江戸時代とくらべて、昭和なんてまだたったの六十年ですから、そういったすごくごちゃごちゃした激しい時代を通って、その混沌のなかから、秩序、あるいは新しいスタイル、〝礼〟みたいなものが形成されてくることを期待したいですね。そのときに、次の世代によって昭和ははっきりと相対化されるのかもしれないと思います。

（注）当時、色川は「日本はこれでいいのか市民連合」（一九八〇～九四）の代表をつとめており、一九八八年九月、Xデー（天皇が亡くなる日）近しとして自粛ムードが社会を蔽い、日常生活を圧迫したとき、その沈滞を打ち破ろうとして、「天皇が死んでも侵略の歴史は消せない」という横断幕を持った街頭デモを連日決行している。

（『春秋生活学』一九八九年春、第四号、小学館）

水俣から東京へ、東京から不知火海へ

いしむれ　みちこ　一九二九〜。熊本県天草郡河浦町生まれ。代用教員、主婦業などを続けながら、一九五八年谷川雁の「サークル村」に参加、文学活動を開始。六九年に発表された『苦海浄土　わが水俣病』が最初の作品。それからも『椿の海の記』など不知火海を主題にした作品を発表し続ける。

（撮影・大石芳野Ⓒ）

海と空のあいだに

石牟礼道子

石牟礼さんの初々しさ

この対談は、私がまだ「不知火海（水俣）総合学術調査団」を組織して水俣通いをしていた（一九七六〜八五）半ばに行われたもので、最近、私あてに寄せられた手紙にあるように懐かしいものであった。お許しを得て、その文面を引いてみよう。

「先日はNHKEテレで若々しいお姿を拝見いたしました。長い間お便りもせずにいたことをおわび申し上げます。その節はたいへんお世話さまになりました。水俣の八幡プールの上で不知火海の調査をお願いしたことを思い出して懐かしさに耐えられませんでした。よくもお引き受け下さったことと、今さらのように恐縮しています。十年もの間、遠い所をおいでいただいたこと、あの世に行っても忘れは致しません。母が色川先生のことを大好きで、いそいそとお煮染《にし》めやお団子をつくっていたことを思い出しました……。」

これは昨年、代筆者に口述筆記された私への手紙である。

さて、石牟礼さんとのこの対談は、おたがい、まだ若かったころの、そして『苦海浄土』（一九六九年刊）を産み出すころの、初々しい雰囲気を伝えてくれる貴重なものだ。この人が後に『石牟礼道子全集』全十七巻別巻一（藤原書店）を出し、朝日賞など数々の賞を受け、『文豪』などと称されるなど、ご本人にも想像できなかったことであろう。こうした呼ばれ方をもっとも愧《は》じらっているのは石牟礼さん自身であろう。彼女にはそうした初々しい感性が生々しく残っていることを、この対談から二十五年後の私への右の手紙が物語っているからである。

色川　この巻（『図説昭和の歴史』第十一巻）は、「経済大国」という題名で、昭和三十五年六月から、オイルショックの前あたりまでを扱います。

水俣病の事件というのは、日本の高度経済成長の性格を暗部から浮き上がらせるという、非常に象徴的な意味をもったものでしたね。そのとき水俣で生まれて、水俣におられた石牟礼さんからいろいろとお伺いしたいと思うんです。昭和三十二、三年ごろは水俣にいらしたわけでしょう。

石牟礼　おりました。

色川　そのころ、魚の死体が真っ白に海に浮かび上がって、いまの水俣湾の沖から、二〇キロぐらい遠くの芦北や天草の方まで漂っていたとか、あるいは貝が口をあけて悪臭を放っていたとか、カモメやトンビが、飛行機みたいにきり揉みをしながら海へ落ちて死んだとか、猫が狂い死にして集落からだんだんいなくなってしまったとか、そういう話を聞いたりするのですが、そのとき実際に気がつきましたか。

石牟礼　気がつきました。わたしの家は水俣川の川口、海と川の境ですから。その川口に新しい橋がかかりまして、橋ができると渡り初めというのをやりますでしょう、親子三代の。それで田舎のことですから、橋の見物にみんな山の奥の村から出てきます。その新しくできた橋を皆さんが見物にいらして、ふっと下を見ると、ものすごい魚が……。全部でんぐり返ってるのが橋の上から見えて、橋を見物にきた人たちが、「どういうことじゃろか」って言ってたのを非常に印象ぶかく覚えています。

わたしは海にいくのがたいへん好きで、実際、魚を捕るとか貝や海藻をとるとか、そういうこともですけど、ただ海をながめてるのが好きでよく行ってましたけど、海岸一帯ににおいがする。それは貝がフタを開けて死んでる、その腐ったにおい。それと、その川口にチッソ産業の排水口——一九五八年、チッソが昭和三十三年に排水口を変更したんです。その排水口から流れてくる、有機水銀のはいった毒物の残滓のにおいといっしょになって、なんとも異様な、非常に不吉な感じだった。いっせいに住民たちは、その排水口から流れてくるにおいと、貝の死んでるにおいと、嗅覚でもって不吉な予感がした。非常に象徴的な年ですね。

色川　そういう予兆があって、それで石牟礼さんが『苦海浄土』のもとになるノートを取り出したのはいつごろなんですか。

実際に『熊本風土記』に最初に発表なさったのは、四十年ごろでしたね。だからその前だろうと思うんですが……。

石牟礼　一九六〇年、安保のころにもう書きはじめていました。ただノートだったりで……頭の中ではもう書きはじめてました。

色川　『苦海浄土』は、小学校や中学校、高校の教科書にも載っているわけですから、今はそれを通して、石牟礼さんのことや、水俣病のことはかなり知られているわけですね。その前から『苦海浄土』に出てくる人たちのところへ、ぼつぼつ訪ね歩いて。

石牟礼　最初は市役所の人たち、赤崎覚さんとかほかの人たちが家にきましたから。市役所に、熊本大学の、いま思えばあとからできた赤本《あかほん》、あれのもとになった、疫学調査の報告書ですけど、「なんかあるばい」っていうのを小耳にはさんだ気がするんですよ。

そこへいきましたら、家によくきてた人が、「これはマル秘じゃもんな」とか冗談いいながら、すぐ見せてくれた。それがあとで赤本（宇井純が書いた水俣奇病患者の記録）になった。そのときに、

『苦海浄土』に最初に出てくる野球をする松沢少年の、いま思えば、そのお姉さんの症状を書いてあったんですね。〝犬吠え様のうめき声〟と。わたしの家の前の避病院でその人は死んだんですけど、それを知らないの。そういう人たちが避病院にきているというのは……。いまの家の前のほうにありました避病院。それを最初に読んだんです。それを読んでから市立病院にいったんです。

色川　そのころは患者といっても、ほんとにわずかでしょう。三十人くらい。

石牟礼　そのぐらいですね。そこの細川ノートに出てくる、最初に厚生省に報告されたあの患者さんたちですね。だから症状を前もってつかんでた、そういう意味で。実際、犬吠え様のうめき声というのをそこで聞いたわけ。いきなり、病室に入ったら……。

色川　松沢さんの家で？　漁民で？

石牟礼　漁民です。もう松沢さんは死んでる。

色川　はじめ、あれは『海と空のあいだに』という題でしたね。あれは自分でおつけになったの。

石牟礼　そうです。

色川　それが『苦海浄土』という名前にかわったのはいつごろなんですか。

石牟礼　あれはね、『熊本風土記』（雑誌）を上野英信さんがいらしたときに、いまこんなの書いてるって、わたし、おあげしたんじゃないでしょうか。そしたら上野さんが黙って、最初岩波に持っていかれて、それから講談社に持っていかれて……それはお願いしたわけでもないのに、まったく自発的に上野さんがしてくださって、いよいよ講談社に決まってから、本にしましょうとおっしゃった。

わたしはそのころは『サークル村』なんかを経験しているものですからね。ある意味では戦術論として、かなり自覚的に書いたんですね。水俣病を世に出すための戦術論の下書きというか、そのつも

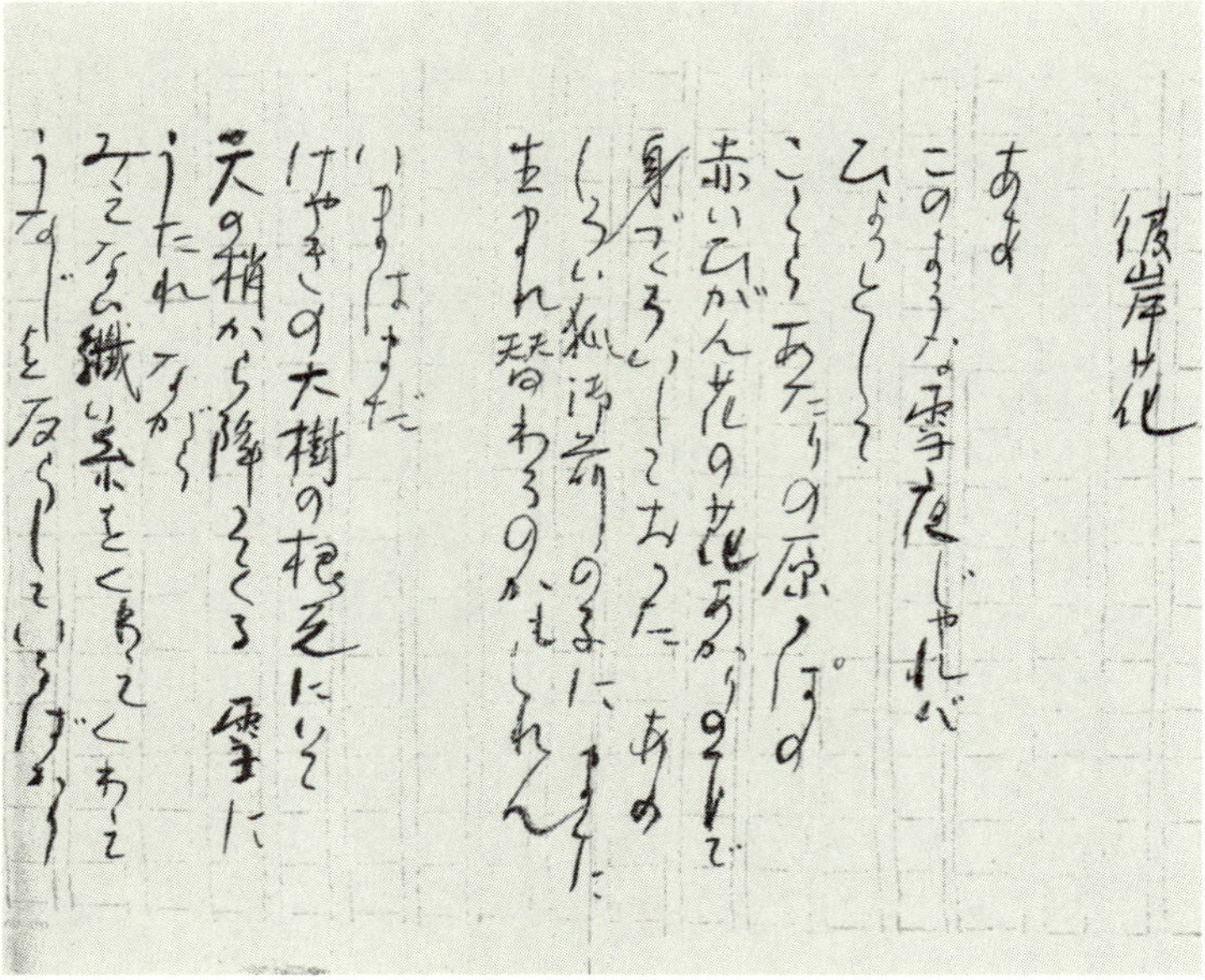
彼岸花

ああ
このような雫夜じゃれば
ひょっとして
ここらあたりの原っぱの
赤いひがん花の花あかりのそばで
身づくろいしておった　あの
しろい狐御前のように　あまた
生まれ替わるのかもしれん

いまはまだ
けやきの大樹の根元にいて
天の梢から降ってくる　雫に
うたれながら
みえない繊い糸をとくとくとくわって
うなじを反らしているげな

りで、かなりそれは自覚して書いたんです。上野英信さんという方がいらして、いよいよ本になるということが決まったころは、もう水俣病対策市民会議というのをつくらなきゃあならない……その本ができる時期と、それを合わせたほうがいいというふうに思ってたんですね。

それで水俣だけじゃあ、力が、やっぱり物理的に足りないから、情宣活動なんかはじめて、お金も人間も足りませんからね。で、最初の『風土記』で縁があった渡辺京二さんのグループの力を借りなきゃいけなくなるだろうというふうに思って、そこまでは考えていたんです。

だけど本になるっていうから……出版社の人のいうには、『海と空のあいだ』とつけたら、売れないって

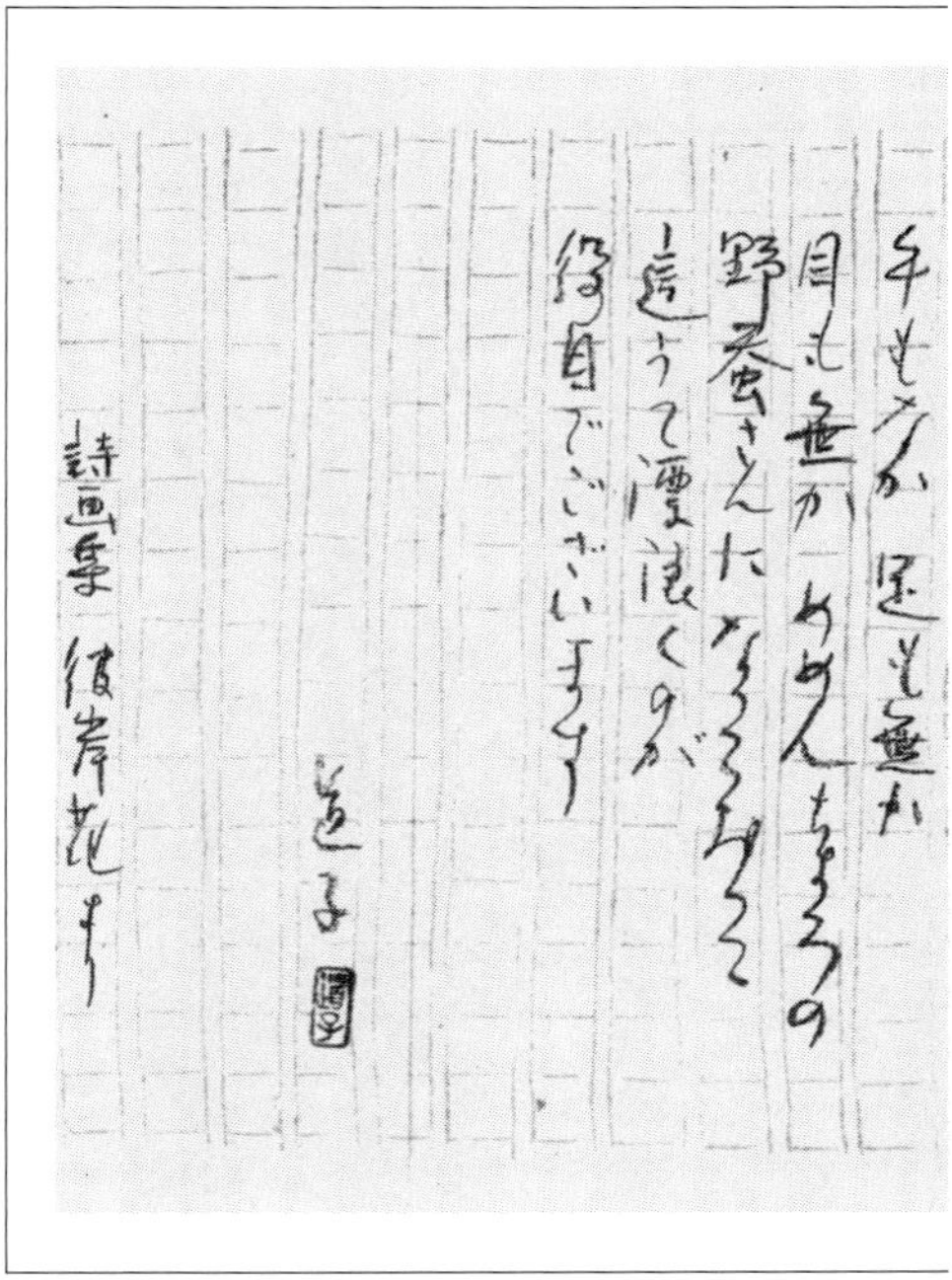

一九七五年十月、北京から買ってきてあげた「道子」の印を喜んで、七六年の正月書き初めを送りくる。

……。

色川　だれが「売れない」って言ったんです。

石牟礼　上野さんがおっしゃったのか、出版社の人がおっしゃったのか、このままじゃあ焦点が定まらないって。わたし、かなりその題は好きだったんです。

色川　『海と空のあいだ』はね。でも、漠然としてますね。海と空の何を問題にしてるのかということがわからないわけね。

石牟礼　それはもとの題としていまでもずっとあるわけ。空と海の間に何があるのか、そういう間のことを……ずっとそれを書いているんだというのがいまもありますけど、そういわれると、はアー、そうなのかなアと思って。先生と三人でどうしたらいいかなァと思って……。
それで、おじいちゃんたちが巡礼にいくときに、持って歩いた御詠歌を見よりましたら、「繋がぬ沖の捨小舟《すておぶね》、生死《しょうじ》の苦海《くがい》果もなし」という御詠歌があったんです。
色川　いい句ですねぇ。ああ、それから着想された?
石牟礼　はい、それで〝苦海〟というのはいいなァと。しかし苦海だけじゃあれだから……そうすると、パッと〝浄土〟というのが出てきて、そのとき焦点をしぼることができた。
色川　そのときには石牟礼さんと、弘《ひろし》先生（道子さんの夫）と、もう一人だれがいたんですか。
石牟礼　上野さん。
色川　三人でお話しなさってるときに決まったわけですね。いわれはそうですか……。
話はかわりますが、はじめて上京されたのはいつごろですか。
石牟礼　上京いたしましたのは、これまた別のあれで……高群逸枝《たかむれいつえ》さんのあれ……昭和三十七、八年ごろ水俣病を調べるために、水俣の歴史を調べんといかんと思って、図書館の先生、中野先生という、とても篤実な人がいらして、その人に根掘り葉掘り尋ねにいって逸枝さんの本があったわけです。
色川　じゃあ水俣の淇水《きすい》文庫で、高群逸枝のそれにめぐり合ったわけですか。
石牟礼　はい。
色川　ああそんなに遅いんですか、高群さんは?
石牟礼　そうですよ。
色川　じゃあ水俣病事件がはじまったあとですね。
石牟礼　三十七年だったと思いますね。そのとき『現代の記録』というのを、たった一冊、雑誌を出したんですよ、私が。松本勉さんと赤崎覚さんと三人で。

色川　そのころ水俣で雑誌を出した。

石牟礼　一号……三号雑誌というけど、一号雑誌。それには西南役伝説を載せました。それと、チッソの労働争議があって、あれにたいへん刺激を受けておもしろかったんで……。

色川　そうですか。『現代の記録』というのは見てないなあ。

石牟礼　一号雑誌。でもはじめて雑誌をつくって、よくわかったのは、お金がいるのをはじめて知って……雑誌つくるのにお金がいるというのを発見した（笑）。でもなんとか借金払っちゃったですよ、売って歩いて。

でもそんな雑誌をつくった話なんて。一般の読者には興味ないですよね、きっと。

色川　それはぼくにだけ興味がある（笑）。

石牟礼　それで高群さんのを雑誌に載せたいと思ったの。高群さんと素人……まあなんにも知らない、こわいもの知らずで、往復書簡を高群さんと、その雑誌にね。

色川　ああ、『現代の記録』に……。

石牟礼　はい、第一号には。ところがお金がなくて……で高群さんも亡くなられまして……。お手紙を書いてたんです。

色川　そのご縁で、東京の世田谷の〝森の家〟、高群さんの家へいったわけですね。

石牟礼　橋本先生が尋ねてこられたんです。

色川　どこへ？

石牟礼　わたしのいまの猿郷の家に、『苦海浄土』のなかの「天の魚」の章、あの杢太郎少年というのが出てくる章は、東京の〝森の家〟で書いたんです。そして渡辺京二さんに送ったの。とにかく橋本先生に読んでいただいてそれから渡辺さんに送って……。

色川　それは『熊本風土記』に載るころですね。じゃあ昭和四十年か、四十一、二年ごろだ。そのころ東京は高度経済成長の真っ最中で、世は昭和元禄なんていわれてたころですけど。

あのころの水俣の、しかも海辺の状況というのは、うら寂しい、貧しい姿だったでしょう。そして高度経済成長の真っ最中の、大気汚染なんかのすごかった東京へ出てこられて、どんな印象でしたか。

石牟礼　そうですねぇ、わたしの頭のなかには、高群逸枝さんの〝森の家〟しかないわけですね（笑）。

色川　〝森の家〟しか……どこをどう通ってきたか覚えてない？

石牟礼　いえ、覚えてます。東京に着いての印象というよりは……もうまるで田舎者ですからねぇ。熊本までは、短歌をつくったり、ちょうど三十年前後は熊本に行きはじめてて……もう熊本にいくのはたいへんですから……。いまの東京へくるよりも、もっと気持ちはたいへんですよ。何ヵ月も前から考えてて、熊本へ行こうと思って……。そしていろいろ準備をして……。

つまり主婦ですから、いろいろ完璧に家事をやって……一日留守をしなきゃあいけない。いったあといろいろ言われないように……。子供も連れていかなきゃいけませんから、熊本へいくために子供の服を縫うわけ。その縫うのも、新しい生地を買ってくるんじゃなくて、アメリカ軍の放出物資というのがそのころありましたでしょう。安くてとても生地のいいの。それをほどいて、そして仕立てて、都会に連れていくんだから。田舎の子は長ズボンだけど、都会は半ズボンでしょう。だから子供に、非常にカッコいい半ズボンとチョッキを、アメリカ軍のあれでつくって……。

色川　自分でつくられたわけですね。

石牟礼　ええ、必ず自分でつくりました。子供の全部。そういうことはしなけりゃいけないから。

色川　そうして一日熊本へ出ていくんじゃあたいへんですね。用意が。

石牟礼　だから二、三ヵ月かかるんですよ。それでいくと、もう刺激が強くて、熱が出て寝込んでました。

色川　熊本へ一ぺんいくと。

石牟礼　はい。だって、ラフカディオ・ハーンがなんとか、小泉八雲がなんとかかんとかって、歌人たちが話すわけ。なんか聞いたことがあるなァと思ったら、あっ、教科書に載っとったと思って……熊本にいたんですってねえ。それから夏目漱石がなんとかって出てくるでしょう。

そのときのわたしの感じは、教科書なんかに載ってる漱石なんて、自分とは別世界の人、日常のなかにない——わたし、女学校出てないんで……。高校生を見たことないんです、いわゆる旧制高校生を。貫一お宮の、貫一さんのような姿をした人を見たことがないの（笑）。

その小泉八雲とか、夏目漱石とかの話を歌人たちが……いやあ、こりゃあたいへん高級な話題を日常この人たちが話して、それで貫一さんの姿みたいなのが頭に浮かぶ……五高生がなんとかって……。

色川　第五高等学校ですよね。

石牟礼　それを第五高等学校とはおっしゃらない。五高生、五高生と。その語感が、なんのことかなあと思って〝ごこうせい〟というその熟語が、わたしには何をいってるのかわからない。それをわかるのにたいへんこう……だから刺激が多くて。知恵熱みたいな熱がでるの。

色川　だってそのころ三十四、五歳でしょう。

石牟礼　ですけどねえ。ハシカなんかに罹ったような感じになって、たいへんなんですよ、熊本へいくの。

色川　じゃあそれである程度慣れていたから、東京へきても別にどうということもないんですね。

石牟礼　慣れないんです。だって一日行ったばかりで、刺激というのは吸収しきれませんから。それで歌人たちが終わってからみんなで喫茶店へ行くんですよ。あれどうやって座ればいいのかなァと思って、立ちすくんでね。だって座り方がわからないんですね。そして忘れもしませんけど、コーヒーなど飲んだことなかったですから。わたしの家では、そんなコーヒーなんて飲まない。コーヒー出されたらどうしようと思って……帰ってコーヒーの飲み方という本はなかろかって（笑）。

色川　よくナイフの持ち方とかありますね。

石牟礼　はい。なんかこう回すとかね。古本屋でそれを見つけて、あった、あったと思って……。それでジーッとにらんでるんですよ。手出せなくてね（笑）。まずそれ困って、またそれで熱が出る。そのつぎに忘れられないのは、あんこがクリームみたいなフワフワした……あのお菓子。

色川　シュークリーム。

石牟礼　そうそう。水俣にそんなのないんですもん（笑）。これいったいどうやって食べたらいいか……小さなフォークが添えてある。こうやってもちっともねえ、だってどうもならんですよ、あれ。

色川　引っかき回しちゃどうにもならん。

石牟礼　もうそれで上がってしまって、ほかの人がなんかしゃべってるのがいっさい聞こえない。もうシュークリームめっちゃくちゃにしてね（笑）。そしたら何年かたってから、またものの本で、シュークリームを食べる場面があって、シュークリームは手でこう引き裂いて、なかのクリームをこうつけて食べればいいんだと、あーァ、これをもっと早く読んどきゃよかったァ（笑）。それで、これは油断ができんと思って……。もう全部そうなると刺激が強くて。もう全然慣れることはないですよ。いまでもそうですけどね。何が出てくるかわからんって、いまでもしてますけど（笑）。

東京へはじめて行ったとき、いちばんびっくりしたのは、関門海峡というの。〝あッ、いま通る〟というふうに思いたかったのに、それがわからなかったので、あーしまった、気をつけていればよかったなァと思ったと同時に、ずうっと思ってたのはあれですよ。

地図の上では、九州と本土が切れてるでしょう。切れてるんだけど、関門トンネルがつながったこともあって、土のことを水俣ではジダというでしょう。だから、あらッ、東京と水俣はジダがつながっとるなあって……それが非常に、くり返しくり返し……山もずうっとつづいとるし……。どこかポコッとあると思ってた、東京が。途中でだんだん家がふえて、岡山あたりに薄紫のツツジみたいなのがポーッと咲いてる時期だったんですけど、それが曲がって、川があって当然だけど……。東京がポコッとどっかにあるかと思ったら、途中でだんだん家がふえていって、ドーッと東京だと。ハアーッと……ジダがつながっとったばいなあって。いまでもそれはあります。そういうつながっているって……。そうするとお日さま、そういえば戦場で見る月も、どこで見る月も同じだという、流行歌があるでしょう。なるほどって思って……（笑）。まあ東京にいったことの感想の最大のものは、それにつながっておりました。

色川　そういう石牟礼さんの感性そのものが、ある意味では近代化とか、高度成長とかなんとかいうものから、まったく異郷というか……別の世界に生きておられたような感じですね。感覚的に。

そこへ突然、近代化のいちばん最先端の化学工場が毒水を流して大事件をひき起こした。おそらく、水俣だけじゃなく、四日市でも、大阪湾でも、川崎でも、そういうところで、漁民のようなつつましい生活をしていた人たちは、だいたい似たような、〝ドンデン返し〟を感じたんでしょうね。

石牟礼　だと思いますよ。

色川　昭和四十八年に熊本で水俣病の裁判があって、一般の人は、水俣病を出したチッソは悪いということが裁判で認められたと。それで補償金を出すことも決まって、チッソも毒水はもう流さんということになったんだから、事件は一応区切りがついて、そのあとは後始末のようなものをして、少しずつよくなっていく、水俣病というのはもう発生しないし、罹ってしまった人も、年月がたてば治っておさまっていくと、一般の人は感じていると思うんですよ。しかし実情は、水俣におられてどうなんでしょう。

石牟礼　チッソは判決後七年間たってなんにも解決しないで、事態はますます深刻というか……。わたしの水俣はまたちょっとちがうんですね。

色川　いっぽうでオイルショックのあと、景気はこれから悪くなる、日本の経済はいままでのようにうまくいかないんだから、公害だ公害だというふうな、贅沢なことはもういっちゃあいられない、会社を守るので精一杯だという、そういうのが、もうこの五、六年の全国的な風潮ですね。

石牟礼　死んでもらいますって思っているのかもしれませんね。死ねって……。

色川　そうかもしれません。日本の資本主義にとって、財界とか経済界にとって、厄介者なんですよね。それがいつまでも死なないでがんばって、やれ裁判だの、やれ補償金を払えとか言ってくる……払っても、払ってもしがみついてくる厄介者を抱えているという、そんな感じでいるのかもしれません。

石牟礼　そういう考え方が、一般国民の世論のなかに、ある非常にネガティブなかたちで出てくる……。「まちっと（もっともっと）麦飯に水銀かけてすすり込んで、はよ死ね、死ね」っていうふうなことばを聞いたことがありますよ。

色川　それは？

石牟礼　県なんかに陳情にぞろぞろいくような未認定患者、ああいう連中は、「まちっと麦飯に水銀かけてすすり込んで、はよ死ね、死ね」って。

色川　ぼくは思うんですよ。同じ水俣の市民が、それもあんまりお金持ちでもない普通の市民が、そうやって最初は「奇病、奇病」といい、後には「水俣もんの恥じゃ」といい、しまいには「おれたちの飯茶碗をたたき落とすようなやつらだ」といったり。同じ市民が、同じ町に住む勤労者がそういうでしょう。

それ芥川龍之介の『蜘蛛の糸』という小説に似ている。みんなが地獄から這い出すために、細っこい一本のクモの糸にしがみつく。そうすると、先にすがった人が、あとからすがりついた人間を足で蹴落とそうとする。その悪口をいう人も、クモの糸にすがっているわけですよ、結局。ところが、上からそれをのぞき込んで、厄介者が上がってくる、上がってくると思っている人とはちがう人種なんですよね。同じクモの糸にすがってるのに、からだが弱って、ようやく這い上がって、遅れてすがった人を一生懸命、蹴落とそうとする心理とよく似てますね。

石牟礼　ほんと同じですね。あれは名作ですね。

色川　名作だと思いますよ。それを、また上にいる別の種類の人間が利用するわけですよね。偽《にせ》患者だとかいったり、あいつは町の発展をじゃまする厄介もんだというふうにいったりするわけですね。

だからそういう意味で、公害の問題とか、水俣病の問題というのは、解決がついたどころか、ますます恐ろしいことになるような感じがしますね。

石牟礼 人間のなかにありうる深層心理みたいなものが、全部さらけ出されてくるみたい。

色川 とくに八〇年代、経済が厳しくなればなるほど、それは苛烈になるでしょうね。

石牟礼 なるでしょうね。ヒューマニズムというけど、ことばは美しいけど……。そのヒューマニズムの中身がね……。

色川 それでは不十分ですが、今日はこの辺で。

（『図説 昭和の歴史』月報、一九八〇年八月、集英社）

つちもと　のりあき　一九二八〜二〇〇八。岐阜県土岐市生まれ。軍国少年として育てられるも、早稲田大学在学中、山村工作隊の活動に参加し除籍される。一九五六年、岩波映画に入社。一九七一年、『水俣――患者さんとその世界』発表以降は水俣問題に取り組み、生涯の仕事とした。

水俣病の現在と不知火海の心

土本典昭

不知火海調査団の水先案内人

土本典昭さんには不朽の映画作品がある。とくに記録映画の作品においては小川紳介らと共に卓越している。彼が残した水俣病関係の十六本の映画は水俣と不知火海沿岸漁民の痛苦を描いた名作として他の追随を許さない。

私はこの人と三十三年間親交をつづけた。とくに代表作『水俣―患者さんとその世界』(一九七一)と『不知火海』(一九七五)はずば抜けている。私はそれらの影響もあって一九七六年から十年間、水俣通いをつづけた。不知火海総合学術調査団の団長としてである。

この間、だれよりも熱心に私たち調査団員の水先案内役をつとめてくれたのが彼だった。土本さんの早稲田大学の学生時代は、全学連の副委員長、小河内ダムに山村工作隊員をひきいて逮捕されたという「過激派」であった。一九五〇年代、六〇年代という日本の若者が歴史変革の先頭に躍り出ていた激動の時代である。

この対談にもよく出てくる不知火海調査団には、その結成の当初から終わりまで、毎年欠かさず密着してくれた。そればかりか副団長格の鶴見和子邸での慰労会に必ず参加してくれた。並々ならぬ力の入れ方であった。私の方も、こうした土本グループの独自な不知火海巡海上映班の活動に対しては車や資金を提供するなど微力ながら協力した。このとき、合計八千三百余人に水俣病映画を提供してきたという功績は大きい。

こうした一般の人への広報・普及活動は、一九九五年、九六年に大規模な「東京水俣展」を開催し、大成功を収めた点にもあらわれている。私の手許には、彼が送ってくれた沢山の手紙や葉書や作品のDVDなどが残されている。

また、彼は一九八〇年代後半になってアフガニスタンの記録映画づくりに乗りだし、『よみがえれカレーズ』や私家版の『カブール国立博物館―一九八八年十一月』を制作した。のちにアフガン内戦でこの博物館が破壊されたため、彼の映像は貴重な文化遺産になった。

徒手空拳の巡海映写活動

人も知る土本典昭氏は、現代日本の記録映画作家として最前列にいる人である。氏の名作『不知火海』(一九七五年、青林舎作品)は『医学としての水俣病・三部作』(同)と共に、内外の数々の映画賞を獲得し、国際的な高い評価を得ている。

その土本氏は、水俣問題にとりくんでから十数年になる。その間に制作した大小十篇近い作品は、ひろく世人に水俣病の本質を知らせる上で計り知れない役割をはたした。それればかりではない、法廷でも上映されて裁判にも重大な影響を与えたのである。水俣病支援運動が全国に拡大してゆくことに大きな力を添えたことはいうまでもない。

ところが、ここに一つの重大な欠落があったことが発見された。土本氏らの映画が、肝心要《かなめ》の不知火海の漁民の大半に、まだ見られていないということに気づいたのである。氏らは川本輝夫氏らとともに水俣病映画を持って、同じ水銀禍に苦しむカナダ・インディアン区を百十日間にわたってキャラバン上映していながら……足元の不知火海の対岸の住民に目が届かなかったのである。

そのことからくる不安を漏らされたのは、水俣病二十年がさわがれていた一九七六年の春の宿であったと思う。そのとき私たちは不知火海の総合学術調査を企図して、最初の大がかりな調査団を水俣に送りこんでいた。土本氏は率先して私たちの案内役を買って出て、不知火の沿岸はもとより天草の離島などをまわってくれた。

八月には御所浦島《ごしょのうらじま》の嵐口《あらぐち》に宿をとり、牧島《まきしま》の椛《かば》の木部落を訪れた。その地は毛髪水銀値九二〇ｐｐ mという最高値を記録した患者のいた村である。四年前の『不知火海』の撮影のおり、土本氏らはこの一帯を取材し、まだ生きていたその患者の家族にも会っていた。しかし久々に訪れたその村は一変していた。私は土本氏と、その無人の廃屋と化した患者の戸の前に立ち、呆然と悲嘆にくれている氏の後ろ姿に感銘したものである。

土本氏はそのころから、こうした離島をふくむ水俣対岸の、見捨てられた不知火海漁村に自分のつくった映画を持ち込まなければならないと思いつめていった。

それは本来ならば、国や県がやるべき仕事である。正しい水俣病の病像を住民に知らせ、最低限全住民の健康調査を行うことは、行政として当然やらなければならない仕事である。ところが、そうした初歩の対策が、この二十年間、不知火海対岸住民にはなされなかった。そして、椛の木部落の松崎さんのように、誰からもかえりみられず、ひっそりと息をひきとってゆく人があいついでいた。土本典昭氏は、人間として、記録作家として、そのことが耐えがたかったのである。

一九七七年春、「いよいよやります」との決意を打ちあけられ、私たち調査団も協力することを決めた。何しろ多額の費用がいるというのに、青林舎は赤字経営に苦しんでいたし、土本氏もまた赤貧洗うが如き状態であった。その中で氏は同志の人や朋友知己によびかけ、一之瀬正史氏、小池征人氏、西山正啓氏らの参加を得て「上映班」を結成し、浄財の喜捨を得て、七七年七月の出発にこぎつけたのである。

出発に先立って私たちは、東京神田の学士会館大ホールに「不知火海を語る夕べ」(七月二十一日)を催し、熊本から駆けつけた原田正純氏、石牟礼道子氏ともども盛大な歓送会をして彼らを見送った。この一夜のパーティで、百万円を超える寄金が集まったということは、土本氏らの事業がいかに熱いまなざしで見つめられていたかを物語っている。

それから百十日間、「不知火海巡海上映班」は私たちの期待を裏切ることなく、予想以上の成果をあげて初志をつらぬいた。この間に歩いた漁家集落百三十三地点、延べ七十四回の上映会を行い（予定箇所はひとつ残らず上映）、合計八千三百余人に水俣病映画を提供してきた。二十年間の行政の「不作為」を一民間の小映画班が徒手空拳でやりぬいたのである。

「これからは島の流れも変わるばい」と語ってくれたという天草住民の言葉通り、不知火海の歴史に新しいページがひらかれるであろう。この対談は、その土本典昭氏から帰京直後に私がお聞きした話の一部分である。（色川記）

「海辺の映画会」の反響

色川　土本さんたちの「不知火海巡海映画活動」の企画が発表されたとき、水俣に関心を持っていた人たちは、その後水俣がどうなったか知りたがっておられたと思うんです。そこで誌上を借りて、そういう全国の不特定な読者、支持者の方々に土本さんの今度のお仕事の内容などを報告していただければと思います。
まず、百十日間、夏から晩秋にかけて巡回上映をしてこられて、いちばん辛かったことからお話しいただければと思います。
土本　かなり上映に手こずるだろうと思ったんですが、あまりなかったですね。予定地点六十四ヵ所、一つも落とさず上映してきました。
色川　普通に考えますと、水俣病の映画を持って歩けば、漁業協同組合がいちばんいやがるだろうと思うんです。新しく患者が発見されたり、自分の村から患者が名乗り出たりすれば魚の値段に影響するから、漁民や漁協が反対するだろう、と。

土本　それはなかったですね。そういうことが懸念されたのは、天草下島の新和町、河浦町から牛深《うしぶか》市までの沿岸は、ここには水俣病はない、と決めているんですね。

色川　地図で見ますと、この地域は獅子島、諸浦島《しょうらじま》、長島の後ろの部分に隠れていますから、地理的にはたしかに影響はないような感じですね。

土本　ここは天草のなかでも〝非汚染地域〟といつのまにか自他ともに認めていましたので、この地域では拒絶反応、非協力の面がありましたね。多少は緊張はしましたが、全体としては、天草の人たちのやさしさに支えられた感じがありますね。お客に対する礼節がありますね。その礼節さには打たれました。

色川　最初は野営のテント生活を覚悟されてたようですが、実際には一日しか野営しなかったようですね。

土本　天草下島の新和町の高根という部落、ここの公民館は泊める規定がなかったものですから。天草上島のほうは最初に上映した姫戸町での公民館への宿泊が認められ、後は次々と成功したんですね。ドミノ理論とぼくたちは呼んだのですが。一つの将棋が倒れると次々に倒れるという。天草下島は町当局の非協力によって、直接地元の人びとを頼っていったのですが、各村落共同体みたいな区ごとの原則がありまして、上島のようにはいかなかったですね。

色川　区というのは町の下にあるわけですか。

土本　だいたい五十戸から百戸単位で区が設けられていますね。人数の多い地区は区長さんが二人おられたところもありました。われわれはそういう区長さんを通して集会を開くことと、泊まることのお願いをするんです。距離としてはバス停ごとに上映して行くような感じですから、移動する距離はたいして遠くはないですね。ポスターを表示し、ビラを戸数分だけ用意して配る。各戸ごとに配りながら、その町の状態を把握するんです。そこで打ち合わせをし、来る人の人数の按配をして、映画会場を設営する――映画は九時か九時半ごろに終わるようにする。その後、ミーティングをし、気になる人については明日訪ねてみよう、というようなサイクルですね。

色川　いちばん苦労するのは、上映する場所へ行く一日か二日前で、その工作が大変ですね。町役場、教育委員会、区長さんまでの線がね。その後、ビラを一軒一軒配るとき、「これ、何だね」とか「お前さん、どこから来たのかね」というような質問は出なかったですか。

土本　出ます。東京から来たといっても絶対信じられないんです。そこで車のナンバーを見せて信じてもらったりするんです。「何しにきた」ということはどこでも出ます。最初に行った姫戸町牟田というところでわかったことは、私たちは「海辺の映画会」という名称ですが、水俣病の映画を作ったのでこれを見てほしい、ということをはっきり申し上げ、水俣病の映画が柱であることは隠さなかったんです。その晩見た人の何人かが、その晩飲んだくれてぼくたちに助言してくれましてね。「あんたら来たら、水俣病の映画を見せるということはわかりきっているのだから、水俣病の映画を詳しく見せなさい。子供相手の映画を見せるなんかもうよか」と。

色川　マンガ映画や汽車の映画も持って行きましたものね。

土本　誰よりも心まちにしているのは子供ですから、子供の映画もやらないわけにはいかないけれども、なるほど、ここへきた以上は、水俣の映画を懇切にやったほうがいいんだというふうに思いまして、次の日は二時間の『水俣――患者さんとその世界』というのをぶっつけてみたわけです。そうしたら子供はほとんど中座しちゃったけど、残った大人は満足して帰ったんですね。

漁民の苦しい立場

色川　今回の場合は水俣病の病像を情報不足であった不知火海の対岸地域に伝達して歩くということになったわけですが、ほんらいなら、それはとっくの昔に国なり県なりがやることなんですね。二十何年間も放っておくんじゃなくて、第一水俣病、第二水俣病（新潟）、第三水俣病（有明海）事件と何度も波があったのですから、そのつど、水俣病に対する正確な病像の紹介というのがあってしかるべきなんですが、それをやらなかった。それを土本さんたちがやられたんですが、映画を映しながら住民との間の突っ込んだやりとりもあったんでしょう。

土本　漁民の人たちとの交流のなかで分かったことなんですが、天草の離島に電気がきたのは昭和四十一年のことなんですね。

色川　じゃあテレビも入ってなかったわけですね。

土本　そうです。進んだ島では自家発電を昭和三十年代にやっていますが、昭和三十年代の前半はどこもテレビは少なかった。新聞でもその当時、役場、郵便局と学校がとっていたぐらいだったようです。部落で一部とって、その部落の中心にある商店に置いてあって、読みたい人はそれを読むという状態ですから、外からの情報はほとんど入っていないんですね。また一方、町当局とか漁協を通じての水俣病についての情報伝達はまずまったくなかったといってもいいと思います。そういう状態のところで、まして町とか漁協が水俣病に反対ならば、全然入ってこないわけですね。次に入ってきた水保病の情報はテレビがそろってからのもので、これは訴訟派の闘争や裁判のニュースなんですね。いわば対岸の火事としてです。

色川　昭和四十八年のことですね。

土本　ところが皮肉なことに、テレビが普及し、水俣病の裁判も多少とも知るようになった。そこに、昭和四十八年五月の第三有明水俣病のパニックが起こり、有明海のみならず不知火海の魚も売れなくなった。ですから水俣病の話と魚が売れなくなった、という話が視覚的にも生活的にもいちどきに入ってきたという感じなんですね。

それで、水俣病のことは知っても、それは自分たちのことではない。それなのに魚が売れなくなる。水俣病ははた迷惑きわまる話だ、ということでそれを自分たちの問題にひきつけるということはなかった。で、自分たちを不幸にするイヤな問題だと受け取っていたのに、映画『水俣病――その二十年』を見ると、〝確か昭和三十四年ごろには第一次不知火海漁民「騒動」にここの漁協も加わってチッソ会社に押しかけた――自分のおじいさんも行っていた〟とか〝自分がそのころ船に乗って水俣に行ったら太刀魚が浮いていた〟とか自分たちのそのころの記憶をたどりながら、映画を見るわけですから、水俣病に対してかなり身近な問題として捉え返していたようですね。

色川　第三有明水俣病のパニック問題が持ち上がったとき、全国的に騒がれ、九州の魚が大暴落しましたね。そこで、漁協なんかが、ここで水俣病を改めてほじくってくれるな、それはわれわれが営々と築いてきた戦後の養殖漁業の繁栄に痛打を与えるものだから、水俣病自体、非常に大事な問題で気の毒なことはよくわかるが、われわれにとっては死活の問題になる。そこで改めてその問題をほじくらないでくれ、と言われた場合、土本さんたちはどんなふうに反論されましたか。

土本　天草上島の竜ヶ岳町の漁協長と東町の漁協長には指摘されましたね。その両方に共通しているところは、魚が売れないという苦しみは、水俣病の苦しみと同じようになかなかわかってもらえないけれど、魚が売れないというのはどういうことか、ということなんです。漁民にとっても危機は不意打ちに来るのです。

新聞に有明海でも不知火海でも水俣病や水銀汚染のニュースが出ると、九州はもとより、東京・関西に至る魚市場で魚をひきとらなくなる。毒魚ということで……。魚市場の責任者の裁量で、うそかほんとか行政的に最終確認されなくても、魚の取引停止になってしまう。昭和三十四年の汚染魚の大量発生のときには長いこと止められたままになり、四十八年の第三有明水俣病の場合にも、取引停止になってしまった。それは抗弁の余地がない。魚は食品ですから、毒物があるとか、その疑いがかけられると、入荷を止めるという権限について市場に対する抗弁はいっさいできない。

あとは漁協の政治力で解決するということがあるわけですが、政治力の弱い漁協の下の漁民は遠くの海域で獲ってきたものだとかいって、仲買人のお目こぼしで買ってもらうわけです。しかし、そのお目こぼしということは彼らにわかっているから、買い叩かれて太刀魚がトロ箱一杯三千円から四千円したときに二百五十円だったというような、もうケタ違いの安値で買い叩かれる。魚値はあってなきがごとしの大暴落なんですね。こういうときの苦しみを、あんたら映画を持ってくるけども全然わからんだろう、と言われたときは、二の句が継げませんでした。

そこで、そのことと水俣病を知ってもらうということは分けて考えてください、それにぼくたちはマスコミにふれあるくために来たのではなくて、直接漁民のかたがたに水俣病というものの実態を知ってもらうために来たのです。映画を見る、見せるということから即座に漁価が暴落するということはないでしょう、と言いました。地元の心ある人たちも水俣病を知るということはいいことだと考えている。知ることでかえって辛い思いをするかも知れないが、漁価にひびくことはないと納得してくれました。そこのところだけを頼りに上映してきたという感じですね。

漁業と水俣病の痛烈な矛盾

色川　これは私たちの調査団（不知火海総合学術調査団）でもそうですけれども、こういう活動によって数人の患者さんが名乗りをあげたりして、その名乗りをあげたことによって、漁価が暴落することだって事実ないとは言えないわけです。その場合、それではお前たち責任とってくれるのかと迫られたら、これはとても能力を超えたことになってしまうわけです。

この問題は水俣病が単なる医学的な病気ではなく、チッソの生産拡大によって生み出された経済病でもない。どこか政治病みたいなところがある。そういうところに、漁業への打撃と水俣病の医学との矛盾が重なってしまった。したがってそれを解決するには、もう一段上の政治的な力しかないような感じがするんですけどね。

土本　石牟礼道子さんに聞いた話ですが、水俣市が保健所を通じて水俣病にはどう対応すればいいかとか、水俣病とはどういうものかというような病像を知らせるということはこの二十数年間、一回もなかったというんです。漁獲禁止地域を作ったりなんかはするけれども、病気について住民が対応できるような知識や情報を与えるということは、水俣でもしてこなかったのですから、まして天草上島、下島ではないわけですね。

私たちが巡海映画で廻っているとき、和歌山で擬似コレラ患者が出ましたね。そのときの騒動を新聞、テレビで見て島民の人たちに話したんです。擬似コレラ患者が歩いてきた経路を洗って、全部調べだしてそこを消毒し、疫学的に追いかけていく。一コレラについてそれだけ疫学的に感染の拡大を考え、見事なまでに初動の動作をするのに、水俣病みたいにこんなに広い汚染があり、しかも二十年もたったのに、行政によってでなく映画をつくったぼくたちの手でしか映画を持ってこれないということがどういうことか、考えて下さい、と言ったところ、即座にうなづいてくれ、かなりの人たちが水俣病のあつかいのおかしさを理解してくれたようです。

色川　漁協側も?

土本　はい。それに一般の方も。これは明らかに情報が閉ざされている病気だ、と。それから奇妙なことに、映画会がその地域に来たというのは昭和三十二、三年までなんです。その後はテレビが入り、移動映写がなかった。その後に来たのは防衛庁の自衛隊募集の映画とか防火映画くらいで、たまに来てもスリキレたフィルムくらいなんです。

ですから、映画がくること自体、何のためにくるんだろうか、どこかから言われて来たのだろう、ということがあるわけでしょう。で、ある漁協長(栖本町)が言うんですね。〝今回はどうもそうでない。だから自分は見にいくつもりにしていたけれども、人には見にいけとは言わなかった。ところが映画を見ると、水俣病について、まさに知りたかった映画だった。みんなにもくるように言えばよかった〟。そこで次の会場に見に行くように連絡しておいてくれたりしました。若い人たちのなかにはぼくたちの行動にある感銘を受けて、水俣病のフィルムを買ったんです。本渡《ほんど》市の労働者や教員・市民の方々ですが、それを労働組合単位や青年団体単位でやろうと考えているようです。

潮流と水銀汚染の広がり

色川　われわれ調査団が水俣に入って二年近くなるのですが、われわれの調査の対象は、水俣を中心に同心円的に考えられていた。水俣市のチッソ工場からメチル水銀が何百トンという量で海へ出ていったわけですから、それが知らず知らず海流にのって広がっていった。したがって、汚染といっても、水俣がいちばんひどく、その次にはそこに近いところがひどい。距離が遠くなればなるほど被害は薄くなるもんだ、という考え方が今まであったわけです。これまでの検査だと、認定患者の出方を見ていても、工場の周辺がいちばん多くて、だんだん離れるにしたがって患者が減っていくというグラフが描かれていましたね。

　ところが三十キロも離れた町や村でも、猫が全部死んでしまったとか、牛まで死んでしまったとか、胎児性患者の容疑の人もいるというような話が出てくると、水俣を中心にして距離に正比例する形での同心円型の汚染圏という考え方は、訂正しなくてはならなくなる。この点について実際に歩かれてどう感じられましたか。

土本　私も同心円型という感じをもって入ったのですが、不知火海の人の行き来とか潮の流れとか回遊魚の状態を考えてみますと、同心円的な考え方も絶対ではないとわかった。どうしてそういう考え方が生まれたのかと現地での話を総合してみますと、被害者の実態が同心円なのではなくて患者の発見・発掘がたまたま同心円をなしているということなんです。この病気の被害をほんとうに目撃し、あるいは身内のものを亡くした人たちが水俣病の恐ろしさを叫び出した。その人たちが、最初に行動を起こしたのは、水俣の多発部落からですよね。この多発部落から隣接市町村の被害者を洗い出してきた。そしてこの二十年かけてやり終えたのは、水俣を中心にしてその沿岸一帯にすぎない。その周辺といっても、活動家が水俣に定着し、その努力と行動半径の及ぶところに、患者が〝発見〟されただけだということなんです。遠くにいけばいくほど活動家の手が及びませんから、遠くに患者さんが少ないのは当然なんです。発見された患者さんの分布が結果として同心円型となっているにすぎません。

昭和三十四年までは県の衛生試験所とかで潮流からプランクトンの水銀量まで、牛深から八代《やつしろ》あたりまで不知火海全域を対象に調査している。ところが、昭和三十四年に水俣病事件が見舞金契約とか漁業補償でいちおう始末されますが、それと同時に調査は打ち切られてるんですね。

色川　そういう広域への調査の目が消えていくわけですね。今度は水俣周辺だけに限定されてしまう。

土本　昭和三十五年から六年にかけて、熊本県の衛生試験所がたまたま毛髪中の水銀量検査をしているんです。熊本県の沿岸と、対岸、離島では竜ヶ岳町と御所浦町だけなんですね。このデータがあることは十年間も隠されていたんです。天草上島の姫戸町ほかはこの調査を断ったんです。この毛髪調査の数値が昭和四十六年五月に明るみに出た。そのためマスコミの目がこの二つの町に集中したため、竜ヶ岳町と御所浦町は水俣病があるかも知れないという懸念を今日までもたれつづけているんですが、他の町はそういう調査を断って記録がなかったから、水俣病が発覚しなかったというだけのことなんですよ。もし、行政が不知火海沿岸の全住民の毛髪検査をしていたら、昭和四十六年にそのデータが明るみに出た段階からにしても、今のような人為的〝非汚染〟地帯という安住はありえなかったでしょうね。

そういう行政調査のいびつさのため、水俣病の汚染の分布のあり方がおかしくなっており、人為的な形の汚染分布になっている。ところが今度調査してみますと、不知火海全体の潮流が外洋につながっていく、黒ノ瀬戸、八幡瀬戸《はちまんせと》の潮流は、最高時秒速四《メートル》というんですね。とくに黒ノ瀬戸は専門の漁師が手漕ぎでは絶対に渡らなかったというくらい激しく、遭難が多いところなんですね。昭和七年から四十五年以前に水銀が流出して、水俣湾・水俣川口に無処理のまま三十年以上放置されていたのですから、それが海流によって湖のような不知火海の外洋に通ずる瀬戸の方向に引っ張られないはずがない、思いがけない遠い海域まで汚染されているというのが、今度行ってみての実感なんです。

有機水銀は微粒子性で存在すると研究者はいっていますが、それが海の中の潮路というか、〃海の中の河すじ〃といった潮流によって実は帯状に引っ張られ、不知火海の海底に思わぬ濃厚汚染の条溝を生んでいるのではないかという仮説すら考えさせられましたね。

鹿児島県の阿久根《あくね》というところにおられた漁師ですが、外洋でもっぱら漁をしており、黒ノ瀬戸を渡らなければ不知火海には入れない海域で、働いていた人です。しかも動力船ではなく手漕ぎ船で渡っていた老人が水俣病とうたがわれたときに、鹿児島県の水俣病認定審査会は不知火海のなかに入っていないんだから、疫学的にみて水俣病になるはずがない、ということでずっと保留されていたのですが、昭和四十九年に亡くなられ、死後、病理解剖によって病変があったということがわかってはじめて認定されたわけです。ですから、この漁師の身体をもって証明されたことは、不知火海の外洋部にも汚染の可能性があったという、今までの医学上の定説をくつがえすにたる事実なんです。ですから、もう一度徹底的に潮流の動きによる水銀汚染の広がりという視点で見つめ直してみないと、汚染実態の把握の上でどこまで被害者が潜在しているかという点で、水俣病問題は、解決つかないんじゃないかと思うんです。

夏でもドテラを着、コタツに入り

色川　桂島はほとんど全島患者なんでしょう。ここはチッソ工場から黒ノ瀬戸に向かう潮流の真ん中ですものね。長島の東側がそうだといいますね。

土本　東町《あづまちょう》の宮ノ浦と脇崎というところで猫が全部死んでいるんです。その側にある伊唐島では集落が引っ込んでいて、潮流が避けて通るんですね。だからここには太刀魚《たちうお》が漂着しない。地形と潮の動きは細かく見れば実にさまざまです。

色川　太刀魚の漂着とはどういうことですか。

土本　昭和三十四年に太刀魚が死んで浮いて、潮にひかれてほうぼうに流れ去ったのですが、長島の宮ノ浦とか脇崎には岸いっぱいに死んだ太刀が流れ着いて、それを食べた猫が全部死んだんです。ところが対岸の伊唐島はほとんどなかった。獅子島でも不知火海に面したところは全滅してるんです。

色川　いま建設省がヘドロの浚渫を進め、チッソ工場の水銀を全部封じ込める、といっていますが、それはごく狭い、二キロかそこらの幅のところですよね。ヘドロ道みたいなのが不知火海の海底深くにあって、それがものすごい急流のような潮の流れに乗り、桂島から瀬戸のほうに向かって流れていたとしたら、これは水俣病の浚渫、埋め立てぐらいでは問題は解決しませんね。

土本　普通、水銀というのはいちばん重たい物質ですから、海の底へだんだんめり込んで下に行くだろう、というふうに思いがちですが、研究してみると、有機水銀というのはいちばん軽い微粒子として浮遊プランクトンなどに結合しているというデータがあります。そうなると、いちばん怖いことが浚渫によって起きるのではないかと思うんです。

過去の記録をみますと、昭和三十一年は水俣病による死者がいちばん出た年なんです。これは昭和二十五年から港湾計画で、水俣湾の岸壁の浚渫工事を始め、三十一年の五月一日に国の重要港湾指定を受け、貿易港になった日なんですね。ところがこの浚渫工事といっても接岸や進入路の海底をさらい上げたものをそのまま港区外の海底に積み重ねていっただけなんですね。その浚渫の過程でまき散らされた有機水銀のために、三十一年に一挙に大量の患者さんや死者が出たんですね。現在の浚渫がそういった教訓を全部踏まえていないことは明白です。かつての浚渫と患者発生の相関関係をあえて無視し、そのデータを隠しつづける体質のまま施行しようとするんですから。それに、この不知火海海域全体の水銀による汚染の総合調査や健康被害の実態の調査をしないかぎり、水俣病の最汚染区画だけ浚渫埋立てをして、水俣病はこれで終わりました、ということになってしまう。これをしゃにむに急ぐのは、誰の目にも明らかなヘドロの露呈する干潟部だけ埋めて目ざわりな水銀ヘドロだけ隠そうということにつきると思います。

それからもう一つ重要なことがあるんです。水俣の沖というのは、不知火海特産の魚にとって、非常にいい産卵地であり、漁場なんですね。ボラはある時期は水俣沖にいて、次の時期には御所浦島、樋の島、姫戸に移動するということは、漁師は知っているわけです。タイゴとかシンゴと呼ばれる、鯛の稚魚や回遊性の高い魚の稚魚の時期には、ヘドロのあるやわらかな塩のところにいて、そこでヘドロをたくさん摂って回遊していく、そういうことも漁師は知っているんです。だから、潮に持っていかれる水銀と同時に、魚の生態系を分析する必要があるんですね。

ぼくが、昭和四十年に初めて水俣に行ったときに、水俣の町の女店員を見ても何かおかしい、普通の健康体ではないと感じたんですが、そのときの印象と同じものを今度の巡海映画に回った地域の人たちに感じました。杖をついている人が多かったり、夏なのにドテラを着たり、赤々としたコタツに入っている老人たちに会いました。熊本大学医学部の原田正純さんの話では、皮膚の知覚異常に熱く感じる症状と寒く感じる症状と二種類あるんだそうです。子供さんのなかには耳の遠い子供、目の定かでない子供にも会いました。

一族全員がおかしいのに

色川　土本さんたちのは医学班ではなく映画の巡回班ですから、この人は水俣病の疑いがあるなんて言うわけにもいかないでしょうしね。水俣病が正式に発見されて以来、二十数年この地方の人びとは、その間もずっと魚を食べてるわけですから、微量でも相当蓄積されてる道理ですね。

土本　水俣近くの高汚染の海域でとった魚をあやしみもせず長年食べつづけたところに、当然ですが水俣病によく似た症状が見られるんです。天草上島の竜ヶ岳町では一族七、八人おかしい人がいるんですね。この地域で水俣病の調査、洗い出しは終わった、といわれているのにどうしてこんな人たちが残っているのか、不思議に思って聞いていきますと、誰も一斉検診は受けなかったという。もともとこの一族は網元であり、有力者なんです。そこの家長は昭和三十四年に不知火海漁民闘争のリーダーの一人として村の漁民をひきつれてチッソに出掛け、水俣病の問題で闘っているんです。ところが相次ぐ魚価の暴落、不振で、ここでもし自分たちの島から水俣病が出たとなったら、最終的な命取りになるから、多少のことがあっても水俣病患者として、出さないようにしようということを、昭和三十五年にこのあたりの漁協で口約束で堅く盟約しているんですね。

そのため十年たって、体が衰えたり、明らかに症状が出てきてもあえて隠す。盟約に対しての義理を守り通すんですね。そんな生き方をしてきて、現在では漁もできないような状態《からだ》になっている。いよいよ一家全滅だというところにきて、われわれの映画会があったのを機に、はじめてしゃべりだすというようなケースがあるんです。

色川 その話は、島社会の場合の血縁関係の強さを示していますね。体がどうにも利かないようになってから、はじめてぼつぼつ言い出す。そこまで自分で自分を縛ってしまう。内縛《ないばく》の力というものが地域共同体のなかでは強く働くし、とくに同族団のなかではもっとつよく働くということですね。

そうすると、人民自体の中にそういう内縛していく力というものがあるがために、行政側としては厄介ものに手を触れずに済んでしまうし、チッソの側からすれば、その内縛の力が強ければ強いほど、自分たちの被害を公然と突き出されないで済むという関係になり、行政にしても企業にしても、これは大歓迎ということになるわけですね。

それなのに、住民が自分自身を縛っている通俗道徳みたいなものは、今でもかなり強くて、よほどのことがないかぎり、最後の土壇場まで来ないと、ほんとうのことは話し出さない。それが大人の場合には、ある程度成人の責任だということもできましょうが、悲惨なのは胎児性だと思うんです。自己主張のできない子供たちは、大人社会のもつ自己規制、いわば共同体のマイナスの力みたいなものによって、その一生を葬ってしまうようなことになりかねない。これは水俣病ということだけでなくて、日本の民衆世界のなかにある精神構造の問題で、ひとつの共通の隘路であり、難関だと思いますね。

土本 今度も、ある島の巡回地に行ったとき明らかに周囲の人が水俣病だと言っているし、当の家族もそうだと思っているんですよ。ぼくたちが話にいくと、玄関先で応対するのは息子で、襖の向こうにはご本人が寝ているわけです。寝たきりで起き上がれない。七十過ぎの高齢でして、家族の方が、水俣病かもわからないけれども、いま水俣病だとわかったとしても助かるわけじゃなし、この地域全体に迷惑をかけることになるし、老人病でこのまま死んでもらう。「このまま死んでもらう」という言葉がはっきり口に出ますものね。

不幸で不幸を打ち消す心理——部落共同体の精神構造

色川　そういうことは明治からずっとありましたね。日露戦争の後、東北地方に大飢饉が続いたときでも、仙台附近の村で食糧がなくなって、貧農たちは草の根や木の皮を剝いでたべるのです。そうすると、まず栄養失調とリューマチになって動けなくなる。働こうにも体力がなくなってゆき、目がかすんでくる。それでいよいよダメになったときに「腹が減って死ぬようだ」というようなことをひとこと漏らす。それまでがまんするのですね。近所の者が駆けつけて餅を与えるのだけれども、もう飲み込む力がなくて翌朝死んだ。そのカミさんも後を追うようにして翌日死んでしまった。村役場では慢性胃病とか消化不良という病名で処理したというのです。こういう例が宮城県が残した『凶荒誌《きょうこうし》』（明治二十六年、梅森三郎著）という記録に数十例も出てくるんです。これは自殺と同じです。

そこへ来るまで、なぜ共同体は救わないのか。腹が減って死にそうだ、といわれてから餅を持っていく隣人もおかしいんです。共同体内の住民というのは、どこの家がどのていど米がないとか、もう何日もあそこの家は水だけ飲んでいる、ということを全部知り尽くしているはずなんです。

それなのに、その最期になって餅を持っていくというのは、はなむけの形式にすぎないんで（隣人もいずれ斃れている）、実は本人たちが物乞い（ガスッタカリ）とか乞食（ホイト）とかいわれるよりは、このまま自分だけ黙って静かに消えていったほうがいいという、内縛の論理があることを、共同体もとうに承知していて、いよいよ最期のところまで来ないと餅を持ってゆかない。そういう残酷な貧苦の共同性から来る精神構造があると思うんですが、これは長い封建社会のなかで、むしろ意識的に培養されたものだと思います。

それが、人間というのは真面目に働いて人を裏切らず、人に物乞いをしたり、迷惑をかけたりせず、自らの力で全うするものだという通俗道徳の形で民衆に深く浸透し、民衆自身もそれを信じている。そしていよいよとなったときに、人に後ろ指をさされるほうが恐ろしい、ということで自分を始末してしまう。人に後ろ指をさされることになれば、自分一代はともかく、先祖の顔に泥を塗ることになるし、子孫も「あれは乞食の子だ」といって末長くいびられる、というのです。生命の一系性を信ずる土着的で連続的な社会の観念と、それと見合っている共同体の作られ方というのが、からみ合ってあの精神構造を形成したと思うんです。

だから、水俣病の根本的な解決をしようと思ったら、企業や行政だけを批判していたのでは半面的で、水俣病に対する差別の問題などは到底克服できないと思うんです。それを見て承知していて放置している行政と、そういうものと、はまりあうような形で存在している内縛の情況との両方に、解明のメスを入れていかなければならないと思うんです。ただ、共同体は一方でそういう場合にも内部から先覚者というものを生み出すのですね。

水俣でいえば川本輝夫さんのような方。一時期は集落の人たちから石を投げられるような状態のなかで頑張り通して、あるところまで突っ張れば今度は共同体がガラッと変わるという局面転換も起こるわけです。しかし、その局面転換が起こる前に、弱い人はみんな死んでいってもらうという形で死なされてしまうんですね。

土本　水俣病の申請もその集落で最初に出た人がいちばんやられています。鹿児島では「一軒ばなれ」というんですが、要するに村八分ですね。一軒だけ離して全然つき合わない。悪口の言われ方も最初の一人二人のうちがいちばんひどいですね。

むずかしい問題としては、早く老け込んでいくとか、体中が痛くて夜寝られないとか、頭痛がするといっても、この程度だったら、仮に端の人や学者が医学的に診て水俣病だと言ったとしても、自分からはそう言えない。もっとひどい人が現にいて、名乗り出ようとはしていないのだから、というわけです。そこで、自分から焼酎を飲みすぎたとか、働きすぎたという部類に入れてしまう。

こうした慢性型の有機水銀中毒症状とみられるパターンが不知火海一帯に広がっていると思います。慢性型の水俣病の概念はひじょうに怖いですね。肝臓をやられたにしても薬では治らないようなやられ方をしているのが水俣病ですもんね。

色川　なるほど。それは重大なことですね。不幸で不幸を打ち消してしまうというところがあるんですね。

土本　医者の極端に少ない漁村地帯の人たちにとっては自分のかかりつけの先生以外のところに行くというのはよくよくの苦しみの末なんですね。他の先生のところへ行ったなどということは、この辺ではとくに内緒なんです。船で水俣にいって、たとえば水俣診療所や佐藤医院のような水俣病について経験もあり、良心的といわれる医者にみてもらうのは勇気がいります。

そして仮に水俣病とわかり、申請しても隠すことになる。また地元のお医者さんにしても水俣病についても医事行政としての学習の機会がないものですから、仮に水俣病じゃないかと怪しんでも、神経病理は専門ではないとして水俣病として追求しなかったり、仮に水俣病としても、あとの認定審査会で〝棄却〟〝保留〟処分されたら面子はまるつぶれだし、まして漁村の水俣病を忌避する圧倒的な風潮のなかでは、とてもそんなものにかかずらっていられないというのが正直なところだと思うんです。

水俣病は社会の病理そのもの

色川　次に、ヘドロによる汚染問題は不知火海だけでなく、駿河湾、東京湾や瀬戸内の沿岸漁業の地域でも共通の問題としてあるのですが、これは六〇年代に各企業が過大投資をし、効率をあげ、短期に早く利潤を引き出すということから、環境汚染などおかまいなしに毒物を放流したわけでしょう。これがコンビナート災害を生み出し、六〇年代の後半に公害問題で「待った」がかかった。それからちょっとズレて今度は農業がやられたわけですね。大量の肥料を投下し、反当たりからできるだけ多くの作物を収奪し、換金しようとする。その換金農業を極限まで追い詰めていったら、今度は土壌が汚染されてしまい、有機農業をやらなきゃダメだというリアクションがおきてきたわけでしょう。

そして、最後に遅れて漁業にそれがやってきた。養殖漁業にどんどん金をつぎ込めば、一棚十万だ、百万だ、という金になるということで、海洋汚染なんて知ったこっちゃないというので、人工餌料の大量投下が始まったわけですね。そうした意味の日本の「近代化」が列島を吹き荒れた嵐の最終ランナーとして、漁民がいまデッド・エンドのある〝金の道〟を走っているんじゃないか、という気がするんです。

ですから、これはチッソがあれだけの大被害をまき散らしたことを批判すると同時に、そのもっている近代化の体質を自分たちも孕んでおり、その二の舞を踏んじゃいけないというきびしい自覚をもたないと、違う形での漁業公害みたいなものを〝母なる海〟に対して与えるということは必ず起きてきますね。

土本　それについては驚くことがあるんですね。漁村で風呂の焚き方とか、めしの食い方がかなり変わってしまいましたから、焚きものがそう要らないわけです。それにお店ができてダンボールの箱が出る。焼却場がないから、それを浜辺に捨てはじめたため、浜辺がものすごくよごれている。流れ着いたもので汚れていたのを憂えていた時代から、自分たちで海をゴミ捨て場にしている時代になってきた。

いままで見なかった光景ですから、聞いてみたんです。悲しそうな顔をして「だれもがやっちゃってるもんなあ」と言うんですね。

色川　漁協でそういう風潮にブレーキをかけて、海のクリーン運動みたいなものを起こすところまではまだいっていないんですか。

土本　長島の東町《あづまちょう》はそうです。東町は漁協で中性洗剤を使わないで粉せっけんにしろとかやってます。大変な養殖漁業基地を作り上げましたからね。ただ、そういう養殖漁業を作り上げた基地が、いちばん水俣病について抑える側に回っているというのも現実なんです。

何十億、何百億と投資して作り上げた定置漁業というものが、ヘドロなんかが流れ出して、仮に水銀だということにでもなったら、大損害ですから、当面の問題としては水俣病患者の発生について、非常に神経を立てている。強い力を持っているから強く抑えるわけです。

東町の漁協長がこの島で水俣病患者として出ているのは漁業専業者ではないでしょう、農民ですよ、というわけです。たしかにその部落では専従漁民では水俣病患者は一人もいないわけです。そうでない人がかかっている。

どうしてかといいますと、漁協の力で漁民の患者を出さないんですよ。どこかで話が入れ替わって、漁民で出しているはずがない、というのが出るはずがないになってしまっている。水俣病の実態を隠しつづけてきたこの地帯のこのねじくれかたをみると水俣病は社会の病理そのものだという気がします。

（『潮』一九七八年四月号、潮出版社）

現代の民話や常民の暮らしを訪ねて

まつたに　みよこ　一九二六〜二〇一五。東京神田生まれ。一九四三年、東洋高等女学校卒業。一九四八年坪田譲治に師事。五一年、『貝になった子供』で児童文学者協会新人賞。六〇年の『龍の子太郎』は各種の賞を受賞。六四年以降の『モモちゃん』シリーズは大ロングセラー。一九八五年からはびわの実会責任編集『現代民話考』シリーズを刊行している。

（写真＝松谷みよ子事務所提供）

あなたも語り手、私も語り手

松谷みよ子

司会　吉沢和夫（日本民話の会）

松谷さんから「旧年中は大変お世話になりました。元気に過ごしております」との年賀状をいただいたのは、一年前（二〇一五年）のことである。その元気な松谷さんもいまは亡い。この対談は「現代民話」について作家としての松谷みよ子と民衆史家の私が語り合ったものだが、司会は日本民話の会の吉沢和夫さんがつとめた。吉沢さんは私の大学時代の国史学科の同窓で、半世紀余にわたる親友である。その吉沢さんも数年前に亡くなり、同じ時代を身近に生きてきたもの同士の、談笑する楽しみを失ってしまった。後に残された者として、哀惜と寂寥の感に耐えない。

平成十五（二〇〇三）年の春、四月、吉沢さんは、松谷さんを案内して、私の住む八ヶ岳山麓の森の家（山梨県大泉町の鹿《ろく》野苑《やえん》）を尋ねて来られた。吉沢夫人の千恵子さんもいっしょだった。私は嬉しかった。対談のあと、近くの新緑の美しい雑木林や八ヶ岳を眺められる高原を案内した。折よく、快晴で高地にもかかわらず緩かかった。松谷さんはその美しい自然の中のそぞろ歩きをたいへん喜んでいた。

三人はほとんど同世代である。生年は吉沢、色川、松谷の順だが、一九二五年の前後で一年と違っていない。松谷みよ子さんには『松谷みよ子全集』十五巻（講談社）など厖大な作品群があり、数々の賞を受けているので最も有名だが、この人が一九二六年生まれで、いちばん若い。父は弁護士で無産政党時代、代議士となった松谷與二郎、美代子さんは若いころ人形劇団座長の瀬川拓男と結婚したが、離婚。その後は童話創作に集中した。一九五六年からは民話の採訪も始めている。代表作となった「モモちゃん」シリーズは六百万部をこえるロングセラーとなった。

松谷さんも敗戦前後はひどく苦労している。早くから坪田譲治の門下となり、作品を書き出していたが、注目されたのは一九六〇年に『龍《たつ》の子太郎』を出版してからであろう。これは信州の小太郎伝説をもとにした童話だが、『ちいさいモモちゃん』、『まえがみ太郎』などへと連なる創作童話の導火線となった。そういえば吉沢和夫に『日本の民話――ふしぎな下駄』という童話集があることはご存知あるまい。私が協力して創作し、小学館文庫の一冊として刊行された。

現代民話と民衆史

吉沢　松谷さんから「現代民話」とはこういうもの、というお話をしていただいて、そのあとに色川さんから民衆史の立場から「現代民話」をどんなふうに考えられるか、ということを話していただきたいと思いますが、いかがですか？

松谷　疎開先の信州からやっと東京に戻ってきたのが、一九四八年、組合運動に熱中していました。童話集の処女出版が五一年、次の年に人形座の人びとと知り合い、木下順二さんの「民話の会」に参加するようになりました。それまで民話には興味がなく、つまらないもののように思っていたのに、雑誌『文学』（五二年五月号）木下論文「民話管見」を読んではっとしたんです。

〝現代の民話の種が社会の中でうまれてきつつあることは疑いがない。その種は突飛のようだがあるいは「税金」であるかもしれない、「再軍備問題」であるかもしれない〟とし、〝この複雑であり巨大であり強烈でもあるものを現代という決定的な瞬間において生々しく定着させたい〟と書かれていたんです。〝それはぼくたちがぼくたちの遺産を継承し、そこから新たなる伝説をつくり出すためにどうしても必要なことなのだ〟と。

感動して、「現代民話」を一生追い求めたいと思ったんです。でも、どうやったら追い求めていけるのか、全然わからなくて。で、民話へ私を強烈にひっぱりこんだ瀬川拓男と結婚してすぐ、一九五六年に信州へ採訪に出たんです。そのとき初めて村を歩いて話を聞くということのおもしろさを知ったんです。汽車に化けた狸が轢かれる「偽汽車」の話も聞いて、「あっ、現代の民話ってここにもあった」と思いました。

　でもやっぱり「現代の民話を集めるなんて、とても私には無理だ」と思っていたんですけれども、「民話の会」で一九七八年に『民話の手帖』という雑誌を出すことになったとき、「ああここでなら、現代の民話を問いかけられるなあ」と思って、いちばん最初に「上下二つの口」というのをやったわけです。「なんで上下二つの口なんだ?」と言われそうなんですけれども……。

　木下さんの現代の民話というものの切り口は、理念的にとても高いものです。でもいきなりそこへはなかなか到達できないので、とにかく私なんかがまず皆さんに問いかけて、現代の民話を集めようと思いました。身の回りにふつふつと沸いている底辺をも含めた現代の民話を集めたいと思ったのです。それでちょっと色っぽいんですけど、資料のなかにある「上下二つの口」、これが現代の民話だ! と思ってまずここから問いかけてみたんです。

　ですからいまだに私はまだ底辺をうろうろしているような気がしてまして、それは木下先生の理念に対してたいへん恥ずかしい気がしているんです。

吉沢　いや、そんなことはないと思いますよ。沢山の人たちが語りひろめている。それには必ずや現代との接点があるはずです。

松谷　ただその山裾は、ほんとうに広くて大きくて、皆が自分は「現代の民話」を話しているなんて思わないで、日々いろいろな話が生まれているんじゃないかと思っているんです。

色川　昔話というのは民俗学に定着していましたよね。柳田国男さんによる意義づけで、ビジョンもきちっとできていた。世間話というのは、今話《いまばなし》のようなものだが、私には、その世間話が民話の元になるものなんじゃないかと漠然と思っていたわけです。木下さんみたいにはっきり理論的に言ってくれる人がいなかったので、なんとなくそれを軽く見ていたけれども、世間話が口から口へ伝わっていくうちに、文学性とか歴史性とかに磨きがかかってきて、あと訂正が利かないほどになってくると、ひとつの決まりとなって伝承されていくんじゃないかな、という感じはあったんです。

私は民衆史を一九五七、八年頃提唱しはじめたんですが、民衆には書き残されたものがあんまりないから、口から口へ伝承されたものが大切で、それが資料になってくる。その資料も、ほんとうにどこからどこまでが事実で、どこからどこまでが「そうありたいな」という皆の願いが込められたものなのかが、非常に分別しがたかったんです。

そういうときに吉沢さんが国民文庫（大月書店）の『民話の再発見』で「現代の民話」という言葉を使っていらして、それと「民衆史」という言葉も使っているんですよ、非常に早くから。

吉沢　ただ使っただけなんですけどね。木下さんたちと「民話の会」をはじめた時から、民衆の心という視点から民話を考えてみたいという思いはありました。

色川　「現代の民話」と「民衆史」は非常に近いんだ。それは考古学で発掘されるような古いものじゃなくて、日々形成されるものだということをお書きになっておられたんで、歴史研究者の側からもおおいに「これはやれるぞ」という気になったんです。文献資料がまったくなくても、庶民の歴史は書ける、と。そのときに雑誌の『民話の手帖』で、松谷さんの実験みたいな連載が始まりましたからね。あれは、非常に短かったり長かったりしたもので、ほんとうに自由自在にやっておられたでしょう？

松谷　そう。まったく自由自在（笑）。恥ずかしいくらいです。

色川　私どもはおおいに影響を受けましたし、刺激されました。

吉沢　いま色川さんがおっしゃったけれども、昭和のはじめに柳田さんが「世間話の研究」という論文を書かれて、戦後、昔話や伝説と並べた形で世間話ということがさかんに言われてきました。でもそれは松谷さんがおっしゃるような「現代民話」とは重なるところはあるけれども、ずれているのではないかと、思っているんです。

資料的にはもちろん重なるけれども、その発想、理念は違うものです。むしろ色川さんのような民衆史の立場から、たとえば自由民権運動を調べられている中で、やはり「現代民話」というものにぶつかっていく、それがむしろ本当の姿ではないかと思います。

色川　水俣調査でもまた同じような体験をしましたね。水俣の患者さんは自分で字を書かない。だから「資料をください」と言っても何もない。自分の体験を語る。水俣公害をひき起したチッソ会社や地域の共同体との関係だとか、病気の体験を語る。それを何回も何回も話しているうちに、表現が非常に簡潔になって、事実に勝る真実性、私に言わせれば同時代の証言を超えた文学性まで持ってくる。

私が水俣に入った頃、石牟礼道子さんに言われたのは、「どうか患者さんたちから聞き書きをとってください。女の患者さんからとくに聞いて下さい」と。オヤジさんたちは自分の希望とか意見とか、関係ないことまで一緒に入れちゃう。話が変わっていってしまう。おばあちゃんは、ほんとに囲炉裏《いろり》端《ばた》で、こんこんと話してくれたことが、だんだん凝縮していくんです。「現代の民話」の形成というのはそんなもんかな、というより、それが民衆史でもあるなと思ったわけです。

語りの力に魅せられて

色川　歴史学会では、口承文芸など、実証的な根拠のないことは歴史として認めないというふうな古い伝統がありまして、だいたい柳田国男まで、軽蔑していたんですから、東京大学に本拠を置く国史学会では。

「あれは好事家。趣味人であって、ただ歴史的なものに興味を持ち、いろいろ集めて民俗学などと言っておるが、学問的な根拠はないのだ」と。そういう風潮が強かったのです。

私も実証主義の中で育ったものですから、民衆史といったときに抵抗されたんですよ、内からも外からも。私自身のなかにも引っかかりがありました。そとからはもちろん、「あれは歴史じゃない。一つの幻想として言っているうちはいい。けれども、事実の上に立った、歴史というのなら行き過ぎだ」と批判があった。

松谷　私の友だちの多田ちとせさんという「民話の会」の人ですけれども、いまの北朝鮮から引き揚げて、三十八度線を越えて火の玉にずっと守られてきたという。何年も、私はその人の話を聞いてきたんですが、いつも最後がびしっと決まる。

だから「民話の会」の集まりで、「何分間ぐらい、ぜひ話して」という要望があると、あ、あの話ならちょうど語れるなと思うと、ぴたっときまるのね。

私はほんとにその語りに魅せられました。一つ一つが文字通り「現代の民話」なんです。火の玉が出てきてもそれは真実なんですよ。

色川　そういう話には真実がありますね。周りの人が余計なことを言えなくなる。それは出来上がった話の力ですね。

不純物を撥ねつけちゃう力。そうなってくると、口承文芸と称するけれども、同時に歴史的なリアリティを持つ民話の「出来上がり」という感じです。単なる世間話じゃなくなる。

実は私も、松谷さんがこれをお始めになったときに、まさか八冊も厚いものができるとは思ってなかったんですよ。ほんとのことを言いますと。松谷さんが妙なことを始めたけれども（笑）。途中で行き詰まるんじゃないのかなと思ったんですが……。

松谷　八冊じゃなくて十二冊にもなって……第一期は毎月一冊だしたんです。よく私も死ななかったと思うぐらい（笑）。

「銃後」のはなし

色川　昨日、特に興味のある六巻の「銃後」篇を読み直していたんですね……いや、すごいですね。これはやっぱり。こういうのこそ歴史に残りますよ。ほんとに。

松谷　ありがとうございます。

色川　もちろん消えてしまうものもあると思うんです。この巻のなかにも。でも、歴史に残るものがきちっと確かに入っていて驚きです。こういうのを馬鹿にしていたんですよ、歴史学者は。いわゆる、おんな子どもの視点、受難者のほうから、いちばん下で這いずり回っていた人の感覚のほうから、戦争という現象、戦争の時代をとらえている。自分に惹きつけ深く感じ取って、そのことを語っていますので、「それは君だけの体験だよ」と言い切れない力を備えている。それが、たくさん松谷さんの現代の民話の中には出てくる。これはすごいです。

歴史家で銃後史研究をやっている人がいるでしょう……加納実紀代さん。昭和四十年ごろから始めて、もうずいぶんやっていらっしゃいますけれども、その加納さんのとは違うんです。加納さんのは、どっちかというと雑誌や新聞に現れた資料とか、記事になったものから生のものを読みとって集積し構築していく。骨格は語りとか聞き書きとかではない。それでも、読んでいると松谷さんのものに近づいてゆく。なんか怖いものだなと思いますね。出発点は違っても。
松谷さん、おもしろいことを書いていますね。「銃後」という意味が、四十代の人にもわからなかったと（笑）。
松谷　この「現代民話」をつづけていくうちに研究室の人、そのころ四十代でしたけれども、私が「今度、銃後をやる」と言ったら、「ヤーさんの銃後のあれですか？」という。私、その人が銃後をしらないとは思わなかったんですよ。もうそのショックね。
色川　ハッハッ、ヤクザの出入りの方の、銃後の妻か（笑）。
松谷　私の軍隊の知識なんてのもめちゃくちゃですよ。少尉殿と軍曹殿とどっちが上かなんて……兵隊の位なんて。全然わからないで（笑）。
吉沢　軍隊に関する話というのは、僕の兄貴なんかでもそうですが、相当自慢話になっちゃったり、楽しかった時代の話になっちゃう。松谷さんは、もっと客観的に人間の角度から戦争なり軍隊なりを見ておられる。
色川　やっぱり圧倒的に強いのは、おんな子どもの立場から聞き取っているという点です。
松谷　だってそうなんですもの。
色川　男話は手柄話、あるいは自分が非常に苦労したと誇張したり、自分はどれだけよく戦ったかという自慢になる。
松谷　いつか聞いた話ですけど、ある小学校の校長先生が「私も語らねばと思って語ったら、『先生、戦争大好きなのね』と子どもから言われた。だからやっぱり自慢話を知らないうちにしているんですよ。だから私の意図は伝わりませんでした」とおっしゃるんです。男の人はどうしてもそういう傾向があるのかもしれません。

色川　私は自分史をたくさん書くようにすすめているでしょう。でも男が書いた戦争の話は三分の二、自慢話です。ある程度読むと後は同じ。

松谷　なるほどねえ……。

語る唇を取り戻して……

吉沢　現代民話という言葉も今ではずいぶん多くの人びとが知るようになってきたと思うんです。松谷さん、そこで、一般の方々にぜひこの本をこういった角度から読んでというような注文などありませんか。

松谷　私も親には聞こうと思ってて、聞かないうちに亡くしちゃったんですね。ほんとに、隣に坐った人、お隣に住んでる人、おじいさん、おばあさん、そういう人たちに語りかけ、語る唇を取り戻してもらいたいと思う。それから自分たちのおしゃべりのなかに、いっぱい「現代民話」の種があるんだということ。

それを見抜く目、敏感さを持たなきゃいけないだろうし。

色川　それはただのおしゃべりに過ぎないとか、暇つぶしのようなものだ、ではなくて、そのこと自体に大きな価値があるんだということを知って貰うとずいぶん違うと思うんです。「いや、私のはただのおしゃべりですから」とか済ませないで。

世間話には国を超えて共通なものがあって、それをつなげていくと、それこそ中国にでもスウェーデンにでもつながるものがあるんですね。違いもあるが共通性もある。そこに価値がある。そうした価値があるものを自分たちは内蔵しているんだ、ということですね。

松谷　みなさん、語りというのは、どこか自分とは別のところにあると思っているんですよ。だから私も語り手、あなたも語り手という視点に立ってほしいと思うんです。私だって、ずいぶんしてから「ああ、私のなかにも祖先の血が流れている」というか「語り手の血が流れているんだ」と、わかったんですから。

吉沢　実際にそうやっていままで語らなかった人で語り始めた人もずいぶんいるということを聞きました。大分以前のことになりますが、宮城県の栗駒へ松谷さんが採訪されたとき、「昔話の他に、こういった誰でも普通しゃべっているような話もあるんだ。これも非常に大事な話なんだ」という話をされたら、そのあとで、昔話を語っているおばあさんたちが、「いや、そういう話ならわしらいっぱい知ってる」というんですよ。そういうことを誰も聞きにこなかった。だから話さなかった。昔話だけ聞きにきたから、それだけを語ったわけです。

色川　こういう本が出てくれることは、自分たちも持っているのに、意味を見出すことができなかった人たちに一つの自信、値打ちを教えてくれるという価値があります。

松谷　「あら、これなら私も同じような」というね。

色川　「なあんだ、こんなのが載ってるのか。そんなら私なんか、もっとすごい話を知っているわ」と語ってくれればいいんですね。

（『ちくま』第三八七号、二〇〇三年四月七日、筑摩書房）

みやもと　つねいち　一九〇七〜八一。山口県周防大島生まれ。大阪府立天王寺師範学校卒業。漂泊民や被差別民、性などの問題を重視した民俗学研究に生涯を費やし、歩く民俗学者としての独自な新領域を開拓した。その調査記録は『宮本常一全集』（全五一巻、別巻二巻、未来社）に収められている。
（宮本千晴撮影）

生きざまを掘り起こす―黙々と日陰で歴史を創り続ける

宮本常一

司会　平野敏也（熊本日日新聞）

身近に親愛感のもてた民俗学者

偉大な日本の民俗学者を三人挙げるとしたら、柳田国男、折口信夫、宮本常一であろう。その中で私は宮本さんにもっとも親愛感を持っている。「宮本常一著作集」はすべて持っていた。柳田国男については、私も一九七八年に著書（日本民俗文化大系の第一巻『柳田国男』講談社）を書き下ろしているが、あまりに偉大な存在すぎて近づき難かった。その点、宮本さんの著作は身近なものに感じられたのである。

この対談は、私の大学時代の国史学科の同級生で、当時熊本日日新聞の編集担当重役をしていた平野敏也君が企画してくれたものであった。年頭対談として一九八一年（昭和五十六）熊日紙の元旦号に掲載された。

宮本さんは一九〇七年生まれ、私より十七歳も年長である。淡々としていた人で、都心での対談を終えたあと、日比谷通りを並んで歩いていたら「私はこの公園を散策したいから」といって、公園口で消えていった。この才気走った若造を同伴するのが鬱陶しかったのであろう。それが、この人を見た最後である。宮本さんは翌年亡くなられた。

決して噛み合った対談とは言えない。それぞれが自分の立脚点を語り、旅の見聞と経験を述べあうというものであった。司会役の平野敏也君が熊本の人だから、話題を熊本の地方に誘導してくれたおかげで、熊本の通潤橋の話から、名もなき石工たちの底辺の力が評価されたあたり、私の不知火海（水俣）調査での同様なことや、天草のからゆきさんの話などを出せたことは良かったと思う。

宮本さんは当時、武蔵野美大の名誉教授という肩書きを持っていたが、小学校教師から瀬戸内海漁村調査、離島調査などで底辺を歩いた人であり、そんな雰囲気など全く感じさせない人柄であった。そのようなことは私に好ましかった。若い頃愛読した宮本さんの『忘れられた日本人』が生きているようで、私には幸福であった。

民衆史とは

平野　最初に民衆史とは何かといった定義づけからお話しいただきたい。一般にはまだ民衆史という概念は理解されていないようなところもある。

宮本　私は渋沢敬三先生に長い間師事してきた。先生は民衆ということばは使わず常民ということばを使われていた。これは英国市民がものを考え、判断していく場合に大事なこととしているコモンピープル（common people）からとったものだ。似たことばに大衆というのがあるが、これには家の中にいる人という感覚がなく、どうしても街頭に出ている感がある。それで先生は、大衆ということばを使うには抵抗感があるとされていた。

　また民衆ということばも抵抗をもっておられた。民衆とすると、日本人に限られるという感があり、一方常民ということばは国民を指すものではないので、そういう常民社会は日本でも朝鮮でも中国にもあるからだ。

　しかし、私にはどうも常民ということばはしっくりこない。明治の初めごろに人民ということばが使われ、今次大戦後に人民戦線といったことばで復活する。この人民もいいことばと思うが、私自身は〝衆〟ということばに魅力を感じている。昭和三十年以前に村の寄り合いなどで、〝皆さん〟ということばが使われることは少なかった。〝皆の衆《みなのし》〟と呼び掛けていた。〝あのし〟ということばの〝し〟は〝衆〟のことで、日本の北から南の端まで使われていた。その〝皆の衆〟がいまは消えてしまっているが、私はその〝皆の衆〟つまりわれわれ同じ仲間といった意味で、民衆ということばがいちばんしっくりくる。
　またかつて一般の百姓社会でごく当たり前に使われていたことばに地方（じかた）というのがあった。かつて地方（ちほう）ということばは地方にはなく、地方（じかた）といっていた。それがいつの間にか中央史がでてきて地方史ができ、地方ともいわれるようになった。この地方（じかた）と対になって〝皆の衆〟ということばも消えていった。私はこの〝皆の衆〟ということばに愛着があって、常民のことを私なりに民衆という呼び方で使ってきた。

色川　私はもっと現代的意味で民衆史というものを提唱したわけですが、当初は民衆思想史でスタートし、それが六〇年代に定着してきて、やがて民衆史ということになった。いまの民衆史には私たちが提唱したときの原理的考え方が希薄になってきた感もある。

人民史観訂正の方向で

色川　私たちが民衆史を提唱した時には、人民、庶民あるいは常民という概念があった。それをいわゆる官学的アカデミズムの歴史学、あるいはマルクス主義の歴史学からすると、人民というのは変革的意識性を持った人間として、変革運動の先頭に立つとか、それに参加するとか、変革への意識性を所有している人びとを人民と呼び、変革への意識性を所有していない人、どちらかといえば家や日常生活に埋没している人びとを庶民としている。マルクス主義では人民の方に力点を置いた人民史観や人民闘争とかいうことで、もっぱら民衆の歴史を学識とか創造、あるいは運動とかで考えてきたように思う。
　しかし、民衆の本当の問題は、家の中におり、日常生活のなかにいる次元の存在から異常事態になって変革へ意識的に立ち上がるという層まで含めて考えるべきで、その意味でマルクス主義が盛んだった時代の人民史観を批判し、それを訂正する方向で、あえて民衆史という問題を提起した。

もうひとつは、戦前からのアカデミズム史学では、どうしても文献史学中心だから、記録される人物ということになると、英雄やエリートのことになってしまう。英雄やエリートを研究する歴史だと、歴史創造はどうしてもそういう人たちによって説明されてしまい、民衆はいつも忘れられていく。そういうことに対して、英雄もエリートも民衆によってすそ野を支えられ、それによって才能を発揮した存在ではなかったか、歴史創造の基本的エネルギーは民衆の側から出ていたのではないか。それを解明しなければ中央史観もアカデミズム史観も成立しないはずだという観点から、民衆史を提唱したわけです。私は民衆史が時代の本流になるものと期待していたが、八〇年代はますますそうなるだろうという感がする。

平野　地方史と民衆史ではかなりクロスする部分もあるのではないか。

宮本　地方史というのは中央史に対立させた概念であろう。民衆史というのは、場ではなく研究対象の主体を問題にしているわけで、政治家、英雄を対象にせず、民衆を対象とする意味で民衆史というわけだ。どこで、どういう運動をしたかというように場に比重をかけて考えれば地方史ということになろう。私は地方史ということばはほとんど使わない。戦前までは地方と書いてチホウと読んだり、受けとめたりする意識は少なく、その地域に立って、ものを見る見方を地方（じかた）といった。

色川　その地方（じかた）的視点を強調して地方史を修正したのがこのごろはやりの地域史ということだろう。

平野　宮本さんが日本民衆史シリーズを書かれたのは六〇年代だったが、その動機は。

生産の根幹なす民衆

宮本　私がそこでいちばん言いたかったことは、本当の生産の根幹をなしたのはトップでなくて、民衆だったということだ。それをかつて熊本を歩いているとき痛感した。矢部の通潤橋は布田保之助が造ったとされている。しかし現実に造ったのは布田ではなく種山や天草の石工だった。その石工の技術がなければ、その橋は出来なかった。通潤橋は布田保之助が造ったにしても、布田のいない熊本の各地に二百から三百の石橋が出来ている。それを造る基礎の厚さというか、造ろうとする意欲を持つ人間の存在と、それにこたえるだけの技術を持った人びとが存在したわけで、それらの人びとが熊本のすみずみまで見事な石橋を造り出している。しかもその石橋の上をいまもトラックが走っている。それは何だったのか。それは民衆の力という以外に言いようがない。

平野　色川さんの場合、『明治精神史』の著述あたりから、民衆史への傾倒が始まっているように思う。

色川　一般に有名人、ヒーローで歴史を考える癖がついている。それなら英雄、ヒーローを出さなかったところには歴史はないのかというと、そんなことはない、そこで私は実験としてある地域を徹底的に掘ってみよう、そこに全日本的に評価できるような驚くべき才能が埋もれているとしたら、ほかの地域にもそういう可能性があるのではないか――ということで、私のすんでいる三多摩地区（東京都）は有名人の出ていないところだから、ここを掘ってみようと二十年ほど掘ってみた。そしたらたくさんのおどろくべき事実が続々と発見され、自信を得た。

そこで民衆思想史というものをきちんとやらないと、いままでやってきた思想家の思想史も、それがなぜ成立し、なぜ影響力を持ち尊敬されるようになったかなども根底から説明できないのではないかと考えて、民衆思想史の最初の報告として『明治精神史』を書いた。それが学生層を中心に受け入れられて思想史だけでなく民衆思想史へと展開していった。

カギ握る小リーダー

色川　記録を残さない民衆は自分の個的存在を歴史にとどめられることなく、いつも集団としての行動を通じてしか伝承されていない。だから文献史学の方法では、民衆の姿はとらえられないし、わずかにとらえられるとすれば、一揆、騒動の歴史しかない。そうなると一揆、騒動しか民衆の歴史はないことになってしまう。そこで異常でない普通の状態の民衆の生活や様式を探る学問として民俗学が出てきて、それに対し伝統的史学のなかからそれを追求する学問として民衆史が出てきた。民俗学と民衆史は出発点は違うが、非常に近い対象を、異なった方法で追求していっているようだ。

結論的なことをいえば、歴史の創造という問題は、民衆が歴史を創造するといったおおざっぱなことではなく、創造の裏のカギを握っているのは民衆のなかの小リーダーであるということ、つまり〝たばねる人〟というか、可能性や能力を民衆より一歩先に自覚して先駆的形で示していく人が、いつも歴史変革のカギを握っているのではないかという考えになってきた。

平野　民衆史を展開される過程において、学界からとかくの批判もあったようだ。

色川　六〇年代当初は圧倒的に孤立していた。私はマルクス主義の出身だから、唯物史観のオーソドックスな原則を踏みはずして、主観的、地域的で部分的な歴史に陥没したなんて、ずいぶん批判された。でもいつまでも土地所有の分析とか階級と階級の対立とかの観念の世界のなかで民衆を転がしていてはダメだという考えが、七〇年代を通して受け入れられきたのではないか。

宮本　私の場合、思想的に取り扱わないので、批判的なものはなかった。私は地方の人にとっての代弁者でありたいと思っているわけで、いろんな人が地方のことを調べ、とりあつかっているが、その研究者にとってそれは学問の対象ではあっても、取り扱っている人のなかに入り込んで、その人の訴えたいことを訴えるというものではない。だけどこういうことを訴えたいのだが、自分に訴える力がないという人も多い。そういう人の心をそのまま訴えると主観的なことなども交ざって、かえって禍いを招くこともある。そこで私のようなものが、間に入って、あなたが言いたいことはこうでしょうという形で訴えれば、客観的なことになって残っていくのではないかと思って書いてきたわけです。

私にとって歴史的事実も農民のライフヒストリーも価値はひとつ。土佐の橋の下で会ったこじきの話も書いているが、私がそのこじきに会わなかったら、すべての人から忘れ去られてしまうようなこじきも、胸を打つような過去を持っている。その過去と、いま大道を歩いているリーダーの過去とどれほどの差があるのだろうか。本質的にはこじきの過去の方に真実があったのではないか。そういう人のことばを残しておくことが民衆が何を考えどう生きてきたのかのひとつのあかしになるのではないか。それを私はいまも続けているわけだ。

平野　なぜ民衆史が今日これほどクローズアップされるようになったのだろうか。

色川　それは何と言っても、庶民のなかの自意識、歴史意識の高まりが根底にあるからだろう。七〇年代になってオイルショックに見舞われ、人びとがこれからどう未来が拓けるかということを真剣に考え始めた。それまではアメリカやイギリスをマネておけばなんとかなったが、これからは自分で自分の生活設計を考えねばならなくなった。そこで歴史サークルの歴史学運動が起きてきて、とくに七〇年代後半から非常に盛んになり、私も何十というサークルから学習についてのヒントや指導などを求められたりした。そうしたサークルの人びとが自分が自分を振り返り、周りの歴史を振り返っていこうとしたわけで、そういうことが、研究者を外から鋭く反省させたのだと思う。自分のテーマでどう歴史を切り取れるかがそれまでの研究者の関心のマトだったが、それでは一般の人々の歴史への関心には答えられないので、研究者の考え直しが始まったわけだ。

平野　宮本さんはかつて熊日論壇で「近代化が、民衆の心の支えであった共同体の精神風土を解体させることによって進められた。国民の横の連帯、和合の論理が根底からくずれつつある」と指摘されている。その通りの現実である。

共同体が再結集

宮本　私はかつて調査などでどこへ行っても宿はとらなかった。どこでも泊めてもらえたわけだ。それが泊めてもらえなくなり、家の中へ入り込む余地が少なくなってきたのと同時に、連帯感も薄れてきたように思う。よく例に引く話だが、江戸時代に山形で世話になった日向の人が、山形へ感謝の手紙を出し、それが届いたという話がある。宿場など正規のルートを通したものではなく、道行く人に次々に託されたものだと思うが、それが日向から山形へ届いているのだ。この場合、手紙の両端の人は顔見知りだが、中に入っている人たちはそうではない。それでも手紙をつないでいくだけの連帯感は持っていた。いま私が東京から見ず知らずのだれかに手紙を託しただけで、熊本まで届くだろうか。しかし、私はそれが届くのが連帯感だと思う。これをズタズタにした形で近代化は実現されてきたが、その連帯感を復活させるのは不可能ではない。私はそれを阿蘇で教えられた。阿蘇で赤牛をやめて黒牛にしたらと話したら、どこでも文句を言われた。ところがその指摘を押しやってしまうのではなく、いまはニュージーランドから黒牛を持ち込んで、品種改良を始めている。これなど共同意識がないとできるものではない。熊本は決して保守的ではないのだ。連帯感を生むにはこうした新しいものを持ち込めばいいわけで、どういうものを持ち込むかは地域の人が考える以外にはない。

色川　似たようなことが不知火海沿岸でもみられる。赤潮が発生したことがあって、養殖漁業でエサをやりすぎたりなどのいろんな原因があったのだろうが、あのへんは水俣病で漁村の共同体がズタズタに切れたところでもある。ところが昨年赤潮が発生した時、芦北町女島湾で、いまは解体しているが、かつては存在した共同体が再結集して、赤潮の湾内侵入を防ぐため、全漁船を総動員して湾口に並べ、逆スクリューをかけて三日三晩炊き出しをやった。村中総出で、赤潮の侵入を防ぎ湾内の養殖漁業を守った。その女島の漁協は芦北漁協のなかでもいちばん弱く、小さなグループだったが、それ以来非常に結束して、昨年は芦北漁協の組合長がそこから出たということだ。よくいわれることだが、あのへんは水俣病と近代化で気持ちはバラバラになっているが、いざという時には昔の共同体の結集の原理が作用して、女子供は炊き出しを、男衆は船を一列に並べて湾口を閉ざし、赤潮の侵入を防いでいる。これは共同体の別の面を浮き上がらせた。

平野　さて、近代熊本をどうみるかということに論点を移していただきたい。先ほど熊本は決して保守的ではないという話もあった。

色川　熊本の精神風土には、小国方面の山国があるかと思えば、有明、不知火の海があるといった興味深さがあり、熊本城下の沈積された封建文化の伝統に対して、県の北と南の端から宮崎兄弟、徳富兄弟を出すといった開放的風土もある。殊に西に向かって海が開けていることから、島原や長崎とも密接な関係を持ち、からゆきさんなどにしても、ゲタでもひっかけて上海にひとふろ浴びに行くかというような調子のところもあって、大陸、東南アジアにもほかの地域に比べてずいぶん気軽に出掛けられる風土、精神があったように思える。谷川健一さんの本なんか読んでも、沖縄ともつながりを持っている。人や文化の流れなどにみられるように、そういった（開かれた）精神が近代熊本にも脈々と貫かれていたのではないか。ただ熊本城下の安定した文化がクローズアップされて、そのイメージで熊本が保守的とみられている面もあるのだろう。

もうひとつ不知火海の調査をやってきてこういうことを感じた。それは水俣病という大問題が起きてそれを解決するために漁民のなかから非常に優秀で多様な人材がたくさん出たということだ。川崎とか瀬戸内などでは、被害の当事者のなかから問題を解決していくような人材は出ていない。なぜ水俣は出るのかということで議論したことがあるが、島原とか天草の海の狩人的、放浪的な人たちと、土着の芦北の農民なり、漁民なりの異質な体質あるいは緊張のなかから生まれた新しいエネルギーかもしれないということになった。

平野　熊本の町村を歩いて、そうしたたくましい民衆像をほかにも見られたのではないか。

宮本　先に私は熊本は保守的でないといった。それは石光真清の『曠野の花』を読んで思ったことでもあるが、その本に可徳商会という茶商の話が出てくる。この商会は明治二十年代に球磨の山茶を熊本に運んで団茶に加工し、これを満洲やシベリアに輸出している。明治二十年代に、この団茶が輸出商品になり得るとする発想などすごいものだと思う。

また、西合志町《にしごうしまち》の合志義塾も興味深い。あそこに周囲民族独立記念碑がある。フィリピンや満洲の独立を祝う記念碑というが、そういうことが肥後の農村にも関係があったということが面白いではないか。よそごとではなかったということだ。そういう広いひろがりがあって、国の外までつながっていたわけだ。

明るいからゆきさん

宮本 それから、からゆきさんのことだが、かつて天草の二江《ふたえ》で話を聞いたことがある。からゆきさんには「人が見る世界なら自分も見てきていい」という考えもあったんですね。確かに暗い面も持っているが、その人たちにとっては決して暗いことではなかったらしい。うちに帰ってきて結婚もして年をとってきているわけで、からゆきさんも一人だと孤立するが、五人いればそうではなくなり、それを語ることは決して恥辱ではなくなってくる。その人たちが〝見てきたこと〟〝触れてきたこと〟が自分たちの生活をどのように打ち立てていけばよいかということにつながってきているのだ。二江では、七十を過ぎたおばあさんたちがウニやエビの加工をやっていた。自分たちのおるべき位置をちゃんと心得ている。これはたいへんな進歩性と思う。この発想は、その社会にだけいたのでは出てこないものだ。それはより広い世界を見てきたからこそわかるものであろう。そういう世界が天草にはあったんですね。

平野 最後に、今後の民衆史の連載に関して注文を聞かせて欲しい。

色川 五十年、百年後には大事件として記録されるようなことについては、現場に立ち会った人が生きているうちにその証言を取っておいてほしい。それが民衆史を書く時の基礎になる。こういう例がある。

日本最大の米騒動があった富山の魚津の騒動が起きてから六十年しか経っていないが、その騒動に参加した婦人たちで、いま生き残っているのは一人しかいない。その人の聞き書きは取ってあるのかと地元の研究者に聞いたところ、それがないという。地元新聞社で一部聞き取っているというが、それは記者の頭というフィルターを通して現代文に置き換えて書かれていた。これでは証言にならない。証言者のなまのことばで記録してほしいと思う。同じ富山の水橋の大騒動では、高松という米問屋のおかみさんが、押しかけた漁民に「ワッダッチャ、クワレンチャ、ゴトムケ」（お前たち、食われんなら、死んじまえ）と言ったというのがきっかけになったという証言があるが、その高松屋の跡継ぎの人によると、おかみさんが言ったのではなく、漁民が言ったことばという。このひとことが騒動に火をつけたわけだが、その事実の確認がいまはもうできない。六十年ぐらい前の歴史的事実すら検証できないわけで、それは研究者が文献に頼りすぎて、生き証人の記録を取っていないためでもある。ぜひ証人の記録を忠実に取っておいてほしいと思う。

私が調査している先の水俣の三千人に及ぶ大漁民暴動でも、警察の尋問調書は十分の一ぐらいしか残っていない。仕方なく聞いて歩いているが、その暴動で有罪判決を受けた人のうちもう半数ぐらいが老齢と水俣病で亡くなっている。なぜ暴動というところまで考えるようになったかをいま聞いておかないと、阿蘇の大一揆の二の舞になってしまう。三万人が参加した阿蘇の大一揆では、警察の調書以外には、なまの農民の声はひとことも記録されていない。

土蔵は私設の博物館

宮本　明治の青年、とくに地主層の青年たちは、意外に日誌というものを残している。これは貴重な資料となるものであり、注目してほしい。

色川　明治前後の戸長役場を務めていたような家の土蔵には、その地域の記録がそっくり残されていることがある。土蔵は私設ミュージアムみたいなものであり、その土蔵が解体されるまえにマークして、慎重に〝土蔵開き〟をやってもらいたい。土蔵開きには思いがけないことも出てきて楽しいものです。

宮本　私はいま郷里の山口県で田んぼのことを調べているが、記録はなくても、田んぼの大きさ、所有関係、水の引き方、あぜの造り方などひとつひとつを調べていけば、千年程度の歴史はたどれるのではないかと思っている。記録はなくとも歴史を抑える方法はあるものだ。熊本で生まれて全国に広まり、明治の生産構造を変革させた肥後スキの文化などについても、県内だけでなく県外まで追っかけていってほしいと思う。

色川　最後にもうひとつ注文をいわせてもらうと、明治、大正、昭和前期までのまだ近代化が及ばない前の小さな町とか村は、ひとつの小世界をつくっていたわけだが、それを〝肥後のある町の暮し〟として、歴史、地理、民俗などの研究者が協力して復元してもらいたい。そうするといまの子供たちも、どんな郷土であったかということを理解できるだろう。

それから今年は肥後の自由民権百年にも当たる。肥後は相愛社の憲法草案など優れたものを残しているが、埋もれている無名の民権家の遺族を掘り起こしてほしいと思う。

（熊本日日新聞、一九八〇年一月一日）

自由民権期の土佐の郷士と秩父の民衆

やすおか　しょうたろう　一九二〇～二〇一三。高知県生まれ。父方は土佐勤皇党員を多く出した家柄。一九四一年慶應義塾大学入学、四四年学徒動員で応召。一九五三年『悪い仲間』で芥川賞受賞。その他に毎日出版文化賞、日本芸術院賞、日本文学大賞などを受賞している。

（写真＝毎日新聞社提供）

歴史への感情旅行——自由民権期の人びと

安岡章太郎

「文壇の大御所」の素顔

この対談には『無限大』（五四号）という雑誌の編集者の前書きがついている。要約する。「長編『流離譚《りゅうりたん》』を脱稿されたばかりの安岡章太郎さんはこの小説の背景となった明治維新、さらに自由民権期の人びとへの興味はたかまるばかり、そこで自由民権百周年のお仕事で東奔西走中の歴史学者・色川大吉さんに「まえがき対談」をお願いした」と。

その日のことは一九八一年五月二十九日の私の日記にくわしく書かれている。

「赤坂プリンスホテルの本館で安岡氏と対談。一九七五、六年ごろ何度も対談しているので、逢えば「やァやァ」ということになる。かれは『流離譚』を書き上げ、私は『自由民権』（岩波新書）を書き上げての対談である。私はもっぱら聞き役にまわった。フランス料理はうまかった。十二時から三時近くまでやった。予想外の話は聞けなかった。ただ一つ面白かったのは、安岡氏が旧土佐藩主の息子と飛行機で土佐に行ったというときの話ぶりだった。「体が言うことを聞かない。山内侯の前で硬直しやった」という。そのとき、本音をもらしたのか、「私のような人間でも、旧藩主の前では……」と。

彼はまだ三十代前半のころ、『悪い仲間たち』などで芥川賞を受賞したあと数々の受賞作品を発表し、文壇の大御所として、芥川賞の選考委員をつとめたばかりでなく、多くの文学賞の推薦委員となる。大きな自信を持っていたのであろう。この対談ではそんな態度は見せなかった。安岡章太郎の言説は筋が通っていて傾聴に値した。彼は二〇一三年、九十二歳で大往生した。文化功労者という〝栄誉〟をあたえられて。

民権の確立で攘夷論が変貌した

安岡　小説『流離譚』は、別に民権運動に関心があって書いたわけではないんです。ごく個人的に、父権のタテマエというか、自分の「家」のルーツに興味をおこしましてね。

日本人の頭の良さというか、攘夷を言いながら民権を生み出していくプロセスは、調べていくと面白いんですよ。

ぼくの爺さんは植木枝盛の熱烈なファンでしてね。明治二十五年、二十五歳ぐらいの頃の日記を見ると、選挙に勝った喜びの記述があったとか。

色川　あのときは土佐では政敵同士で激しい撃ち合いがあったとか聞きましたが。

安岡　何か知らんけど、親父の家でも自雷火を設置したり、大砲つまり木砲を造ったらしい（笑）。

政治的な地盤としては、だいたい、国民党が強かったらしい。ウチは自由党ですが。

色川　なにしろ、あのときは選挙関係で死者が二十五、六名。よく調べれば三十五、六名はあったと思います。

安岡　坂本龍馬研究の平尾道雄先生の親父さんは、当時佐川の警察署長で民権派を弾圧する側だったが、必死だったらしいな。暴徒のごとき壮士に囲まれると、刀を振り回さないことには治まりがつかなかったらしい。なぜ、あれほど民衆が熱中したのだろう？　とにかく全国的規模だ、あの政治フィーバーは。いったい、なんであったか。

色川　名の知れた民権派は全国で六十ぐらい。全体からいえば東の数が多いのですが、西のほうは土佐が圧倒的。いずれにせよ、日本の右派でも左派でも、民権結社が双方の思想的源流になっていますからね。

安岡 尊皇攘夷が水戸で始まったとき、「大日本は神国なり」だったでしょう。京都朝廷の攘夷論は、自己中心的で拝外主義だった。それで、大本である孝明帝を忌避し奉るに至るわけですね。長州は尊皇攘夷を口にしながら、帝の攘夷論がとても邪魔になる。馬関戦争の敗北など、いろいろな要因があるのでしょうか。

ところが、中岡慎太郎の『時世論』にみる攘夷論ね。あれは近代的ナショナリズムそのものですよ。自分で考えたか吹き込まれたか、わかりませんが、彼の口から出たことだけは確かです。「攘夷は日本だけじゃない。アメリカではワシントンなる者が攘夷をやって合衆国をつくった。ゲルマニアもまた……」と。そして統一国家を築くことと、国家主権を自分の中に、民衆の中に、確立することを言う。こうなると攘夷といっても、もはやショービニズム(排外的愛国主義)でも鎖国思想でもない。それとは逆のものだ。

ぼくは、攘夷論の変わり方として、そこがいちばん面白いところだと思うね。

色川 水戸学でも、前期の藤田東湖などと、後期の幕末志士たちとの言動は、少なからず変貌していて面白い。次第に近代的な統一国家構想が出てきていますね。

前期は水戸藩中心の幕政改革だったのが、後期では徳川慶喜を押し出して統一国家をつくろうとする。早い話が、徳川幕府という正当な政府を突き崩す方向へ重心が変わってゆく。

安岡 その通りです。

色川 そのへんが、攘夷から開国へ転換する素地をつくったのじゃないですかね。

安岡　長州もそうだ。ところで土佐の中岡慎太郎は庄屋出身だから、よくいえば、ブルジョア革命みたいなものを考えていたのじゃないかな。ともかく土佐民権論の母体には、なっている。

ところで『流離譚』にも書いたけれど、板垣退助はね、「板垣死すとも自由は死せず」で民権派の代表とされるわけだが、ここから問題が出てくると思うな（笑）。

「板垣死すとも」は稀代の名言

色川　それは、どうして。

安岡　ま、悪く言うと、板垣って人はオポチュニスト（日和見主義者）なのだ。思想的というか、哲学的な思考には欠けた人だな。だが、よく言えば、論理性ぬきに時代の主潮を四、五年前に直感的に見透かす能力のある男。そして、民衆を引っ張っていく力があった。

色川　先見性があった。

安岡　そう。戦争なんかさせると実にうまい。板垣自身は「おれは伊地知正治とか大鳥圭介のように、軍事専門の勉強はしとらん」と語っているけれど。しかし明らかに、大鳥は戦闘にのぞんで指揮能力がない。その点、板垣にはある。板垣が大鳥の伝習隊をいつも負かしたのは偶然じゃない。

また板垣は慶應元年までは、山内容堂にかわいがられて佐幕派だった。武市《たけち》瑞山なんかを弾圧してね。それが、その年の正月、突然、江戸へ行く。瑞山を糾問してから、時勢の変わり目に来たことを感づくのだ。この運動神経なんかは並じゃないな。オポチュニストというと、その場その場で都合よく権力者にくっついて軽蔑されるわけだが、彼の場合は必ずしも軽蔑できないんだな、この動き方は、民権の場合もそうですよ。

色川　明治三年に土佐へ帰りますね。

安岡　そのとき『人民平均の理（ことわり）』を出すわけ。なぜ、人民平等論みたいなものを出したのか。それは谷干城がいたからなんだね。

谷は、あの当時、維新戦争のあと土佐へ戻った。しかし、この戦争は終わったわけじゃない。必ず、もう一度戦争があるだろう。そのときに備えて武力を蓄えねばいかんと思っていた。土佐を中心に、四国列藩会議なんかをつくっている。「土佐を武装し、四国を武装せよ」というわけだ。

色川　藩主の山内容堂は？

安岡　彼は東京でヤケクソになっている。自分の主張が、ぜんぶ否定されてしまったんだから。目前に廃藩置県があるしね。日夜、酒ばかり呑んでる。吉原遊廓を買い切ったりして、そのために藩金を湯水のごとく使っている始末で……。そういうとき、その場には必ず後藤象二郎がおり、板垣もいるわけだ。谷はそれを見て非常に怒って「後藤、板垣を呼び返せ」と言うんだな。彼らの謹慎を計ろうとする。

ところが板垣は土佐へ帰国すると、いきなり人民平等論を出して士族の常識を砕くわけだ。それで谷はいっぺんに自分の立場を失ってしまう。土佐の自由民権は、だいたい、このあたりからですね。

谷干城に言わせると、元来、板垣は大の保守派で差別論の親玉だったというんだ。それが、いざとなると『人民平均の理』を持ち出す。だから板垣は、いつも自ら信じて行動するわけでなく、周りの情況をすばやく判断して行動している。主体性がないんだな。これが、わが国の民権運動の基本的性格にならざるを得なかったのではないかな。

色川　あの頃、とくに主体性に固執したら生きのびられないでしょう。

安岡　それもあるけれど、生きのびる、のびない、というより、ともかく板垣個人には主体性がございません。これははっきりしている（笑）。
色川　人徳かどうかは知りませんが、板垣は身辺に急進派さえも置いてますね。
安岡　板垣はオルガナイザーとして非常に優秀です。
色川　植木枝盛なんかも最後までくっついていますね。考え方からすれば距離があったはずなのに。
安岡　まあ、植木は板垣の書生だったしね。板垣の度量の大きさというか……。板垣のやったことをみると、一見、軽薄にみえる。馬場辰猪なんかに説教されたりして。
色川　やはり、何やかや言われても、人間的な魅力があったのでしょう。
安岡　孫文の秘書だった載天仇（載季陶・たいきとう、天仇は号）が、板垣をほめています。大正九年ですが、日本へやってきて晩年の板垣に会い「偉い人間だ」とね。
色川　もし、殺されていたら、板垣神社ぐらいは建っていたのかと思うのですが……。
安岡　まあ、土佐ではあまり信用しないだろうな（笑）。愛すべき人物であったことは間違いないけれど。
色川　板垣が岐阜で重傷を負ったとき、三多摩の村の青年達が、昼夜兼行で駆けつけていますよ。日記なんかみると、みんな集まって泣いている。たとえ伝説であっても、なにせ自由民権の神様ですからね。
安岡　それが彼らの欲求、エネルギーですよ。襲われたときの「板垣死すとも自由は死せず」。あれは実によくできている（笑）。
色川　明治の人は美文調が好きだから。

安岡　それにしてもうまく言ったな（笑）。

色川　あれがまともに殺《や》られていたら、伊藤博文らも困ったでしょうね。

安岡　そうだろうな。たぶん。板垣が『人民平均の理』が言えた背景には、明治政府の、身分悪しき者の出世したさ、というものがあったと思う。板垣自身は馬廻りクラスで中級武士だから、決して悪くはない家柄ですが……。後藤も、まあ良い方だ。長州の連中はひどいな。彼らの場合は一種のプロレタリア革命みたいなものだからね。

色川　伊藤博文にしても、井上馨にしてもね。

安岡　西の場合は井上、伊藤、西郷など、身分卑しき者が出世してしまったが……。百姓衆が下級武士の上に出て、いろいろやるという幕はなかった。

わからぬ後藤、変わり者の中江

色川　先見性ということでは、世間では後藤象二郎の方が知られていますが。

安岡　この人は全然、わからんのだよ。もっともわからんといえば、山内容堂でもそうだけど。後藤は金遣いが荒い。いったい、その金をどこからもってきたのか。まったく出所がつかめない。

色川　私も、いろいろな研究者にずいぶん聞いたのですが、わかりませんね。

安岡　それで、いちばん怖いというか……。たとえば、坂本龍馬も船を買う金が欲しいから、彼にくっつくわけだな。しかし死んでいる。板垣の場合も傷ついている。中江兆民は殺られないけれど、世話にはなった。なんというか、後藤は一つの悪魔性を持っているのだな。

色川　土佐の政治家では、いちばん面白い人物だと思いますよ。調べがいがあります。

安岡　そうは言うけれど、小説家がこれだけ手を焼いているんだよ。お手あげだ（笑）。
色川　複雑な、謎の人物ですな。
安岡　後藤は決して頭がよいとは言えないんだが、こんな逸話を残している。
高輪あたりに広大な屋敷を構えているのだが、たちまち金を浪費して無一文になる。板垣がやってきて「お前、どうやって暮らすんだ」と聞くと、「庭の芝生を切って売ってるんだ」と答える（笑）。
色川　一方では、中国の革命家をかくまったり、朝鮮の革命家に金を与えたりする。フランスからも金をとっていますよ。スケールが大きいと言うのか……。
安岡　ほう、そうですか。手におえんぞ。
色川　明治維新史の大家の服部之総さんが言っていた。「稀代の寝業師《ねわざし》だ」と。
安岡　寝業師には、忍耐心がいるわけでしょう。彼は果たして忍耐しているのかね。その点がわからないんだよ。
色川　忍耐しているのじゃないんですか。自分の気持ちとしては（笑）。
安岡　まあ、表面ではブリリアント（めざましい）なものが一つもないでしょう。しかし、大政奉還の推進者は坂本だといわれているが、後藤は、ちゃんとそれに噛んでいる。板垣の『人民平均の理』だって、側にいた後藤が入れ知恵したことも考えられる。大政奉還にしろ、廃藩置県にしろ、重要な場面には必ずいるんだな。
色川　もう一つ。板垣らが自由党を解散して土佐へ引っ込んだ後、条約改正問題で「三大事件建白」運動が起きますね。彼は、すかさず火をつけておいて、それを組織し、東北遊説に出ます。あのあたりは、ちょっとブリリアントな感じがしますがね。

それに明治十五年十一月ですか、板垣が後藤にのせられて、外遊しますね。あれは後藤の頼みで井上馨が三井から金を出させた。板垣は、不浄の金とは知らないから「潔白だ」と胸を張って言う。自由党分裂の原因になって、大石正巳や馬場辰猪らがみんな脱けてしまった。

安岡 うん、あれで自由党は最初に崩壊する。板垣は自己分裂をおこすのだが……。後は組織が残っているから、それで続いているわけですね。

色川 大石、馬場らが脱けて、代わりに入ってきた男がいるでしょう。弁護士の星亨。この人物も、まことに面白い。

安岡 あれなんかは、江藤新平と好一対という感じだね。

色川 身分に対する憧憬や偏見もない。原敬みたいに野心はないし、陸奥宗光のような権力への割り込み精神もない。ただ、金と技の世界を泳ぎ回ってきたしたたか者の感じで……。

安岡 星亨も研究すれば、何かあるな。

色川 沼間《ぬま》守一という幕臣あがりの『横浜毎日新聞』の創設者がいましたね。板垣の会津攻めを迎え撃っているんですが。

後に、沼間と星が同席したことがあった。何かの折に、沼間は星に「百姓、水をもってこい」と放言したらしい。すると、星は「おれが後はひきうけるから、沼間を殺《や》れ」と言って、星側近の壮士をして沼間を半殺しの目に合わせている。

こんな場面をみると、星にも何か鬱屈したものがあったのではないですかね。

安岡 中江兆民も、当時では変わっているな。徹底した個人主義者だね。幕末の頃から、いっさい攘夷運動にタッチしていない。あんな敏感な男だが、この意志の強さはおどろくべきことだ。不思議なところを秘めている。

兆民は土佐の山田獄の下横目の倅でね。周りはみんな一旗あげるべく勤王に走っている。しかし兆民は、ひとりで本を読んでいた。やがて藩の留学生として長崎へ行き、後藤をつかまえ、江戸へ出る。明治になると、大久保利通を突っついてフランスへ留学し、パリで西園寺の世話になる。つまり、スポンサーをしょっちゅう変えるのだ。それでいて汚くはない。要するにインディペンデント（独歩）なのだ。

色川　彼は、その過程で国権へいったり民権へいったりする。新聞をやってみたり、怪しげな事業を手がけてみたりも、やはり、安心立命を求めて相当の迷いはあったのでしょう。

安岡　そりゃ、あの時代は国権と民権とは盾の両面で、同じものだからね。

色川　そうでしょうね。

民権運動のエネルギーは思想か人間か

安岡　ところで話をもどそう。民権運動の頻発が東の方に多かったことについてだが、その理由として俗に短絡的に言われることだけど、失業武士は、みんな帝政党で弾圧側に回っている。実際に行動したのは百姓衆ですよ。といって、百姓の欲求不満ともいえないな。

色川　だけど、運動に転化させたのは郷士クラスじゃないですかね。

安岡　うーん。しかし、福島事件に会津武士は何のインパクトも与えていない。会津で先頭に立ったのは常に百姓だ。維新で武士が追い払われた後、空間を埋めたのは町人や百姓しかいなかった。

いや、すでに幕末期から、松平容保《かたもり》は京都守護職に出て、その間に、重税その他に耐えた彼らが、いつしか実力と自信を養ったのじゃないの。

色川　ええ、そうだと思います。

安岡　民権運動の根ね。それは「尊攘」からだと思うな、ぼくは。東北の士族間には、それがないな。では、農民——といっても庄屋や何かだけれども——の中から、どうして民権が出たかっていうと、それはやっぱり安積艮斎《あさかこんさい》なんかの影響があるのだろうな。艮斎は弱小の二本松藩の神主か何かだから、会津や仙台の藩士からは、馬鹿にされていたのだろう。ところが江戸に出て、湯島聖堂あたりで講義すると、聴衆は超満員だったらしい。アジるのがうまくて、今の羽仁五郎みたいな人気が出たらしい(笑)。それを聴くために、東北から「志」ある百姓衆の連中が上京する。実際は、物見遊山かもしれないけれど。

福島、会津の百姓主体の民権運動は、このような少数派のアジテーターに影響されていったのではないかという気がするけどな。

色川　それなんかと、東北の場合は、五稜郭戦争へ参加して敗れ、挫折感を味わった者の役割がありますね。その頃、函館へギリシャ正教のニコライ神父が来ていた。この影響は大きいですよ。敗北した青年たちが、その教えに触れて目を開かれている。

安岡　なるほど。そういうこともあるのか。

色川　だいたい、ニコライの宗教はプロテスタントと違い、個人主義ではない。明治の人には親しみやすかったのではないかと思います。帝政ロシアの皇室とうまく合わせてあって、「国家」をむげに否定していない。しかも新鮮で魅力がある。

安岡　うん。しかし教養うんぬんよりも、運動の母体になる要素には、人脈、血縁、地縁のほうが大きいのじゃないかな。
こんな話があるのだ。土佐自由党の闘士団の某隊長だったが、カトリックに改宗したのがいる。親分の板垣退助はプロテスタントに肩入れしたのだが、なにしろ女好きの素行不良だろう。そこで、その男はあきれ返って、板垣に反対するためにカトリックに入っちゃった。
坂本龍馬の従兄弟も洗礼を受けていますね。彼なんかも時計を盗んだということで切腹になるところを、坂本に助けられて東北へ逃げた。その心の傷跡が転身させたのではないだろうか……。
だから、原理や思想よりも、対人関係のほうが強いと思う。

色川　しかし、東北とか仙台の民権運動は、非常にロシア正教の影響が強いのですよ。

安岡　そうですか。

色川　そのうえ、仙台の養賢堂の塾頭の大槻磐渓《おおつきばんけい》が日露同盟論を唱えていた。「ロシアと同盟して西欧勢力に対抗せよ」という趣旨ですが……。対人関係も確かにあるが、こうした思想的な伝統の影響力も否めません。

安岡　ぼくは作家だから、思想はすべて空理空論だとは言いませんが、どうしても思想を動かしている「人間」のほうへいってしまうんですね……。

色川　人脈史家ですな。

庄屋、名主クラスの不満が爆発

安岡　会津武士とはいうけれど、京都では確かによく闘った。また会津戦争でも、足軽までが頑強に抵抗した。しかし、松平容保はあまり評価できない気がする。

色川　そうですね。肥前や肥後で活躍したような有能な武士は少なかったでしょう。水戸なら天狗党で、良いのが死んじゃっているし、優秀な者はすでにいない。仙台の一部は北海道へ追い払われているし、会津は滅びている。

安岡　仙台の場合はね、アンシアン・レジーム（旧体制）がしっかりし過ぎているのじゃないかな。封建制がそのまま残った感じだね。会津は、なんといっても金がなかった。京都で、やむなく金を使い果たしているし。金がないことは民心が離れる要因ですからね。戦争に強くなれませんよ。越後とか庄内のほうは金があったから、かなりやった。

色川　庄内は人材がいたが、抵抗した後で不毛をのこしましたね。やはり、藩政改革が成功しなかったところは維新の波に乗れなかったといえます。

安岡　庄内にはいたんだね。惜しかった。

色川　その意味では、百姓衆の出番の時代がくるわけです。頭の重石《おもし》が取れたという感じがありますから。百姓衆といっても、地主もいれば庄屋や豪商もいる。

安岡　百姓と一口にいっても、水呑み百姓じゃないんだね。要するに、庄屋、名主クラスです。

色川　金も、教養も、政治的関心もある人たちの、江戸時代からの無権利に対する不満の爆発でしょうかね。

安岡　うーん。不満というのかな。いえるでしょうけど、相良《さがら》総三とか本間精一郎とかね。本間の家なんて六万石だよ。持っている金の量はすごいぞ。

色川　大名でいえば十万石以上……。

安岡　身分だけは郷士だろう。まずバランスがとれない。いばるわけだよ。相良の家も相当な家です。

だから親父から「お前は勉強だけしたらいい」と言われるんだ。富が生んだ一つの人物だな。結局、藩の背景をもたない郷士というのは暗殺されるしかないんだな。龍馬だって似たようなもので、土佐では三大財閥の一つですよ。

色川 東でいえば越前の指導者の杉田定一父子。これも金持ちですね。福島の河野広中も豪商だし。

安岡 いや、あれは余所《よそ》の借金をみんな踏み倒した。

色川 あ、そうですか（笑）。

安岡 ともかく残念ながら、水呑み百姓じゃできないんだ。

たとえば、天誅組の吉村寅太郎も庄屋だ。あの頃、吉村のいたところは土佐の西の方で、後に民権では、林有造とか竹内綱だとか大立者が出ている。吉村なんか天誅組だけど、民権の先駆けといってもおかしくない。天誅組というのは、力があったかどうかは別として、象徴的存在として、差別された人を前に出している。しかも革新的なんですよ。イデオローグは吉村が代表的だけれど、彼は「もう少し待て、もう少し待て。今によくなる」と言って死んだことになっている。板垣の「自由は死せず」に匹敵するほどの名台詞だと思うよ。これは、土佐の吉村がいた地方全体の気持ちじゃなかったのかな。

あそこはね、土佐の中でも長曽我部元親《ちょうそかべもとちか》の勢力に敗れた山間部で、差別されていた。言葉も違うしね。米ができない一帯です。ところが幕末に製紙業が発達し、現金収入が増えてきた。その財力をバックに民権志士が出てくる。

色川 同じ財力がありながら、やはり差別があった。

安岡 うーん。差別というと強すぎるが、土佐藩の植民地だね。だから抵抗の志士が輩出している。

吉村寅太郎から幸徳秋水、大江卓まで。

大江といえば、マリア・ルース号事件にあたっての神奈川県令としての態度はりっぱだなあ。国家主権の把握というか確認というか、自由民権の主体を外国に対してはっきり心得ている。それに比べて現代日本のリーダーは何をしておるか（笑）。金大中を韓国にもっていかれて、ポカンとしているんだからね。

ところで色川さん。あなたが自由民権運動というか、民衆史に興味を持たれたのは、どんな動機からですか。

隠し戸から出てきた貴重な史料

色川　とても妙なことです。文学者の北村透谷の研究から民権研究に入ってしまった。ご存知のように、透谷は早稲田の学生時代に、三多摩で二年ほどぶらぶらしていて民権運動に関係する。その時期の思想形成が、透谷論の核をなすものだと思った。

私は歴史家だから、彼の資料や日記を探さなくてはならない。多摩地方の土蔵を二百ぐらい開けましたかね。この仕事をしているうちに、古文書の中から予想もしない、埋もれた事件がしだいにわかってきた。

安岡　そりゃ、そっちのほうが面白くなるでしょう。

色川　取り憑かれましたね。なかでも、五日市町の奥の深沢村方面から憲法草案が出てきたのには、びっくりした。もう一つは、八王子の在から、この辺一帯の三百ヵ村ぐらいを組織した武相困民党事件が発見された。

安岡　うん、それで。

色川　これも偶然といいますか、不思議な話でね。
　ある日、八王子在の谷野《やの》という小さな村で、明治初年の古い切手を持っている家があることを知った。古い切手をたくさん持っている家は、だいたい戸長に決まっています。ところがその家へ行ってみたら、六畳一間ぐらいのひどい陋屋《ろうおく》なんです。二、三度行って、粘りましてね、やっと承諾を得て探すと、室内に隠し戸があった。捜してみると、回転する戸の奥に、なんと古文書がぎっしり。

安岡　それね。安岡の上の家にも隠し戸がありましたよ。

色川　家人に聞くと、先祖の爺さんは何をした人か知らん。しかし七、八十歳まで生きておって、昔のことは一言も口をきかないご仁であったらしい。家産をつぶした理由もいっさいわからない。ただ、死ぬ前に「他人に見せてはならぬ」と厳命していたという。

安岡　古文書の中身は、なんです。

色川　県知事から裁判長宛の肉筆の手紙、警察署長が郡長にあてた手紙などが、途中で抜き取ったとしか思えない文書が一杯出てきました。「人民が不穏だから取締まれ」とかのね。
　文書を解読してみると、その家は、世直しのために百数十ヵ村をオルグした地下組織の元締めだったわけです。どうも、この古文書は、戦いの途中で官側から奪ったものらしい。

安岡　史家にとっては石炭山を掘り当てたようなものだ。

色川　その通りです。この男は須長《すなが》漣造といって、事件の責任をかぶって犠牲になった人、農民の借金を肩代わりした村一番の豪農です。
　この人の生涯は悲惨です。晩年は仲間たちが戦った跡を訪ね歩いている。薬売りの行商なんかして北陸、山陰、九州あたりまで放浪しています。晩年故郷へ帰り、途中で行き倒れになったとか。村人は棺桶もないので、板戸をはがし遺体を運んで、どこかわからぬところに埋めてしまった。そう伝承されていた。

安岡　それはひどい。

色川　私は怒りましてね。ご先祖さまの借金のために犠牲になった大恩ある名主に対して、ちゃんと供養しなきゃいけないと。

こうした人たちの足跡をたどると、かくされていた、いろいろなことがわかりますね。自由党の旦那衆に対して、困民党《こんみん》は最初から反発している。自由党は上士、庄屋などの金持層、困民党は身分の低い下層民ですから、民権思想や指導を受けていないんですね。

そこで「困民党と自由党」の関係をテーマに、歴史を底辺から照らして出してみたいと思ったわけです。そうすると、旦那衆の良い面と、中江兆民じゃないが安心立命のない、浮かされている面との両方が見えてきた。そして、次第に東北、関東の民権研究に首を突っ込むようになりました。

安岡　だいたいモノに熱中するというきっかけはね、小説でも学問でも、そんなものですよ。

色川　そうやって調査、研究を進めていくと、実に魅力ある人たちに次々とめぐりあっていくわけですね。なかなかグローバルな考え方の持ち主が多かったのには感心しました。

たとえば、ハンコですが、自分の名を地球儀をかたどったものに彫っていたりする。また神奈川県何郡ではなく「自由県不羈《ふき》郡昂然ノ気村」とか「不平民」と署名していたりもする。日本国を脱籍したいと届けた者もいますね。

安岡　うん、面白い。脱籍か。この問題には落とし穴があるから、あとで触れよう。

例の奥多摩五日市から出た憲法草案の話をしてくれませんか。

百姓家で作られた憲法草案

色川　深沢という旧家ですが、元は沢山の山林を持っていた大地主だったのが没落した。養子である二代目の子孫はみんな町へ出てしまって、山村には土蔵だけが一つ、ぽつんとのこっていたのです。どうも怪しい、と思ったのです。

持ち主の養子は、婿入り先の財産には手をつけられませんから、蔵開けには応じてくれない。なんでも、板垣退助が三人引きの人力車で村へ来たという噂もあるらしい。いよいよ臭い。

すると五年経って、土蔵開けを拒んでいたご当主が死んでしまった。そこで教師をしていた息子さんにお願いし、開けてもらってみますと、一階の文書は湿気のためあらかた腐っていたのですが、二階にあった古文書は大丈夫で数百点もありました。行李の中からは、憲法草案や学習ノート、文献、三十名ぐらいの会員の名簿、赤い字の書き込みのある本類が出てきた。本は二百冊ぐらいで、ルソーやスペンサーのものまであった。

安岡　いつごろ買ったのかな。

色川　明治十二年から十四、五年だと思います。調べてみると、山村ですから武士とか指導者がいなかったんですね。みんな他から呼んでいる。

安岡　家庭教師だな。

色川　新聞記者とかいわば当時の知識人ですね。憲法草案は二百四条もあり、植木枝盛の二百十四条に匹敵するりっぱなものです。国民権利の規定だけでも五十余条。「人民を逮捕する場合は裁判所の書類が必要」とか「確証がなければ四十八時間以内に釈放せよ」とか。ほかに、言論、集会に関する逐条的な自由規定などがあった。後の憲法学者の研究によると、いちばん参考にしていたのはデンマーク憲法らしいです。スペイン、スイスなどヨーロッパの小国のものです。

安岡　非常に面白いね。

色川　この草案をまとめて逐条に仕上げしたのは、この村の小学校の青年教師です。明治十四年七月頃で、翌月にこの草案をを持って土佐へ行っているという伝承もある。

安岡　ほう。

色川　明治十四年には植木が土佐にいたはずですから、たぶん会ったのではないかと推測されます。まだ確証はありませんが。

そして、植木はすぐあとで、有名な憲法草案を発表していますから、人脈的にもつながってくる。それと、土佐の立志社設立の規則の全文が、土佐では見つからなかったものが、その深沢の蔵から出てきたのですよ。すぐ、土佐へ差し上げました。きっと青年が土佐からもらってきたのじゃないですかね。

海舟に匹敵する頭脳だった明治大帝の侍補

安岡　少し話がとぶけれど、民権への弾圧の具体的な事例ね。これが皆目、わからない。福島事件の赤城平六などは、賞揚すべき人物だが、屋敷跡など、ひどいぞ。これは「アッシャー家の崩壊」みたいでね。赤城の家は蔵が七つ八つもあったらしい。今は庭の池にかかる橋だけが残っている。焼討ちにあったというので、草がぼうぼうだ。官憲が焼いたと言ってるがね、百年間も荒れたまま放り出しているのは、どういうことなんだろうね。それはともかく、なぜ赤城家を、どんな必要があって焼いたのか。理由といきさつがわからん。安岡の家の離散も、正直言って、何もわかっていないのだ。

そこで、密偵の歴史というか、そういう方面は突っ込めないかな。つまり、スパイ史ですよ。

色川 これは、ぜひやらなければならない仕事ですね。しかし、史料があまりないんですよ。まとまったものは、まあ当時福島県令だった三島通庸の「三島文書」ぐらい。いま国会図書館の資料室に収められていますが。そこには三島が放った関東一円の密偵による克明な記録がある。面白いですよ。

安岡 そうですか。

色川 立志社の植木がつくった憲法草案は、いったい、どこにあったか。実は明治天皇文庫の中にあった。土佐にはなかったのです。先輩の法制史家の深谷博司氏が、昭和初めに宮内省で発見しています。

安岡 福島事件の某密偵ね、このスパイの動機は、要するに脱走兵なんだな。きっと弱味をつかまれたに違いないけど。

民権側の密偵だけど、『流離譚』で、安岡道之助というのがいるんだよ。彼は明治四年ぐらいに密偵修業に東京へ遊学しとる。

色川 安岡さんの作品で、ちょっと拝見しましたが、民権側も明らかに政府側へスパイを送っていますね。もちろんダブル・スパイもいた。先に話した須長漣造という指導者は、困民党から送り込んだスパイから情報を入手しています。政府側は情報をつかむと、ホシを泳がせていますしね。手口もよくわかり、興味深い。

安岡 いよいよ密偵史なるものが必要だな。

政府側の密偵の責任者は佐々木高行だからね。彼の日記は、面白い。先祖が伊賀者。山内一豊に五百石で請われ、土佐へ来たら、天下太平で働く場所がない。しかも、忍者の先任者である服部某がすでにいる。「お呼びじゃない」というので帰ろうとすると、五十石で慰留される。一応、上士だけど、佐々木はこれを正直に書いているから愉快だ。

色川　青年時代は貧困で悲惨ですね。明治になると、侯爵にまでなるのですよ。明治天皇の一等侍補ですね。いちばん信頼を受けています。國學院の創設者でもあつた。

安岡　彼は頭脳明晰で勝海舟に匹敵しますよ。もし生きるべき場所があれば、徳川末期の宰相になったかもわからん。

色川　今までのお話の中でも沼間守一、後藤象二郎その他の人物伝、研究書の本格的なものがないんですね。

安岡　この連中は明治の良いことばかり発言しているからね。そのうえ自己顕示欲が強いし。親分の業績を子分たちが書くでしょう。客観的な冷静な眼を失いがちになる。

大町桂月の弟子の田中貢太郎なんか好きなんだが、彼の書いた『林有造伝』を読んでも、なおかつ、つまらぬ遠慮があるように思うのだな。

これは文士の責任でもあり、あるいは日本人の弱さかもしれないな。伝記の質がよくなったは、ひょっとすると、日本では戦後のことかも知れませんよ。安倍能成の『岩波茂雄伝』とか。

色川　だいたい、功成り名遂げた人物の編纂会が刊行すると、ほとんどだめですね。

安岡　会津の喜多方（福島）事件の赤城平六のことを調べに行ったけれど、土地の郷土史家が噛んで吐き出すように言うわけね。ぼくには、とてもそうは思えないんだ。が、どうも日本の文筆機関が東京中心になり過ぎちゃったのか、郷土史家は部分的には詳しいかもしれないけれど、視野が狭いですね。

日本の現状は民権百年の功績

色川　『流離譚』の最後の結びに出てくる安岡生漑の手紙がありますね。

「私も申し上げたきことは、山々あれど、字は書けず、眼も見えず、悲しき日を送っております。どうかして、今生にていま一度、故郷の方々にお目にかかりたく、涙にくれています。この体は死しても、魂は故郷へ帰って……」うんぬん。

これとそっくりの手紙があるんですよ。

安岡　へえ、どういう人なの。

色川　民権家の石坂公歴という男ですが、亡命に失敗し、市民権を得られず、大戦中は日本人収容所に入れられ、失明して果てるのです。あまりの符合にびっくりしました。彼が昭和十九年八月のある日、アメリカのロサンゼルスの奥地にあるデス・バレーの日本人収容所から、故郷へあてた通信なのです。やはり、この精神構造は明治人に共通したものでしょうか。

安岡　その人のことは知らないけれど、小説に出てきた安岡ね、作品の意図とは関係ないので省略してありますが、この人が故郷へ帰らなかった理由は本当のところはよくわからないんだ。

色川　石坂もまったくその通りですよ。出奔して、家をつぶし、しかも道楽者で、放浪のあげく死んでいく……。

日本人は、死して自分と祖先との間を認識するというべきか……。欧米人のように、市民社会のなかで「個」を捉えることはできないようですね。

安岡　それは絶対にできないな。

色川　ルソーやコントとは違う。

安岡　父権はタテマエでね、日本の家族のホンネのところは母系だろうな。母親から生まれ、その世話になって「存在」しているからね。われわれにとって西欧風の存在論は必要ないんだ。だから「個」の確立を、ほんとにやろうとすると悲惨な眼になります。

色川　日本の近代文学でも、悪戦苦闘してますね。

安岡　イデオロギーだけでは、なんともならないんだよ。母系家族の内部で自分をどう生かすか、という問題ですよ。それと切り離しての「存在論」は無理じゃないかな。

色川　切り離して「個」を確立するためには、何か絶対的な権威を借りてこなければならない。だから、内村鑑三のようにキリスト教へいくのも当然ですね。

　そして「個」のモデルをヨーロッパに求めようとすると、ジレンマに苦しんで「やはり土着がいいや」ということになる。すると「個」を離れて「国」へ、べったりくっついちゃう。

安岡　土佐のことしか知らないけれど、明治初期に留学した馬場辰猪にしてもそうだしね。七、八年間も外国へ行った連中は、日本へ帰ってくると、再適応できないのね。確か、林有造といっしょに留学した眞邊戒作《まなべかいさく》などは、明治十年頃に英国からかえってきたのはいいが、何もできない。吉田東洋の遺児の欧州派の吉田正春の家で自殺してるよ。

色川　田中正造あたりも土着の権化といわれてますが、苦しんで苦しんで、最後はキリスト教に走り、谷中村の十六戸と運命を共にしている。死んだときには、ずた袋に聖書と、はな紙しかなかったといわれますね。民権的なものを普遍的な「個」として追求していくとしたら、そういう形になる。

安岡 さて、どうだろう。安心立命するところは、これ以外にないだろうな。現代のアジアの国々と比べてみると、やはり近代日本はデモクラシーの土壌があるね。その意味で、民権百年の功績はあったんじゃないの。

色川 維新や民権期を通っているから、なんとか曲がりなりにも……あの戦争中の東条英機の時代でも、ファッショの国のようなむちゃくちゃではなかった。

安岡 ただ、今は自由だ、民権だと当然のようになっているが、ここに問題もある。先にちょっと話になった、脱籍や土佐独立のような地域エゴというか、ああいうエゴイズムは極端になると、元の藩政時代に逆戻りということになる。

国家主権が国民のものという意識を、もっと持たなくちゃね、一人ひとりが。さもないと政治家は、隣村へ橋をかけたりする土建屋と同じものになっちゃうからね。その点、明治初期の民権家はえらかったよ。どこかの政党も靖国神社ばかりいじらずに、民権神社ぐらいつくったらどうかね。

（『無限大』五四号、一九八一年六―八月）

秩父事件をめぐって

井上幸治＊金子兜太

司会　早川昭二

いのうえ　こうじ　一九一〇〜八九。埼玉県秩父市生まれ。西洋史家。一九三三年、東京帝国大学文学部西洋史学科卒業。平凡社などに勤めたあと、五三年からいくつかの大学の教授を歴任。『ロベスピエール』『ナポレオン』『ミラボーとフランス革命』などを著し、一八八四年の秩父事件を「自由民権運動の最後にして最高の形態」と提言して論争を引き起こした。晩年はマルク・ブロックやアナール派紹介にも尽力した。（写真＝毎日新聞社提供）

かねこ　とうた　一九一九〜。埼玉県小川町生まれ。俳人。一九四三年、東京帝国大学経済学部卒業。日本銀行に入行。従軍の後、日本銀行労働組合の専従にもなる。いくつかの支店配属を経て本店の金庫番。一九七四年の定年まで勤める。一九六〇年ごろから前衛俳句の旗手の一人に数えられ、同人誌『海程』を創刊、一九八三年より現代俳句協会長、八七年より「朝日俳壇」の選者となり、二〇〇五年、日本芸術院会員、二〇〇八年文化功労者に選ばれている。戦後社会性のある俳句、前衛俳句運動において理論と実作両面で指導的な役割を果たした。（今井卓撮影）

秩父生まれの二人とともに

この対談は劇団「銅鑼《どら》」の早川昭二さんが司会して、一九八四年の秋に行われた。井上幸治さんを中心に『秩父事件史料集成』（全六巻、二玄社）という厖大な史料集の編纂事業をはじめた年である。その一巻から三巻までに約四二〇〇人分の農民裁判文書を収録したが、これは空前の偉業で、至難な史料解読から編集まで、すべて井上幸治さんが一人で行った。後の第四、五巻（官庁文書）、第六巻（日記、見聞記、評論、報道など）は私と山田昭次氏（立教大学）が担当した。その作業を終えて、最終巻が刊行される前に井上さんは他界されたのである。決して先走って安直な全体観をつくってはいけない。史料の示す地平から飛翔しようとせず、一歩一歩を着実に史実を積みあげて認識しなければいけないと訓《さと》しつつ。昭和から平成に変わった年の秋であった。

金子兜太さんとは、この対談の場が初対面であった。いかにも秩父生まれの俳人らしい朴訥な人柄で、この人が若い頃は前衛俳句運動の旗手であったなどとは信じられないほどだった。経歴を見ると、社会人としては、日本銀行の行員を定年まで勤めたという。今年、九十七歳になられたと思うが、批判精神は旺盛で、いわゆる戦争法案に反対し、「アベ政治を許さない」という有名なポスターやプラカードの文字は兜太さんの筆だという。これは国会デモや抗議集会の先頭に立っている作家の澤地久枝さんが、金子兜太さんに請うて書いてもらった墨書だと聞いている。

早川　お暑い中、またお忙しい中、今日は、ありがとうございました。秩父の地元ご出身の井上先生と金子先生、それから日本近代史の色川先生と大変ユニークな、どこの編集者でも羨ましがるような顔ぶれで、今日は存分に話し合っていただきたいと思います。
　まず最初は、〝秩父事件とご自身との出会い〟ということから井上先生、口火を切ってください。
井上　秩父事件の記録を見ますと、必ず出てくる「竹の鼻の渡し」というのが荒川にあります。今は立派な橋になっているのですが、そこに橋番のおやじさんがいたんです。私、小学校に入る前から四六時中そこで遊んでたんですが、その爺さんが秩父暴動の話ばっかりするんです。ちょうど私と同じ子どもの年頃、その爺さんは秩父事件を目の前で見ているわけですね。どのくらい集まって、どういう渡り方をしたのかという所まで話してくれて、記憶では小学生の時分に、もう私の中に秩父事件の筋はできていたように思います。それから大学時代に、裁判所で作った田代栄助の尋問調書の副本を神田で見つけましてね。昭和七年頃だったでしょうか。その文書を見つけた年、郷土史料展というのをやって、秩父事件の資料展を出した時、まだ警察がうるさかったんです。私は、フランス史を勉強していたんですけど、特に思想史、革命史をやっていた間に、秩父事件を自分の身にひきつけていたというのは事実じゃないかと思います。
早川　ちょっと質問を。小学生の頃、船頭さんに聞かされた秩父事件の話は、目覚める前の幼い先生にどうひびきましたか。
井上　かなり灰色で、壊された方の悪口は、祖母からも聞いているんですが、そこに決して歪んだような価値観は入っていなかったように思います。

早川　じゃ、あったままの事実として？

井上　だから、お祭りを見ているような感じで。

早川　恐いというような感じは？

井上　なかったですね。

早川　そうですか。戦前、戦中の厳しい時代に、フランス革命史や秩父事件の研究をなさることは、いろんな困難が、警戒しながらとか？

井上　むしろそれをやってるんで、見えないところが見えてきたんじゃないかと思います。

早川　なるほど。続いて地元のご出身の金子先生、お願いします。

金子　私の場合は、荒川を少し下ったところの皆野町に育ちました。皆野には、当時のまま角屋旅館がありましたから、暴徒の首領たちが謀議したとか、ここから逃げだしたとかいうようなことを、祖母から聞いておりました。不思議に祖父や父は、あまりしゃべらなかったですね。

それから親鼻対岸の河原に憲兵隊が来て、撃ち合って憲兵隊が逃げたという話も聞いています。それからこれは面白い話で、いまでもはっきり覚えているんですけど、事件後ですね、「栗谷瀬《くりやぜ》の渡し」の船頭さんが、乗り込んで来た警官を乗せて渡ろうとした時、「おまえは何だ」と、こう聞いたというんですね。それで「おれは船頭だ」といったら煽動したやつの煽動と間違えられて、ひっつかまったという話を祖母がしておりました（笑）。多分にフィクションでしょうけど、そんな話が語りつがれておるわけです。それから郡役所の役人が坊主頭になって逃げたとか、井上先生がお祭りとおっしゃったけど、まあ暴徒といいながらですね、一つのお祭り的事件というのかな、見せ物っていう感じでしたね。僕らの印象ではね。ただ最後に、「しかし、おじいさんは暴徒と闘ったんだ」と祖母は、言い訳のようにしていたのを記憶しています。それから中学校の四年の時、私の本家の方のおじに、金子徳右衛門というのがいまして、むしろ農民側からねらわれた側ですね。

早川　皆野竜門社の？

金子　まあ少なくとも出資者の一人であったことには間違いないですね。その人から話を聞いて、中学の交友会雑誌みたいなものに秩父事件のことを書いたんですけど、これは逆にターゲットになった側の話ということです。それから、戦後、西野辰吉さんの小説を読みまして、再び私の中に甦ってきたわけなんです。

井上　金子さんのお話のね。その船頭の話は、白久《しろく》というところにもあります。

金子　ああ、そうですか。

早川　やはり「渡し」は移動の要点だから、ねらわれたんでしょうね。

井上　そうです。

金子　あの辺は渡し舟が多く、ほとんど、当時は橋がなかったですから。

井上　それに又、一癖あるのが船頭でしたからね。

早川　では、色川先生どうぞ。

色川　私は戦後の、井上先生が一九五〇年に書かれた『秩父事件―その社会的基盤』という論文を読んで、初めて秩父事件が、学問の対象に取り上げられる値打ちのあるもんだという自覚を持った人間です。平野義太郎さんの「秩父事件」解釈しか知らなかった私たちには、大変ショックだったのです。で、私が初めて秩父へ行ったのは、一九五九年、昭和三四年です。そして一九六〇年に、三多摩の須《す》長漣造《ながれんぞう》の文書などを使って武相の困民党事件を、「困民党と自由党」という論文にまとめました。だから、私の困民党研究というのには、いつもこう秩父事件というのが頭にあるわけなんです。秩父事件と比べて、八王子や武州・相州の困民党はどうしてこうなんだろうというように、いつも比較としてありましてね。

早川 一度、うかがいたかったんですが、色川先生の著作は、かつて芝居をおやりになっていたことと、発想や文体が、どうも関係があるんじゃないかと、にらんでたんですが、その点は、いかがですか?

色川 ああ、私の文章のスタイルとか発想でしょ。それは大いにありますね。私は一九五〇年の春に、新協劇団の研究所に入りましたから、五三年までは演劇人としていました。現役でいたわけです。その頃はスタニスラフスキー・システム(ソ連の演劇人の演技理論)の全盛時代でして、それがやっぱり歴史を視る眼とか歴史の中で人間を動かす場合の方法としてね、生きてるんですよ。それが私の歴史叙述の面白さを支えたかもしれませんが、同時に弱点でしたよ。いつも学会で批判されるのは、そこなんですね。「彼のは、文学であって、歴史ではない」(笑)。

金子 僕なんかは、それだから魅力を感じるんだけど(笑)。結局は、秩父事件にしても、一体どうしてああいうことをやったんだろうという農民の気持ちね、それが、絶えず頭にあるということです。井上先生の『秩父事件』で、具体的に、考えるきっかけを与えられたということはありますが、まだ未解決の部分です。気持ちを知りたいっていうところは。

農民一揆か、自由民権運動か

早川 そろそろ、本題に。

例えば、秩父事件は農民一揆だったのか、自由民権運動だったのかという議論があります。そこら辺から、色川先生に論点を整理していただいて……史学科の学生諸君など、その辺りを入り口にしてる傾向もあるので。

色川　そういう議論は、形式論になりますよね。本当は、資料そのものから入っていくべきだと思います。

井上　当然、そう思いますね。よく言うんですけど〝論〟ばっかり多すぎる、日本の歴史学全体が、ね。

色川　そうなんです。〝論〟が多すぎるんです。

井上　一つ、理論的な整理がつけば、研究は終わったというような感じになるんだけども、実は、その底にどのくらい見えない部分があるか、それをわかってないんじゃないかなあ。

色川　理論というのは、一つの「思考枠」ですから、それを提出するということは、膨大な「事実の山」に向かって、自分がどういう方向で、先ずアプローチしようかというスタート・ラインですよね。だから百姓一揆か、そうでないかということがはっきりしたら、秩父事件は終わりかと言えばそんなことはない。たとえば田代栄助の調書を読んでも、村竹茂市の調書を読んでも、百姓一揆か、そうでないかというのは、割りきれるもんじゃないですね。実に情念的に混沌とした世界を抱え込んでいるわけでしょ。そういう個々の事実から始まって、それがある村の組織化になり、さらに困民党という大きな集団になって動きだしたときにですね、その歴史的性格というのが次第に変わってゆくわけなんです。

だから、研究者や学生諸君が、そういった民衆闘争のうねりを創りだしていく一人ひとりの原点から、事実に即して彼らの意識や行動の意味を感じ取って考えてもらったらね。実にいろんな問題を、そこから引き出せると思うんですよ。それを、百姓一揆とはこういう姿のものだ、近代の民衆闘争とはこういうものであるはずだというふうに、ワク組つくっちゃってね。それと比べて秩父事件はどっちに位置づけたらいいのかという議論はね、不毛だと、私は思いますね。

秩父事件をとらえる場合に、農民が一体、「なぜ立ち上がったのか」という原因究明からはじまって、「相手は誰なのか」それと「困民党との関係はどういう性質のものなのか」、どうして最後のところで、他の地域では蜂起しないのに「秩父でだけ蜂起したのか」「その理由は何だろう」と問わなくてはね。たしかに彼らを最終的決起に立ち上がらせたのは思想の力に違いない。しかし個々の思想だけでは、ああいう日常性からのテーク・オフ（離陸）は出てこない。とすると、それをどういう人びとが、どういう観点から組織したんだろうかという問題が出てくるわけですね。そこで、自由党ないし民権運動との関係という問題が登場してくるわけです。そこからまた、武相困民党だとか、静岡の借金党騒擾と違うレベルの秩父事件というものが出現してくる。そういう捉え方をしないで、ただ、「最後の農民一揆か」、「民権運動の最高の形態か」というような議論が、最初に井上先生が提出した意図から離れちゃってね。一人歩きしちゃって、観念的なテーマになってるというのは嘆かわしいことですね。

井上　単純な農民一揆であるか、衝動的な竹槍主義かというのは、農民の文書を、今度出た史料集を読んでいただければわかるわけです。議論する必要はないんです。

色川　今度の『秩父事件史料集成』は、日本近代史の専門家より、近世史の研究者から喜ばれています。

井上 そうですか。うれしいですね。お役にたてて。

色川 つまり、江戸時代の研究者はね、当時の農民が百姓一揆に、どういう風に立ち上がってゆくかという経過が、記録文書からはなかなかわからないというんですよ。ところが、秩父事件の史料集には、数千人もの農民の裁判記録があって、駆り出された人の気持ちまで表現されている。村ごとに駆り出されて、実際、蜂起に参加するまでの過程や一人ひとりの気持ちの変化まで出てくるんですから、百姓一揆の原像を偲ばせるようなこんな面白い史料はないというんです。それから、蜂起のリーダーの、村人に対するオルグの仕方とか、意識の違いが、あんなによく読める史料は、江戸時代にはなかなか見つからないそうですよ。それを手がかりにして、もう一度、近世の百姓一揆を考え直すことができるというので、たいへん喜んでいます。むしろ、近代史の研究者の方が、キョトンとしてて、どう扱っていいのかわからないって（笑）。

それから、秩父事件で、やはり一番すごいと思うのは、武器を手にして家を出ているということですね。世直しでも、日本の百姓一揆というのは、決して、家を出ていくときに、人を殺傷する武器を持つことは許されなかったんです。武器は持たなかった。蓑笠《みのかさ》を着て、打ちこわしの道具だけ、矢掛《やかけ》とか、斧《おの》とか、鋸《のこぎり》とかを持って、打ちこわしはしても、人を殺傷はしない。だから一発、鉄砲が鳴ると、散るのは、もともと相手の殺傷を考えていないからです。基本的には、陳情なんですね。お上に対する陳情を、街頭行動で、大衆の圧力を背景にしてやるわけです。それが普通の一揆、世直しというものでしょう。

井上 色川さん、そのあたりね、農民一揆の解釈が大分変わったというかね。あるセレモニーと言ってもいいようなね。蓑笠が制服でね。決して武器は持たないという、むしろ打ちこわしですからね、槌《つち》とかね。

色川　槌とか矢掛けとかね。

井上　それを、秩父事件は、家から竹槍を持ってくる。

金子　ははあん、なるほどなるほど。

色川　明治十七年八月十日の武相困民党の御殿峠大結集の場合でも「制服」を着てたんですよ。蓑笠を着て、大八車に米俵を積み、酒を積みですね。ワッショイ、ワッショイと行くわけです。七千人も八千人もが質屋や銀行へ押しかけようとして集まる。その時も、竹槍は一本も持ってない。持たせない。群衆による圧力行動ですよ。喚声をあげて警察の前を突破していってもですね。非合法運動には違いないけれど、竹槍は持たない。それが秩父事件の場合には蓑笠は着用せずに、決死の覚悟、揃いの白装束、死の覚悟をした白鉢巻、白だすきですわね。最初から銃を持つ者は銃を持って出てますよ。これは、全くもう質がちがうんですよ。

井上　おっしゃる通り。

金子　武闘ですね。

井上　ええ。だから、どうして農民がそこまで、気持ちを持っていったか、というところに問題があるんです。

金子　そうそう。なぜ武闘か、というところに疑問があるわけです。

井上　ええ。だから本質的に違うわけです。明治十六、七年にずいぶん事件がありますけどね、家から竹槍かつぎだしたっていうのは他にありゃしないですよ。奈良尾という部落が下日野沢村にありますね。私が学生時代に行ったとき、あそこのばあさんが、うちの父親はね、竹槍作ってね、炉でいぶして、雑巾でみがきあげて、飛び出したんだって言ってた。そのとき、村の人は「天長様をぶっ倒せ」というかけ声をかけたんだそうですよ。

色川　奈良尾ですか。

井上　ええ。天長様に敵対するってね。やっぱり「出てきたな」っていう感じですね。

色川　それは何年頃、お聞きに？

井上　学生の時ですから昭和……一ケタですよ。

金子　なるほどね。

なぜ武闘なのか

井上　色川さんがお書きになってるんですけどね、つまり、竹槍主義であって、思想がなくてね、行動があるという、つまり例によってね「思想なき行動」っていう論があったわけね。色川さん。

色川　ええ。

井上　だけどやっぱりね。単純な竹槍主義ではない、というのは、自由党とかかわりますから、これに。

金子　天狗党ってありましたね。あの天狗党の「軍律五ヵ条」と非常に似てますね。困民党の五ヵ条。天狗党のことを承知しておって、あるいは、これにあやかろうとするところがあったんではないのかな。

井上　ああいう、農民一揆の場合も、倫理的自律性はあったんでしょう。

色川　あったんですね。世直しも、やっぱり似たような五ヵ条を作ってますね。

金子　ああ、作ってますか。

色川　ええ。決して他家を類焼させてはならないとか、高利貸の家に焼きうちをかけるときは、隣家に水をかけろとか。その隙に窃盗や女色を禁ずるとかありましたね。だから、かなり規律をもったものだったようですね。

金子　なるほど。

色川　天狗党の場合は、侍ですから、もっときびしいわけです。

金子　そうです。だから、むしろ侍の軍律をも、彼らが持ってきたというところにですね、ある意味の思想的なものがあったのではないかと思うんですけれども……。

井上　いや、侍的になるというかね、その自律性が、侍的に表現されているんじゃないですか。

色川　〝斬《ざん》〟という表現は侍的ですけどね。内容は世直しと同じでしょう。

早川　あの軍律五ヵ条は、誰の起草だという確証はない。「菊池貫平ではないか」という説はある。もし貫平だとするなら、維新期に、佐久まで進出して来たゲリラ隊の、無頼官軍、相楽総三《さがらそうぞう》隊の影響も考えられる。

金子　僕は、勝手な推論なんですけどね。あれを起案したのはね、新井周三郎ではないかと思ってるんです。

早川　どういう根拠で……。

金子　いや、両先生におうかがいしたかったんだけれども、新井周三郎というのは、井上先生のお言葉を借りればですね、社会的民権派なんですな。政治的民権運動じゃなくて。この男が小柏常次郎と一緒にですね、武闘にもっていった。いわばリーダー側の主軸だと思うんですね。井上や田代をおどかす事件もありましたね。なぜ武闘に転じたのかという、武闘を決意して、あれほどまでにラディカルに行動したのかという点で、もっと周三郎の心情に入ってみたい気がするんです。周三郎は剣道の達人だし、武家的なものに、内心あこがれるというかな、それを基準に考えて、そこから軍律が生まれたのではないかと。

井上 あの風布《ふうぷ》村とか、男衾《おぶすま》郡の農民の調書を読めば、おっしゃることは、全部書いてあります。

金子 ああそうですか。

井上 周三郎が、風布に、思想を吹き込んでいます。

金子 そうでしょうね。

井上 それが、同じだというのは、周三郎の村と風布村の農民は、みんな「官に抗敵するんだ」、それを言うんです。

金子 大野苗吉の言葉なんかもね。背後にインテリがいなければ、いえない言い方ですからね。

井上 ただ残念なのは、周三郎のね、生きてる証言があれば、非常にはっきりするんですがね。

金子 そうですね。

色川 そうですね。

井上 ですから、高利貸のところへも、大野福治郎と周三郎が一緒におしかけています。ですから、自分が隊長になって苗吉さんを副隊長にするとか、風布村と周三郎は一体化してますね。

金子 その周三郎がなぜ、武闘に転じたんでしょうかね。当然だということなんですが、何かこう、ハッキリしたキッカケかなんか。

井上 ひとつは、自由党の反政府を農民的に受けとめたんでしょうね。高利貸の背後に権力というのが、ちゃんと見えていたんじゃないでしょうか。高利貸だけをたたいてもだめだっていうことを。

色川　そんなふうに、あの頃の金融制度の本質というものを農民たちは、直感してたと思うんですけど、江戸時代は「村内貸し」で、まあ、払えなければ、孫子の代でもいいよと、ある恩情があってですね、その家や、命までとるようなことはしなかった。

それが近代になって、他所の「質入れ書き入れ規則」ができ、今の「銀行」と同じような「抵当貸し」が始まって、金融というものに、司法裁判所とか戸長役場とか官公庁が介在するシステムになっちゃったわけです。それを当時の財務（大蔵）卿の大隈重信までが、しきりに「金融はどうなっているか」を気にする。「新しい方式が、うまく浸透してるか」ということを気にしている。それは、新しい資本主義を離陸させるための、どうしても必要な条件だと考えていたんでしょうね。

ところが農民の方は、在来金融とは全く違った非情で苛酷な金融になったと受けとめています。役場の公証台帳には登録される、保証人は要求される。そしてその証文には理解できない条件が書き込まれ、払えないと、土地も家も根こそぎとられてしまう。結局身代限りになる。負債主が身代限りになれば保証人まで追っかけられるわけですね。これは、今まで村の中にあった義理人情の関係とか伝統的な相互扶助の人間関係を、根本から揺さぶる新しい制度だったんですね。だから、「切金貸し」をするとか、高利で二重貸し三重貸しを強いられなくてもですね。あの制度が入ってきたということだけで、民衆は非常に大きなとまどいを受けたと思います。

しかも借金問題には、裁判所が介在してるのです。高利貸は、裁判所に勧解《かんかい》手続きをとって催促する。払えない場合は、警官や村吏が立ち合って差押えも公売もするんですね。そこで負債者は借金問題を解決するには、この役場から裁判所から背後にいる官庁まで串刺しにしないことには、根本的には解決しないということを二度三度やってるうちにですね、リーダーは、つかんでいったと思うわけです。だから、明治十六年十二月から運動を始めた、あの高岸善吉、坂本宗作、落合寅市の三羽ガラス（トリオ）は、長いこと、一年近くもそれをやってきたのですね。何が問題の焦点か、ということを知悉してたと思うわけです。そうすると、もう所詮、これは、天朝様と対決するのは時間の問題だという覚悟が彼らの中に出来上がってきたんじゃないかと思うわけです。

金子　井上先生のいう「耕地オルグ」を、私は耕地指導農民と呼ぶんですけど、その段階ぐらいまでね、あの時期に、今お話のようなことを知ってはおったでしょうけど、それを、武闘で解決せねばならないとまで考えたんでしょうね。

色川　それは、明治十七年の八月以降の段階じゃないかと思いますけど。ただ高岸や落合たちには、自由党との関係がありますから。当時自由党の急進派の諸君が、武闘を覚悟してますからね。十六年の後半段階ぐらいから、「関東決死派」といわれる連中が武闘路線止むを得ずという態度をとっていますから、自由党と密着していた秩父の組織者は、そういう知識を持っていたと思いますね。

金子　そう。それが、どうして農民に——ですね。

色川　それを一般の農民に浸透させるとなると、高岸宗作や落合寅市たちが、七、八月から十月ぐらいまでの間に何をしたか、高利貸や農民に対してどういうやり方をとったか、これをずっと見て行かなければわからないと思いますね。

金子　それが、まあ先ほどの、史料が大事という話に関連するんでしょうけど、そこが我々、まだようわかりきらんのですね。どの段階まで、それを理解していたかという、周三郎あたりが主役で、かなり動いたという印象を、僕は持っとるんですけど、どこまで浸透してたのかなあ。

井上　あのオルグの連中が、農家へ行って話す時、人間的信頼がありますよね。で、やっぱり農民意識とすると、われわれのやろうとしていることはこれだ、という方向に、自信を持つんじゃないでしょうか。自由党という背景もあるし、いろりばたで、高岸宗作たちに座り込まれたら、かなわないと思うんですよ。

金子　指導農民が、まず、その耕地の人たちを説得して、程よしとみると、オルグを連れて来て説明するという、二段がらみをとってたみたいですね。

井上　だから、あの風布《ふっぷ》村あたりは、非常によくわかるんです。一番激しいですよね。

金子　一番、鮮明な感じがしますね。

井上　そうなんですよ。

金子　西秩父よりも、むしろ東の方が……。

井上　まあ、あそこは特別だと思うんです。上吉田、石間《いさま》と同じように。だけど残念ながら、中心の吉田地方のオルグの尋問調書は残ってないんだ。

金融問題と共同体の変動

金子　それでね、僕は両先生におうかがいしたかったんですが、私が時々行く昔の三沢村平草《ひらぐさ》一帯ですが、あそこは全然参加してないんです。聞いてもどうもはっきりしない。他と比べて豊かだったという印象はありますけどね。それでどうしたんだと聞くと、やっぱりオルグみたいな男が来てね、それに耕地の代表みたいな人が会って、そして武器とお金を渡しているらしいと言うんです。それで参加はまぬがれたと聞きましたけどね。そういう地帯がポツンとあるんですね。風布の山一つ隣りなんですよね。そういうところを十分に洗って、なぜ、参加しなかったかということを、調べてみる必要があると思いますね。

井上　確かにありますね。太田部《おおたぶ》もそうなんです。石間の隣りでしょ。で、オルグに最初はげしいのが行くんです。十二人くらい出るんですが、みんな、事件後罰金で済む連中です。二回目は二日あたりにかなり強力なのが行くんですが、その時は代人を出しちゃうんです。農民を見ても、他の村と変わるわけじゃないんです。ただ、共同体のあり方が違うんだ。

金子　そう、そこなんですよ。

井上　ええ、そこに新井という戸長がいるんですよ。これがボスでね、全村を抑えてます。借金の場合ね、おそらく、彼に借りに行くと、何とか貸してくれるんですよ。で、身代限りにしないで、「他へ行って借りるな」って言うわけですよ。そうすると共同体は……。

金子　ああ、共同体金融ってやつか。

井上　でね、二回目のオルグが行ったときね、代人を十五人ばかり出すんです。代人だから、日当払うわけ。それじゃ、富農が払ってるかというとね、貧農までね、代人を出してるんですよ。お金払って。

色川　そうですか。

井上　その代人になるのが、半納《はんのう》(耕地の名) に峠を越えてくるでしょ。そこに三、四人よいのがいて、「てめえ達、何しに来た。草刈りみてえな恰好で役にたつか」といって突っ返しちゃうんです。で、結局、出やしないですよ。で、こういう形で、こう丸くおさまったわけなんですね。これは、経済圏はね、山中谷《さんちゅうやつ》(神流川沿いの信州に通じる谷間) に属します。材木・薪炭ね、それと生糸は、全部、山中谷に持っていきます。

金子　材木・薪炭の力が強かったんですな。

井上　そうなんです。だから石間と同じなんですけどね、聯合役場は。しかし村のあり方は全然ちがうわけですね。

金子　なるほどね。その場合、耕地指導農民の蓄財の程度によって、違ってくるんですね。

井上　秩父事件の全域が、山村でしょ。構造を見たときね、地租二円というのは、地価八十円なんですよ。風布は、最高の農民で、地価百円台です。太田部の新井家は、三百円台持ってます。それから、井出為吉ね、七百五十円持ってます。だから、為吉も金貸しやってますよね。これも、村のためなんだな。

金子　そういうことですね。

井上　それで、丸くおさまりゃいいわけですから。で、一軒でも身代限りにされちゃ困る、何とか助けてやれ。

色川　それが、武相の困民党に対立した八王子の有力な自由党員はですね、地価がだいたい二、三千円から一万二千円クラスですよ。だから、みんな三つ四つの銀行や金貸会社に投資してるし、自分も銀行の頭取、副頭取を兼ねているんです。それが自由党の幹部になるわけですから、武相の場合、困民党はまずその自由党とも闘わなきゃならない。それはやっぱり、幕末から商品経済が浸透してますから、貨幣の集積率が高いわけです。ケタが大きい。もちろん、村によっては借金も何も抱えこんでやろうというような、近世的共同体というのもあったことはたしかですが。

井上　風布へ行くとそれができないんですよね。上の富農が百円あたりじゃどうにもしようがない。

村の祭りとかね、金尾《かなお》の連中が出てくるでしょ風布へ、その時ね、村で大事にしているお祭りの時の幔幕をひきさいて鉢巻や襷《たすき》にしたっていう。ある意味で旧い共同体のくずれたことを示していますね。たとえば大野苗吉が三百円借金してますが、土地は五町歩持ってるけど、地租はごく僅かです。それだけ借金できるのは、やっぱり「生糸生産による信用」です。だから「永保社」に行くわけ。近くに生糸の市がたちますから。あの家は、男が何人いるから、これくらい、貸してやってもいいだろうという借金です。だから、為吉さんみたいな人がいればね、何とかなったんですね。

金子　耕地内自己救済が、できるっていうことですね。そういう地帯は参加しないところもあったと。

井上　そうそう。それから、毀された家は、ほんとの高利貸で、広域に、他の村へも貸してますね。だから、永保社がそうでしょ、まず日野沢、風布が、打ちこわしをかけてますから。

金子　その耕地内救済のできるほどの蓄財は、生糸の値がよかった時代のものですかね。

井上　ええ、それもあると思います。

金子　それが、大きいんでしょね。

井上　大きいです。それとね、山中谷は、高利貸の話も何もしないで、ついてったでしょ、全部ね。だから、十石峠《じゅっこくとうげ》を越えたのは多いんだけどね。百人くらいは逃げ帰っちゃいます。

色川　その点は、はっきりしてますね。それを組織する側と受け皿の方との、両方から攻めないと、秩父の借金党がなぜ離陸したかわからないわけですね。受け皿の方も、参加農民になるか、ならないかということは、共同体のあり方で、ガラッと変わってしまう。その共同体のあり方を決めるのは、自村内救済ができるような富のあり方や社会関係を持っているか、いないかということが、一つ原因としてあげられますよね。

もう一つは、村内が分解しすぎちゃって、自村内救済が成立しない場合、富裕層はその資金を他地域の金融会社に投資しますから、これは、困民党の攻撃の対象になる。そういった村の中には、共同体を新しく作り直してしまった所もある。たとえば、南多摩に木曽村というのがあります。そこは、私有財産を、蓄積しすぎた富裕民が、一般村民と対立しちゃうんですね。共有地だった秣場《まぐさば》の帰属をめぐって、この村では結局、村民が実力行動に出て富裕民に勝利し、自分たちで共同体をとりしきっちゃう。それが武相の困民党の一牽引力になるんです。このように、この時期は共同体といっても、古い形のままで自己救済する共同体と、一度変革した共同体をバネにして立ち上がるものといろいろある。片一方は参加しない、片一方は、積極的に参加するというふうに。

金子 面白いですね。

色川 だから風布の小隊長になるのが、確か、石田造酒八《みきはち》ですね。

井上 ええ、貧農です。

色川 貧農なのに小隊長ですね。そういうふうに見ていくとリーダーが必ずしも共同体の肝いりじゃないですからね。そういう村では、おそらく共同体に、ある流動、変革があったと、私は見ているわけです。

井上 とくに最初の、事件前、山林集会とかで活躍したのは、ボランティア的なもんですよね。そこへこう、網をかけるのが、在地オルグの仕事になるんですね。決して、共同体で選出したわけじゃなくてね。

面白いのは、為吉が明治十七年五月に借金のこげつきを裁判所に十四人訴えてるんです。この中に北相木のオルグがいるんです。為吉さんでるんなら、おれがやるっていうような、恨んでる関係じゃないんですね、それが。

金子 なるほどね。それとね、僕がまだわかりきらんのは、その富の力を持っていた耕地指導農民が、耕地の一般農民に、自由民権思想というものを、かなり消化して、話してるんでしょうね。

井上 ええ、それは、自分の言葉で話してますね。

金子 話してますね。なぜ彼らが、自由民権思想を、それまで消化できたんでしょうか。そこがちょっとわからないんです。

井上 やっぱり生活の問題から入って、いつの間にか内容をもりこんでいるんじゃないでしょうか。だから僕はオルグは偉いというんですよ。

金子 オルグとは接触があったわけですからね。それが非常にひんぱんというか、秩父という地域は他の地域とちがうわけですか。

井上 ええ、山の中全体がですね。むしろ広域共同体じゃないですか、全体が。それから市場に通じるるルートもちゃんとできてるし、坂本宗作なんか、改まっていうと「人民の幸福」なんていうんですよ。ところが、農民に話すときは、そうはやらないと思います。

秩父自由党の特徴

金子 しかし、受け入れる指導農民や一般農民の消化力の問題がまだ残りますね。秩父自由党第一号の中庭蘭渓は、禊教《みそぎ》ですが、その影響というか、自由民権思想を受け入れる下地を作るのに効果があったと思うんですが……。

井上 禊教そのものは、共同体をまとめるとか、そういう意味はあったと思いますが蜂起とは関係ないです。

色川　私は思うんですが、中庭蘭渓とか、村上泰治は、すれすれのところだと思うんですが、あの辺の秩父の自由党員だけだったら、決して秩父事件は起きなかった。他の地域とぜんぜん違う秩父自由党の特徴というのは、「借金問題を解決できる自由党」と「国会開設自由党」と両方あったということです。

金子　それは、例の社会的自由党というやつですね。

色川　まあいろんな言い方があるでしょうが、とにかく借金問題で農民と話ができる自由党、しかも五人でも十人でも組織を作ってまとまっている。それは、他の所にはぜんぜんないです。わずかに、群馬に数人見られるだけです。そうでなければ、あれだけのオルグ団を、つくっていけなかったでしょう。

金子　それはそうですけど、中庭さんみたいな段階が、先ずあって、自由民権思想を受け入れる基盤ができたんじゃないかと。

色川　自由民権思想を、借金に困っている農民にわからせようと思ったら、やっぱり宗作とか善吉、寅市みたいな媒体が必要で、中庭蘭渓や大井憲太郎では無理だったんじゃないでしょうか。

金子　だから、三羽烏たちが媒体となり得た下地の問題が残るな。

色川　秩父自由党のユニークさというのは、国会開設請願自由党と対峙できる、自律性をもった借金解決自由党がもう一つ集団をつくったところにあります。だから、いざ蜂起というときに大井らの自由党が反対しますね。その時、反対するなら自分たちでやるからという、そういう自律性をもった在地の自由党が形成されていたところは、他にはないです。武相困民党の場合、たった一人で借金問題を解決しようとする自由党員が出るんですが、武相の自由党組織からは除け者なんですよ。何で余計なことをやるのかと。それで、個人として困民党に参加するんです。ところが、秩父では、自由党の名でやりますからね。それは、なぜだろうか。そこが解けないとね。

井上　農民の方は、自由党に入ったといってるんですよ。

金子　そこで僕なんか注目するのは耕地を指導した農民の知的程度なんですが、他の所にくらべて、秩父は、かなり高かったんじゃないかと思うんです。情報性といってもいいが、たとえば、松方デフレ政策に対する認識ですが、これによっておれたちの生活はぶっとばされるという危機意識まであったんじゃないかと思うんですが。

井上　そこまでは言えないですね。

色川　そうですか。

金子　経済問題に対する認識はどうですか。

井上　小柏常次郎がオルグした農民の中に、こういうことを言っているのがいます。金融というものは世の中の媒体だからなくちゃ困るんだけど、憎むべきは高利貸と。金融自体はいいんだと。

金子　京浜に近く、しかも、景気のいい時代には蓄財ができてきた。松方政策についての情報もかなり摑んでいたんじゃないか。これは、闘わなければいかん、というところまで。

色川　全国的に見て、松方大蔵卿の財政政策に変わって、自分たちのくらしはどうなるかという視野を持ち得たのは、秩父では十人いたかどうかだと思いますね。ただ、新しい金融方式が権力にバックアップされているのは事実なんだから、天朝様を倒さなければ、この問題は解決しないという程度の自覚は持っていたと思います。そういう認識を持っていた人間が、八王子なんかも債主、負債主の両方にいます。三多摩困民党のリーダーの嘆願書やそれを「明治政府のある限り一歩も退かず」と突っぱねた債主側の発言の中に。

早川　むしろ、逆なんじゃないでしょうか。知的なアプローチから蜂起へ、じゃなくて、生糸相場が急落した現実に自分たちの中の権利意識みたいなものが――つまり、頭でっかちでなかったところが――。

金子　一般農民はそうだと思いますが、指導農民みたいな人は、今でも頭いいですよ。だから井上先生みたいなのが出てくる（笑）。

井上　まあ、井上伝蔵とか井出為吉なんかは、中央的認識はあったと思いますね。それに、例のトリオは頭もよかったし、農民言葉で相手にふきこんだ。

秩父の民衆文化

色川　秩父は俳句が盛んだし、祭も盛んで、民衆文化のレベルが高かったことと、共同のものを持っていることが、いざという時、結集していく条件になれたんじゃないかというのですが、金子先生、専門の立場からどうお考えですか？

金子　ええ、十分に考えられると思います。よく江戸時代、俳諧師で、農民一揆を指導したなんて話があるんですが、田中千弥《せんや》日記なんか読むと、千弥のところで俳句をやりに集まってる連中の中から、かなり一揆に参加しています。井上伝蔵もいます。句座が情報交換の場にも使われていたのではないか。それに、あれだけ俳句が盛んだと、俳句でつながる心情的連携は当然あったし、知的水準も、一般の俳句としては上の部です。それに歌舞伎の集団も二つあった。芸能が盛んだということも、心情的連携や知的水準にかかわります。

色川　甲源一刀流の道場からもずいぶん参加者がいる。日ごろ稽古していることは、いざという時に刀を使えないのとは大違いですからね。秩父の人は銃も使いますしね。しかし、だからといってそれだけで秩父蜂起の十分条件にはならないんですよ。

金子　そこのところなんですが、他の所と比較してみたいですね。

色川　八王子困民党事件というのが、十七年九月五日に起きたんですが、多摩北部の二百人以上が逮捕された、その村を調べたらやはり俳句が盛んなんですよ。それに車人形とか、説教浄瑠璃、剣術は天然理心流の免許皆伝が十何人いるし、銃も数百挺あるんですよ。そういう条件を数えあげれば、秩父と遜色がないんです。だけど、八王子警察署に押出しをかけた時、彼らは蓑笠なんですよ。

金子　余裕があるんじゃないですか？　ありすぎると脆くなる。

色川　いえ、村によっては六割も身代限りにおいつめられてたんですよ。そこは、後に政友会時代に、三多摩壮士の供給源になる所です。だから戦闘力、行動力は抜群なんですが、思想の上でふっきれない。だから蓑笠で行っちゃう。そこの大きな違いですね。

金子　平野と山の問題——風土の違いがあるんじゃないでしょうか。

色川　多摩の川口村は山村です。秩父の吉田村くらいの所です。

井上　金子さんにお伺いしたいんだけど、秩父の生活意識というか、農民意識に、際だった点はお感じになられませんか？　たとえば、〝やっつけちまえ〟なんてよく言うし、やるでしょ、お祭りの時なんて、かなり、思いきって。

金子　それは、子供の頃から感じていました。

色川　それは〝侠〟の問題ですね。

金子　そうです。それにわりあい喧嘩っ早いです。江戸時代藩領だったから、出入りがわりあい自由にできた関係で、無宿者も相当入ってますから。

色川　やっぱり田代栄助にしろ、加藤織平にしろ侠のスピリットみたいなものは無視できないんじゃないですか。農民は日常、権力に対して凄く恐れを持ってますから。大変なことですから、権力に歯向かうというのは。その恐怖感をふっきるためには侠を持つ人間が必要なんです。

金子　それはむしろ重要な問題です。それにそういう人に惚れるということ。よっぽど思想的昂揚が、感情の激発がなければ、ふつうでは竹槍をつくって飛び出しませんよ。

井上　単に、農民の怒りとか、是と信じたからだけじゃ説明にならないんですよ。今まで研究がたりないのは、他の事件との比較を書いた本がないことです。

金子　そうです。色川先生にがんばってもらわなくちゃ（笑）。

色川　必要条件というのは、いくらでも数えられるけど、秩父事件というのは民衆が銃や刀や竹槍を持って出たことが、秩父事件ですからね。そこへ跳躍させる、その過程ですね。

農民意識と風土

井上　これは、農民意識から説明していかないと出てこないですね。風土は激しいしね。荒壁の家に冬行くと、火にあたっているところは暖かいけど背中はゾクゾクしてくるという。その中で生活してるんですから。

色川　こんなことはどうでしょうか。風布にしても半納にしても、山影の谷で暮らしてるんじゃなくて、峰の上に暮らしてて、空を見ると空が広くて、下の方に谷が見える。ああいう所に暮らしている人間というのは、気性が激しいと同時に、からっとした、ふっきれるようなメンタリティがでてくるんじゃないでしょうか。

金子　以前に私も、「秩父困民党」の題で同趣旨のことを書いています。

色川　空と台地と自分と、ある意味では、個我がはっきりするような、秩父には、両方あると思います。山影の谷の村と山上集落みたいな村と、山上集落からはかなり激しいのが出てます。

井上　金子さんね、僕は学生の頃から農家の女性がかなり悲観的というか、物事を裏から見るような、あきらめきっちゃってるという感じを持つんだけれどそれを感じませんか。

金子　次男以下と女性達は、悲観的ムードだったですね。そしてあきらめっぽいというのが、秩父人の特徴じゃないですか。しかもそれが、やっちまえ、捨てちまえ、といった積極性に転じることが多い。

井上　そうかもしれない。

色川　その点は、水田農民と違いますね。私は水田農民の土地の育ちだから逆にわかるんですけど、途中であきらめない。愚痴を言いながら最後のワラ一本にもしがみついていく。そういうところから、蜂起はとてもできにくいんです（笑）。だから俠客が出ても、まわりの百姓衆が受け入れないんです。隔離された悪者にされちゃうわけです。ところが秩父の場合、栄助にしても織平にしても寅市にしても俠気が受け入れられてるでしょう。この違いは、風土というより、生産様式の生みだした精神でしょうね。祭にしても、あんな思いきった祭はないですね。房総の水田地帯には。

井上　花火がいい例じゃないですか。特に吉田の流勢《りゅうせい》みたいなのは。だから、これは冗談ですが、十石峠越えた時かなり持っていった火薬を、野辺山《のべやま》で解散するとき、なぜ爆発させなかったかと(笑)。十何貫持っていった火薬を使いきってないですよ。

関東一斉蜂起論

色川　自由党の側の角度から見てみますとね、木戸為三の調書にも出てくるが、井出為吉や菊池貫平なんか全国一斉蜂起があるんだといってるが、それはこれまでユートピア的幻想であったという解釈だったんです。ところが、最近の若い研究者から訂正意見が出た。明治十七年三月くらいから東京蜂起計画というのが具体的に考えられていて、十八年一月にクーデターを成功させる。そのための地方の支援部隊の育成を自由党の有一館を中心にして、積極的にオルグした痕跡がある。

少なくとも大井派といわれる急進左派の各グループの中で進行しつつあったという説があらわれた。そういうのを聞きますと、高岸善吉や井上伝蔵が、しばしば中央本部に行ってますからね。何らかの形で、蜂起の準備が全国の各地でひそかになされているという知識はあったと思います、善吉は三月の自由党大会にも出ていますし。井出為吉が木戸為三に言っている一斉蜂起というものは、その時点では、まだ幻想ではなくて、自由党中央の一角で進行していた革命計画ではなかったか。そこで問題になるわけですけど、その革命計画なるものは、あくまでも志士主体の計画で、農民主体ではないんですね。それが秩父の場合と、決定的に違っていた。それにしてもそういう背景があったから後から自由党に入党した秩父の農民達も、善吉や為吉のいうことを期待をもって聞けたんじゃないでしょうか。ところが井上伝蔵なんか、中央の自由党の事情に詳しかったから、まだ誰も助っ人にくる準備などできてないと知って、十一月四日、軍隊に包囲された段階で、逃げちゃったんじゃないでしょうか。

これはまあ、これからの論争点の一つになるでしょうが。

井上　これからどうなるか、ちゃんと見えてたから、いち早く逃げた。

金子　そうですか。一斉蜂起はどの段階まで浸透していたんでしょうか。

色川　群馬や飯田あたりは、耕地オルグの辺まで一部いってますが、他には行ってないようです。民衆主体じゃないですから。

金子　そこへ秩父事件みたいなのが起こったので驚いた。

色川　解釈のしようがないから、後の『自由党史』で「一種恐るべき社会主義的運動」なんて説明したわけです。

秩父事件と現代

早川　話はつきないんですが——最後に、それぞれのお立場から、一言ずつご発言願って、終わりにしたいと思います。

金子　私はたとえば、伊藤博文という一人の男を見る場合、彼のやった事柄をみていくと同時に、彼の内面に入って見ていかなければ納得できない。その重層性をロマンというならば、秩父事件を見る場合、事件を事件としてみると同時に、一人一人の内面がどういう風にかかわっていたのかを見なければ、ロマンとして成立しないと思うんです。ロマンとしてみる糸口を、森山軍治郎氏や戸井昌造氏、新井佐次郎氏が提供してくれたと思うんですよ。それが、井上先生や色川先生のように、事実というものに非常に詳細なメディア等で多用されていくうちにもつ観方と結びついて、初めて本当の意味の立体性を持つ。つまりロマンとして成立すると思うんです。それがなかったら、説得力はないと思う。

これからは、ロマンを構築して、説得していく時期にきていると思うんですが、どうでしょう。

色川　私は、あの農民のふっきれ方を観てて現在の私たちが失ってしまった感覚をあの人たちは、裸で突きだして見せてくれているんじゃないか、今の若い世代がこの事件を新鮮な受け止め方をするのは、そこだと思うんです。例えば、今だって、サラ金のようなひどい高利貸がいて、自殺者がたくさん出て社会問題になってるのに、誰ひとりとして困民党をつくって問題を解決しようなんて発想を持たないでしょ。ところが明治の人は、基本的な民衆の生活権を脅かす場合、合法的であろうと、新しい制度であろうと、ノーはノーと言い続ける。その上、お互いが共同して解決しようとするでしょ。こういう発想は現代では失われてしまった。いかにこの百年、私たちが資本主義ずれをしてしまい、大事な人間の「理」や「俠」みたいなものを失ったか。秩父事件は、逆に照らしだすと思うんです。それともう一つ、井上先生を前にしてですが、秩父事件研究が進んだのは、フランス革命の研究と方法上、理論的な比較をしたことが大きいわけです。今度は、アジアの民衆運動の歴史を勉強し、朝鮮史や中国史の人と協力しあいながら比較する方法をとってみたいと思います。そうすると別な光があてられるんじゃないかと思ってます。

井上　秩父事件の全体観というのは、これはむづかしいと思うんです。こんど史料集をつくりましたが、やっぱり安直に全体観やられたらかなわないと思います。史料から積み重ねていかないと。モンテスキューは一つの町に行ったら、まず教会の鐘楼に行って全体をみて、町で生活して、個々の横丁を理解して、帰るときもう一度上に上ってみると言っていますね。これが学問の方法じゃないかと思います。それから社会学と政治史の人にも見てもらいたいと思ってます。新井貞吉の辞世は「国うれふ心のくもりかれもせじ……」です。「国うれふ」という発想です。だから秩父事件は、日本では、他に例がないんじゃないかと思います。農民がこんな政治性を持ったということは、当時なかったことだと思います。

早川　今日は、ワクワクするような、素敵なお話ばかりでした。こちらも、芝居づくりの面で、精いっぱいお応えしたいと思います。ありがとうございました。

（一九八四年秋・劇団『銅鑼《どら》』座談会記録）

民衆史と歴史叙述の課題

かの　まさなお　一九三一〜。大阪生まれ。一九五三年、早稲田大学卒。西岡虎之助の民衆生活史研究に影響を受け、女性史、沖縄史、民間学などの分野をも研究の対象とする。七〇年同大学文学部教授。主著に『資本主義形成期の秩序意識』『大正デモクラシーの底流』「鹿野政直思想史論集」（全七巻）など。

やすまる　よしお　一九三四〜二〇一六。富山県生まれ。一九五七年、京都大学文学部史学科卒。六二年名城大学講師、七〇年、一橋大学社会学部助教授、後に教授。主著『日本の近代化と民衆思想』『現代日本思想論　歴史意識とイデオロギー』『方法としての思想史』など。二〇一三年、『安丸良夫集』（全六巻）が刊行された。

私たちの半世紀——民衆思想史とともに

鹿野政直＊安丸良夫

聞き手　今井修

民衆思想史とともに

この座談会は、今井修氏（日本近代思想史専攻）が司会をされた。いわゆる「民衆思想史家」と並称された色川、鹿野、安丸の三人の異質性をクリアに浮かび上がらせたものとして、今読んでもたいへん面白い。なぜ、色川、鹿野、安丸か、というと、一九二五年生まれの私と、一九三一年生まれの鹿野さんと、一九三四年生まれの安丸さんという年の順でもあるし、ここでとりあげられた問題の書も色川の『明治精神史』（一九六四年）、鹿野の『資本主義形成期の秩序意識』（一九六九年）、安丸の『民衆宗教の思想』（一九七一年）などの発表年がそうだからでもある。

私は千葉県生まれの東大文学部出身、鹿野は大阪生まれの早大文学部卒、安丸は富山県生まれの京大文学部卒という違いもある。私、鹿野の小差はあるが実証的な究明と歴史叙述重視の個性に対し、安丸は理論家である。それらの違いもこの座談にはよくあらわれている。同じ民衆史、民衆思想史家として、この三人をひとくくりできないのである。今井さんがこの記録を岩波の『図書』（二〇〇九年三月）に掲載してくれてよかったと思う。

文中に京都大学人文科学研究所の松尾尊兊《たかよし》さんの名前が出てくるが、松尾さんは私の『明治精神史』をいち早く評価してくれた人で、当時、八王子市の高尾に住んでいた私を拙宅まで泊まりがけで説得に来られ、「ぜひ京大の人文研に来てくれ」と懇請された。ありがたい申し出であるが、私は東京経済大学（当時小さな私大）を好みに合っているので辞める気はないと断ったが、思えば安丸さんは一橋大学の教授、鹿野さんは早稲田大学の教授であった。

三人はそれぞれ違いはあるが、個人的にはたいへん仲良く、電話で消息を尋ね合ったり、いっしょに旅行したりした。忘れがたいのは、二〇一一年の六月、太平洋に面した銚子の犬吠埼の「ぎょうけい館」に一泊し、心ゆくまで歓談したことである。この宴には、ひろた・まさきさんも参加された。

この四人の盟友のうち安丸さんが交通事故に逢われたとはいえ、この四月に亡くなられたというのは惜しんでも余りある。

『明治精神史』のころ――六〇年代の出会い

鹿野　私たちのお付き合いはもうずいぶん長いのですが、こんなふうに改まって三人で語り合うのは、意外なことに初めてですね。

私は色川さんといつ知り合ったのかはっきりしないのですが、こんど岩波現代文庫に入った『明治精神史』の、一九六四年の初版を当時、色川さんからいただいているんです。今度久しぶりに開いてみたら、「アバンギャルドの精神史」という書き込みがあった。その時の印象はそうだったんだろうと思うんです。

色川　鹿野さんはそれ以前に『明治の思想』という本を出していて、それをいただいたんですよ。それにお返しした。

安丸　ぼくは、たぶん六四年、早稲田であった歴史学研究会大会の時に、色川さんから「会いたい」と言われて、「鹿野さんの『明治の思想』を木陰で読んでいるから声をかけてくれ」と言われた。それが直接色川さんとお会いした最初かと思います。

鹿野　『明治精神史』の初版は、早稲田の学生に非常に売れたんですよね。文献堂書店という社会科学系を中心によく本を集めている古本屋さんがあって、あそこでたしか二百何十部売れたんじゃなかったかな。

色川　あの本は黄河書房という名で、友人の佐藤昌三君と二人で自費出版したんです。私が原稿を書いて佐藤君が編集、造本、刊行する。損しても儲かっても五〇％ずつという契約でね。その佐藤君の公団アパートの部屋に本が積んであって、そこへ文献堂のおやじさんが、青い風呂敷を持ってしょっちゅう訪ねて来る。

鹿野　小柄の人だのにね。

色川　そう。背負って、三〇冊、四〇冊と持って行くんです。

鹿野　あれの「はしがき」か何かで色川さんが、「これは現代青年のための書だ」と書いている。まさにそれにぴったり当たったんだな。私が授業を持ち始めたのは一九六一年ですけれども、ちょうど安保の直後で、挫折感というか、トラウマを抱えた学生がずいぶんいた。そんな学生たちに色川さんの本が火をつけたんです。

色川　早稲田には何べんも話しに行きましたよ。挫折感を持った左翼系の学生たちに呼ばれて、いろいろ議論しました。当時は近代化論が流行したばかりだし、片方ではマルクス主義がずっと続いていて、その両方に向かって吉本隆明なんかがパンチを食らわしていた。「擬制の終焉」なんて、共産党をメタメタに叩いたりしてね。そういう思潮の中で、『明治精神史』が読まれていた。時代に挫折感をもっていながら新しい道を開こうとして悩んでいた若い人たちの心に届いたような感じだった。私が研究者として意図していたところとは違っていたんだけれどね。

今井　初版一〇〇〇部のうち二〇〇部が早稲田というのは大変な数だと思うのですが、京都のほうではどうだったんですか。

色川　京都も、松尾尊兊さんがまとめて買ってくれた。五〇部くらい一挙に速達で送れというんですよ。どうするのかと思ったら、桑原武夫さん以下、京大人文科学研究所の人たちに配ったらしいですね。買え、買えと。ずっとあとで桑原さんに会った時に、「君の本を松尾君に買わされたよ」と言われました（笑）。

鹿野　いわゆる学界でいちばん先に受けとめたのは、京都の人文研だったということですね。

色川　あれが六〇年直後だったら、そんなに反響はなかったと思いますけれども、六四年ですから。近代化論がかなり力を持ってきて、丸山真男さんなんかの影響も非常に強い時代でした。片方ではマルクス主義が、ああいう運動の中で叩かれて相当傷ついていましたから、どうしたらいいかわからないという雰囲気があったんだと思いますよ。

安丸　色川さんという非常に個性の強い歴史家が書いた本として、時代の動向ともよく対応しているわけですけれども、その背景は、やはり三冊の自伝を読まないと、ちょっとわかりにくいですね。いろいろな問題に対する色川さんのスタンスというものが。ぼくらは個人的に一部聞いてはいましたけれども、『廃墟に立つ』『カチューシャの青春』（ともに小学館、二〇〇五年）、それに先ごろ出た『若者が主役だったころ』（二〇〇八年、岩波書店）という三冊の自伝には、一人の知的な青年の独自の生き方というものが詳細に書かれている。それが何となく『明治精神史』からも読みとれたんだと思いますよ。

学生たちは、その本の具体的な中身というよりは人間を、本の背景にある人間というものを考えていますから、何かこれまでにないものを感じ取ることができたんだと思います。

色川　感じ取ったんでしょうね。きっと。あの頃からですね、教室にニセ学生がいっぱい増えてきたのは。全国ニセ学生同盟とか。「ニセ学通信」なんていうのが発行されて。どこの大学にも越境して、学生たちが何かを求めていろいろな先生のところを訪ね歩いていた。

鹿野　「思想史」ではなくて「精神史」と命名したところに、この本の本質が鮮烈にあらわれていると思いますね。思想というと出来上がった作品としての、わが国の思想ということになるわけだけれども、それには自分は興味がないんだということを色川さんは言っておられる。そうじゃなくて、混沌と生きていて絶えず奔流したり逆流したり、全く未解決な、精神の動きというものをとらえるんだ、と。

これはある意味で冒険というか、学界というものに対する挑戦ですよね。そういうものを色川さんが、ご自身に言わせるとそれまでの正統的でない人生を通して、打ち出してこられた。

色川 私は大学時代には、『日本資本主義発達史講座』なんかをベースにして勉強して、それが基礎になっていくつかの論文を書いていましたから、そこから自由になるには、それを批判して、ないものをつくっていかなくちゃいけないと思っていた。理論的にマルクス主義のどこがおかしいのかというようなことがわかって書いていったんじゃなくて、結果としてそういうものが出てきた。それはやはり安保という運動の中でなんですよね。

政治史や経済史をやっている同僚や先輩みんなに言われましたよ、「民衆の意識とか民衆の思想なんて、そんなのは学問にならないよ」と。六八年の「明治百年」批判の歴研大会で「天皇制イデオロギーと民衆意識」なんて報告したでしょう。そうしたら会場がしらけたんですよ。何かすごくセンチメンタルな文学的な話を大会でやる奴だというふうに受け取られてしまって。私はそれ以来、歴研を辞めてしまったんです。

安丸 その時に辞められたんですか。

色川 はい。あれで辞めたんです。ひどく失望して。

歴研のことで言えば、その少し前のことだけれど、『明治精神史』には入れなかった「困民党と自由党」という論文のことがあった。これは一九六〇年、安保闘争の真っ最中に書いて一一月に「歴史学研究」に出たんです。その時の編集長が遠山茂樹さんで、そこに居合わせたのが藤田省三さんでした。私はおそるおそる持って行ったんですよ。四〇〇字詰め一五〇枚、これだけで雑誌の半分以上を占めてしまう長さでしたから。

その時、藤田さんが「こういう長いものを書くところに、どういう意味があるのかな」と、ひとこと言ったと聞いたんですよ（笑）。だから、ぼくは遠山さんに言ったんです。「これはいままでの政治。経済史的な分析と違うものだから、一挙に出してほしい」と。ずいぶん傲慢と言えば傲慢、ごり押しだったんですけれども、遠山さんが「まあ、いいよ」と、長論文を一挙に載せてくれた。次の「自由民権運動の地下水を汲むもの」も一五〇枚なんですけれど。それが『明治精神史』のいわば骨格です。あれが転換点だったんじゃないかと思うんですよね。

安丸　「困民党と自由党」は、論理的に言い直せば、非常に単純なことを一つ言っているだけなんですよ。つまり、三多摩地域で有力であった豪農民権と困民党とは別なもので、むしろ対立しているものだ、と。ただそれだけのことなんだけれども、そのことを言うためには延々と書かなければいけなかったわけですね。それがぼくには非常に面白いことだった。つまり、困民党と自由党は別ものだということを言うことによって、いろいろな問題を考え直す手がかりがあるわけです。

色川　ただ、あの中には須長蓮造という人間の発見がある。これは私にとっては決定的に重要な民衆思想の道標になった。

それを別にすれば、私の頭の中では、あの時の困民党というのは、安保闘争でうちひしがれた中小の労働者とか農民、あのデモに参加していた零細企業の労働者たちです。そのエネルギーに感動したんですよ、安保闘争の中で。

自由党というのは引き回していた連中です。国民会議とか、社会党、共産党、あるいは大企業の労働組合のボスたち、幹部たち。それと困民党の対立というのが意識の下にあったんです。

鹿野　国会の周りのデモの時に、社会党、共産党とか国民会議の連中は、デモ隊に向かって手を振っているわけですよね。あれを見て私は、「あなた方は私たちに手を振るんじゃなくて、向こうを向いているべきじゃないか」と思ったんです。「困民党と自由党」を読んだ時、あれだな、と。あっちが自由党で、私は別に困民党というわけじゃないけれども、何となくそのへんのところで心理的に重なるものがありましたね。

色川　しかしあの論文には、そういう生な現実の政治感覚みたいな、政治的なことはかけらも出さないようにしたんです。自分が発見した原史料の分析から、文句あるかというような結論を出して、客観的な、いわゆる社会科学的な連中からもケチをつけられないようにして提出した。それ以前は主役は自由党で困民党は従だった。自由党と困民党というのは指導と同盟の関係にあるというのが定説でしたから。それを破るのにそれだけの苦労をしなくてはならなかったんですよ。マルクス主義、社会経済史的な学問というのはそれだけ重かったんです。

民衆思想史とは何か

安丸　ぼくは、鹿野さんの著作集が七冊出ると聞いた時に、あれだけたくさんのものを書いて、どうやって七冊にまとめるのだろうか、そんなことがうまくできるだろうかと思ったんです。でも、『鹿野政直思想史論集』（全七巻、二〇〇七—〇八年、岩波書店）第一巻の初めにある短い文章を読んだだけで、たちまち了解しました。つまり鹿野さんにとっては、単純に言えば「希望としての近代」から「嵌め込まれた近代」へという問題意識の転換があって、その転換をしたのは、六〇年代末からの早稲田の学生運動に誠実に答えなくてはいかんという立場からだった。そういう立場から自分の仕事を振り返って全体を再編成して、『思想史論集』というのができたわけです。そうせざるを得ないと思われた鹿野さんの気持ちは、ぼくは非常によくわかる。われわれは近代というもののとらえ方において、やはり大きな転換を求めていたんじゃないかと思うからです。

色川　私は『思想史論集』は第七巻からずっと逆に読んだんです。代表作だと思われているようなものは省かれているんですね。鹿野さんの多くの仕事を凝縮してエッセンスを集めたというのではなくて、鹿野さんのいまの時点での、自分の仕事についてやりたかったこと、やり遂げてきたことの一部分を集約したものだと思いました。ですから、普通の著作集とか全集と全く違う。

安丸　新しい著作集ですよね、これは。前のものを組み入れてつくられているには違いないけれども、新しくつくり直されたものです。

色川　各巻の最後に「問いつづけたいこと」という文章が置かれていて、それだけを読んでみても、気になることがいろいろありますね。

　第一巻で言えば、「民衆思想史家と言われることの居心地の悪さ」というのは、いまはどうなんでしょうか。当時は、私自身も「民衆思想史」なんていう言葉を使ったかどうかはっきりしないけれども、学派はつくっていないんですよ。学会もないし、グループとしての妙な排他的結束もない。そういう意味ではむしろ外からネーミングされて、いろいろな人が参加されていますが、私どもは意識しなかった世界ですね。だから、「民衆思想史家」なんて言われると、辟易する気持ちはわかりますよ。

鹿野　私が「民衆思想史」というのに居心地の悪さを感じているということについては、一つは、民衆というものを対象化するということについて、後ろめたさのようなものが拭いきれないということがあるわけです。

安丸　研究者は民衆を代弁するとかいうことはあり得ないわけで、研究者と研究対象のある種の距離というか、ずれというのは、不可避的に存在していると思いますね。

鹿野　そのほかにもう一つ、安丸さんも色川さんも、民衆独自の思想形成の論理ないしは倫理というものがあるということを起点に置いておられるわけだけれども、私はそのへんはちょっと曖昧で、エリートと言われるような人びとも、論理次元で自分が主張する思想ほど日本の土壌から自由であり得るのか、ということが、どちらかというと強いモチーフとしてあったのですね。初めに『日本近代思想の形成』(新評論社、一九五六年)という本を出した時に、あれは福澤諭吉だとか吉田松陰だとかいう、いわゆる思想家を扱っているわけですが、それと、その受けとめられ方というのは、また別のことじゃないかと思ったのです。

「私」から出発する

今井　民衆思想史研究が一つの学派でないということはわかりますし、それぞれに個性的、内発的な研究過程を歩んでこられたわけですけれども、お三方は相互に非常に強い緊張関係をもっていて、そしてお互いがお互いの最良の読み手であったのではないかと思います。

鹿野　今度、安丸さんのご本——『文明化の経験』(岩波書店、二〇〇七年)の前の『現代日本思想論』(岩波書店、二〇〇七年)ですけれども——と色川さんのご本を読んでみて、お二人とも、安丸さんの言葉を借りると「生きられた生」というのか、自らの生、「人生」と言ってもいいし「個性」と言ってもいいんですが、その「生」というものに根ざして歴史学をつくろうとしているということが、戦後歴史学の中では新しいことだったと私は思っています。その点では、色川さんはいちばん自己開示的で、自分史の提唱者でもあるわけですし、安丸さんも、自分に対する苛立ちを隠しきれないように、ご本の中でいろいろなことをブツブツと呟いておられる。

そこなんです。私は自分を開示する勇気がないから、ひとさまをあげつらう歴史学という分野を選んだような人間ですけれども、それでも今度『思想史論集』を自分でつくってみて、私も意外に自分のことを断片的にあちこちで言っているんだということに気がつきました。だから、その意味では、民衆思想史という分野の中でそれなりに落ち着き場所があるかなと思います。

また『文明の経験』について一言いいますと、あのご本は、いま私たちを捉えこんでいる資本主義的世界システムを、民衆の「生きられた経験」からどう捉えかえすことができるか、組みこまれた存在であることから、どう自分を「世界の全体性」に対峙できるか、歴史研究を通してその論理をどのように発見できるかの書となっています。

そうして考えると、民衆思想史の連中は、自らの生に根ざして問題をたてるわけだから、書くものに決して「我々」という言葉は使わない。「私」ないしは「私たち」と言っている。「我々」と言った場合に、一種の公的権威というものを自ずからして持つわけですけれども、絶えず私的なところからものを言ってきたんじゃないか。民衆思想史のモチーフというのはそういうところではないかな、と思います。

色川　田中正造を取り上げたり、高群逸枝を書いたり、吉屋信子とか萩原朔太郎とか、鹿野さんの取り上げ方を見ていると、ベースの民衆なり庶民なりというようなものからしか出てこないものにウエートをおいた叙述のされ方をしているんですね。そうしたベースの中から田中正造なり伊波普猷なりの個性を取り上げていく。そういう意味でぼくは、鹿野さんが民衆思想史の中に位置づけられるのは当然だと思います。

ただちょっと対象の領域が広い。兵士であったり、沖縄の人だったり、女性だったり。たとえば「心のなかに「女性史」という項目を立ててから三十余年」と書いていますね。「心のなかに」というのは、自分の心の中にそういう引っかかるものがあって、それにこだわりこだわって、女性で歴史を変えるという視点が培養されてきているわけですよね。

私の場合はご指摘の通り、劇的な表現をしようというような傾向が若い頃からあって、新劇の劇団にも入ったし、歴史家にならなければ、いまごろどこかの演出家になっていたと思う。そういう人間ですから、自分を正面に出すのに衒いがない。はじらいがないんですけれども、安丸さんも鹿野さんも非常にシャイなんですよね。

民衆思想史の「方法」

色川　民衆思想史のベースにある共通性、それは対象の問題じゃない、取り上げ方の問題なんです。たとえば私は水俣へ十年かよって、字を書くのが苦手のような何十人もの漁民や患者さんに会って、聞き書きをとって歩きました。そうすると、民俗学で言っている「常民」と「流民」とか、あるいは「定住」と「漂白」とかいうようなカテゴリー化がいかに浅いものであるかということが、よくわかるんです。漂泊しながら半ば定住して、定住すると今度は遅れてきた漂泊民をいじめたり、と複雑に絡んでいるわけです。それらをスパッと割りきらずに認めてゆくというところに、民衆史の仕事の利点があったのではないかと思います。民俗学とか社会学の場合は、言葉ではきれいに割ってしまうところがあるんです。

鶴見和子さんと私は十年も一緒に仕事をしたんですが、和子さんのいちばんの弱点はそこなんですよね。頭のいい人ですから、すぐ論理が出てきて、すっぱり概念化していく。そうするとスルリと実体が落ちてしまう。石牟礼道子さんがそうした和子さんのあとを追って、落ちたものを拾いあげていた。内発的な発展の論理とか定住と漂白とかいう学問の観念でカテゴリー化すると、民衆世界も共同体も実体から遠くなっていくんです。そこのところの矛盾には、私たちは敏感に気がつくんですが、社会科学の世界からやってきた人は意外と気づかない。

私たちのことをいち早く欧米に紹介したキャロル・グラックさんが、「日本の民衆思想史家はもっと社会科学と向き合え」なんて近著の『歴史で考える』(岩波書店、二〇〇七年)でも言っていますが、問題はその向き合い方ですね。安丸さんはまさに、そういう意味では、社会科学にも現代思想に対しても正面から向き合っている。

安丸　ぼくは昔から屁理屈のほうで(笑)。書いている内容が現代のいろいろな状況に直接触れているかいないかは別として、大きな屁理屈を言いたいという特徴は、ずっとつきまとっていたわけですね。

ぼくは、民衆思想史研究というものが戦後の歴史学でどんな役割を果たしたか考える時に、八〇年代の初めぐらいまで切るということには、あまり賛成じゃないんですね。つまり、その後にも大きな発展があったと思うんです。色川さんの場合は、やはり水俣ですよ。『水俣の啓示』(筑摩書房、一九八三年）に収められた「不知火海民衆史」は、色川さんがたくさんの調査をおりまぜて、方法論的な問題も考え直して書かれた、非常に長大な民衆史です。

鹿野さんの場合は、『現代日本女性史』（有斐閣、二〇〇四年）とか『兵士であること』（朝日新聞社、二〇〇五年）などが、鹿野さん自身の中で一つの到達点をあらわしていると思うんですね。一生かけてこういう作品に到達していくということは鹿野さんらしい、つまり、自分の内面を見つめるとともに対象の細部を見つめていくというやり方ですね。ぼくのやり方はもっと大雑把な議論の仕方なので、鹿野さんとは方法論としては対照的なぐらい違っている。違うんだけれども、「なるほど、こういうやり方があるんだな」と納得しています。

鹿野　私は方法的な自覚というのははなはだ弱いので、弱い分だけ対象が拡散するんだろうと思いますが、安丸さんのお仕事を見ていると、一貫性がある。私はやはり、その時代、時代で、時代の表層とつき合ってきたなという感じがしてしょうがないですね。

色川　安丸さんは、今度の『文明化の経験』で、ようやく八〇年代の仕事をまとめて単行本にされましたね。七〇年代には非常に多産な成果があって、特に「通俗道徳論」には非常に大きな影響力がありました。そうかと思うと、『出口なお』（一九七七年）みたいに個性を掘り下げた歴史叙述をしたり、『神々の明治維新』（一九七九年）で維新前後の神道の問題を真っ向から取り上げる。そして九〇年代になると『近代天皇像の形成』（一九九二年）とか『〈方法〉としての思想史』（一九九六年）とか、理論的な本を出したし、『一揆・監獄・コスモロジー』（一九九九年）という問題も取り上げたでしょう。これは、鹿野さんの兵士の身体感覚に入った取り上げ方とも通じるような、やはり民衆史をやった人でなければ、という取り上げ方だと思うんです。

安丸　八〇年代はむしろ歴史学界全体として社会史のほうに非常に近づいた時代ですから、鹿野さんも健康観の問題とか、ぼくたちも社会史のほうにかなり近づいた時期があったと思うんです。それを自分なりの論理でまとめるということが、ぼくは八〇年代にはまだできなかったので、いまごろになってやっとその頃書いたものをまとめた本が出た。ちょっと遅かったなという、そういう感じですね。

丸山眞男との距離

今井　ところで、民衆思想史研究と丸山眞男、いわゆる丸山学派との関係というのは、学史的に見ても重要だと思います。丸山の没後一〇年以上が過ぎて、厖大な著作集・座談から講義録と書簡集、さらには多くの丸山論が陸続と出ているわけですが、同時代における丸山像と、改めて全体像が提示されたいまの段階で読む丸山像、あるいはご自分の学問との距離といった点についてはいかがですか。

安丸　かつてわれわれの前には非常に大きな山として丸山眞男とその学派があって、それと違う議論の仕方をするにはどうすればいいかということが課題としてありました。丸山さんや藤田省三さん、石田雄さんなどの書いているものを読むと、最初に理論的な枠組みが書いてあるわけですね。こういう範疇でとらえられるということが大切なんだ、と。そういう論理による切れ味は、やはり丸山学派の人が非常に鋭いと思うんです。しかし、それではとらえられない問題もあるのではないかというのがぼくの考えで、歴史学のとらえ方は、もう少し違うやり方ではないのか。鹿野さんの『兵士であること』みたいな作品が、ぼくは歴史学的にはいちばんいいんじゃないかと思う。でも自分はその真似はできないから、違うやり方でやってみたいということですね。

鹿野　私は丸山さんとは話をしたこともない。講演を聴いたというだけの関係です。初めは丸山さんの議論の信奉者だったわけですけれども、だんだん離れていって、理論闘争は色川さんと安丸さんにお任せして、自分はそんなことはできないから、分野として丸山さんからいちばん遠いところというので、女性と沖縄を……。それが動機になってそうなったわけではなく、結果的にですけれどもね。

安丸　ぼくは理屈を言いたいほうだから、丸山さんと下手な論争を試みたことは何回かあります。丸山さんは東大法学部の偉い先生ですから、最も代表的なエスタブリッシュメントですよね。日本の文化の世界では。しかし、その中では最も自由にものを言える優れた感受性の人だと思って、感心しました。だから、丸山さんを非常に厳しく批判する人たちもいるけれども、ぼくはわりあい好意的です。

色川　私も何度か直接お目にかかっていますよ。とくに日米の学者たちを集めた熱海会議でホテルの部屋が一緒になっちゃってね。わざと一緒にしたんだ、誰か悪いやつがいて(笑)。

私の『明治の文化』(岩波書店、初版一九七〇年、岩波現代文庫、二〇〇七年)は最後の章が丸山眞男批判ですからね。だから、わざとぶつけたんだろうと思うんです。

丸山さんというのは、もと兵士でしょう。苦労人ですから、「最近はもう、色川さんの民衆思想史の時代ですよね」と、そういうふうな言い方で逸らすんですよ。結局、その夜、話したことは、自分は広島辺にいた陸軍の兵士だったというようなこと。「あなたは何やっていたんですか」と言うから、「私は土浦で海軍でしたよ」と、そういう兵隊話でした。丸山さんにせっかく会って、『明治の文化』であれだけひどく言っているんだから、一言二言返してくれるかと思ったら、全然、スラリとかわされましたね。

安丸　『丸山眞男回顧談』を見ると、あそこで占めている分量は、歴史学界のことなんかほんのわずかですね。

今井　『回顧談』はそうですけれども、『丸山眞男手帖』誌上の座談記録などをながめますと、民衆思想とか、色川さんの共同体論についてコメントも確認できます。よく調べてみないといけませんが、丸山さんも民衆思想史については、一定程度の認識と理解を持っておられたんじゃないでしょうか。

色川　丸山眞男という人は、弟子たちが各界にきら星のようにいますね。各官庁の高級官僚の中にもズラッといるわけです。そういう意味では、ご自分はそういうものから潔癖に自分を切り離した人間、学者、思想家として通したと思っていても、実は丸山眞男の影響とそのイデオロギーは日本の国家体制の中で非常に大きな力を持って生きていたんですよ。そういうことが私には見えますから、非常に煙たい男だと思っていたわけです。しかも、突然「日本の古層」なんていうロマンチックなことまで言い出すと、この学問は何だというような反発が起きるわけですね。

ところが、たとえば今度の岩波新書の創刊七〇周年記念アンケートで、心に残る一冊として最も多く挙げられた筆頭が丸山眞男の『日本の思想』でしょう。あれは丸山さんの作品中で、いちばんよくないですよ。そういう意味では、一つの虚像として、いつか倒されなければならないと思っています。

安丸　色川さんは、ずっと前から丸山眞男と大塚久雄を批判しなくてはいけないと言われていましたね。日本の支配体制を考えるときには、丸山や大塚というものをいっぺん通り抜けた人たちが支配しているんだから、そういうものとして丸山や大塚をむしろ批判の焦点に置くべきだというような趣旨のことを。「そうかな、なるほどな」と思ったことを、よく憶えています。

民衆思想史のかなたへ

今井　先ほど安丸さんは民衆思想史研究の役割を意義づける時に、八〇年代で切らない、ということを言われましたが、六〇年代から様々な研究を積み重ねてこられたこの五〇年ほどの間には、それぞれの転換とか視点の移動とか飛躍があったと思います。それぞれの民衆史研究の初心と達成、あるいはこだわり、さらには今後への展望について伺ってみたいのですが。

安丸　ある時期までは「民衆思想史」あるいは「民衆思想史研究」という言葉が、かなり一般的に使われたと思うんですよ。やはり色川さんの役割はいちばん大きくて、色川さんがどう言ったかは別として、われわれの研究が「民衆思想史研究」と呼ばれるという流れができた。しかし色川さんは天皇制を研究しなければいけないと考えて、民衆思想史研究とは違う方向に進まれたと思うんです。

そして色川さん自身が述べているところによると、八五年頃にもう一つの転換があった。それは、柳田国男の世相史というものを踏まえて新しい世相史をつくろうとしたこと。けれども柳田のやり方は、家とか民俗信仰とか祖先崇拝とかいうものにまとめられやすい構造を持っているので、色川民衆史にすぐ接続するのは非常に困難な面があった。そこで色川さんは、自分で民話を集めた。特に水俣関係では民話をたくさん集めて、それらを含めた民衆史を構想された。

そういうことを踏まえて言うと、色川さんは民衆思想史研究から民衆史研究に、七〇年代半ばを境にして転換されたということになるんじゃないかと思います。

鹿野　もし民衆思想史に未来があるとすれば、具体的な研究で言えば、私はやはり色川さんの「不知火海民衆史」にそういうものの精髄が詰まっているような気がします。そこには暮らしがあり、運動があり、同時にそれに対抗する側の力学があり、さらに共同体の中では民衆は自己主張できないということを打破しようとする。さまざまな要素が、ある意味でごった煮であること自体が、分析とか枠づくりに熱心な既成の学問というものに対する一つの問いをなしているというふうに思います。

色川　「不知火海民衆史」は未完です。一二五〇枚しか書けていない。あと二五〇枚、構想はできていたんですが。

安丸さん、鹿野さんがおっしゃってくれたように、ここには不知火海の民衆のいろいろな生態や魅力が詰まっています。なんども姿を変える共同体とか、階級・階層間の対立とか、歴史的な伝統とか、中世から明治以降までずっと見てきましたから、工業化、近代化にともなう水俣病事件によって矛盾が爆発した意味がよくわかります。私はそれらの内なる葛藤をひきずりながら公害企業やそれを庇護した行政、国家とたたかうことをしたさまざまな民衆を描きたかったのです。それが未完なために迫力がないんですよ。もっと頑張って、裁判闘争や、いまの再生をめざしている水俣まで書ければ、これは学界でも一つの話題になったと思うんですけれども。

鹿野　一言いうと、そんな学問的格闘こそ民衆思想史の初心だったと思いますね。薙ぎ倒されようとする人びとの復権へという視点なくしては、民衆思想史はそもそも存立しえなかった。

色川　私個人は、八〇年代からほとんど学問的な仕事はおろそかにして、日本の現状を変えたいという運動のほうばかりやっていましてね。歴博（国立歴史民俗博物館）をつくる仕事とか、「自由民権百年」の大カンパニア（これは全国の民衆史家との交流の運動だった）、「日本はこれでいいのか市民連合」だとか。不知火海総合調査団というのも、記録を残すためじゃなくて、水俣病の現状を変えたいと思って始めたんですから。ひどく忙しくて、いつの間にかもう学者じゃなくなって、運動家になってしまった。学問は安丸さんや鹿野さんたちがずっと続けてやっておられる、私はそれを後ろから見ているだけだった。

そうしたら安丸さんが今世紀に入ってから非常に啓発的な現代批評論文を書き出したから、いかなる心境の変化かと思ったんです。鹿野さんも、『思想史論集』で後ろを振り向いて自分の仕事を整理するのではなくて、前に向かって、自分はこういうことをやりたかった、やり残した、これだけのことはやったということを、あの全七巻にまとめられた。

安丸 『思想史論集』のいちばんの最後のところを読むと、鹿野さんはやはり、一人ひとりの経験をとらえていこうということに、どうも帰着するらしいんですね。さきほど『兵士であること』を問題にしましたが、やはり、一つひとつの経験に根ざすということを、いろいろなやり方でやってみるというのが鹿野さんの議論の中心だと思うんです。ぼくの場合は、そのへんは一まとめに言いたい、社会的な意識形態としてまとめたいという欲求が強いのですね。

そうすると、色川さんが民衆思想史から民衆史へ、鹿野さんが個々の経験へ、ぼくは社会的意識へということで、言うなれば民衆思想史研究は解体したことになるわけです。民衆思想史研究が最初は民衆的思想主体を発見しようとするものだったとすると、それは実際上解体した。でも解体したということは、そこにもともと含まれていた含意が分節化して、いくつかの領域が自立していったということではないでしょうか。

鹿野 鮮やかな整理で、なるほどと思うばかりですが、そうおっしゃられて、自分がなぜ経験にこだわるか心の中をのぞいてみると、二つの理由がみえてくる気がします。一つは、無名の、と括られやすい民衆を、固有名詞をもつ存在として立ち上げたいという気持ちから、いま一つは、学問の記号化の中で生の影が薄くなってきていることへの抵抗感からですね。

安丸 たとえば、ひろたまさきさんの「差別」というテーマがありますね。『差別の視線』という彼の著書の副題が「近代日本の意識構造」となっていて、近代日本の意識構造の全体を差別という観点からとらえ直そうという構想だと思います。最近出た『差別からみる日本の歴史』も、差別という観点からの日本史で、原始古代以来の壮大なものです。「差別」の議論についていえば、日本の近代化の過程で、国民国家としての同一性みたいなものが形成されると、そこから部落がどんなふうにずれているか、非常に貧しいとか汚いとか差別されているとかいうことが見えてくるわけですね。

それから最近では「帝国」についてさかんに議論されるけれども、近代の国民国家的な一つのまとまりができて、それが外へ膨張していくときに帝国になるわけですから、帝国という観点も、やはり民衆思想史的なものを踏まえて議論したほうがいい。そういう点で、差別も帝国も、最近の研究動向は、初めのころの民衆思想史研究とはかなり様変わりしているけれども、実はその分節化されたものともいえるわけで、そう考えることで歴史研究の内実を豊かにしていく可能性がいろいろあるのではないかなと、ぼく自身は考えています。

それにしても、『思想史論集』を全七巻にまとめられた鹿野さんのあの思い切りのよさというのは、すごいですね。

色川　本当にそうですね。いつも前に向かって思い切りよく自分を整理していくという、私はそれが民衆史の志なのではないかなと思っているんです。それはぜひ受け継いでもらいたいですね。いまの若い人たち、若い研究者に。

（『図書』二〇〇九年三月号、岩波書店）

あべ　きんや　一九三五～二〇〇六。東京生まれ。少年期のカトリック修道生活の経験から中世史研究を志す。小樽商科大学教授、東京経済大学教授を経て九二年一橋大学学長、九九年共立女子大学長。『ハーメルンの笛吹き男』で脚光を浴び、『中世を旅する人びと』（サントリー学芸賞）『中世の窓から』（大佛次郎賞）などの話題作を残した。

（写真＝毎日新聞社提供）

歴史研究と叙述の方法

阿部謹也

歴史研究と叙述の方法をめぐって

この対談は一九八八年春、東京経済大学で行われたが、その後、阿部さんは母校・一橋大学に移ってゆかれた。阿部謹也さんは一九三五年東京生まれ、一橋大学を卒業後、小樽商科大学に赴任、一九六九年西ドイツに留学して中世ドイツ騎士修道会の研究をし、その著作『ハーメルンの笛吹き男』(一九七四年刊)を持って、小樽商大から東経大に移ってこられた。だから、この対談も『ハーメルンの笛吹き男』に集中している。この社会史的な新鮮な作風はどうして生まれたのか。日本の読書界を驚かしたこの面白さの生まれた秘密を私は聞きただしたのである。

阿部さんは、「この本を書かせたもう一つの要因は、私が十数年も小樽に住んでいたことにあると思います」と意外なことをいう。「洞窟」の中にいて、「人との接触があまりなく、学会なんかも十五年間全然出なかったという生活からくる鬱屈があったんだろうと思います。……それが何らかの形で噴き出し」「二、三ヵ月で書いたんです、この本は。」と。

一転して、阿部さんは私の『歴史の方法』(一九七七年刊)に格別の興味を示された。司馬遼太郎ら歴史小説家と歴史家の叙述はどう違うのか。踏み込んでいる。私の『近代国家の出発』や『ある昭和史』(一九七五年刊)をとりあげ、民衆史とか自分史とかに興味を示すばかりか、歴史叙述と文学、歴史研究とその叙述の違いという本質的な問題にまで踏み込んでいた。

晩年の阿部謹也さんが気の毒だったのは、一橋大学教授から学長まで引き受け、腎臓を患いながら(人工透析をしていた)共立女子大学の学長や、国立大学協会の会長まで務めるという無理を重ねて寿命を縮めたことである。晩年、盟友網野善彦君と親交し、日本に新しい社会史旋風を起こしたにも拘わらず、そうした学長職などの過労がわざわいして病死してしまった。まだ七十一歳であった。

『ハーメルンの笛吹き男』の世界

色川 阿部さんの『ハーメルンの笛吹き男』(一九七四年、平凡社)をまとめて読んだのは今度が初めてですが、大変面白かったですね。一三世紀を中心とした西欧中世世界の、とくに庶民の世界がまるで謎解きのように次々に明らかになっていくその過程の面白さが。日本史の歴史叙述のなかで、こういう形で成功した例というのは今まで私の読んだ限りではないと思うんです。出だしがゲッチンゲンの州立文書館で、阿部さんが古文書を読んでおられるときに、あるハプニンクみたいに眼をひきつけられるものにぶつかるという所から書き起こされて、これは一体どういう風に展開していくのかと思って読みすすむとグリムの童話があらわれ、笛吹き男の伝説の原型ができますね。それでいくつかの仮説が並べられるわけですが、これだけのことをもし追うとしたら一冊の本になるのかしらと思ったんですよ。そうしたら次々とハーメルン市の成立の事情が出てくる、東欧植民地への膨張の歴史過程が出てくるという風に一つ一つ追っていくなかで、ヨーロッパ中世の農村の庶民生活のいろんな側面に光があたってきて、だんだん謎が解明されてゆく。それにつれて今までわれわれが考えていた中世の都市というものに対する幻想をリアルに剝いでいくような、そういった一つの地域というか場の現実の面白さというものが出てきて、最後に一つの中世ヨーロッパ世界の全体像が浮かび上がってくる。

この構想は、はじめから最後には全体的な中世の世界の問題にまで拡げるんだという意識でお書きになったんですか。それとも、お書きになっているうちに自然にこんな風に拡がってきたんですか。

阿部 『ハーメルンの笛吹き男』が出るまえにやっていた仕事は一〇〇ヵ村くらいの小さな地域の地

域史で、その研究をやっているなかで、できればヨーロッパの、とくにドイツのその時代の全体像を描いてみたいという気持ちがあったわけです。そういうことを考えながらその文書館でずっと仕事をしておりましてね。

この本の少し前に『ドイツ中世後期の世界』という書物のなかでその時代の私なりの全体像を書こうと思っていたところに、偶然、笛吹き男の伝説と触れあったものですから……。初めはどうしてだろうかという本当に単なる興味、関心からなんですね。ところが調べていくうちに実はこれには大変な問題があるんじゃなかろうかと気づき、そこで研究を遡っていきますと、どうも今自分がやっているドイツ植民運動と関係がありそうだとわかってきたわけです。最初はこれは東ドイツ植民運動で全部解決できると思っていたんです。たまたま私がそれを専門に研究していたものですから、なにか新しいことが言えると思ってたんですね。半分以上まではそのつもりでやってました。

色川　東ドイツ植民運動の中から説明するとものすごく面白いですよね。笛吹き男が子どもではなくて若者たちをひき連れて新しい植民地を建設しに行ったんだ、その経済事情はこうなんだ、また人脈的な関係の問題もあるし、いろんな論証がなされているのを途中まで読むと、ああもうこれで解決つくんだなと思っちゃうわけです。それが最後にくるとまた理論の欠陥がでてきて、さらに下層社会の問題だの、遍歴原因だの、ワンダーランドの問題が登場する。こういうモチーフの出し方というのは、最初からそういう歴史の構成を考えておられたんですか。

阿部　ものを書くときはいつでもそうなんですけれども、出だしで書けるか、書けないかがほとんど決まってしまいます。最初の出だしでは最後の方はあまり考えてないわけですね。材料は全部集めて読んではいるんですけれどもね。それで東ドイツ植民運動でやれる、しかもそれは自分の専門ですから、ある意味では楽にいけるんじゃないかという気持ちではじめたんです。

ところが、これは日本に帰ってきてからですが、このままの調子じゃいけないなと思ったんです。そこで、今度は伝説や植民運動にとらわれないでその土地土地の市民の気持ちになってみたらこの問題はどう見えるだろうかということで、都市の事情とか、その後の町の展開などをあらためて考え直したんです。ですから最初から構想が立っていたわけでは毛頭ないんですね。

色川 なる程、じゃあハーメルンの笛吹き男が一三〇人の少年を連れてどこかへ消えてしまった伝説からくるモチーフと東ドイツ植民運動の研究というのは、最初からある程度これで理由の解明は可能だという見通しはあったわけですね。ところが、それでやっていったら自分の仮説を訂正せざるをえなくなった、それで次々に仮説を訂正しながら検討していくうちに最後のところへ導かれていったという……。

阿部 ええ。

色川 それは、もう歴史小説の書き方と同じですね。

阿部 そうですか。結局、材料とか研究というものは豊富にあってその中を泳ぐという形になるんですね、最初は。いろんな研究の中で魅力ある例えばヴァンの理論もそうですが、非常に面白いものですから、それで初めは何とか追跡してみようと思いながら、途中でこれでは自分の気に染まないなという所が出てきたりして、結局は材料やテーマに流されて研究していたという感じでした。

色川 いや、それにしては前に『思想』に発表なさったものをまとめ直していらっしゃるから構成がきちんとできたのかも知れませんが、実に構成的によくまとまっていて、それで重複もないし、論理の破綻もないので非常に驚きましたね。

私はあなたが最初から全体の歴史の構想についてのマスタープランをもっておられて、その中で一章から二章三章へとどういう風に組み上げていくかという論理を通したプランニングの中で書き進められたのかなと思ってたんです。

阿部　先程申しました『ドイツ中世後期の世界』の時代がこの本の時代を殆どカバーしているわけですね。ですから近代以降のことになりますと、まったく手探りでやりましたけれども、中世の史料の位置づけという点では、ある程度の見通しのようなものは全体としてはあったと思うんです。ただ伝説にはつながらないですけれども。

色川　この本が生まれるためには『ドイツ中世後期の世界』の仕事があったからなんですね。

阿部　それがなければ問題を発見できなかったと思いますね。ハーメルンの話は昔から知ってましたけど、気がつかなかったですからね。

モティーフ・背景・叙述

色川　日本史の専門家たちは、どちらかというと構成の方が先に立っちゃうのです。経済的な社会構成をまず考えちゃって、その中へ自分のやろうとする個別の問題を最初から頭の中でどういう風に位置づけるかをある程度つくって、それで論文を書こうとするから、史料を選択する場合に自分のテーマにふさわしいものを偏って選んでしまう傾向があるんですね。

そうすると今度は逆に最初に経済的な社会構成を一応考えて、その上でこういう問題があるんだ、自分のやろうとしていることとこういう関係があるから、結論はこうなるんだろうという一つの仮説をもってやる。そこまではいいんですけれども、それを教条的に固めちゃってやっているもんだから、史料の中で次々に自分の仮説が訂正されて、そして訂正された仮説の中からまた面白い史料を発見しなおしていくという、そういったハプニングの多い、発見という喜びが少ないんです。

阿部　この本を書く前から問題はいっぱい抱えていたわけですね。例えば都市です。今までの都市の自治の問題の捉え方に非常に不満がありましてね。そういう不満が違った形で出てきちゃったという所があるんじゃないかと思います。

色川　それは大いに感じました。例えば羽仁五郎さん流のヨーロッパ中世はこうだとか、あるいは大塚久雄さんがゲルマン的共同体を言われる場合、あるいは都市の局地的市場の理論を出すときに、市民権とか自由権とかいうものを過大にいうわけですね。理想化して。

それに比べるとアジア的世界は非常にミゼラブルだという風ないつもそういう対比でものを言いますよね。羽仁さんなんか、大ブルジョワの市民的自由権があたかも全市民のものであるかのように書いちゃうわけですね。それは西欧世界というものをあまりに理想化しすぎているんだ、おかしいぞとわれわれは思っているけれども、現実は、例えばハーメルンではこうだったんだ、あるいはその時代の他の都市もこうだったんだという風に具体的に書いてもらった本というのは少ないんですよ、私の見る限りでは。

阿部　もう一つの不満というのは、この本の最後の方に書いたシュパヌートという学者のことですが、この人の学位論文は厖大なものでして、確か七十八歳くらいになって学位をとった人ですけれども、この人の研究が素晴らしい研究なのに、タイプ印刷されたものがほんの一部か二部図書館にあるだけで印刷されてないんですね。

つまらない本はいくらでも印刷されているのに、本当に内容のあるこんな本がどうして印刷されないのかと、そっちの方の不満も大いにありましてね。そんな不満や何かが結局『ハーメルンの笛吹き男』を書かせた背景にあったんだろうと思います。問題に導かれてやったということで意図的、計画的にやったということではないんですけれども。

色川　例えばこの本をお書きになるときに、他の誰かの歴史叙述について、これは素晴らしい歴史叙述の方法だなとか、あるいはサンプルだというものがおありになって無意識にそれを脇に置きながら書いたということはないんですか。

阿部　この本を書く上で参考になった本といえば、例えば巻末にあげた『ハーメルン市史』なんかですけれども、歴史叙述のパターンということで考えた本はなかったと思います。私の感じではそういう歴史家の書いたものより、むしろある事柄を非常に鋭く描いた言葉なんかがいくつかある。これは誰の言葉だとパッと申し上げられませんけれども小説家や詩人の書いたものから学んだんじゃないかと思います。ものの考え方にしても、そこにはいろんな人の言葉や思想をいただいているわけでしてね。

一ヵ所だけ、これは表現だけの問題ですが、植民者が東ドイツに行くときに「自分の村を靴の裏につけていく」と書いたんですけど、これはハイネが亡命したときに「自分はドイツにいられないんだが、靴の裏に祖国をつけていく」と言った言葉がつよく印象に残ってましてね。それは随分前に読んだんですけれども。ちょっとそういう言葉を借用しましてね。

色川　ハーメルンのこの少年たちの失踪事件というのは仮説解きだけでなく、実はその背景には今おっしゃった学問的な問題意識というか疑問が引き金になって、それがつながって『ハーメルンの笛吹き男』のメインテーマを追う形の中につながっているわけなんですね。

ですから読んでいて拡がっていく世界というものを感ずるんですよ。ある程度まで問題を拡げていくとまたハーメルン市に凝縮してきてそれをさらに一番底辺の被差別民の世界まで下りていきながら、問題をいくつもいくつも掘り起こしていく面白さというのがあるんですね。小説のように面白かったんです。その意味では。

阿部　この本を書かせたもう一つの要因は、恐らく私が十数年も小樽に住んでいたことにあると思います。そこの商大では会計学や計算機の先生なんかが殆どなんですね。ですから、まあ洞窟生活と言ってましたけど、人との接触があまりなく、学会なんかにも十五年間全然出なかったというような生活からくるいろんな鬱屈があったんだろうと思います。

いろんな不満が身体中に溢れていて、それが何らかの形で噴き出しちゃったんだろうと思います。二、三ヵ月で書いたんです、この本は。大学院の学生の頃から、多分日本の大学の中の西洋史なんかにいたからなんでしょうか、そういう風にはあまり意識していませんでしたけれども何かこう不満がありましてね。それが日常生活の不満と重なっていたんじゃないかと思うんですね。

文体・モデル

色川　文体なんかも意識なさらないでお書きになったんですか。論文調の文体と叙述の文体というのは自から違ってきますよね。

阿部　私は昔からあまりそういうことは考えなかったんです。と言いますのも私の先生が昔おっしゃっていたことを心掛けてやったもんですから。それはどういうことかと申しますと、私が歴史を始めようと思ったときのことですが、テーマをどう選ぶかということは大問題だったんですね、大学の三年生くらいにとっては。友人たちともどういうテーマを選ぶべきかと迷っているときに、先生が何とおっしゃったかというと、「それをやらなければ生きて行けないテーマを選びなさい」と言われたわけです。

困りましてね、そて自分は勉強しないで生きていけるのかどうか、生きていけるに違いないという答えがすぐに返ってくるわけですけれども。ところが、その勉強しないということをずっと拡げますとね、例えばものを考えないで生きていくというところまで拡げますと、これはとてもかなわないという風に思ったんです。

そのとき先生はもう一つ「大きい問題を考えろ、そして小さなことをやれ」と言われまして、実はそのことだけを心掛けてやってきたんです。いままで論文らしいものを書いてきましたが、それはみんな失敗でして、この本が出たときに多少評価されたわけですけれども、それ以外に私の書いた論文は全然評価されませんでした。

色川　これを書かれる途中でもとくに文体を意識されたことはなかったんですか。

阿部　本当に書きたいことを書こうと思っただけですけれども。そう言えばこういうことがあると思います。

私の尊敬しているドイツ人の教授に「毛鉤《けばり》」という中世史の論文があるんです。これは中世の毛鉤を取り上げて、これが農民の漁業権、水利権とどうかかわるか、その漁業権とかかわる文書の解読なんですね。文書がいっぱいあるわけですけれども、間違って読まれている文書と、彼が正しいと考える毛鉤の元の形とを対比して、毛鉤が農民の漁業権にかかわっていることを確認する。これは農民戦争にまでつながっていく大きな問題です。その毛鉤の歴史をさぐりながら、実は当時の農民の領主との闘いの中で毛鉤がどういう役割を果たしたかというところまで追求した魅力的な論文なんです。この論文などは多分モデルになっていたかも知れません。

色川　似てます、こんどのご本と共通性がありますね。

阿部　「毛鉤」のような研究はヨーロッパの場合多いんです。

方法の問題

阿部　先生の今度お書きになった『歴史の方法』（一九七七年、大和書房）を拝見して、非常に面白かったし、またちょっと羨ましい気もしたんです。と言いますのは、小樽で「歴史学」という講義を担当していたんですが、歴史学ないし歴史学史を教えるということは、事実上西洋史では非常に難しいことだと感じたんです。できないことはないんですけれども、これから歴史学を直接専門にしようと思ってない人たちにヨーロッパの歴史叙述の歴史、あるいは歴史理論の歴史を話しましても興味は湧くだろうけれども身近なものではないですね。

ところがこの『歴史の方法』を拝見しますと色川先生が眼の前におられるわけです。私は顔を見て声を聞くことは大事なことだと思いますから、ああこの人が『近代国家の出発』（一九六六年、中央公論社）を書かれた先生かと見ながら、しかもその書物をつくられる過程でのいろいろな悩みとか問題を、若い頃からの問題とあわせて、さらにそれが戦後史と重なる形で解説されますと、よく解るだろうと思うんです。

私は経済学部を出ましたから史学概論の講義には出ませんでしたけれども、何か読まなきゃいかんと思って林健太郎さんの本なんかを読みましたが、まったく何が何だかわけがわからなかったという記憶があります。だから史学概論とはそういうものだろうと思ってたんです。ところが今度この本を拝見して抽象的な理論ではなくて肉づきのある血のかよった史学概論だという気がしまして、これは本当に羨ましいなあと思いました。日本史でなければ、これはなかなかできないんじゃないかなと思いました。

色川　教養課程の一般講義で喋ったものをテープに入れて、それを起こしてもらったものなので臨場感が出てくるのは当然ですけどね。この『歴史の方法』には二種類の反応があって、一つはお前にできるなら俺もやってみたい、独自の歴史の方法を書いてみたいというんです。これは近世の江戸時代の農村史をやっている人が、長い間いろんな農村の実態を把握する作業をしてきたので、その手ほどきのような形の方法論なら書ける筈だから、具体的なデータを使いながら、いくつかの共同体のモデルを全体的に構成する理論みたいなものを考えたいと言ってきたり、またこれは弁護士の人の反応ですが、この本を読んで、弁護士もこういうことができる筈だし、やらなきゃならないと。

例えば、検察側が明らかに無罪と思われる者を黒だとしてきた場合、それが黒ではなくて無罪なんだと証明していくときの手続き、方法ですね。これは松川事件にしても、今の狭山事件にしてもあったわけですが、検察側が権力を使って資料を押しつけてくる。その一方的党派的な性格をもった資料を弁護士側がもっと民衆の中の埋もれた資料を発掘して相手側が黒だと言っているのに反論していく、そうしたプロセスを理論化しなきゃ駄目だと。今まで弁護士は熟練工みたいなことをしていた。つまり上手な弁護士なら相手をやっつけられるけれども、下手な弁護士は相手側の資料の量に圧倒されて敗けてしまう。敗けないように自分たちも、その実際の方法論みたいなものを考える必要がある。その場合に歴史学者のやっているこの本が非常に参考になりましたという便りをもらったんです。

ですから、あるところまで真実か真実でないかということを追跡していくときの手順と、それをやっていく場合の資料的な手続きというものと、それと最後に全体像を構成していくときの方法みたいなものとは非常に共通性があるようですね、経済や法律の方と。そういう点をみなさんがどんどんやっていけば無意識で続けてこられた自分の仕事の中から共通の理論財産みたいなものを出てくる。それを媒介として、今度は本当の史学方法論を構築してくれる人があらわれるとありがたいですね。

ですから、私はたたき台のつもりで自分のささやかな実験例を出したわけですが、猛烈な反撥もまたあったのですよ。

阿部　そうですか。私は先生の前著『ある昭和史――自分史の試み』（一九七五年、中央公論社）の延長線上にこの書物はあると読んでいて思ったんです。要するに『ある昭和史』の中にある昭和史の中で生きてこられた事柄とほとんどダブる面があるわけですね。歴史学の研究者としての生活の中での課題―これを自分史一冊に絞って解かれたのだと考えるわけですが、そういう意味では、今お話の弁護士あるいは裁判官がやってくれたら非常に面白い問題が出てきますね。

色川　菅生事件とか八海事件、それから群馬の厳窟王の事件など、それは政治的な事件じゃなくとも、検察側が権力によってつくった膨大な資料に対して、どうやって民間側が人権を守るために闘うかというとき、単なる法理論とか、単なる裁判方法論では不十分でしょう。

そういう場合に、どういう方法で新しい資料を発掘するか、向こうから出してきた文書を読み直すかということですね。

菅生でも八海でもその犯罪の起こった時点で考えられうる可能性というものがある。例えば三人で殺したか、一人で殺したかとか、自殺なのか、他殺なのか、あるいは権力犯罪なのかとか、考えられうる限りの犯罪の可能性を洗いだしてみて、その可能性の一つ一つを資料でつぶしていくわけですけれども、そのつぶしていくときの方法論というものは歴史の方法論とほとんど同じだと言うんですね。弁護士たちも。そう言われればそうなんで、今までは、考えられうる可能性というものをその時点で復原してみるという歴史家が過去の歴史事実を復原するときにやるような方法を意識してやったことがなかったんですね。弁護士たちは、たまたま材料があればそれをやるけれども、材料のないものは、はじめから問題にしなかった。

ところが、材料のない可能性のなかに、実は最後の鍵があるのかもしれない。その材料がないというのは権力側が提供した材料の中にないだけであって新しい方法論で掘り起こせば状況資料として捉えられるかもしれないし、あるいは全然別な縦のつながりの資料で発掘できるかもしれないんですね。もし、そういった方法論を確立できれば、弁護士が、たとえ頼りない弁護士であっても、一応その手順全部を踏んで立証できるだろう。そうすると、今まで迷宮入りになったり、あるいは葬られてしまったようなものがどれ程救えるかわからないと思うんですね。

私たち日本史家の場合の悪い癖は、マルクス主義流の階級理論とその時代の図式化された社会構成体のイメージがあるもんですから、それでもって直ぐに自分の捉えた過去を限定しちゃうんですね。その枠外にもっと大きな問題があったかも知れないんですが、それをはじめから限定して出発するから過去にあった未知の世界の大きな謎解きみたいなことができない、自分の手で仮説を修正するということが大変難しくなってしまうんですね。そういう意味で弁護士の反応というのは面白かったと思うんですよ。

阿部　裁判なんかその最たるものですけれども、歴史学も近代学問として成立してきたところがあって、それがいわば市民権を得ているんですね。例えば、先ほどおっしゃった社会構成体というものを確認して、その中で多少なりとも人間を動かしてみようというくらいの捉え方で、まず人間を理性的な存在として捉えてみるという形ではじめたりする。しかし、私の感じではどうもそういう形での学問は崩れつつあるんじゃないかと思うんです。だからそんなところで柳田国男さんなんかが評価されているんでしょうけれども。

その点でこの本では自分の書かれたものをもう一度掘りおこして、どういう形で書いてきたのかということを分析し直してみる、それが同時に自分史につながっていくという、そこで意図されているいろんな問題がわかるんですが、これからの学問のあり方ということを考えますと、今までの学問のあり方と別のものを過去の研究史の中でさぐってみるときに、先生は具体的にどういうことをお考えになるんでしょうか。

……民俗学とかあるいはとくに地方史研究における地方文書の扱いのいろいろな手だてが、この本の第六章の地方史研究の方法のところに書いてありますが、民衆論へのアプローチやヴァンの理論なんかも含めて、また歴史叙述の読者の問題も含めて、今までの例えばランケに代表される人たちの時代から歴史叙述というのがある形で認められていると思うんですけれども。それは万遍なく描いてみせようということだったと思うんです。それではどうも具合が悪い面が残っているように私には思えるんですけれどもね。

色川　ええ、そうですね。

阿部　そういうことが多分自分史への試みという意図の中にもあるんじゃないかなと思えるんですけれども。

色川　私自身は自分の専攻している最も劇的な時代、明治時代を、一度強烈な現代的価値意識に貫かれたもので構想してみたいという願いがあったのです。さまざまな伝統の上に欧米の近代を受け容れたとき、どういう生態反応をおこしたか――民衆から明治天皇まで、あるいは沖縄の人からアイヌ系日本人に至るまでどんな生体反応をおこしたか、それの歴史の全体像を、かつてブルクハルトがイタリア・ルネサンスを書いたような形で描きだしたいというアンビションがあったのです。

ですから、私の仕事は『明治精神史』（一九六四年、黄河書房）から始まりましたけれども、それは全体像へたどる第一歩だったわけです。『明治精神史』というのは字の読める民衆の中で、一つの時代精神みたいなものを体現して、魅力ある生涯を送った人びと、そして同時に明治維新から民権運動、日清、日露戦争に至る歴史の曲がり角をそれなりに生きた人びと、その中からできるだけ違ったパターンを集めてみようと思いましてね。中央指向型もおれば、後退した文人意識をもったまま定着している者もいたり、あるいは一生涯官職につかず在地の中で青年たちと生涯を送るといった者、海外へ出て開拓者みたいな生活を送った人、殖産企業的なもので成功したり、挫折したりした者など、われわれの頭で考えられうるもので、彼らが自ら表現したものをとりだして、それに最も妥当する民衆モデルを探しだそうという目的を持って、具体的には三多摩の人間の聴き取り調査を行ったわけです。

そうしますと、何十人もの人たちの魅力ある人生にぶつかって、その中から例えば、このパターンには村野常右衛門がうってつけだということが出てくる。そういう人間はもちろん日本全国探せばいるに決まっているけれども、東京の西部の多摩なら多摩地域だけで掘り出せないものだろうかと思ってやってみると、これがいるんですね。そのうち一二人くらいを集めたのが『明治精神史』だったわけですよ。これは今までの歴史の方法でもなく、普通の学問外の対象ばかりだったもんですから、新鮮な印象を与えたようです。ところがその時にも取り上げたのが文字の読める人たちだったという不満があったんです。文字の読めない人たち、柳田国男さんが常民という人たちの中に、もっともっと面白い人生を生きた人や歴史を体現している人たちがいるんじゃないか、それをどういう風に掘り起こしていけばよいのか、そういう宿題が『明治精神史』の段階で残ったわけです。それをやろうと思って『明治の文化』(岩波書店刊)を書いてみたわけですが、どうもまだ不満で、文字の読めない人たちの中にある歴史の本質を集約したような民衆像をどうやって捉えていくか。それが捉えられなければ明治時代の全体像なんて構成できないと考えて柳田国男の方法などを勉強してきたんですけれどもね。

でも、柳田ではどうしようもないところを感じているんですよ。だから、そこのところで行き詰まっているんですが、そのままでは仕様がないので、同時に評伝明治天皇というのをやっているんですがね。明治天皇をやり、近代文化の比較のようなもので明治におけるメカニズム――国家構造から統治機構みたいなメカニズムの中枢であるエリートを捉えることは難しいことではありませんが、その肝腎の下層の民衆の中にある明治時代とは何であろうかということが捉えられてないんです。

だから、全体の環がまだ完結しえないでいる。いつかそれを完結して、われわれの時代とはもっと違う意味での日本のルネサンスのある一時代を描きたいと思っているんです。

その気持ちは歴史家だから全体像を復原したいという非常にプリミティブな願望なんですね。『歴史の方法』は『明治精神史』から『明治の文化』あるいは『ある昭和史』みたいなところにくるまでの自分なりのジグザグの過程、つまり『明治精神史』からはじまって明治時代像というのが、もしできるとするならば、その間どうやって自分がヨロヨロしながら歩いたかということのスケッチのようなものを、学生諸君と去年一年やってみたのがこの本、『歴史の方法』なんです。

阿部　私なんかも、先生の今おっしゃった最初のところをヨロヨロしかけているところですが、『ハーメルンの笛吹き男』を書いたときに、いわゆる下層民の実態をはじめて知ったようなわけで、それからいろんなことをやってみるんですが、やはりどうもうまくいかないという感じなんです。とくに中世から近世までのことをやろうと思っていますから、個人はもちろん見えてこないわけですけれども、そこで人と人とのつながり、関係といいますか、うんと判りやすく言えば「つきあい」ですね、それが変わっていくのをどういう風な形で捉えられるだろうかと思って、それをいろんな角度から、例えば村落内部の、あるいはギルドの最下層の人間たちの「つきあい」がどういう形で残っているかを調べようと思っているんです。

歴史意識をめぐって

阿部　ところで『歴史の方法』のなかで司馬遼太郎や松本清張のことをお書きになってますね。そこでお訊きしたいのは、例えば現在の歴史意識を規定しているというか影響を与えているものとして司馬遼太郎の叙述をあげておられるわけですが、歴史意識というものの概念が問題なんでしょうけれども、中世の農民とか都市の下層民というところをみますと彼らが、例えば日本なら徳川時代あるいは平安時代というようなもの、ドイツの場合なら皇帝誰々の時代というものについて意識することはまったくないだろう。そうだとすれば、そういう層の歴史意識というのはどこにあるかというと人と人との関係のなかにある。つまり、ものと人とつきあっていく、つきあい方のなかにあると考えているわけです。

例えばそれがある体験を踏まえて変わるかどうか、これは私自身の体験も多少入っているんですけれども、どうしても最終的には友人あるいは親子の関係だとか同じ大学、同じ学会、同郷といったところの人間関係で解決されてしまう問題がいっぱいあって、そういうところが変わらないと本当の意味での歴史意識は変わらないし、形成されないんじゃないでしょうかね。

司馬遼太郎氏の小説なんかが非常に読まれていて、これが民衆の歴史意識を規定していると一般に言われているんですけれども、私にはどうも司馬や松本清張のような人が広い意味での日本の民衆全般の歴史意識にのっかっているように思える。のっかっているというのは、司馬という人は才能があってかなりふくらみのある人だと思うんですが、そのふくらみのある自分の生き方というものをその中に投影して確かめているだけなんじゃないかと思います。それでは一般の民衆がなぜ彼のものを沢山読むかというと、これは私のまったくの素人の理解ですが、安心して読めるからだろうと思うんです。歴史意識というものは今言いましたように自分の体験を踏まえて自分をつくり変えていくことだとすると、多分そういうことはおこらないと思うんです。司馬なんかの本を読んでる人たちには。そういう読者たちが真実の歴史叙述を読んだ場合、つまり事実を事実として示されたら多分眼をそむけて去っていくんじゃないか。ということは結局会社とか組織のなかの人たちが司馬なんかの小説を読んでいる限りでは無難だけれども、もっと真実を明かにする書物を読んだときに、そこから逃げてしまうということは、一般の人たちが不安だからなんですね。その不安をかきたてるようなもの、真実でありながら、それを避けないですむようなものとして、もし歴史叙述があるとすれば、それはどういうものであろうか。そういうことをこの本を読んで感じたんですけれども。

色川　そのとおりだと思いますね。司馬遼なんかが現代の日本人の歴史意識を規定しているんじゃやないかと書いたんですけれども、京都の古代史研究者から、そうじゃないというハガキがきましてね。今阿部さんがおっしゃった通りなんですけれども司馬遼が民衆の歴史意識に規定されているだけであって、彼の読者はある意味では遊びだと思って読んでいるのだから、そこから歴史意識がつくられるの、つくられないのという問題が発生するわけがないと。もう一つの意見は、司馬のものを歴史小説じゃない、評価しないとあなたは言ってながら評価するようなニュアンスを感じさせるから、そういう誤解を生むのであって、司馬のものなどは、むしろ形を変えた現代小説だという風に読めば何でもないことなんだ、そういう意味では危険なものでも、有益なものでもないんだという、二つの意見が寄せられたんです。

これは突飛な例かもしれませんが、今の読者に中里介山の『大菩薩峠』の最初の数巻くらいの内容をもった大衆小説を誰かが書いて与えたら恐らく司馬遼のもののように安心して読めないだろうと思うんです。あれは非常に危険な炸薬を含んだ小説で、ある意味では『大菩薩峠』をまともに読む人は、自分をこわさなくちゃならない部分を感ずると思うんです。だから大正、昭和初期のインテリで左翼運動に挫折した連中が『大菩薩峠』に一時のめりこんだ時期があるわけですが、それも恐らく自分を解体してしまって、人格を成していたものを、吹き抜けるような虚無感を、小説中の人物に感じて共感したからだろうと思うんです。これはある意味では解体を促進するような役割を知的左翼に与えたわけですが、大衆は結局『大菩薩峠』を離れて昭和恐慌後になると安易な吉川英治の方へ行ってしまうわけですね。吉川英治は今の司馬遼とよく似ていて当時の大衆の古い固有意識を保存したいというものの上に成功した人で、人間的に修養し鍛錬すれば多少ましな生活ができると説いた人です。それと似たようなことが現在でもくり返されているんだろうと思うんです。あなたのおっしゃるように何か炸薬を内包しているような歴史叙述なり歴史小説が出てきて今の読者をおびやかすようになったら、そこではじめて面白い火花が散って、それこそ歴史意識についての変革の問題が提起されるだろうと思うんです。

阿部　その点については歴史叙述のようなものを自分が書いていながら言うのも情ない話なんですけれども、歴史叙述にそれ程期待はかけられないんじゃないかなという気がちょっとするんです。具体的に、例えば自分の身近なことを考えますと、六〇年安保の頃からの友人や一緒に研究してきたグループがこの十数年の間にチリヂリになってしまっている。そのことはどういうことなのか、と考えてみるとつきあいが変わったわけですね。このつきあいが変わったということはどういうことなのかと考えていくといろんな問題がある。それこそ先生のお書きになっている昭和史ですね。その自分史の試みの中にも多少そういうことを私は感ずるんです。多分、いろんな人たちはいろんな問題にぶつかって、自分を変えざるをえない面があるんじゃないかと思います。私が調べたいと思っているのは、つきあいとか関係といったものが、例えば共同体が解体する過程で変わっていくその変わり方なんです。

色川　人間と人間とのつきあい方、その型の変化を追うことによって直接的には自分を表現しない庶民層の意識状況なりをある程度復原できるという、それは大変面白い実験ですが、うまくいった例がありましょうか。

阿部　それは判らないですね。例えば下層民や犯罪者を追っていくときにアジールの問題があります。中世にはアジールがあったわけですね。犯罪者を追っかけていって自分で殺していいわけです。仇討ちですね。しかしアジールへ入ったら手を出してはいけない。そういう駆け込み寺みたいなものが各所にあったわけです。これは後になるとお上が設定した時期があるわけですけれど最初はそうじゃなく私の考えでは民間でつくられてきた制度だと思うんです。誰でも踏み込めるわけです。そこに一歩踏み込めば殺せるわけですが、そこで自己規制するわけです。入らないという風に。もちろんそれは時々破られる。後になると完全に破られるわけですが、その時には、やはりそこで大きな人間の関係の変化があったんだろうと考えられる。それは多分社会的なものでしょう。ですからそこには民俗学的なものだけではなくて、経済や国家の問題が入ってくる形で人間の関係が変わってくるということがあるんじゃないかと思うんです。

色川　それは非常に面白いですね。民俗学の場合ですとフォークロアとして現代に伝承されているものから逆にたどっていって物と物との交換の仕方だとか、行事の組み方だとか、祭なら祭の、葬式なら葬式のやり方とかを、そのときのつきあいの変化で見ていきますよね。しかしそれだけでは解けないものがあるんですよ。今おっしゃったように、もっと社会的国家的な問題で捉える方がより明瞭にでるものがあるわけですね。今のお話の安全地帯をつくるつくらないの問題もありますし、日本の江戸時代にも駆け込み寺の類のものがあって、そこへ行くと憤懣がある程度調和できるみたいになる。それができあがると上から制度化する。制度化したものが形骸化すると壊れるという形をくり返していくわけですが、それを内包したような民衆論というか民衆史の方法論が構想されないと今の民俗学の方法だけではどうしても歴史家の方からすると不満なんですよね。

今の民俗学の場合ですと、一揆とか飢饉のときの雨乞い、あるいは集団で村を捨てるといった異状な状態と日常の農耕と休息のくり返しの中で営まれている生活の中でのつきあいの形が、ドラスティックに入れ替わりながら、しかも片方だけでは片方が存在しえないような状態で入れ替わりながら変動してきているわけで、その描写を同時に構造として捉える方法論がないわけですよ。
物を追いかけていってその変化を追究することはしますけれども、それを構造として異質のものとセットにして捉える方法がないものですから、庶民意識を捉える場合にどちらかというと自己完結してしまいかねない。

阿部　それは大変まずいですね。例えば椅子一つとりましても、一九世紀と現在では全然違います。ヨーロッパの場合は椅子の背が高くてちゃんと立っているわけです。食事時にはいつもきちんと背筋をのばして坐ってましてね。その椅子の頭が低くなってきたんです。この変化は家長権の変化とかいろんなことに関係しているらしいんですけれども。

ところで私は現在民俗学とか経済史ということをあまり意識しないで経済史と刑罰というか裁判に興味を持っているんです。人が人を裁く関係はどう変わってくるか。近代国家以降裁判権は国家権力に握られてしまっているわけですが、中世では一人ひとりが裁判官で執行者でもあるわけです。アメリカなんかの場合は中世の体制がそのまま向こうへ行ったので今でもリンチというような民衆的な裁判が行われる形で残っているんですが、日本の場合は明治以降近代化が進んで治安立法的側面がつよいと思うんですよ。武力というものはみんなとられてしまっていますし。ところが中世の場合はそうではなくて各人が自由権というものをもっていて、家の中には絶対入れませんし、またもし入ってきたら射殺しても構わないんですね。そういう権力と民衆の慣行の間の拮抗関係を追っていくということが大事なんじゃないかと思うんですよ。

色川　それは面白いですね。

史料・文書館・図書館

阿部　『歴史の方法』を拝見してましてヨーロッパの場合恵まれているのは史料ですね。地域の史料に日本史の人たちは大変苦労されてますね。蔵の中からそのまま出してこられて、あった状態——何冊目に入ってたかなと確かめて読まれる。非常に大事なことですがヨーロッパではそういう手続きが一九、二〇世紀を通じてやられてきているということがあるんですね。個人で家を掘り起こしに行くことは、まったくなくなっているんですね。一九世紀に今の日本とちょっと似た状況があったんです。開発が進んで、例えば鉄道が敷設される、あそこがこわされる、それではどうしようかということで一般の人が集まって文書をおこしたんですね。その辺の土地の協会の人たちといっても、素人ですから文書の管理の仕方を指導して、その地域の文書はその地域で保管するという原則でやったんですね。ですからハーメルンでもどこの町でも必ず文書館があるんです。そういう研究堆積の上に立っているもんですからある意味では楽なんですね。ヨーロッパ史の研究は。

色川　わが国ではまだ、地域と全体を綜合するような一つの国立文書館もないんですから。

阿部　しかも国立文書館をつくっても、何かみんな東京へ集めようということでしょ。

色川　みんな持ってきちゃおうということですね。

阿部　この本でも書いておられるようにその地域にそれがあったままの状態でおかなきゃいけないということですね。

色川　文書はその地域の中で生きているものですから、それをバラバラにして持ってきたら、まったく骸骨を集めてきたようなもので、使いようがなくなっちゃいますからね。

阿部　その点では、文書と同じように日本の図書館についても常日頃から大きな不満を持っているんです。図書館学はすすんでいるんです。私の友人なんかもコンピューターを使っていろんな目録をつくったりすることはやっているんですが、肝腎なことは全国の大学の蔵書目録をつくることだと思うんですがね。それがまったくやられていないで、いかに分類すべきかとか、どうやれば書物を有効に選択できるかとか、そういう分類の研究ばかりやっているんですね。そんなことでは資料館の選書課みたいになってしまいますよね。

色川　そうなんですよ。文書目録をつくってくれればいいんですよ、最初に。文書一点一点のではなくて、どこにどういう目録があるかという目録名簿です。それをまったくやっていない。

阿部　私なんかが日本で何とか研究がやれるのは、例えばドイツの図書館に手紙一本出しますと、代金着払いでどんなものでもマイクロ・フィルムでとって送ってくれるからなんです。例えば四〇〇年前のものであれ、一通しかないフリードリッヒ二世の皇帝文書であれ、フィルムで送ってくれるわけです。早ければ三週間くらいで着くんです。そういうサーヴィスは日本国内ではできないんです。小樽にいるときに非常に苦労したのはその点です。

私の出身の大学の本を図書館で借りようと思ってもできないんです。そのことを知り合いの先生に話すとそれでは自分が借りてやるからと言われる、それがいけないんだと私は思いますね。私はたまたま個人的に知っていたから借りられたが、友人は借りられないということになります。その知り合いの先生が図書館長だったもんですから、国立大学市立大学含めた相互貸与の制度を提言したんですが、結局持っているところは貸したがらないという形で、ごく素朴なことすらできない。そこでもまあいろんな関係ですね。しかしそこに負ぶさっているから何とか研究ができるというのはどうも具合が悪いんじゃないかと思いますね。

色川　史料がさっき言ったような状態だし、図書館の状態もそうですから、結局有力者のところにしか研究の便宜がない。つまりあの先生の顔を通さなきゃ文献も利用できないということになるわけですよ。例えば、中世をやるならばどこの大学の何という教授のところへ、近世ならばあの大学のさる教授という風に行かないと研究対象のポイントの文書が埋もれていても読めないわけですよ。

そういうタテ割のタコツボ的学閥というのは、まさに日本の文書状況や図書館状況を規定していますね。相互関係になっているんですね。

阿部　ヨーロッパの場合は一九世紀にそれがかなり打破された面がある。どうして打破されたかと言うと、大学教授が反省して打破したんじゃなくて、一般の人たちがそういうことをはじめたのが大きいんです。ついこの間、府中に四〇〇年も続いている地主さんの話を聞く機会があったんです。その人は教育史の研究者じゃなくて本来は物理か生物の学者なんですが、府中の教育委員会に依頼されて府中の教育史を書くことの手伝いをしているうちに気がついたことは、古い文書がなにもないということなんですね。各小学校に。学制一〇〇年記念で全国の小学校では校史をつくるということがあったんだそうですが、古い資料がないところが沢山あるということがわかったんですね。紛失してしまって。

それでその人は全国の小学校の校史を私費で集めようと考えて趣意書をつくり買いとるから送ってほしいと呼びかけたところ、集まったのは一万何千校かあるうちにその一割くらいだったそうです。なかには費用は出すと言っているのに、お前は金もうけのためにやっているのではないかという非難がきたりして奥さんなんかもうんざりされてしまっているとかで、大変苦労していると話されたんですがね。今では三千か四千くらい集まっているそうです。小学校の歴史を集めるということ自体ささやかなことですけれども、そういう人が一人でてきたということは、大事なことなんだと思います。自分で建物をたてて百年間は保存すると言っておられるんですが、私はまだそれを見ていないのではっきりしたことは言えませんけれども、そういう民間の努力があちこちに実りだしたときにはじめてヨーロッパといっても、とくにドイツですが、その一九世紀までの歴史協会なんかの時代がはじまるんじゃないかという気がするんです。先生の本で明治の郷学校のことが書かれていますけど、あの辺のことをその人はいろいろと掘りおこしてましてね。例えば学校をつくるときにいろいろな指示がくるけれども金はこないから給料は払えない。だから村の人たちが一五年も禁酒して先生の給料を出したという学校もあるんですね。そういうことが教育史の本を読んでも全然書いてないじゃないかと非常に怒っておられるんですね。その人は私を前にして言うのは悪いんだけどと言って、日本の教育者はダメだとはっきり言われて、これはちょっと困ったなあと思ったんです。

色川　そういうことなんですね。ここ一〇年くらいですが、ようやく地方の人びとが自分の仕事としてやろうという動きが出てきましたからね。日本の場合でも。信濃史学会や東北史学会などでも今までは大学の先生がリーダーとしてやってきていたのが、そうではなくて郷土史家とか地域の青年の歴史サークルの人たちが自分の家の文書を探し出してそれを自分の手で分析してみたり、あるいはそういう地域の英雄みたいな人を研究する人がでてきて、ようやく町の資料館、郷土資料館をつくる運動があらわれてきたですよね。これは非常にいいことだと思うんです。それに今のお話のような奇特な人がどんどんこれから増えていけばそこではじめて文書を中央に集めるだなんてことに歯止めがかかると思うんです。本当の意味で。

阿部　ドイツの文書館では土曜日の夜なんかに集まりがあって、そこで文書の読み方とか綴じ方、あるいはこわれたものはこういう風に直すんですよ、と教えるんです。それで今でも使える基本的に学問的な編集ができたんです。今の日本の市史なんかみていると大分ひどいのがあって、そういう手続きを経てないのがかなりあるように感じますね。そこで大学の教師たちが今までみたいに請負って自分の弟子をいかに送りこむかということじゃなく、助力するという形になればいいんですがね。

色川　今までの市史はアルバイトが多いですからね。研究室の剰余金とか弟子たちを養うためのアルバイトになっちゃうんです。そういうことでつくられたものはロクでもないものなんですよ。中央史とちっとも変わらない。中央史の地方版みたいなものです。そういうひどい状況を告発するのはその地域の歴史の好きな人やサークルの人たちの力しか、いまないですよ。あとは数人くらいそういうことをやっちゃいけないという専門家がいるだけです。また文書館の人が指導できるかといったら今の状況ではできないんですからね。

阿部　文書館も少ないですしね。ドイツの町の文書館というのは、その土地のいわれを全部知っていて史料を持っていますから、登記所の役割を果たしているんです。いざ争いとなると文書館行ってうかがいをたてないと土地問題なんなか解決しないわけですね。

色川　実益もあるわけですね。

これからの仕事

色川　ところで阿部さんはこれからどういうものをお書きになる予定ですか。

阿部　水車小屋＝粉ひきのことです。水車小屋というのは村に建っていましてね、粉ひきは村の共同体員じゃないんです。共同体から外れてまして、領主が雇っているという形になっている。そして共同体構成員である村人と水車小屋側の人間とは常に緊張関係にあるわけです。と言いますのは領主は穀物の摘果、粉ひきはすべて水車小屋でやらなきゃならんという強制権をもっているからです。村人にとっては自分の家の手まわしの挽き臼でひけばひけるわけですから高い金をとられてしかも順番がなかなかわまわってこない水車小屋で挽くことないわけですね。

ところが自分の家で挽こうとすると摘発されるわけです。それが数百年にわたって領主側の手まわしの挽き臼の摘発と、それをうまく隠していつまでも手まわしの挽き臼でひきつづける側との闘いが何百年もつづいているんです。それをやってみようと考えています。

色川　私たちが期待したいのは今までヨーロッパ中世なり、中世ドイツ農村なりというと、すぐゲルマン的共同体みたいな形でやせ衰えた図式化されたイメージができちゃってて、それですべてのものを考えちゃうという感じがする。しかしその実態はどうなんだろう。実態をもっと紹介してもらったら江戸時代の農村なんかと非常に共通した面があったんじゃないかと思うんですね。そういう面での東西の共通性をもっと理解したいわけですよ。もちろん異質なものはあるわけで、異質なものは異質なもので共通性を理解することによってまたはっきりできるような感じがするんです。

阿部　そうですね。理論から入らずに民衆の生活次元までそのままみようと思うと、例えば中世なんかについてみると、先日日本の中世をやっている人と話していて日本とヨーロッパとではほとんど同じじゃないかという気がいろんな面でするんです。もちろん違うところは明らかにありますけれども基本的な人間の関係はあまり違わないんじゃないかという気がします。

ただ、都市というものが、ヨーロッパでは曲者でして都市があああいう形で存在するために今に至るまでいろいろのものが日本と違った形で残っているということはあると思うんですよ。しかし農村ではあまり違わないんじゃないでしょうか。もしそれがあるとすれば三圃《さんぽ》農耕（夏作、冬作、休耕地に割当てて耕作）と水田の違いが大きいと思いますけども。それかもう一つは牧畜をやるかどうかということですね。

景観と歴史

色川　日本の村落の全体像を具体的に再現することをやっておられる研究者がおりますが、その場合村落景観から捉えているわけですね。例えば結婚なんかでも妻問婚（つまどいこん）であったものが、いつ頃から他村の名望家と通婚するようになったか。それによって景観が変わってくるんですね。物のつくり方、屋敷の構え、村に通ずる出口が四つか五つあるんですが、それらが変わると景観が変わってくる。景観から時代の変化を捉えるときに古文書の新しい読み方をする。また耕地と集落との関係の変化というようなものを重視しますよね。

阿部　私もまったく同じようなことを今やっているんです。道路なんですがね。街道と村の中の道は切れているんです。中世では。村の中の道というのは日本とは違ってヨーロッパでは三圃農耕なもんですから、恒常的ではないんです。乾草の道というのは六月だけなんです。そういう村の中の道というのは村落共同体員が実質的な管理をしているわけですね。だから例えば道路を増やさないという原則があるんです。村落共同体規制はつよめるけれども道路は増やさないというか既存の道路はなくして必要な道路はその都度みんなで相談して決めようということなんです。ところが春、羊を追い出すときと、帰ってくるときは大量に出入りするもんですから、その時はどこの耕地はどうする、この道路はどうすると、またみんなで被害をどう分担するかを相談するんです。こういう共同体規制は道路の分析をやってみるとよく判りますね。それが近代に入るとそれでは国家の側が十分統治できないから公道が入るようになるんです。

色川　そういう具体的な手がかりからは村落における庶民生活の実態をみていくということが東と西で呼応してやられると今までの図式的な共同体論から解放されるんですけれどね。

水俣・共同体の問題

色川　いま私ども不知火海の沿岸調査をやってますでしょ。それをやっていて面白いのは小さな漁村です。隣同士、軒と軒との間が五〇《セン》チくらいしかなくて、民家がぎっしりつまっちゃっているんですね。戸別に井戸も掘れないような狭いところに。漁村というのは大体海沿いの崖の下とか狭いところに家が集まるわけですが、最初は一〇軒か一五軒くらいの苫屋《とまや》があったんでしょうが、それが発展して一〇〇軒くらい寄せ集まるんです。私たちが高いところに上がって、その村の景観を見下ろすと、これは前の内海が漁場として豊かなところで多収穫が保証されているんだなと気がつく。そんな狭い所に家が密集しているんですから通りがせまく、したがって火に対する共同体規制が非常に厳しいんです。時間を決めて火をたくんです、火事を出したら全滅ですから。それから景観を見まして、豊かな湾と平地があってここなら何千戸でも住めそうだと思えるところに三〇戸くらいしかないところもあるんです。そういうところは漁場が悪いんですね。土質が悪くて水が濁っちゃって稚魚が育たないんでしょう。景観からかなりいろんなことがわかりますね。

阿部　そうですね。

色川　なんと言っても一番面白いのは人間に会うときですよね。ひどい歴史の試練を受けた地域でしょ、水俣病という。その前は天草ではキリシタン弾圧を受けたところですし。そういう意味では日本の歴史の中でもかなりきびしい試練を受けた人たちですね。

だから多摩地方の歴史調査で話を聞くのとはまるで違った反応の仕方をします。向こうは自分の重い経験を話しているわけですから、相手がどういう人間で、何のために、どういう真実を求めてきたかということを瞬時に見抜きますからね。話を聞いていく態度や過程が大切で、それでこちらがどれだけ相手側の気持ちに入れるかどうか、どれだけうまく聞けるかどうか、すごい話が出るか出ないかの境目なんです。そこのところが真剣勝負で本当に疲れますが。

阿部　石田忠さんの『反原爆』（未来社刊）という本があるんですが、その中で石田さんをキャップとするいろんな学生とか大学院生を含めたグループの人たちが被爆者の戦後の生活をずっと聞いていくところがあります。それを見ているとやはり大学院生じゃダメなんですね。とにかく最初は黙ってしまって喋らないからどうにもならないんです。それが慣れてきたときは、いま先生がおっしゃったように真剣勝負で、自分が裸になってみせないと相手が話してくれない。被爆者ですから今でも相当にひどい仕打ちを受けていましてね。だから人を素直に信じたりはしないんです。そこを解いていって全部話してもらうようになるには、まず自分が変わらなくちゃならないと書かれているのを読んで感銘しました。

色川　話者と採話者と状況の三つの要素があって、それが間合いを決定するんです。話しているうちに、しまいには眼をつぶってしまう人もいます。ちょうど私は恐山《おそれやま》のイタコ（祖霊と生者の仲介者）のような役割をするわけですよ。例えば暗示的なことを言うんです。痛いですねえ、苦しいですねえと言いながら、そのときお子さんは、てなことを言うと自分の息子に向かって自分が話しかけるんですよ。先に死んだ胎児性水俣病の子どもに対して語るんです。

自分でモノローグに入って、ちょうど死んだ人たちを引き出してきて生きてる母親がそこで息子と語り合うという場と同じ形です。お前の死体をちゃんと車に乗せて、お前が育って学校へ行った道を通ってもってこれんかった、むぞいなあ、むぞいなあと言うんです。村の衆に、伝染するから入れるなと言われて、結局夜背中に負ぶって、鹿児島本線のレールの脇を通っていくわけですね。公道を通らせないわけですよ、共同体は。それでお前の死んだ身体を背負ってレール脇を歩いているとき汽車にひかれて死んでしまいたかったという話からはじまるわけです。これはもう採話なんて雰囲気じゃないですね。だから共同体というのは相互扶助で助け合うんですよ、なんて講義はしてられなくなっちゃうわけですよ。共同体の歴史について患者同盟の総会で話してくれないかというんで水俣病の患者五〇人くらいを前にして話したことがあるんです。三里塚と明治の田中正造たちの渡良瀬《わたらせ》の共同体など、いくつかの歴史的モデルをつくってそれを話していって共同体というのは確かにマイナスに作用することもあるけれども三里塚などプラスに作用する場合もあると話したら、突然遮るんですよ、患者が。

「それはウソじゃ、そんなことはない、共同体は敵じゃ」と言うんです。司会者が慌てて先生の話は明治のことでうちのことじゃないと言ってもダメなんです。大学の先生はウソついちょる、共同体がどんなにむごいか、チッソと同罪じゃと言い切るんですよ。水俣病が「奇病」といわれたころ、迫害を受けた人たちの怨念です。地域は全部敵でしたとね。こう言われると私らの学問は、いくら時代が違うと言ったってダメなんです。そういう声がいつ飛び出すか分からないわけでしょ、話しているときに。だからこっちも緊張せざるをえないですよ。この辺の歴史調査ならリラックスして聞けますけれどね、明治時代のおじいさんとかおやじさんの話はね。ところが明治時代でも、秩父事件で戦死して遺骨がどれだか判らなくて今でも埋葬出来ないという人もいるわけです。そういうところへ行っておじいさんやおやじさんの話をきくときは緊張しますね。例えば親爺か、と言って一〇分くらい黙ってて、話している人は、小学校を途中でやめてどれだけ苦労したかわからない、秩父暴動はひどかったと。暴動そのもののことではなくて、それが子孫に与えた苦難の歴史があるわけです。その迫害の歴史を背負って生きてきたわけですから、

阿部 共同体というのは一筋縄ではいかないんですね。ヨーロッパの都市の場合ですと共同体が一つできるとすぐまたその下にできるわけですね。そこからはみだした者たちのですね。共同体というのは誰かをぬきだすためにつくるわけですね。おれたちの集まりをつくるという形で。そうしますとそこからはみだした連中がまた力があれば、じゃおれたちもという形でぬきだされたために、そのぬきだされた連帯感でつくるわけです。そして最後に残るのが身体障害者たちです。その人たちのつくるものは共同体とはいえないようなもので、細々とした連帯感だけですけれどね。共同体の中では適応している限りはいいんですけれども共同体規制に反したら追い出されちゃうわけです。その点が非常に厳しいですね。

色川 だからその意味では定住民の中にいくつもいくつもの各層にわたっての違う集まりができていて、そこをおいだされた流民みたいにそのまわりをまわって歩いているんですね。じゃあ共同体はそれらを疎外して自己完結的に生きていけるかというと生きていけないんですからね。結局どこからか新しい風をいれなきゃ駄目なんです。そういう矛盾した構造をもっている。そこのところを水俣なん

かの場合には、問題究明の先頭に立ったのは共同体から疎外された仲間が連帯をつくったんだけれども、それもまたこわれちゃって流民のようになって九州各地を出稼ぎに歩いた流民型の労働者みたいな人たちで、それが核になってそのまわりにまたそういう人たちの集まりができるんですね。それがいま十三派に分かれているといわれる患者グループです。それはいくつもいくつもの運動をくり返しているうちに細胞分裂をおこしたんです。そういったものをたどっていくと、一つの法則性があるんですよ、論理的な。これを何とか明らかにしていきたいと思っているんです。

阿部　そういうことも今度の調査に入っているんですか。

色川　ええ、入っています。

阿部　それは面白いと言っては語弊がありますが、でも大事な問題ですね。それが現実におこっていて、しかも今おっしゃったようなある法則というか形がわかるということは大きなことですね。

色川　水俣周辺と天草、鹿児島県の出水《いずみ》地域など患者が激発したいくつかの地域があるんですが、どこでも似たようなパターンがあるんです。そこに支援者と称して東京からきて定着している人たちがいますが、そういう人たちは、都からきた都人として大事にはされているけれど、どこかで疎外もされているわけです、共同体からは。ところが核分裂をおこして流民化して帰ってきた者たちがつくった共同体というものは、外来者に対する対応の仕方がちがう。外来者の地位、役割の違い、彼らに対する期待の仕方も変ってくるわけですね。

阿部　一とおり万遍なくまわらなきゃならんでしょうけれど、その人たちにとってみると疑わしい行動にみえるでしょうね。

色川　疑わしいし、だまされるんじゃないかと思ってますからね。でも、水俣に八回行って私たちが利害を超越している人間だということが少しづつわかってもらってきています。はじめは水俣へ行って、調査することによってあなた方の再生の道を学問的にアドバイスしますなんて高慢なことを言っていたのが、そのうちそれがまるっきり変わってしまって。

阿部　いまおっしゃった最初のときの発想ですね。それはわれわれも大抵そういう風にみますね。戦後の経験からインテリの役割みたいに思って、それが大分挫折してきているんですけれども。

ところでいつ頃からそういう発想の転換といいますか、そういう風に変わっていかれたんですか。

色川　最初の一年目は思い上がっていましてね。手厳しい反撃を受けて、その痛い矢があちこちから刺さってからですよ。これは後退のようだけど後退じゃない。おそらく本当にその人たちみんなの念願をこめたものだろうと思ったんです、記録して伝えなければならない。だから事態を正確に把握して、あなた方の犠牲や先人の死が虚しかったものでなかったことをお伝えするということで現在は話を聞いています。

（「東京経済大学報」一九七八年四月、東京経済大学）

アジア辺境への旅

中央アジアの再発見——〝辺境〟への憧憬

田辺勝美

たなべ　かつみ　一九四一〜。静岡県生まれ。一九六九年ペシャーワル大学大学院考古学修士課程修了。一九七〇年東京大学大学院美術史学修士課程修了。一九九三年金沢大学文学部教授、二〇〇一年中央大学総合政策学部教授、二〇〇二年「毘沙門天像の起源——ガンダーラにおける東西文化の交流」で東京大学文学博士。

中央アジアの再発見

これは『世界美術大全集』（小学館）東洋編の第一五巻月報に載った巻頭対談である。この原稿のあとに平山郁夫さんの「仏像の誕生地を訪れて」という文章が載っている。いま私は故平山郁夫の「シルクロード美術館」のあるすぐ近くに住んでいる。日本史家である私がなぜそんな美術史家たちのお相手ができたのか。私にはシルクロードの見聞旅行十数回という経歴がある。世界中のとくに辺境を旅した旅行家としてのもう一つの顔を持っていたからである。

対談相手の田辺勝美さんは、れっきとした中央アジア、西アジアの美術史の専門家である。『世界美術全集』東洋編の編者であると共に『ガンダーラから正倉院へ』『シルクロードの貴金属工芸』などの単著のほか『ペルシャ美術史』など多くの共著を持っている。一九四一年静岡県に生まれる。東大大学院を出て古代オリエント博物館研究部長、金沢大学文学部教授などを歴任された。

対する私は一九七一年にアメリカ滞在からの帰り、キャンピング・カーでポルトガルのリスボンからインドのカルカッタまで約四万キロを一八〇日間かけてユーラシア大陸の文物調査などをしながら走る大旅行をしている（『ユーラシア大陸思索行』一九七三年）。つづいて一九七七年からシルクロードの草原ルート（主としてイラン、アフガニスタン、カザフスタン、ウズベキスタン、パキスタンなど）、あるいは砂漠ルートをくり返し旅行し、『シルクロード遺跡と現代』や『シルクロード悠遊』などの単著も出している。また、『雲表の国――青海・チベット踏査行』や『わが聖地放浪――カイラスに死なず』などを刊行した。

田辺さんとの対談（一九九八年）は、『フーテン老人世界遊び歩記』（岩波書店）という本を出した年で、二人のこうした体験をもとに成り立っている。日本史家が中央アジア史の専門家に未知のものをたずねるという単純な対談ではないのである。私の内陸アジアの〝辺境〟への憧憬は、戦前、まだ大学で学ぶ前から生まれていたものであり、私の日本史研究よりはるかに古い。ロマンチストの私の体質が生みだした憧憬であり、それは今も変わっていないと思う。

ようやく繋がったシルクロード

田辺　(『世界美術大全集』の)「中央アジア」の巻は、純粋に地理学的な意味での中央アジアではなくて、もう少し対象を広げてあります。中央アジアといいますと、通常、東トルキスタンつまり新疆ウイグル自治区と、パミール高原からカスピ海の東岸までの西トルキスタン、そしてアフガニスタンの北部を指しますが、今回は、西は南ロシア、黒海の北、それから東の草原地帯、そしてまた、これも従来ではインド美術の一角として捉えられていたガンダーラの仏教美術を中央アジアで扱う。それが構成上の一番の特色だろうと思います。

美術品自体を見ますと、さまざまな民族が交流して、そこから新しいものを生みだしてきたという点が特色であるといえます。

色川　シルクロードのほとんど全線が入っているということですね。

田辺　そうです。中心地がほとんどすべて入っています。従来ですと、新疆ウイグル自治区は中国美術の一角とされ、しかも日本では西トルキスタンを扱ったものが非常に少なかったんですが、今回初めて新しい資料や写真とともに、東西トルキスタンをひとまとめにした中央アジア美術史ができたという点も、高く評価されていいんじゃないかと思っております。

色川　政治的に中国とソ連が対立していた時期が長くて、東から西へ、西から東へ自由に行き来ができなかった。ですから、私が一九七一年にアメリカ滞在からの帰り、マイカーによるユーラシア大陸横断を企てて、トルコを経由してアフガニスタンまで行き、それから中国に入ろうとしていろいろ交渉したけど、だめで、結局、パキスタン経由でインドへ入ってゆくコースをとらされました。中央アジアへ行くには、一度モスクワからタシュケントへ飛んでから旧ソ連の四つの共和国をまわるという、まったく別の旅行になっていたんですね。

中国というと、新疆ウイグル自治区の西の果てまではいいけれど、それから向こうへ行っちゃいけない。ところが今はそれが通れるわけです。三年前でしたか、北京からバスでイスタンブールまで行ってみようと計画したら全部通れたわけですよ。東トルキスタンから西トルキスタンへ。西トルキスタンからイラン、それからトルコへ入っていく。そうなってくると、文明の様相が連続でわかるわけですね。

だからこういう本を出していただくと、今まで一般の美術愛好家が、願望しながらもなかなかまとめて見られなかったものを一度に見ることができますね。

田辺 とくに今、中央アジアへ行きましても、現地に残っているものの大半はイスラム建築で、イスラム以前の古い美術品をじっくり見る機会が少ないですね。そういう意味でも、現地に行かれる前にこういった本を見て補っていただければ、中央アジアの文化の全貌に一歩近づけると思います。

とにかくペレストロイカ以前のソ連は非常に厳しくて、私も今から二〇年くらい前にタシュケントに行ったことがあるんですが、あらかじめ指定して政府の許可を取った都市じゃないと行けない。ましてやウズベキスタンの南の軍事基地のあったテルメズの仏教遺跡などには現地人でも行けないから、外国人が行けるわけがないといわれて、ほんとに残念な思いをしたことがあるんです。今はもう自由に行けるようになりました。

色川先生は、著書の『シルクロード――遺跡と現代』（小学館）に、アフガニスタン側からアムダリヤ（アム川）まで行ってテルメズを遠望されたとお書きになっていますが、あのときはまだ橋がなかったんですか。

色川　いや、橋はありました。

田辺　では、橋をちょっと渡れば……。

色川　もうテルメズだったんですけどね。

田辺　現代はウズベキスタン側の橋のたもとまでは行けるんですが、橋を渡ってアフガニスタンに行くことができない。ちょうど同じ思いですね。あの橋を渡ってアフガニスタンのクンドウズまで行きたいと、そういう思いがいつもします。もう少し平和になって、カーブルからテルメズ、サマルカンドへの道が開けてくると、よりいっそう文化の伝播がわかってくると思うんですけど。

イラン文化の見直しを

色川　私の専門は、まるっきり畑が違う日本の歴史のしかも古代ではなくて近代の文化史なんです。だけれど、どっちが研究歴、関心歴が長いかというと、こっちのほうがずっと長いんですよ（笑）。シルクロードとかヒマラヤの周辺とかのほうがね。

というのは、シルクロードや中央アジアの外国文献の翻訳の本が、私たち旧制高校の山岳部の部室にあったし、それをもっと徹底的に調べて、一〇〇頁ぐらいの『内陸アジア探検文献抄』をつくった二年上の先輩がいたんですよ。戦時下にね。そのころからヒマラヤは憧れでした。ですから専門知識はないんですが、昔の「山を歩く」という感覚で、とにかく現地に触れてみよう、と。そこで、まだあまり人の行かないところに行って、サマルカンドの東方にあるペンジケントのちっちゃな博物館でソグドの壁画を見せられたときには、もう唖然としたわけですよ。このモダンな色彩は何だ、と。

田辺　とくにソグド絵画は秀逸ですね。あの洗練された造形感覚、豊かでバランスのとれた色彩。

色川　造形もしっかりしているし、色彩もいいし。中国の美術のもっている、ちょっと暗い陰影みたいなものがないですし。いったいどこからこんな美術が来たんだろうと、最初驚きました。一九六七年、まだ四〇代の初めごろ行ったときに、そのソグドにぶつかったんです。

それで、唐の長安の人びとがイラン文化に憧れをもったというのはわかるなと思ったんですよ。明治の日本人が西洋に憧れたのと同じように。

田辺　とくにソグド絵画は、陰影を排した二次元的なところが日本の絵画と明らかに共通していますし、先生は日本文化史がご専門ですから、日本の文化のルーツとしても関心をお持ちになったでしょう。

色川　そうですね。ですから正倉院の宝物を見ていて、中国のことばっかり考えていたらわからないわけですよね。中国がひとつの文化の中継地点となって、何かその向こうの西方のものを媒介していた。その向こうはどこまで行ったらあるんだろう、と。

田辺　従来、正倉院とササン朝ペルシア、そういう図式で考えられてきたんです。しかし近年の研究により、ソグディアナを中継地として、ササン朝ペルシアと唐を結ばないと正倉院文化の源流も唐の役割もわからないということがわかってきました。

色川　文化の流れを考えますと、私がとくに興味をもったのは、五、六世紀から八世紀にかけて最盛期を迎えたこのソグディアナと、ちょっと飛躍しますけれども、紀元前六世紀から紀元前四世紀のアケメネス朝のペルシアの時代です。アケメネス朝ペルシアの夏の都ペルセポリスは、何度行っても、紀元前の東西文明の驚くべきミックスだという感じがするんですね。

田辺　ペルセポリスの場合は、古代オリエント、とくに西アジアの文化と、ギリシア、エジプトなど、いろんな文化を総合していますよね。そして、ひとつの古代文化を完成したといわれております。

それからわれわれ日本人にとって、仏教と非常に密接に結びついているのは、イラン系のクシャン族。紀元前後から三世紀前半まで、ちょうどガンダーラの仏教美術が盛んになったころの民族なんですが、この民族はわからないところが多々あります。しかし、インド史、それから中央アジア史にとっても、クシャン朝時代というのは、ものすごく大切なときで、仏教美術だけじゃなく、王朝の神殿が発見されたり、また金貨とか銅貨をたくさん発行していますので、当時の宗教事情もよくわかりますし、またローマとの交易がわかる。だから、アケメネス朝以降、ソグド人の七~八世紀の時代にいたるまで、イラン文化の華やかな時代が続いていたと思うんですね。それを断ち切ったのが八世紀のアラブの侵入だろうと思うんです。

色川　最近の日本の人は、出稼ぎのイラン人を見ているから、イランというのは国は大きいけれども、たいした文明国じゃないんだという錯覚がありますが、とんでもないことで、中国文明や日本文明のルーツになっていたということを認識しなくてはね。その後、文化があまりにも重層したので、旅行者としてイランに出向くと、見る側に混乱が起きるんです。目の中に飛び込んでくるのは一〇世紀以降のイスラムの文明です。

田辺　ほとんど一六世紀以降のイスラム建築ですからね。王朝の交代も激しいし、地域も広いし、旅行者が理解するのはほんとに難しいわけですけど……。

色川　ましてトルキスタンといわれている今のウズベキスタンとかカザフスタンとかキルギスタンと

か、あの辺になると、ますますわからないでしょうね。

田辺　現代もいろいろな民族がたくさんおりますし。でも、やはり昔の文化、とくにアラブの侵入以前の文化というのはまったく違う。そういうことは最低理解してもらわないと困りますよね。

色川　今の国境という観念を一辺取り払ってみないと理解できませんね。とくに中世以前のアジア世界は。

田辺　ええ。例えば今、アムダリヤでアフガニスタンとウズベキスタンが分かれていますけれど、あるときはトハリスタンとか、あるいはバクトリアという名で、ひとつの文化圏があったわけですから。

より強く深い関係をもつために

田辺　私が最近、日本人にぜひ知ってもらいたいと思っているのは、まず中央アジアはチューリップの原産の地であるということ。それから、かつて中央アジアにはカスピトラがたくさん棲んでいたということです。

　本巻にも、国王がカスピトラを狩る光景を描写した作品を初めて載せてあります。ですから中央アジアのトラにも思いを馳せていただきたいと思いますし、また現在絶滅に瀕しているトラに対する認識も新たにしてもらいたい。丹念に調べていけば、まだまだ多くの面白いものがあります。

色川　私たちが食べているものでも、胡瓜《きゅうり》や胡麻《ごま》など、「胡」の字がつくものは、みんな向こうから来たんですから。ソラマメもそうですよ。

田辺　タシュケントから南に行くと、道端にハミウリ（哈密瓜）という甘美なメロンを並べて売っていますが、その列が千メートルにも及びます。その光景はまさに圧巻ですね。

色川　日常、私たちの身のまわりのものの中に、どれだけ多く中央アジア原産のものがあるか、意外に気がつかないんですね。カシミアや、綿でも非常に毛の長い最上の綿、ヒツジでも、いちばん毛の柔らかな上質の毛。みんなトルキスタンのものです。ウズベキスタンの国花は棉花なんですけれども、世界最良の綿でしょうね。高い下着は、綿を中国が輸入して縫製して売っているから、知らないんですよ、日本人は。

田辺　ウズベキスタン南部には河がたくさんあるんです。その水を使って灌漑をして、砂漠であった土地を全部棉花畑に変え、また湿地帯も棉花畑に変えました。それで、九月頃に行きますと棉花の収穫どきで、トラックが何台も連なっております。

色川　そう。車で走っていると、道の両側に雪みたいに白い綿が風で飛ばされて落っこちているんです。

田辺　ウズベキスタンは棉花の主要な産出国で、外貨を稼ぐ基幹産業なんですけれども、あの棉花をつくるために、ものすごく環境を破壊して。先程のカスピトラが絶滅したのも、結局は棉花畑をつくったため。要するにトラの食糧であるイノシシが、湿地帯がなくなって山の上に逃げてしまい、トラは食べ物がなくなって絶滅したんですよね。だからあの白い棉花を見ると非常に複雑な思いがするんですよ（笑）。

色川　今まではなかなか立ち入れなかったところが非常にオープンになって、実際に現地に行くことができるわけですから、日本人の関心がますます膨らんでゆくだろうと思いますね。名古屋からサマルカンドまで直行便が出ていますし、そこから車をチャーターするかバスを使って、あの周辺にいくらでも行けますしね。アフガニスタンの戦争がなくなれば、テルメズから三蔵法師の歩いた道でバーミヤンまで行けるわけですよ。バーミヤンからカーブルにでて、グルッと。

田辺 ペシャーワル、ガンダーラに出て……。

色川 インドへ入れる。このルートはすばらしい観光ルートになると思うんです。

田辺 そうですね。いずれ「アムダリヤを見ずして結構というなかれ」。そういう言葉が出てくるといいんですけどね（笑）。

シルクロードに対して、国民の理解が一番進んでいるのは日本だと私は思うんですが……。

色川 日本は、どこかお臍《へそ》の先がつながっているという実感があるからじゃないんですか。私たちは西方から仏教や文化をいただいてきたんだという。だから遠い祖先のところへ行きたい、旅をしてみたいという願望を、日本人はお腹の中にもっているんでしょう。

田辺 ところが、中央アジアに対する日本の文化外交は、なきに等しい。

色川 日本の場合は、個人的なつながりですよね。ある大学の誰先生が行って調査したり、定点観測する。国としての大きな組織、研究所をつくらないから、その方が行かなければ終わりになってしまう。

田辺 現在の文部省の科学研究費の支給期限は三年です。この期間では、結局何もできないんです。それに対してドイツなどは五〇年とか、一〇〇年単位で調査を考えているんです。フランスは、タシュケントに歴史研究所をつくって、ちゃんと地歩を固めていますね。

色川 中央アジアは、アフガニスタン、タジキスタンをはじめ、各地で民族戦争や地域紛争が起きているので、文物の損傷は大きいと思うんです。そういうときに、日本は中立的な国なんですから、公的な資金を投じて保存や研究の機関をつくり、文化財を保護する手を打ったら、これからずーっと長い年月にわたって、尊敬されると思いますよ。せっかくこれだけの関心の高い国民のいる国がやらないのは、残念ですね。

田辺　とくに中央アジアの場合、仏教遺跡に対する現地の人たちの関心は非常に低いですから、少なくとも仏教関係の遺跡などの保存、研究は、やはり日本が率先してやるべきだろうと思いますね。

色川　仏教研究所をつくって、常駐の人をおいて、次代の人を現地で養成するようにしていけば、この地域と日本のつながりが強く深くなっていくと思います。

田辺　あせって研究成果を出そうとするとダメだと思うんですよ。向こうの人間と協力して何かをやり続けることが大切で、日本人と現地人の共同作業を見ている村の子どもになんらかのいい影響を与えることができれば、それで十分じゃないかと思っています。少なくとも、私は個人的な研究成果をあげようと思って遺跡を発掘しているつもりはないですね。

（『世界美術大全集』東洋編「中央アジア」小学館、一九八八年）

むらかみ かつひこ　一九四二〜。東京生まれ。一九六五年、東京大学経済学部卒。一九七三年、東大博士課程単位取得。一九九六年、東京経済大学経済学部長を経て、二〇〇〇年同大学学長、のち理事長を歴任。共著書に『日本産業革命の研究』（東京大学出版会、一九七五年）、『大倉財閥の研究』（近藤出版、一九八二年）、『中国雲南の開発と環境』（日本経済評論社、二〇一三年）ほか多数ある。

中国辺境の旅のなかで考える——人・文化・民族

村上勝彦

村上勝彦さんと〝アジア辺境の旅〟を考える

この対談は、一九八八年四月に「東京経済大学報」に載ったものだから、当時の村上勝彦さんは日本経済史担当の助教授、自由奔放に中国全土や内モンゴル、チベット、新疆、雲南などの中国辺境を旅行していた。

そのころ私も一九七〇年から八〇年代にアメリカ大陸やイスラム世界、インド、とくにシルクロード地域を十数回往復したり、八六年春から初夏にかけては青海、チベットの奥地を踏査したり、『雲表の国』(小学館)などという著書も出していたから、対談の条件は備わっていたと思う。

ただ、村上さんの中国への知見ははるかに深く、且つ広大であった。「大学報」の解説によると、彼は一九八四年九月から北京にある提携校の対外経済貿易大学に派遣され、一年間「日本経済」を講じ、その後、北京大学と上海の復旦大学で客員研究員として日中経済関係史研究に従事している。

その間に彼は延辺、長白山、大興安嶺、内モンゴル、海南島、シーサパンサなど、私の知らない辺境地方を旅行している。時期は八〇年代後半で、私などより少し後の経験だが、遥かに中国通であり、アジア通であった。

帰国したのは八七年三月、二年七ヵ月に及んだ自由な個人の旅の後であった。だから話の中心は村上さんの方にあると思っている。それでも私はこれまでの国際的な知見を生かして中華民族中心史観を批判するなど、突っ込んだ見解を述べている。民衆史の視点から、国家や民族性や日本人の性格を相対化し、精一杯、発言したこの対談は、村上さんの意見とも噛み合い、今から読んでも光彩を失っていないように思う。

この十余年後に私は東京経済大学を退職し、村上さんは学長になる。

村上　中国でいろいろな国の留学生と接触して感じたのは、日本の若い人が、あるいは日本人全体かも知れませんが、何か奇妙な自信を持っていたということです。すべての価値判断を経済的な発展度、つまりモノで見てしまう。ところがヨーロッパの留学生は、中国の独自の文化に興味をもって、それを知りたいと思って来ています。物質的には自分たちの国より下かもしれないが、それは主要な問題ではない。やはり文化の独自性に惹かれてくる。日本人は、中国の経済発展が日本より何年遅れているとか、日本の何年頃の状態だとか言って、しかもそれを下手な中国語ですぐにしゃべり出す。それを聞いた欧米の留学生が「日本人というのは実に浅薄だな」と、これはちょっと恥ずかしい感じでした。

色川　そうですね。どこへ行ってもほんとうに。

村上　経済至上主義というか、物質主義というか、とにかく物差しが経済だけですから、ひどく表面的なのです。

色川　そういう価値判断でイスラム世界やチベット文化圏に入っていったらお手あげですね。何が良くて何が悪いか、判断がつかなくなってくる。

村上　戦前の日本人の方がまだ中国の文化の独自性、中国人の懐の深さを認識していたと思うんです。

色川　価値観がひっくり返ったのはつい最近、この四、五年の間のことでしょう。中国へ行く若者だけではなく、アメリカへ行く日本人も物質主義の尺度になった。「何だ、アメリカなんか大したことはない、遅れている。買う物なんか何もありはしない」と。「君たちは何をしに来たのか、買い物をしに来たのか？」と言いたくなる。

経済至上主義の哀しさ

色川　ヨーロッパに行っても同じことなのです。「先生、あそこは遅れていますよ」と。せっかくヨーロッパに行っても、あの独自の文化を見ない。

村上　島国根性と言われる所以ですね。自分の狭い価値基準だけでしか見ない。

色川　成金主義です。ちょっと小金を持つとものを見る眼がなくなってしまう。

村上　中国人は、日本人を極東における非常に変わった少数民族と見ていますね。つまり、何だか知らないけれど経済が異常に発達して、その点では当面は学ぶべきだろう。しかし、世の中は経済だけじゃない。政治、文化、伝統、軍事等々がある。日本を重視はするが、しかしやはり少数民族の一つに過ぎないと。そういう感じが伝わってくることがあります。

色川　それはそうでしょう。言語だって文化だって、元はわが国から派生したと思っているでしょうしね。

十六年程前にアメリカに一年ばかり暮らし、またこの間も一年ほどアメリカに行っていて感じたのは、結局変わっていないのは日本人の方だということです。いくら小金を持ったりいい物を身につけるようになっても、田舎者という感じはなくならない。国際化などと言っても物を売ったり買ったりする面だけ、日常生活で外国人と人間同志のつき合いをしている人はほとんどいない。

村上　非常に閉鎖的ですね。

色川　外国人の友人を自宅に呼んでパーティーをしたり、一緒に食事をしたりということは日本ではほとんど見られない。それが向こうでは日常茶飯事です。ふつうの庶民の家庭でドイツ人、フランス人、中国人、イタリア人、メキシコ人などが集まって乾杯する。そういう社会の中で暮らしてきて、日本に帰ってくると非常に圧迫感を感じます。みな気持ちを見すかすような顔でしのぎを削っている訳ですから。

村上 中国でもそうでしたが、閉鎖的な日本人社会を作ってしまうのですね。

色川 そうでしょう。ですから中国、それも中国の辺境は学生が旅行するにはいい場所です、自分を鍛える上で。いかに縮こまった小さな国に自分がいたかがよく分かる。日本にいて、文明国だ、最先進国だ、一番豊かな国だなどと自惚れていると大間違いです。

村上 日本人の留学生も夏や旧正月の休みを利用して一人で地方へ旅行すると、初めて鍛えられ、中国のことが少し分かってくるんですね。駆け引きなども経験し、中国語の実践能力も高まってくる。それまではかなり保護されている生活です。

『地球の歩き方』という旅行のガイドブックを持ってやってくる日本人の青年たちもいて、「良かった」という人もいますし、「もう嫌だ、二度と来たくない」という人もいます。その気持ちは分かるんです。中国が嫌いというのではなくて、例えばホテルを二十軒尋ね歩いても「部屋はない」と言われるとか、空いていそうに見えるのに断られるとか。

色川 トイレが汚いのにも抵抗があるようですね。

村上 トイレなどと言っているようでは駄目ですよ。ラサへ行くとトイレの方が汚いから、トイレではしたくない、戸外の方が気持ちがいい。バスには欧米人も乗っていましたが、バスを降りてすぐの所で、彼らも皆お尻を出して一斉にやっている。実に大らかです。

色川 それはそうだ。あの大地では一たび風が吹けば乾いてすぐ飛んでいってしまう。

村上　乾燥していますからね。チベットのセラ寺ではトイレが見つからなかったので、やはり戸外へやりに行ったら犬がついてきた。

色川　野犬が何十頭といるでしょう。

村上　犬を引きつれていくという感じ。

色川　あの犬がみんな食べてくれる。きれいなものですよ。

村上　掃除係ですね。日本人は北京のトイレにびっくりしますけれど、地方へ行くとあんなものではない。トイレがあっても汚くて中へ入れないことがある。足の踏み場もないほどです。そういう所を経験してくると、もう北京のトイレなどきれいなものだということが分かってくる。

若い女性の自転車一人旅

村上　日本人の留学生が面白いことを言っていました。中国には開放都市があり、外国人も自由に入れる。一方、未開放の都市は許可証がないと入れないし、許可証を発行しない所もある。そういう未開放都市に欧米の留学生、とくにアメリカの留学生は平気でどんどん入って行き、事実上そこを開放都市にしてしまう。だが、日本の留学生はその後から入っていくと。なるほど中国革命の時も解放区に最初に入った外国人ジャーナリストは、エドガー・スノーやアグネス・スメドレーであって日本人ではなかった。最近では、暴動のおこったチベットのラサに共同通信の日本人記者が一人入りましたが、活躍していたのは欧米人の記者だった。

色川　彼らは行動力があります。私たちが大層な覚悟をして、ヒマラヤを越えてネパールまで車で行ったときのことですが、標高四千㍍の高地を走っていたら、向こうから女の子がひとりショートパンツで自転車をこいでくるじゃないですか。「何だ、あれは？」もう夕暮れに近い時刻です。ヒマラヤ山脈の真ん中ですから何十キロ走っても人家などあるわけがない。車を停めて何者か聞いてみると、オーストラリアの学生でアメリカに留学して、夏休みを利用して遊びに来た。「ラサまで行くのだけど、遠いかしら？」冗談じゃない、そんな恰好して！　カトマンズから来たという。「車に乗せて行こうか？」「いいえ、結構です」。女の子一人で野宿しながら行ったのでしょうが、そういうバイタリティというのは確かにありますね。

　インドの奥地などでも、イギリスの若者が大きな顔して歩いている。世界中が自分の庭だと思っているのでしょう。その点日本人は人の後について行く。

村上　団体で行くという感じです。そして、いいか悪いかは別にして本国が保護してくれている。

色川　学生たちも自分を見つめ直すいい契機になるから中国では北京、西安、上海を見てというだけでなく、田舎の方へも行って生活してくるといいのですがね。

村上　それは十分可能ですよ。安い旅行費用でできます。

色川　また田舎の人は非常によく面倒をみてくれるしね。

村上　中国にはつきない魅力がありますね。漢族の他、五十五の公認の少数民族、さらに未公認の少数民族がいるわけですが、それぞれ異なる風習をもっている。同じ漢族でも南と北では違っている。国は広く、歴史は古い。二千年も前の文物が沢山残っている。それを見ていると、例えば正倉院御物がものすごく古くて大事なものなんだと日本で言っているのが、何か滑稽でもの悲しいことのように思えてきたりもします。

色川　そうですね。トルファン盆地のアスターナ村には約二千もの大古墳群がある。これまでにその七分の一くらいしか開けていない。一つ開けると五、六世紀からの古い経文、完璧なミイラ、無数の副葬品がどっと出てくる。日本だったら大騒ぎするところです。三蔵法師を高昌王国の城門に出迎えた張雄将軍のミイラが掘り出された。その時の記録文書も掘り出されている。私たちにとって神話時代みたいな話が、目の前に形となって現れてくるのです。

日本の仏像でもっとも優れたものの一つに広隆寺の弥勒菩薩がありますね。国宝になっています。ところが西安の博物館に行くと、あのような弥勒仏がガラスケースにも入れられず、地下の倉庫に予備品のようにいくつも眠っている。また、大同の雲崗石窟に行ったら、大仏の参拝用の木の段の端に、広隆寺の弥勒像とそっくりな仏像が、人に気づかれることもなくひっそりと置かれてあった。

日本文化のルーツというべき国宝級のものが、まだまだ沢山中国には残されているわけです。そういうことを意識しながら日本文化を考えていかなければ、正しい理解は無理だと思いました。

商人資本的な社会主義

色川　中国はとにかくあの広さですから、いろいろと面白いことがある。例えば法律にしても、北京政府の威令が地方にまで届かないというようなことが。

村上　実際その通りですね。私は向こうでは専家と呼ばれていました。これは日本の明治時代のお雇い外国人のようなものでしょう。身分証明書とホワイトカードを発行してくれる。このカードは人民元紙幣でも外貨兌換紙幣として認める証明書で、割引もきく便利なものなんですが、中国南部の方へ行くと使えなかった。「専家割引？　ホワイトカード？　それは北京の言うことだろう、われわれには関係ない」と。共産党政府の威令は北京や近くの内モンゴルでは貫徹しているにしても、広い中国の隅々にまで及んでいると考えると大きな間違いです。

色川　ぼくらもそうだった。カイラスまでの通行許可証を北京から貰った時も、チベットで拒否された。「そんな許可証などわれわれは関知しない。北京は北京。私たちは私たちです」。これには参りました。

村上　ただし、その拒否した事実を文書で残すかというと、彼らはかなり用心しますね。

ところでチベットのラサに入るまでの道は、先生と私では違いがあったかと思います。北京から西寧まで汽車で四十時間、これは同じです。私はその後、高地順応のため青海湖へ行って一週間過ごし、そこからゴルムへ汽車で二十一時間。ゴルムからオンボロバスに乗り二十八時間かけてラサに入った。ラサで泊まった宿は一泊五元。先生たちが泊まられたのは二百元ぐらいでしょう。

色川　二百元というのはラサホテルだけ。他の所では七十五元ぐらい。

村上　当時のレートを一元六十円とすると、私の泊まった所は三百円。

色川　ラサ以外の所ではそういう宿しかないんだから、それでも同じような宿に泊まったんですよ。それでも外国人ということで、二重価格ですから七十五元とられる。一体、中国の料金はどうなっているのかと言いたいくらいです。

青海省の共和という小さな町に調査に行き、三晩か四晩泊まったことがある。汚れ物がたまったので、招待所の女の子に頼んで仲間の全員の分をひと山洗濯してもらった。出発のときお金を払おうとしたら「不要（ブーヤオ）、不要」と言って絶対に受け取らない。しようがないから日本から持っていったお土産をあげようとしたのだけれど、これも受け取らない。これには驚いた。次にチベットの第二の都市シガツェに行った。シガツェホテルで洗濯を頼んだ。そうしたら、何とパンツ一枚十元

（六百円）、ズボンが二十元（千二百円）。

村上　それは高い。向こうの人の月給が七十元ぐらいだから、パンツ一枚の洗濯代が月給の七分の一。

色川　私の部屋の洗濯物だけで百五十元。大変な額だ。月給の倍にあたる。むろん私は、「高すぎる！」と言った。経理主任は「洗濯した人の労力も考えてください」と。「分かった。しかし、あなた方は実際に洗濯したチベット人には、おそらく五元もはらわないのでしょう」と言ってやった。

村上　中国全体ということではないのですが、一つ一つのホテルなり商店が外貨獲得に一所懸命で、それが一種の金儲け主義になっている。しかも、外国人はお金を持っていると一般に考えられている。

色川　外国人とみるとどんどん要求する。

村上　慣れていないし、彼ら自身、相場が分からないのだからやむを得ない面もある。しかし、言われるままに払っていたら大変です。ですから交渉して値段を下げさせていく。

　彼ら自身、「私たちの国はまだ封建的な要素が強く残っている」と言っています。革命をして社会主義の国になったけれど、やはりまだ半封建的なものをひきずっている。それがいま一所懸命にお金儲けをしようとするのですから、言ってみれば現在は半封建的な社会主義から商人資本的な社会主義へ移行しつつあるみたいなところがあります。

色川　日本人も唯々諾々としているのでなく、相手の主張も聞き、自分が言うべきことも言って、論争し合いながら解決点を見出すようにしないといけない。その方が互いに理解し合えるし、友好に役立つと思うんです。

村上　日本人の性格として、自己主張せず、相手が理解してくれることを期待するような甘えの構造がありますね。これはまずい。

色川　日本社会では通じても、中国では通じないでしょう。
村上　中国の人は強く要求を出してきます。その点では欧米人と似ている。
色川　似ていますね。私は北京を出るときに、村上さんからいいことを教えられました。中国では「駄目だ」と言われてから交渉が始まる。交渉して初めてものごとが実現するようになると。私もズケズケ向こうの人を批判したし、向こうの人もズケズケ言ってきましたが、かえってその方が良かった。最後に国境で別れるとき、われわれと中国人スタッフの間に強い友情のきずなが生まれていました。

鳥葬――喜捨《きしゃ》の思想

色川　ヒマラヤを越えるころ、私たちはほとんどキャンプ、キャンプの連続でした。中国側のスタッフは四人、食料がなくなってきて、彼らの好物の肉も手にはいらなくなった。買いに行ってもチベットの人たちは「漢族なんかに売れない」と冷たいです。ぼくらは日本から持っていった即席ラーメンや即席赤飯を食べて済ます。彼らはそんなものは食べません。仕方がないからボンカレーを作って「これで我慢してくれ」と言って、泣く泣く食べてもらう。皆筋金入りの共産党員だったのでしょう。
　私たちがチベット仏教の法王ダライ・ラマの写真を持っていることを知ると、かれらは不快な顔をする。「そんな奴はインドへ行っちまえ」とか言って。しかし、食べ物がなくなってくると背に腹は代えられない。「隊長、すみませんが、ダライ・ラマの写真を一枚ください」と言って、その写真を持ってチベット人の家へ行き、やっと食料を売ってもらってくる。
村上　チベットではダライ・ラマの写真は守り札ですからね。

色川　マルキシズムも何もあったもんじゃない。そんな風なことを繰り返して、中国人スタッフの気持ちも段々ほぐれてきた。

村上　ダライ・ラマといえば、ラサのポタラ宮殿に行った時に、あの広い宮殿を歩いて疲れ切ってしまい、ダライ・ラマの部屋でソファーに坐って休んだのですが、案内をしてくれたチベット人の青年はどうしても腰掛けようとしなかった。日本語も英語も話せる知識階級の青年でしたが、ダライ・ラマに対する尊敬の念の強さは想像以上でした。

色川　彼らにとって、生き神様、観音様の生まれ変わりですからね。

村上　タングラ山脈の五千㍍の峠を越えて、青海省からチベットに入り、最初に寺院を訪れたとき、その敬虔な宗教心に圧倒されました。チベットを訪れる日本人は皆そう感じるようです。五体投地礼で有名ですが、それだけではなく、喜捨ですね。喜捨も日本でしたら坊さんにやるということですが、チベットでは乞食に対しても分けへだてなくやる。ある意味で乞食と坊さんの区別はない。功徳を積む、慈悲心を垂れるという仏教の理念が、庶民の中にまでしっかりと根づいている。

色川　それはぼくもすごく感動した。一つ一つ喜捨することで善行を積んでいく。

村上　ダライ・ラマに対する非常に強い尊敬の念にも驚きましたが、それ以上にそこにある仏教の心というか。

色川　それは例えば、土の中の虫のような小さな生命に対しても思いを馳せるというようなね。鍬をふるってガチャンとやると虫がうじゃうじゃ出てくるでしょ、すると何人も集まって手でいちいち虫をよけている。こんなことをしていたら能率上がらないな、と思うようなことをやるわけです。

シガツェに行ったとき、小さな川に魚が群をなして泳いでいるのを見たんですが、日本だったら捕って焼いて食べてしまうでしょう。しかし彼らは食べない。面白かったのは、そこへ子供たちが来て、日本人が魚が好きだと聞くと「じゃあ、捕ってやる」と言う。どうやって捕るのかと見ていたら、石を川に投げる。すると魚がピョッと浮く。あそこの魚はめったにやられないから、石に当たってショックを受けて浮いてしまう。

村上　チベット人は魚を食べないから、彼らの住んでいる所は魚が沢山いるといいます。ただし、チベット人が生き物すべて食べないというわけじゃない。ヤクの肉などはやはり食べます。決して完全な菜食主義ではない。お祈りしながら食べているのかもしれませんが。

チベットで先生もご覧になったでしょうが、天葬、いわゆる鳥葬ですね。あの人肉を切っている所を見ましたが、人の肉というのはものすごく赤い色をしていますね。豚より牛の肉の方が赤いし、牛より犬の方が赤い。しかし、人間の肉も相当に赤い。ラサの食堂でうどんを注文したらヤクの肉が入っていて、あの肉も赤いですから、その日の朝見た鳥葬を思いだしてしまい、食べられなかった。

色川　鳥葬は、平面が平らな幅の広い大きな石の上に死んだ人をうつぶせにおいて、背中からビシッと刀を入れ、真ん中から開いて、細かく肉を刻んで鳥に食べさせるのですね。

村上　鳥葬を風葬と誤解している人がいますね。風葬の場合は、死体を岩あるいは樹木の上に置いておき、鳥などが自然に突っついてそれを食べる、また風化作用にまかせる。しかし鳥葬の場合は、人が細かく肉を切ってあげるし、骨も石で砕いて粉にして大麦粉をまぶして食べやすくしてあげる。昔はそれをだんごにして鳥にたべさせたようですが、われわれが見たときはそこまではしなかった。

色川　風葬はモンゴルの人がやります。死体を岩の上に置いておくと、狼や鳥が食べに来る。イランで見たのも死体を山の頂上に置いてくるやり方だった。

チベットでは、鳥葬の他に水葬というのもあります。これもやはり魚が食べやすいように小さく切って、水の中へ少しずつその切り身を入れていく。「オン・マニ・ペーメ・フーム。オン・マニ・ペーメ・フーム」とお経を唱えながら。これは仏教の施与《せよ》の行為ですね。鳥に対する、また魚に対する喜捨。死の後まで身体を生き物に与えようという思想です。あれを見たときは、さすがにカルチャーショックを覚えました。

村上 そうですね。見ていると、まず最初に内蔵をとるんです。禿鷹は内蔵が一番好物で、最初にそれを食べてしまうと後は食べなくなる。だから最初に内蔵を抜いておいて、肉や骨を食べさせる。そして最後に内蔵をあげる。残酷なようですが、しかし大部分のチベット人は、自分が死んだときに鳥葬にされることを望んでいるということですね。

色川 望んでいるし、一般の民衆にはそれしかないんです。だいたい高価な薪なんか買えないし。

村上 火葬はぜいたくなものですね。

色川 薪がないのですから。私の友人の山縣登さんがチベットで亡くなったときも、私たちは完全な火葬にしてほしかったけれど出来なかった。結局、手の部分だけの部分火葬です。本体は鳥葬だったと思います。その事情を奥さんに説明できなくて困った。奥さんは北京まで迎えに来たんですよ。お骨を受取に。だけど、指の骨みたいなものしか残っていないでしょ。本体は結局、鳥に食べさせたわけですから。指の骨ぐらいが遺骨として残った。一輪ざしみたいな小さな瓶に入れて、「こんな風習ですので」と言って渡したようです。

本当にあの時は悲惨でした。シガツェで高山病の肺水腫で亡くなったんです。私も肺水腫で高熱を出しました。「ここで死んだら鳥になっちゃう」と思いました。私は村の医院で治療を受け、翌日低地へおろしてもらった。山縣さんは、頑張ってシガツェへ行った。シガツェはラサより高い所でしょ、そして、一晩で亡くなった。

村上　陸地をずっと行ったわけですね。高地順応していたんじゃないんですか？

色川　駄目ですね。高地順応していても四千メートルを越えると、私は登山家だし大丈夫だと思っていましたが、一週間目にやられ、その後五回ぐらい高山病をくり返しました。血圧が上がり、熱や咳がでて顔が腫れる。四千八五〇メートルの高地でキャンプを二泊したときは、半数以上の者がやられた。夜寝ていても空気が十分吸えない。不快ですよ。酸素をいくら吸っても入ってこない状態になる。細胞中の水分が過剰になり、酸素を受けつけない。

村上　酸素ボンベは持っていかれたんですか。

色川　もちろんです。非常の時以外は使いませんでしたが、そうなると使っても駄目です。いったん高山病にやられると肺機能自体が低下してしまうから。

受難のチベット

色川　僕がチベットに魅力を感じたのは、要するにヒマラヤがあるからですよ。戦前からの山岳部員でしたから。ヒマラヤに登りたい、頂上に立てなくても、六千メートルの雄大なヒマラヤ高地を越えてみたい、と思って行ったわけです。もちろん、学術調査という名がついたから勉強して、チベットの仏教はわれわれと同じ大乗仏教で、しかもそれが今も純粋な形で生きているとか、私たちが失ってしまったものをあそこで再発見できるとか。たしかにヒマラヤの大景観には本当に満足しましたよ。しかし仏教寺院は惨憺たるありさまでした。完膚なきまでに破壊されていました。二十世紀末のこの時代に、あれ程他民族の宗教を破壊した例というのはあまり例がないんじゃないかというぐらい壊されていましたね。

もっと古い十六、十七世紀ですとイエズス会などが中南米などの土着宗教を邪教として破壊して回りましたけれど、二十世紀の今日、世界宗教として確立している大乗仏教を文化大革命の名であああって短期間に破壊するというのは、文明史上でも驚くべきことです。率直に言ってその驚愕が大きかったですね。中国の当局者に話を聞いたり、チベット仏教会の人にデータを見せてもらったんです。三千近くあった寺院のうち、残っているのが三百か四百、八十《パーセント》以上が廃墟で、土台まで削られたのもある。まず一九五九年チベット動乱でラマ僧が中国に対する叛乱を起こしたとき、中国人民解放軍が寺院を襲った。六二年には中印戦争、チベットの国境付近で中国軍とインド軍が戦争をした。最後は六六年から六八年にかけての文化大革命、これで紅衛兵にとどめを刺される。チベットの現代史は受難の歴史です。中国政府は困難な問題を抱え込んだ。どう解決するか。私はショックを受けて、チベット仏教の勉強どころじゃなかったですね。

村上　中国は今、仏教を保護していますね。迷信は禁止するが、宗教信仰の自由は認めると言って。文化大革命のときには、チベット仏教は迷信だとされた。今は、迷信から宗教になったのだという。一方、オロチョン族、ダフール族、エヴェンキ族の信仰はシャーマニズムであり、迷信だから禁止すると言う。

色川　その場合、どこまでが宗教でどこからが迷信なのか、それを判別するのは誰か、近代なら近代の原理を掲げてそれを判別するとしたら、庶民は納得しない。例えば、シャーマンの祈りや技術によって出産や病気治療する習慣が長い間行われてきた。それで医学を補ってきた。どのような部族について見ても、宗教と医学の境は非常にきわどい関係です。

ここまでが科学でここからが野蛮だと言い切れないものがある。その選別権が、まさにその民族の知的リーダーなり民族の科学技術者たちにあって、その人たちが民衆を説得しながら改革してゆくならいいんです。そうではなく、支配民族が上からお触れを出して禁令にするから抵抗が生まれるんです。

村上 しかもそれが政治とからむ場合があって、その少数民族の力が政治的に強くなってくると宗教として認めるようなところがある。便宜主義的に。

色川 どうなんですか、漢民族の中にだって古い呪術は一杯あるわけでしょう?

村上 農村ではかなり強いようです。

色川 文革の時は漢民族の仏教もだいぶ抑えられましたが、今は?

村上 南方の方では盛んでかなり熱心な信者がいました。ただし、宗教の自由と言っても、積極的にプロパガンダしてはいけないことになっています。例えば街頭で説教したり家庭訪問してはいけない。教会や寺に来た人には説教してもよいと。布教活動は宗教にとって本質的なことだと思うのですが。町は無神論の世界、教会と寺は有神論の世界、お互いに干渉してはいけないと、理屈はそれで合うのか合わないのか。

色川 国家は無神論のマルクス主義を国の教えとして、あらゆる場で公的にプロパガンダしていますよ。相手が有神論であろうとなかろうとお構いなしに。

民族の主体性とは何か

色川　村上さんが行かれた頃の中国は文革の後始末はすっかり終わった感じですか？

村上　八四年の八月から二年七ヵ月ですから大体終わっていましたね。むしろ八四年は文革の影響というよりも、経済改革路線とか自由化の可能性という新しい問題が出始めてきたころです。

色川　あの広い中国大陸にどういう動機で行かれたんですか。

村上　まず中国を自分の足で歩き、自分の眼で見たいということだったのです。そして辺境に行きたい。どうして辺境に行きたいかというと、一つは民族の問題と関係があります。日本の経済史では帝国主義段階に入ると植民地における民族の問題が非常に重要になってくる。けれど現在のわれわれのような日本人にとって、民族の問題というのはなかなかピンとこない。新聞などの活字を通して見ているようなところがある。それを中国に行ったおりに実際に見てみようと。民族とは何か、実感的に感じてこようということでした。

色川　戦前、日本が最初に植民地化したのは台湾ですね。台湾の漢民族を皇民化しようとした。その後日本は朝鮮、満洲へと侵出して行く。その時日本人は日本人なりに帝国主義政策の下で、失敗、成功は成功として体験したのだろうと思います。しかしその反省が今の国民には伝わっていませんね。僕らがちょっと考えると、あの自信の強い、誇り高い漢民族がよくも五十年も日本の統治に耐えたと思うくらいなんですよ。

村上　日本の植民地統治はずうずうしいという面もありますが、性急というかそういう面が強かった。漢民族の他民族に対する関係には日本のような性急さはない。ある意味では、歴史的に二千年の背景をもっているという感じを受けました。

色川 しかし、チベットへ行った時はずいぶん性急だという感じがしました。

村上 確かにチベットではそうですね。一方他の少数民族の場合にはそれほど性急さは感じられず、むしろその民族を立てているような感じでした。

色川 相手を立てながら和合して「民族団結」の形をとってゆくわけですね。しかし文革の時は、モンゴル族も朝鮮族も満洲族もだいぶ差別されていたでしょう。少数民族の文化や伝統に対して、漢族の紅衛兵が、それは地方民族主義的偏向だとか言って。

村上 あの頃は民族主義をやめて階級主義でいくんだと言っていましたね。その階級主義が今は自己批判されてきている。しかし地方民族主義を批判していたのが本当に階級主義だったかというと、あれも一つの民族主義、大漢民族主義だったのではないかと私は思うんです。

色川 それは大事な問題ですよ。民族の抵抗が強くなったり文革時代の指導者が失脚したから、以前のやり方は間違っていたと言っているに過ぎないんじゃないですか。

つまり私が疑問に思うのは、大漢民族主義、中華主義的傾向を本当に反省しているのかということです。「あれは林彪と四人組の誤った極左の指導のためにおこった混乱だ」という説明を至る所で聞くわけですね。しかし、林彪と四人組の責任だという風に言ってしまえば、歴史的経験は民衆のものにならないのですよ。実際の破壊に手をくだしているのはそれぞれの地域住民なんですから。

村上 戦時中の日本の侵略を、中国の人は「あれは一部の軍国主義者の責任で、あなた方民衆は関係ありません」と言いますね。中国の立場としては分からないわけじゃない。しかし日本人としては、やはり兵隊として行ったのは庶民ですから責任はないとは言えない。それと同じだろうと思うんです。

同じように中国も庶民がからんでいるわけで、一部の指導者のせいにできない。民族問題だけでなく他の面に関しても、文革なり四人組のせいだけにできない問題がある。四人組のせいにしてしまっては深い根のところが解決できない。そんなに軽いものではないと思う。

文革がなぜ起こったか、その根拠、必然性はあったわけです。同じような根拠が残っているなら、いい悪いは別にしてまた起こる可能性はある。その辺の究明は不十分ですね。政治家が言うのならまだ分かるのですが、学者、研究者の場合は政治とは一線を画して、もっと長期的に民族の歴史を見なければいけないわけでしょう。その点で私は、中国の歴史学者に対して疑問をもっています。非常に政策論的なのです。漢民族と他の民族の間に矛盾があると、矛盾そのものを分析するのではなく、それを一体化させるという方向性で常に歴史を解釈しようとする。

色川　そう、そう。それが極端になると、例えば中国とチベットの融和の象徴として文成公主（チベット王に嫁いだ唐の皇族）を過度に利用する。チベット人学者にも「わが国は文成公主のおかげで仏教化した」と言わせている。つまりチベット文化の源流は中国なのだ。唐の太宗の養女の文成公主が仏教文化をチベットに伝えたのだということになっている。

ところが歴史の事実はそうじゃない。文成公主が持ってきた仏教というのは、インドからはるばるシルクロードを迂回して中国に入った仏教です。しかしチベットという王国はそれ以前の五—七世紀の段階で、すでに中央アジアやネパールに進出していた。したがって仏教もこの時代に中央アジアやネパールを経由してどんどん入ってきていた。

このことはすでに中央アジア史の研究者によっても科学的に明らかにされていることです。ところが中国の学者はそれを認めない。「中国のおかげで現在のチベットがある。そう考えた方が民族融和の学問になる」というような研究なのです。それは確かに融和になるかもしれないが、学問としておかしいじゃないですか。

私はシルクロードへはかなり以前から行っていますが、その時の私の関心事は歴史的な遺跡を自分の目で見たり、その保存の状態はどうか、その地域住民の生活と文化財保護はどういう関係で、どういう問題がひき起こされているか等々にあるわけです。だから民族問題という政治的視点ではあまり見なかった。

それでも新疆自治区を歩いてみると、民族的不満が潜在していると感じられた。ウイグル族はトルキスタンです。ソ連のウズベク族やカザフ族とは同胞民族です。そこに差があるわけじゃない。それにあの地帯は文化的にはイスラムです。一九世紀以降、人工的な国境がつくられただけです。片一方は中国領ということで国境は緊張していますが、民族的には争いあう理由がない。中国は少数民族を一応立てながらも、長期的にはイスラムの力を次第に弱めるような統治をしている。だから不満が残る。しかし、長い時間をかければ漢民族との融和政策はうまくいくのか、と思ってみていた。ところが、今度チベットへ行ってみて、全然事態が違うということを感じた。中国共産党の民族政策は、チベットでは大失敗だったという印象です。

村上　ウイグルでは一九八一年にカシュガル事件が起こっていますね。ウイグルの青年と漢族の青年あるいは警察との衝突。暴動状態になり、かなり全土から軍隊が集結して。

色川　ソ連も一九八〇年と八六年にカザフ共和国でカザフ人の騒擾事件に直面している。

村上　革命過程中、ウイグルとモンゴルに関しては、そうすんなりと中国の一部になるというわけにはいかなかった。とくにウイグルは未だに困難な面を抱えている。しかしそれとは別格的にチベットがある。

色川　チベットはもっと困難ですね。歴史的にみると、中華人民共和国が成立する以前、チベットは独立していた。チベットばかりではない。中華民国政府がどれだけ実質的に辺境民族を統治していたか、支配できていたか、はなはだ流動的であったと私は思う。ウイグル人や回族は当時あの辺一帯を支配していた。そういう歴史的条件の中で、一方的に中華人民政府が「偉大な我が祖国の領土である」と宣言して解放軍を送り込んだ。その辺から問題が出てきた。

村上　そうですね。それともう一つ私が感じるのは、民族問題についての中国政府の基本的な考え方です。「民族自決権」は中国国内では適用されないと考えられている。少数民族が分離を希望した場合、それは認めない。なぜかというと、中国には漢民族と少数民族を包み込むもっとおおきな中華民族というものが形成されつつある、という解釈からです。だから、漢民族と他の民族の戦争も一つの交流の形態であって、協調と同様、中華民族の歴史的形成を表すものという歴史解釈をする。その他、人口比とかいろいろな問題もあるけれどソ連とは事情が違うと、今の中国政府はそう考えている。

色川　それもやはり漢族中心の考え方ですね。とくに戦争という暴力もその交流の形だなんて。周辺民族からすると、彼らの完全な合意がない限り、その論理は通らないですよ。今度のチベットの独立を求めるデモンストレーション、あれは日本の新聞もかなりしつこく報道しましたが、チベットにそういう問題があったということをあの事件で初めて知った人も多いんじゃないですか。

村上　中国で諸葛孔明についての話を聞いたときに感じたのですが、南方の国々の叛乱を平定した孔明は非常に名宰相だったと言うんです。大変高い評価です。その時に平定された国々は奴隷制社会であったし、平定する方は封建制社会、封建制の方が奴隷制より進んでいるかもしれないけれど、しかし例えば孔明を評価する際に、彼が封建支配階級の一員であるかどうかは関係なくなってしまって、ただもう非常に進歩的であるという風にとらえてしまう。それは今言ったチベットの問題にどこか似ているんです。

色川　つまり、近代革命をやった中国が軍隊を送りこみ封建制を残していたチベットのダライ・ラマを追い出して、チベットの人民を解放してやるのは進歩だと、そういう論理だったら、スペインがインカ、マヤ、アステカ帝国を滅ぼしたのと同じことなんです。

村上　その民族の主体性といいますか、それが重要になってくると思いますね。上から解放したり外から解放しても駄目で、民族の内部で解放が起こってこなければ、結局抑圧という風になってくる。北方のオロチョン族の元酋長のような立場だった人に会ったとき、その人はかなり哀しそうな顔をしていました。文明化され、定住させられていますが「狩猟に出られなくなってしまった」と。優遇され幹部にもなっているらしいオロチョンの元酋長は、普通の漢民族の庶民から何となく見くだされているようなのです。

やはり自分の力でやっていくのではなくて、外から助けてもらい優遇されているわけですから。そうすると、こうした民族政策は善意であるかもしれないけれど、善意であったとしても難しいのではないか。善意の問題に関して言えば、日本の植民地支配もひどいものでしたが、ある人は善意をもってやったわけで、しかし善意だけでは解決できない問題の共通性が何かあるような感じがしたんですね。結局、いろいろな民族の主体性をどう認めていくかという問題が、そこに厳然としてあるのではないかと。

※　色川大吉教授は、東北大学日中友好西蔵学術登山隊人文班の班長として、一九八六年青海・チベットの奥地を踏

査し、さらにヒマラヤを越えてネパールまでの長い旅を行なった。

村上勝彦助教授は、一九八四年九月から東京経済大学提携校の対外経済貿易大学に派遣され一年間「日本経済」を講じ、その後北京大学と上海の復旦大学で客員研究員として日中経済関係史研究に従事し、その間、延辺、長白山、大興安嶺、内モンゴル、新彊、チベット、シーサンパンナ、海南島など広く中国辺境を旅した。この対談は、その帰国の年、一九八七年十二月十六日に行われたものである。

（『東京経済大学報』第二一巻第一号、一九八八年四月）

福島と沖縄、危機への警告

無知が国を滅ぼすとき——田中角栄と放射性廃棄物

広瀬 隆

ひろせ たかし 一九四三〜。東京生まれ。早稲田大学理工学部応用化学科卒。一九七九年、スリーマイル島原発事故後『原子力発電とはなにか……』を出版、また『東京に原発を!』や『ジョン・ウェインはなぜ死んだか』等を発表し、その危険性を警告したわが国の原子力発電所撤廃運動の先駆者。

福島原発事故以後も『福島原発メルトダウン』『原発破局を阻止せよ』『原発先進国ドイツの現実』など警鐘を鳴らし続けている。

三・一一の二十七年前、〝原発〟の危険を警告する

広瀬隆さんといったら「東京に原発を！」という本を書いて「原発の安全神話」を真っ向から批判し、世間を驚かせたことを思い出す。一九七九年、米スリーマイル島で原発事故が起こった、その二年後である。

広瀬さんは早稲田大学理工学部の応用化学科出の人だから説得力がある。大量に出る核のゴミ、放射性廃棄物という「この手に負えない危険物をどうするか」と。その処理方法もないのに、政府は日本列島に何十という原発を造らせている。

この対談は、この巨大工事にむらがる利権集団と政治家たち（当時は田中角栄の一党）を構造的に捉えるものとなった。惨劇がじっさいに起こったソ連のチェルノブイリ原発の大事故（一九八六年）、その二年前にこの対談は行われたのである。数千の人びとの命と健康が奪われ、数百万の被災民を出した。フクシマの東京電力第一原発が爆発したのは二十七年後、いかに啓示的な警告であったかと思う。

その頃の日本は、自民党や中曽根康弘首相の長期政権下にあり、チェルノブイリ原発の大惨事の際、日本でも原発の危険や放射能汚染の恐怖が国民のあいだに広がったのに、中曽根らは原発の増設政策を改めず、政・財・官界癒着の構造（「原発一家」）を維持しつづけた。それなのに、チェルノブイリ大事故の二ヵ月半後の衆参ダブル選挙では自民党が衆院で三〇四議席、参院で一四二議席をとるという圧勝であった。愚かな国民が危険な政策を支持した形となったのである。原発の危険など、まだ全く他人事だと思っていたのである。

一九八四年、そのころの私は「不知火海総合学術調査団」（第一期）の仕事を終えて、『水俣の啓示』（筑摩書房、一九八三）を上梓した直後であった。私にとって原発から大量に放出される放射線やプルトニウムは、チッソ水俣工場が不知火海に垂れ流した有機《メチル》水銀の恐ろしさと対応するものと受けとめられていた。その恐怖のメカニズムはこの対談の後半の主題になっている。

奇想天外な本だが

——広瀬さんは最近出版された本で〝田中角栄と放射性廃棄物の関係が今、明らかになる！〟と書かれておりますが、まずこの二つの結びつきからお話を進めたいと思います。

広瀬　田中と原発、これは実に奇妙な関係ですね。私も去年まで気づきませんでした。それが今年の正月、田中派一番のオシャベリ渡部恒三が、〝原発をつくればつくるほど国民は長生きする〟と発言した記事が新聞に出て、内心カチンときたのです。相手が厚生大臣だけに、許せませんよ。

その時ちょうど、アメリカのジャーナリストが書いた放射性廃棄物の本を翻訳しようという矢先で、この手に負えない廃棄物を、誰が引き取るべきかと悩んでいました。それならいっそ、渡部恒三や越山会にプレゼントして長生きしてもらうぞ、この発言の裏には角栄がいるに違いない、そう確信して田中派と原発の関係を調べ始めたところ……。

色川　それで『越山会へ恐怖のプレゼント』となったわけだ。広瀬さんの本はいつも、ちょっと見るとよく分からない題がついているんですよね（笑）。この前の『クラウゼヴィッツの暗号文』でも、大体、一般の人はクラウゼヴィッツというのを知らないから、こりゃ何だろう、探偵小説かなと思って読まれたりする。

今度は、越山会にプレゼントとは何だろうと思って読んでみると、非常にショッキングな内容で、仰天してしまう。

しかし、なぜ田中派と原発の結びつきに確信を持ったのですか？

広瀬　原発の巨大な基礎工事の写真を思いだしたからです。厖大なコンクリートを使って、ついでに国道も橋も作りかえる、何だあれは土木工事ではないか、土建屋が儲かるのだと思い当たった。そこで、原発と田中派の日本地図をつき合わせる作業に入ったわけです。

　まず、原発が建っている県、今にも建ちそうな県、話だけ出ている県、何の話もない県と、危険度を無感情に四段階に分け、その各県で田中派の議員が何人ずつ立候補しているかを調べた結果、この実に明快なグラフ（図1）が転がり出てしまった。推理が一発で的中でした。

色川　ぼくは、これは作為をしたグラフではないかと疑ったぐらいなんです、最初にグラフを見ましたからね。（笑）

広瀬　実は、あまりきれいなので自分でも腰を抜かしました。ここで確信を深め、さらに原発と田中派のことを個々に調べると、渡部恒三は地元の交付金のことで根回しをした男であったり、中村喜四郎がずうっと原発で一大勢力を築いてきたり、科学技術庁を設立したリーダーの一人である前田正男

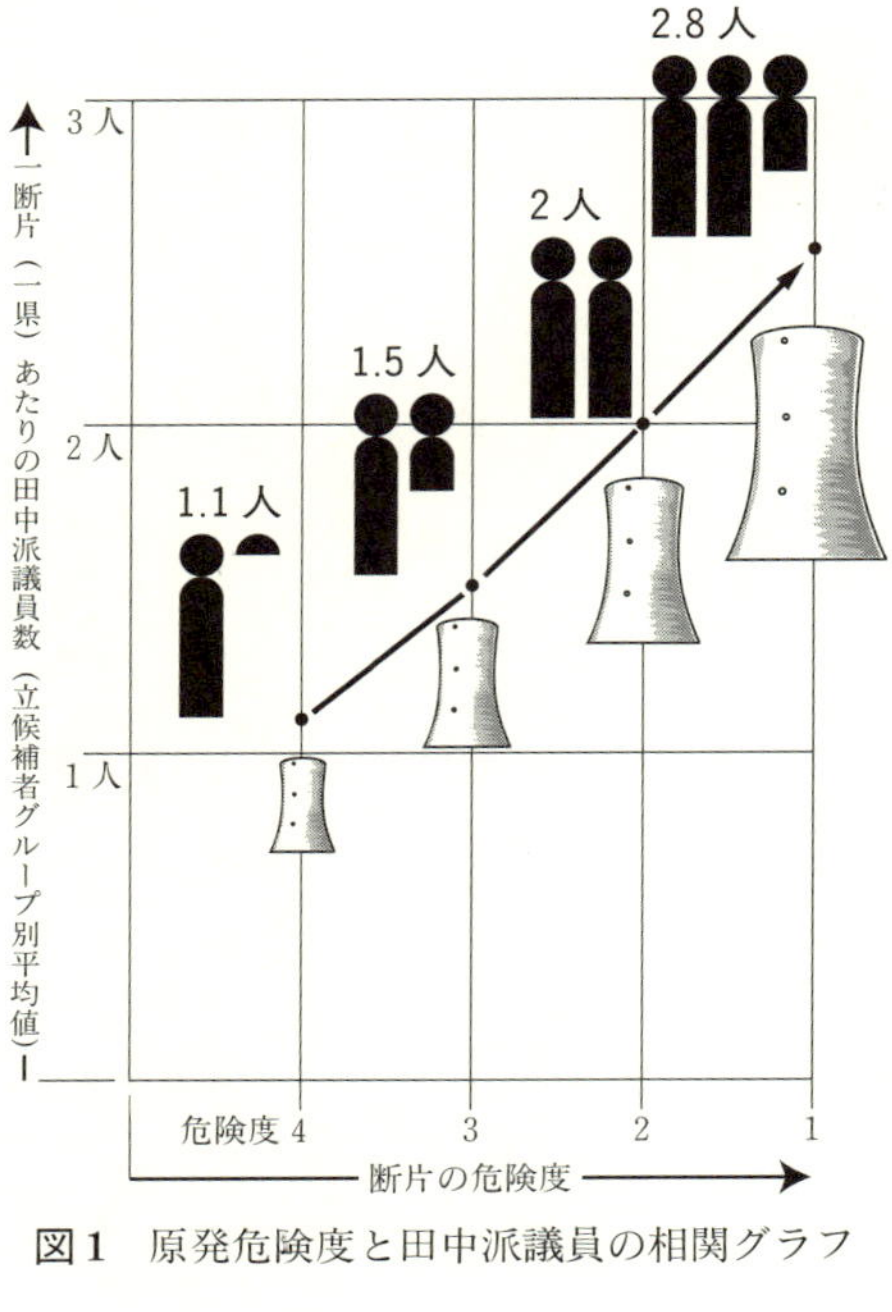

図 1　原発危険度と田中派議員の相関グラフ

も、田中派に入ってやってきた。こういうかたちで、次々と重要なところで田中派が原発推進の力を担ってきたということが分かりました。

　もう一つショッキングなのは、田中派と原発の増減変化が、土木工事を中心に解析してみるとピタリ符合する！

そのカラクリは何か

色川　これは（図2）、何とも奇妙な相似線が描かれていますね。原発の工事量みたいなものと田中派の人数の増減のグラフが、一年ズレながらきちっと出てくるというのは、どうもね。ふつう社会科学ではそんな風な連動はしないものですから、自然科学と違って。だから、作為かと思ったくらいで、大変驚いたわけです。まったく。
　この因果関係は、政治的な疫学とも言うべきものですね。立花隆さんが田中個人の金脈を追求した

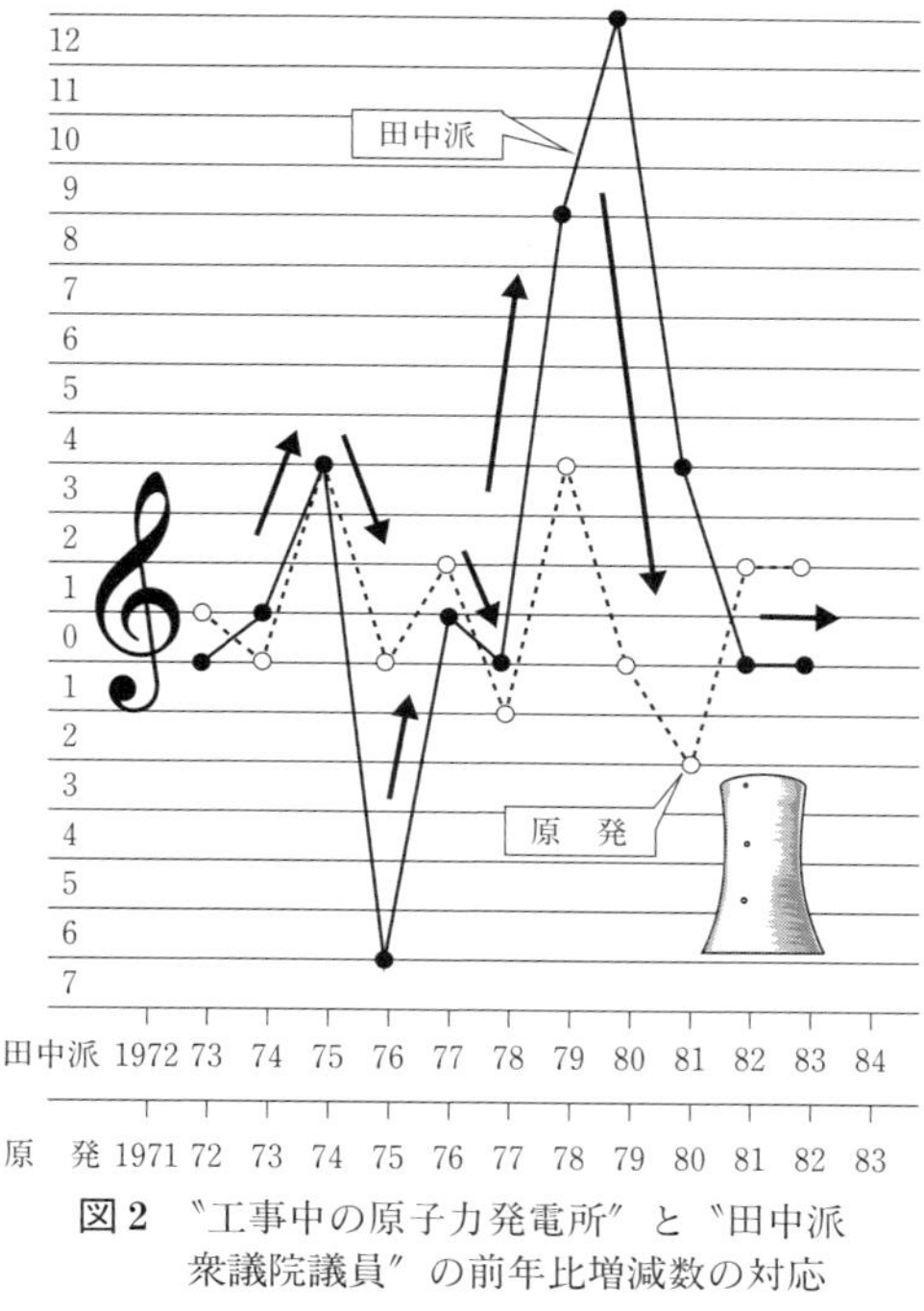

図2　〝工事中の原子力発電所〟と〝田中派衆議院議員〟の前年比増減数の対応

のに対し、広瀬隆さんは全体に広く網をかけてみた。

広瀬　その結論が同じで、結局原発というのも巨大土木工事ですから、角栄お抱えの土建屋集団が、その工事を請け負っていく。そのとき、三パーセントのリベートを政治家もいただく。原発一基で五千億円になる時代を迎えて、三パーセントなら百五十億円が田中軍団に入ってゆく。

これは土建業だけでなく、通産省関係の技術者世界でも、同じカラクリが見えます。たとえば田中派の江崎真澄が通産大臣のとき、原子炉本体とかさまざまの機械をめぐって大金が動く。そういうかたちで、結局は百五十億円（今の時価に直したら幾らになるか）という目玉の飛び出るような金が、原発が建つたびにどんどん田中派へ入ってゆくわけです。

色川　それで原発工事がなくなると田中派の議員が落選する、という関数関係が出てくる道理だ。

もちろん、個別的にいつ、だれが、どのような事業会社から、どのようなリベートを取ったかを論証してゆくのは、これからの各地のジャーナリストの責務だと思いますが、この政治疫学によって、リベートの取り合いがあったことは否定できませんね。いずれ明らかになる。

この本によれば、これからも原発がつぎつぎに建ってゆくのではないですか。

広瀬　すでに二十七基が動いているのに、これから十年で同じ数の原発が建つ予定です。その上、再処理工場は一兆円のプロジェクトだから、原発の二倍の金が動く。増殖炉は最終的に二兆円を要するから、四倍です。どういうプロジェクトを見ても、そこに巨大な金の動きがあり、田中派は肥えてゆく。

原発列島改造論だったのか

色川　そうなると、日本列島改造論が原発列島化に進んでいる。これには気づかなかったですね。大変な問題だ。

田中派が日本の政界を壟断した、つまり支配した時の資金源は、いつも公共事業、とくに臨時の二十兆円近い予算の何割かを、田中派の議員や土建業者が受け取ってきたことにある。

そして代々の建設大臣の九割を田中派が握り、田中事務所も砂防会館にあった。砂防ダムというのは土建屋にとってドル箱ですから、日本みたいに中央に山脈が走って、急傾斜で山地がドンと海に落ちる地形では、農業用水という名目で、川に無数の砂防ダムをつくる必要があるわけです。このダムは、三年か四年で必ず砂がたまって、ほじくり返しの工事をやる。砂防ダムをいくつか支配すれば、一つの建設会社が十分やってゆける。彼はその本拠に陣どり、公共事業で景気を刺激しながら高度成長してゆく。

角栄が二十代で代議士になり、三十代で大臣、四十代で党の幹事長、五十四歳で総理大臣になり、今太閤だなんてもてはやされた。その一番の理由は、大蔵、通産、建設省というところを自派で固める工作をやり、公共事業で日本を引っ張って行ったところにある。非常に目先のきいた政治戦略が、あれだけの蓄財をもたらした。

二十数兆円の年間事業のうち、少なくとも三分の一ぐらいに息がかかっているのじゃないか。すると、三パーセントのリベートで一千億の金が入り、軍団にうまく配分されるシステムができている。これをわれわれは、地方の土建事業という漠然とした観念で考えていたのですが、この本を読んで初めて気がついたのは、日本全体の三割を動かしていたという電力会社の投資ですね。しかも、その投資額のおよそ半分が原子力に投入されていた。このことを見落としていました。

広瀬　本に示したのは一九八一年の数字ですが、電力会社の投資が土建、電気会社、鉄鋼、セメントなどに及び、その裏に田中派が隠れていたのを、グラフが引きずり出した感があります。田中と原発の関係を実証するまでは、本を出版しまいという執念がありました。すべて、渡部恒三のお陰です。(笑)

色川　彼なんかも、地元民にバラ色の夢を売り、実はその裏で自分の選挙資金をかせぎ出していた。決して地元民のことを考えていたわけじゃない。そのことを、まず日本人がきちっと考えていかなければならないですね。

エネルギー危機なんて、すべて嘘だった

――そうなると、多くの人が聞かされてきた〝エネルギー危機〟とは一体何でしょう。たとえ金もうけのためでも、今後は原子力が石油に取って代わる運命にあるようですが。

広瀬　いや、原発をすべてストップしても、石油や石炭、あるいは水力で過剰すぎるほどの発電力があるのですよ。

　東京電力の火力発電所に働く人が、原発だけは動くが自分の職場はまさに火の消えたように静かなので、働く気をなくしたと言ってました。真夏のピーク時でさえ四〇《パーセント》ほどの稼働率ですよ。春や秋など普段は、発電所の半分も動いてない。

色川　テレビで東京電力がコマーシャルをやってますね。「電気の四分の一は原子力です」って。あ

れは大嘘だ。今年はオリンピックと高校野球と猛暑で、一億キロワットの大台に乗ったと宣伝しているが、それでも大過剰でフーフー言ってる。

広瀬　「発電所の三分の一は休んでます」というコマーシャルを流すべきだ。この状況は、日本人が電気節約の意識に目ざめた成果で、非常に重要な志向だと思います。過剰だから使いたい放題に使ってよいということでは決してない。エコノミック・アニマルとして軽蔑されてきましたが、実は、エコノミーとはギリシャ語の語源で節約を意味する。ようやく、的確な意味に戻れるかも知れない。

もう一つ大変な嘘が隠れています。さきほど、原子力は巨大な投資だと言いましたが、裏を返せば、原子力は巨大なエネルギー消費業でもある。

数年前、原発がどのくらい石油を使って電気を生み出すかのエネルギー収支を計算したところ、西暦二〇〇〇年のずっと先までグラフに書いて、結局、半永久的にエネルギーを生まないことが分かりました。石油がなくなるから、という話だったのが、逆に石油を大量に使って初めてこの巨大産業を成り立たせている。だから、「原子力が増えるほど石油の使用量を増やし、枯渇を促進する」という馬鹿げた構図になっている。

色川　これではやはり、国民経済のバランス・シートを無視した、関連業者および関連政治家の私的利益のためだということになる。広瀬さんの分析した通りになっている。

つまり、原発によって人工的で無駄な仕事をつくり出しているにすぎない。それをごまかすため、四分の一は原子力ですというコマーシャルを打つ。

この盗人、五右衛門ではないぞ

――あまりにひどすぎますね。それで大変に危険なわけですから。

広瀬　ポイントはそこで、立花隆さんがやられた倫理問題では、日本人は角栄を悪いと思っていながら、なぜそれをつぶす力にならないか、逆に田中派が増えてゆくのはなぜかと、ずっと考えてきました。それは日本人の腹の中に金を貰ってもいいという気持ちがあるからだ。だから本質は金そのものでなく、その金で何をしたか、それが分かったとき初めて、田中倫理問題の本質的な正体が出てくると気づきました。

田中が儲けた、それはいいじゃないかではなくて、儲けた、それで自分とどういう関係があるか、という点が私にもよく分かっていなかった。現実に、肉体的な危険が伴ってくる。要するに、彼は義賊じゃなかった。

色川　昭和の石川五右衛門じゃないわけだ。

広瀬　そうです。日本人は今でも義賊と思っているが、それが大誤算のもとで、彼は貧しい民衆から金を集め、大企業を太らせてゆく大悪党だった。

色川　まさに立花さんが力を入れたのは、田中の資金がどこから集まってくるか、新星企業みたいな幽霊会社をつくって、日本電建とか新潟交通を乗っ取り、実は新星企業なんかにその収益を吸い込ませながら、何百億もの政治資金を振りまいたメカニズムを突いたわけです。

一般の人から見ると、それは悪いが、法スレスレのところで集めた金を個人で使ったのではない。みんなにばらまいた。田中派のためは自民党のため、それは日本国家のためである。したがって最後は国民のためだから、そう凶悪犯じゃあるまいという意識があった。それを立花さんは、実態はこうだ、しかも違法そのものだと突いてきた。

彼が大蔵大臣になる一年前、日本電建の社長をしていた頃です。私も家を建てるため日本電建に申し込んだことがあるのですが、零細なサラリーマンから金を集めて、百万とか五十万を供託させるのです。毎月三千円とか五千円を積み立てるうち、向こうが家を建ててくれ、あとは入居してから、私たちが年賦で残金を支払うようなシステムでした。

その日本電建は大きな会社で、私も期待を持って金を出し、一時は七十億ぐらいの金を集めた。しかし角栄社長は、集めた現金のほとんどを土地や株の投機に使ってしまった。おそらく彼は莫大な金を儲けだだろうが、その収益が会社に蓄積されるどころか、彼の社長時代に日本電建はものすごい赤字を抱えて倒産寸前になってしまい、私たちは家を建てられないという状態になった。

広瀬　色川さんが詐欺にかかるとは。

しかし、詐欺では終わらなかった

色川　それからどんどんキャンセルが出て、大赤字を出しちゃったのです。大衆から集めた七十億もの莫大な金を、彼らは一体どこへ使ったか。私たちも勿論ねじこみましたし、電建の労働組合も座り込みをやった。そこで、今度はあわてて小佐野賢治に電建を十八億円で買収させ、買い取った小佐野が、われわれにアフターケアをしたわけです。そのとき田中というのは随分悪い奴だと思っていた。それが、社長を辞めたとたんに大蔵大臣になり、小佐野には都心の一等地を払い下げ、二十億か三十億のボロ儲けをさせて償いをしている。

当時、田中の不正はその程度と思っていたのです。私たちのように日本電建のメンバーでない人間には別に悪いことをしてない、利用されただけだとね。新潟交通でも、五億か六億で土地を買い、沼地なんかを転がして三百億にもする。建設大臣だったので、自由に国道をつけたり大学用地に変更してボロ儲けする。それはたしかに新潟の人にはプラスになる面があるわけです。工事で仕事になったり。

だから田中角栄の実害は、田中系列会社にだまされたとか、税金の無駄遣い、列島改造によるものすごいインフレ、土地の値上がりによる大変な固定資産税、その種の間接的被害ぐらいに思っていた。ところがこの本を読んでみれば、そんなところでは済まないぞ。こわい……。

広瀬　原発や廃棄物による被害は、まず農民や漁民からはじまり、必ず、田中を味方だと思っている人たちが被曝で苦しんでゆく。これが第一の実害です。

——先だっての新聞でも、組合で癌の発生率が非常に高いというデータが出ましたね。

広瀬　その人たちは原発に土地を盗られた農家や漁師で、勤務先が原発しかなくなり、最後に下請け労働者として危険な作業場に送りこまれた人たちです。

現実にはそこにプルトニウムが一粒落ちている。この物質はアルファ線という放射線を出すが、アルファ線は空気中で消えてしまい、ガイガー・カウンターのような計器まで届かない。それで安全と思って作業するうちプルトニウムを肺に吸い込み、そこに付着した組織が強烈なアルファ線を受けて癌細胞を増殖しはじめる。プルトニウムはやがて肺に吸収されて脊髄に移り、今度はそこで造血組織が照射され、白血病の細胞がぞくぞく生まれてくる。こうして五年、十年と経つうち間違いなく癌か白血病で倒れる。これがそのニュースの実態です。

体内に入ったプルトニウムを検出できる機械は、この世に存在しません。よく被曝量の計算を電力会社がやります。週刊誌のPR頁などで、医療用の放射線ではコレコレの大量被曝、それに比べて原発はこんなに少ないと……。しかし、レントゲン装置のスイッチを切ることはできても、肺に入ったプルトニウムのスイッチを切ることはできません。

AEC秘密レポートの証言

色川 『ジョン・ウェインはなぜ死んだか』の本で、放射性物質の体内濃縮について書かれていましたね。

広瀬 あの本を書くとき、ネバダ州の核実験で西部一帯に死の灰が降り、住民がバタバタと癌で苦しみ悶え死んでゆくのを調べながら、ハッと気づいた恐怖は、その濃縮です。核実験を強行した原子力エネルギー委員会（AEC）が出した当時の秘密レポートを入手して読みました。羊が何千頭も死んで、AECは密かにその羊を解剖して調べている。そこに「これらの羊が受けた放射線はきわめて小さく、このように障害を起こすはずがない。しかし、羊の甲状腺に驚くべき高い放射性物質の濃縮が認められる」と書かれている。彼らも、このとき初めて濃縮と体内被曝に気づき、驚いたのです。

色川 水俣病でも、メチル水銀が人体に蓄積されるメカニズムは、初期の時代には分からなかったですね。プランクトンに一ミクロンほどのものすごく少量の有機水銀が入る。これを測定しても致死量よりずっと低いが、プランクトンを食べる小魚では百倍から千倍に濃縮されてくる。それが貝に入ると、そのまた数倍もの濃縮度になる。さらに大きな魚では、二倍や三倍じゃなくて、十倍か百倍になる。これを人間が喰うのですから、肝臓とか大脳に水銀がたまってくる。

それも、食べ続けると異常が出てくるのです。めまい、痙攣、頭痛などで熊本大学に入院すると、魚を食べていないから、しばらくするとおさまる。それで、治ったと思って家に帰り、栄養をつけるために再び魚を食べる。そうすると、また全身が激しくシビれてくる。これを繰り返しながら、重症になっていったのですね。

広瀬　その濃縮度は、死の灰も同じです。ネバダ核実験の風下の住民をアメリカの議会が調査した結果も、レポートとして出されています。その中に、大気中の核実験当時ＡＥＣの安全係官だったハロルド・ナップ博士が、議会で「われわれは長いあいだにわたって百倍から千倍の計算違いをしてきた」という証言を残している。濃縮の見逃しを後悔しての言葉です。

しかし、このレポートは一九八〇年のものです。さきほどのＡＥＣ秘密レポートはその三十年前に書かれているのですから、気づいて三十年間も放置されてきた。それが問題ではないですか。だからこの議会調査団のレポートの標題は、すごいです。〝忘れられたモルモット〟となっている。生体実験だ、と。

これは殺人罪ではないか

色川　その生体実験パターンを私も見ました。水俣の場合、一軒の家の中でとくに体の弱い人がまずやられる。次いでいちばん魚を食べた人がやられる。伝染病でないことは明らかだ。伝染病なら一軒の家で患者が一人出れば全滅ですよ。水俣のように一つの自然を囲んで散発的に患者が発生すれば、伝染病でないことは、疫学調査ですぐ分かるわけです。

それなのに企業と行政は〝伝染病だ〟と叫びまわり、消毒なんかした。しかし魚と人間の関係が怪しくなり、魚を調べると水銀が検出され、この水銀はどこからきたと言って、原因究明が始まった。その時、企業は工場の排水口から出る水をサンプリングして分析することを、企業秘密だとか言って許さない。熊本大学の医学班が困って、業務上の致死障害の疑いがあるから、と八代の検察庁に申し込んでも拒絶され、最後に盗むように水を取って分析した。事件が始まって十五年も経っているのです。

その裏では、東工大とか東大の科学者たちが、チッソや通産省に頼まれて研究し、農薬説とか戦時中の爆弾説を出したり、とんでもない結論を発表して問題の解決を遅らせた。腐った魚のアミノ酸原因説まで出す。それを熊本大学医学部の水俣病研究班が、一つ一つ消去法でつぶしていって、工場から出たメチル水銀しかない、と結論したのに、公的には決め手にならない。どの工場施設のどの排水だと問われても、取材拒否されているから答えられないわけです。

最後に世論に叩かれた企業が、しぶしぶ排水サンプルを出したが、水を混ぜたり、違う工場の排水だったりするわけです。

それが裁判で遂に暴露された。

工場の技術者は何もしなかったかというと、猫を一号から四百号まで実験していた。最後に工場排水を猫のエサに混ぜて喰わせ、反応を見ているうちに三百何号かの猫が、水俣病になった。四百号でも確認しているのです。そこで工場長が実験中止を命じ、データがまたも闇に葬られた。

広瀬　何年も隠され、そのあいだ漁民が狂い死にを続けていたわけですね。まったく同じモルモットだ。人間が。

放射能の危険性も、すでに新潟の柏崎原発裁判で明らかにされています。それでも田中角栄がつぎつぎに新潟の原発建設をブチ上げているのは、地元民を本当に思っているからではない。間違っても、田中は義賊なんかではない。業務上致死罪ですか、何というのでしょうか……。

――殺人罪。

広瀬 殺人罪ですよね。被害を受けるときは日本国全体が殺されるでしょうけれど、最初の被害は水俣と同じで、そこに住んでいる人たち、彼が「救ってやるぞ」と言っている人たちから始まるでしょう。越山会など地元の人から。

実害はどこまで広がるか

色川 最近は水銀電池の氾濫で、水俣病が全国的な規模となると予想されますが、それよりはるかに終末的な危険が、原発では刻々と迫ってきていますね。

広瀬 この危険度を理解するのに、具体的な事件があります。一九六二年にメキシコで起こったのですが。

五人家族がある家へ引越してきたところ、そこに五キューリーのコバルト60という放射性物質が置き忘れてあった。きちんと容器に入っていたが、家族は危険なものとも知らず、誰かがカプセルを取りだしてしまった。十歳の息子は、これをズボンのポケットに入れて遊びにゆき、母親がそれを取りだして台所の引出しにしまったわけです。

そのあと、このコバルトのまわりで生活していた五人は、まず息子が十六日目に入院し、二十九日目に死亡。二十七歳の母親は、百八日目に入院し、翌日死亡。残された二歳半の娘は、百四十日目に死亡。三十歳の父親と五十七歳の祖母は、その二日後に入院し、父親は精子が消滅した状態で退院したが消息不明。祖母は百九十五日目に死亡。この通りです。五人の症状は、爪の色が黒くなり、歯ぐきから出血し、疲れやすく、最後には肺から突然の大量出血を起こすなど、共通しています。

　これは、五キューリーで五人が死ぬ、だから一キューリーで一人死ぬ、という話ではなく、五キューリーがたとえば新宿の繁華街にあれば、何万人でも何十万人でも殺せることを意味しています。

　この死の灰が、世界最大級の東海二号炉であれば、一年で二百億キューリー生産され、日本全体ではさらにその二十倍ぐらいの量にも達します。チャイナ・シンドロームのような大事故が起これば一体どうなるか、想像して下さい。この地震国では、明日われわれが消えても何の不思議もない。よく科学者が、大事故では何万人死ぬとか計算してますが、あんなものはすべて嘘ですね。しかも多くの放射性物質は、半永久的に消えない。何万年もです。

色川　プルトニウムが体の中にちょっとでも入る。それが仮に何十キューリーなら、即死みたいな状態で死ぬ。その死体を焼く。焼いてもプルトニウムは残り、煤煙の中に入って、ほかの人の肺に吸い込まれる。だから、一粒を誰かが呑んだらその分だけ消えるのではなく、いつまでも人を殺し続けるものですね。

高レベル廃棄物とは何か？

広瀬　そのような物が、いま現実に海や空気中に流されているわけです。チッソの排水口と同じように、原発にも排水口と排気塔があって、一年一基で一万キューリーも放出してよい安全基準が採用されています。台風にまぎれて、ワッと放流しているという話です。
　ただし、これは日常どうしても漏れてしまう死の灰です。九九パーセント以上は燃料棒の中に閉じ込められ、最後まで廃棄物として人間が管理してゆかなければならない、高レベルと呼ばれるものです。

色川　私はまず本のグラフを見て、田中派というのはやるじゃないか、こんな原発をやっていたのか、と気がついて、やがて原発そのものも大変に怖いけれど、いま言われた高レベル廃棄物の問題が、まったく未解決のまま五、六年先に迫ってきている恐怖を味わいました。時計の十二時から十二時までの一サイクルで、過去・現在・近未来が描かれている。

広瀬　その近未来が、本を書きあげてわずか三ヵ月余りのうちに、すでに現実に変わってきて、自分でも恐ろしいほどです。原子炉のなかで死の灰を生産した古い燃料は、いまフランスとイギリスに送られ、再処理工場で死の灰が分離されることになっています。危険物を外国に送っているから日本人はのんびり構えているが、イギリスの再処理工場周辺では、すでに小児の白血病発生率が、国内平均の十倍に達している。フランスの再処理工場では、火災のため停電し、あわや全世界が消滅するかという大事故直前に異常を起こしている。それと同じ工場を、いま青森県の下北半島に建設しようというのが、〝核燃料サイクル基地〟です。

それから、高レベル廃棄物を北海道の幌延町に埋める計画も、着々と進められています。北海道と青森の地元では、今この恐怖をめぐって議会が大変な騒動になり、私も住民に呼ばれて今年四回足を運びました。現地を調べるうち、大変怖ろしいことを知ってしまったのです。

北海道の幌延町は、三年前のボーリング調査で、予定地が〝非常に締まった砂〟ないし〝硬質泥岩〟だと判明している。一帯は旱魃のときでも牧草が絶えない水資源の豊かな土地で、深くボーリングすると地下水が自噴して止まらない。酪農には最適で、雪印の東洋一の工場がこの町にある。しかも大曲断層と幌延断層も走っている。

色川　そうでしょう、私もよく知ってますが、砂丘がすぐ近くだ。高レベル廃棄物を埋めるには、最不適地ですね。それは水にしみて、おそらく海にも出る。

水俣の再現か

広瀬　海へ出れば、放射性物質は海流に乗って北海道全域を汚染する。いえ、日本海と太平洋がスッポリ包まれることになる。水俣の不知火海が、日本中に誕生するでしょう。

色川　水俣では、いま埋立てをやろうとしているが、埋立てで引っ掻き回したら、中に七十トンという高レベル廃棄物に匹敵するような有機水銀が蓄積されているから、海に流れてしまう。

　太平洋に出れば、海流に乗ってどこへゆくか分からないわけです。この有機水銀もプルトニウムと同じで、取り込んだ生物が死のうが焼かれようが、なくならない。海に流れて二十キロも離れた対岸で激烈な症状の患者が出ているし、三十キロも離れた天草の離島で、九二〇ｐｐｍという人類史上初めての最高の水銀値が人体から検出された。

　その九二〇ｐｐｍのおばあちゃんは狂い死にし、おやじさんも狂い死にした。最後まで水俣病患者と認定されずに、一家は破滅して、今はボロ家だけが離島の集落に、崩れかかったまま建っています。二人とも狂ったように苦しみながら死んで、死後認定もされていない。その集落では、水俣病患者を出すと島全体が疑われ、魚介類の値段が暴落するから、押さえていたというわけです。

広瀬　同じ話は、東海村でも聞かれます。小川の水やお米からコバルト60が検出されても、村全体でそれを隠す。売れなくなるから。

　さらに怖いのは、青森県の六ヶ所村ですね。むつ小川原の石油備蓄タンクの隣に巨大な再処理工場と廃棄物保管所を建てようとしているが、そのタンク五十一基のうち四基が傾き始めている。

色川 不等沈下現象ですね。だってあそこは沼地ばかりだ。湿地帯で。

広瀬 尾鮫沼《おぶちぬま》と鷹架沼《たかほこぬま》に挟まれた場所で、ボーリングによる地盤の強度測定値もきわめて低い。しかも下北半島の太平洋岸は、平均して五十年に一回の割合で壊滅的な巨大地震に襲われている。ここも日本で最不適地なのです。

それを今、国や県のさし向けた学者が視察して、「申し分ない環境だ」と新聞発表している。さきほどの色川さんの話にあった東大や東工大の学者を思い出さずにはいられない心境です。

いま日本人がいろいろな科学雑誌を読んでいますけれど、こういう初歩知識もなしに、ともかく驚くべき科学者を信じている。コンニャクのように軟弱な地盤に、日本人の全生命を乗せてしまう。

うっかり信用すると……

色川 こうして見ると、技術者とか科学者というのは、とにかく疑ってかかるべきだ。百人のうち五人や十人はまともな人もいるが、本当に科学的良心のもとに住民の命を考えてくれる人か、行政の方針そのままの結論を装飾する人か、見分けるのは難しい。一般の人は、彼らには常に懐疑的でなきゃダメだと思います。それを一番よく知っているのは被害者だ。学者に対する反発はすごいですよ。学者をうっかり信用したら殺されちゃうと言っている。水俣の場合では、患者を医者が小児麻痺や中風で片づけてきたのだから。

それでも科学信仰があるのは、日本の教育の仕方が悪くて、それをリードしてきた行政官もみんな科学信仰のとりこになっているからでしょう。誰しも生命は必ず終わるものです。逆立ちしたってそれを永遠にすることはできない。科学なんてどんなに進歩したって限界があると教えなくてはならないものが無数にあるのに、彼らは人間の無限進歩に対する信仰を固持している。

この世には処理できないものが存在する、という科学の啓示を捨象してしまい、そもそも手をつけるべきでなかった原子力に手をつけた。核廃棄物を恒久的に処理することは生命体にとって不可能である。そのことが科学的に証明されているのに、逆を実証しようというのだから、どだい無理なのです。

これは人類の寿命との駆けっこみたいなもので、科学と人間のどちらかが降りるかたちでしか勝負はつかない。

広瀬　ある本に、西暦二〇〇〇年は来ないだろうと色川さんは書いておられましたけれど。

色川　二十一世紀は存在しないのではないかと思ったのです。二十一世紀なんて歴史はね。いま止めても手遅れで、処理しきれないものをいっぱい抱えているわけですから。しかも年がら年じゅう戦争をしている状態ですよ。人間の聡明な智慧で十年ちょっとの時間の間に解決がつくだろうかと考えたときに、このままでは亡びるという感じです。

広瀬　科学者というのは、いつも夢を見る。それがテレビの部品を作る夢なら失敗しても構わないが、この廃棄物問題は、彼らが最後に失敗して取り返しのつくことではない。それでも日本人は、何も知らず平気で科学者に命を預ける。

保守・革新を問わず、政治家に科学的な知識のないことが最も怖いような気がします。科学技術委員会などあっても、いつも田中式の無知が引っ張って、日本列島をその上に乗せてしまう。

だれが教えるか

色川　議会の質疑、応酬なんかでも、もっと科学論議があって、分かりやすく書かれるべきだ。その辺が、みな政治論議で終わってる。

広瀬　ただひとつ希望が持てるのは、この七月二十三日号の「日経ビジネス」が、〝原発は本当に安いのか〟という大特集を組んで、いまの下北半島のプランは幻想とまで言い始めたことです。日経の場合は、日本の経済全体を見て、これは間尺に合わないものだと見抜いた。儲ける奴はいるかも知れないが、全体としては大損する。商人がそれに気づいたのはアメリカと同じです。株を扱っている人は先を正確に見通したい。ところが科学者は見通しを誤っても損をしないので、当面の夢で人をたぶらかす。その違いか。

色川　しかし経済界の側面には、信用ならない所がある。水俣病の公認がなぜ遅れ、なぜ公認されたかというカラクリは、患者が山のように出ていた当時は高度成長期で池田勇人が通産大臣でした。

特に、石油化学は高度成長のトラの子だから、チッソのアセトアルデヒド工場が水俣病の原因となれば、日本に同じような工場が沢山あって打撃を受ける。それで政治家とグルになって隠し通そうとした。

それから世論に押されて汚染源を止めたのは、アセトアルデヒド工場を閉鎖しても、これに代わる代替媒体が生産できるという技術段階になったから、つまり昭和四十三年だった。その九月に園田厚生大臣が水俣に来て、「水俣病の原因はチッソ工場の有機水銀にある。これは政府が確認する」と、初めて言ったわけです。

政府がそこで認めたのは立派じゃないかと言うかも知れないが、そのときには全国のアセトアルデヒドの工場は全部やめていて、次の技術に転換できていた。産業が打撃を受けない時になって、ようやく殺人をやめたのだ。

これを言うのは、いまその流れを動かしているのが田中角栄だからです。彼はガムシャラな戦後成長の国家的代弁者みたいなところがあるでしょう。まさにガムシャラなんですね。知の抑制とか、美意識による自己規制なんてものは無視して、例のガラガラ調で日本経済を押し上げた。

それをよしとし、それで充実感を持った国民もかなり多いわけです。彼を国民のアイドル化し、そこで許してしまっているということは、角栄のやったこと、いまやっていることの客観的な意味についての無知からきている。自分が裸一貫から中小企業の社長になったとしても、その立志伝的なものを田中角栄に投影し、だから田中はいい男だ、日本の成長を代表したんだ、今太閤だと言うのは、あまりに無知すぎるのではないか。彼がやった事業の内容を問題にしなければならない。それは、日本列島改造が原発列島化という焦点に絞りこまれてきていることにあらわれていると思います。

国民にとってはきわめて危険な、しかし関係者にとってはボロ儲けのできる対象として、原発がただ一つ残っているわけです。もう新幹線じゃ儲からないし、万博もないし、大型工事はもう残ってない。原発しかない。とくに田中軍団は土建資本の上に乗ってきたから、土建業界の強い要望にも応えなければならない。それに即応するかたちで、角栄が政治の舵をとってきたと思います。

カミュは知っていた

広瀬　私が北海道と青森を歩いて痛切に感じたのは、その読み違いです。地元で危険なプラントを誘致している人たちが、国の政治家を信じきっている。過剰対策だとも言う。ところが幌延では、ある人がそこでとれるいろいろな農作物を毎年九州などに送っていたのに、今年になって送り返されてきた。何でかと思ったら「お前の町には高レベルが来たそうじゃないか。怖いぞ」と言って返送された。これがすでに現実に起こっている。雪印だってグリコ事件と同じ目に遭うかも知れない。過疎がますます進みかねない。

その過疎という状況だって、そもそも四年前に国策で原乳の生産規制のワクをはめられ、ようやくこれで酪農のメドがつきそうだという時に生産量を半分におさえられた人が、食えなくて土地を去っていった。あそこは米の北限を越えた酪農地帯ですから、開拓した人にとつては許し難い悲劇の離農だったでしょう。過疎にした犯人も、実は国なのです。

雇用の面でも、プラントの工事はほとんど東京の大手建設会社や田中派の土建業が請け負って、かっさらってしまう。プラントが動き出せば、ほとんど自動化されているから、地元の人を雇うはずもない。地元の交付金は公共施設を建てるのに使われ、それがまた土地に不似合いのものばかりで、維持するのにとんでもない税金を払ってゆく運命にある。最後にはどうなりますか。

色川　驚くべき符合と言いますか、水俣でも、チッソは貧しい漁村を都のようにしてくれるというので誘致し、住民は土地を無償に近いかたちで提供しながら「チッソ、チッソ」と言って自分の会社のように育ててきた。それに最後は裏切られたわけです。住民の何パーセントかが発病した。

広瀬　青森でも、再処理工場ができればほかの企業は逃げてゆくという噂が立っています。地元民を三百人ぐらい雇用するとアメを与えているが、別の企業なら、ちょっとした工場で千人を雇ってくれますよ。無知の選択としか思えない。カミュの『ペスト』に、〃およそ人間の生み出す悪のほとんどは無知から生まれる〟という言葉があったのを思い出します。その権化の田中角栄が、国を滅ぼすに違いない。

色川　このような政治を許してきているということは、われわれの次の世代に対する重大な責任だと思いますね。もし、このあとも生きられるとしたら。

広瀬　この角栄の正体を見抜けずに、北海道や青森の人がプラントを誘致すれば、水俣と同じように最後は必ず裏切られる。今度は、われわれが明日の乳製品やジャガイモをさがし、血眼になる。

色川　一九九〇年には廃棄物がフランスとイギリスから戻って来る。その前に政治が変わっていなければ大変なことだ。

広瀬　あと百年後に幌延や六ヶ所村へゆくと、見事な大自然の中に鋼鉄製のドームがあって、あたりには人影ひとつなく、何十キロにもわたって人が住めなくなっている。そこで機械だけが静かに廃棄物を冷却し続けている。

色川　老樹鬱蒼たる間にほの見ゆる原野が果てしなくひろがり……。

広瀬　月光が霧に吸われて、白く射し込んでいる。

（掲載図は、『越山会へ恐怖のプレゼント』廣松書店より引用。『潮』一九八四年十一月号、潮出版社）

相対化の哲学を生きる

新川　明

あらかわ　あきら　一九三一〜。沖縄生まれ。琉球大学文理学部国文科中退、沖縄タイムス社に入社。支局長を経て社長、会長を歴任。一九七八年『新南島風土記』で毎日出版文化賞を受賞。一九八一年に『琉球処分以後』、二〇〇〇年にも『沖縄・統合と叛逆』を著すなど沖縄問題を思索し、鋭く本質を突いたものが多い。

中野好夫と沖縄をめぐって

この対談は『新沖縄文学』（一九八五年六月号）に載った「中野好夫と沖縄」追悼の一部である。当時、新川明《あらかわ》さんは沖縄タイムスの東京支社長であったので、私とは東京でしばしば会ったと思う。彼とのつきあいは、沖縄復帰が実現した一九七二年から始まる。私が沖縄を訪問し、当時、沖縄タイムス社の編集室におられた新川さんに歓待された。そのときは南部の戦跡まで案内していただいたように思う。

また一九七八年十二月、久高島でイザイホウの祭祀が行われたとき、石牟礼道子さんを同伴していた私たちのために舟を用意し、島まで送り迎えしてくれたのも新川さんであった。実はこの年、彼が八重山諸島の支局長をしていたときの見聞記を一冊にまとめた『新南島風土記』（一九七八年、大和書房）を毎日出版文化賞に私が推薦した縁がある。

その受賞祝いの会が東京の料亭で開かれたとき、中野好夫さんも出席された。私は敗戦直後の学生時代から中野さんを知っていた。教室で直接講義を聞いたこともある。どこかに彼のことを書いたこともある。中野さんは私を見るなり「君が色川クンか」と言われた（この同じ言葉を桑原武夫さんからいわれたこともある）。

新川さんは琉球大学の国文科を中退して沖縄タイムス社に入社したが、その言説に過激なところがあるとして、八重山支局に「島流しにされた」という伝聞もある。なるほど、新川明には『反国家の兇区』（一九七一年）とか『異族と天皇の国家』（一九七三年）などという痛烈な著書がある。琉球民族独立論を発起した一人でもある。

この人が後にこの新聞社（沖縄タイムス社）の社長、会長にまでなるのだから、沖縄というのは面白い。

歴史家としての側面

新川　色川さんが最初に中野好夫さんとお会いになったのはいつ頃ですか。

色川　私が東京大学の文学部に入ったのが戦争中の昭和十八年で、その時に中野さんは英文学の先生でした。たまに教室に出ると、例の辛辣な口調で、ポーやモーム、シェークスピアの話をしていましたね。

文学部は当時、日本史が皇国主義歴史観のすごい学科でした。ただ、中野さんに直接話を聞いたことはありませんが、戦争にたいして肯定的なことを言わない人でした。

学生も動員されたので、これから軍隊へ行ってきます、と挨拶に行った時、一生懸命やってこいとかいう教授もいましたが、中野さんは何もおっしゃらなかったですね。復員して帰ってきてから『はるかなる山河に』という東大の戦没学生の手記が編集され、その出版祝賀会を大教室でやりました。中野さんやフランス文学の渡辺一夫さんが登壇して、復員した学生の前で自己批判めいた話をされたんです。

私はあの時、中野さんが突然テーブルに手をついて、自分は戦争中、何もしないでいて皆に申し訳ないと真剣に謝罪したように記憶していたんですが、それがフランス文学者の渡辺一夫さんだったのか、今では確かめようがありません。その時は、教授の戦犯追究がひとまず終わった後で、中野さんは自分の後半生を平和と人権のために捧げることを誓うと言われたのです。私は、その後の中野さんが間もなく大学を辞め、余生をアカデミズムじゃなく市民運動で活躍なさっていることを見て、あの時学生に約束したことを実行しているのだなと思い続けておりました。

新川　色川さんも市民運動との関わりはいろいろあったわけですが、そのあたりで中野さんとの接触はなかったんですか。

色川　直接、身近で指導されたことはありません。だが、美濃部都知事三選の時や無党派連合を作られた時など、タレント議員がねじくれてどうにもならない場合には中野さんのところに皆が駆け込みました。するとその場では、プンプン怒るんですが、会議の席上では、寛容になられてキチッと双方をまとめてしまうんですね。そういう力量を敬意をこめて私は見ていました。

ところで、安保のころ、なぜ中野さんは「沖縄資料センター」を作ろうと考えたんですか。当時、沖縄問題のデータがほとんどなかったことやジャーナリスティックな報道しかなかったからですか。

新川　直接のきっかけは、一九五九年に沖縄で米軍の法律、刑法改正問題があり、その改正反対運動が起きたんです。東京の沖縄県人会の人たちがそれの反対運動に取り組んで、中野さんに署名を頂きに行ったらしいです。そこでいろいろ質問されたら、ただ改悪されるんだとしか相手は説明できない。そういうことじゃ説得力がない。今後、沖縄の問題はいろいろ起きてくるだろうし、そういう形では取り組みができないからということで、東京にそういう場合にすぐ適切な資料を調べられる場所が欲しいと、いろんな方面に力説されたんですが、なかなかそういうところができない。しかたない、それではと私財を投じて「沖縄資料センター」を作った、と聞いています。

色川　その根底には中野さんの実証主義があるんでしょうね。常々おれは野人だといいながら、普通のアカデミズムの学者より厳密性をあらゆる面で通した人ですよね。普通、アカデミズムの学者は自分の専門は厳密なんですが後は極めていい加減ですから（笑）。

新川　久野収《くのおさむ》さんの書いたものを読んでいると、中野さんの場合、事実をして歴史を語らしめるところがあって、そういう作業を緻密にやっていくところがある。そういった資質は、本当の意味での歴史家だと書いていました。そういった中野さんの資質が、市民運動に関わるときの言動にも表れているると言っているんですが、色川さんも歴史家であると同時に市民運動にも関わりが非常にありまして、共通するところがあるなと感じているんです。

専門の立場から言えば中野さんは英文学者ですが、歴史学者としての色川さんから見て、歴史家としての中野好夫の側面は、強く感じられますか。

色川　それは非常に強く感じましたね。中野さんのは文芸評論的な英文学じゃないんですね。人物の出自から始まって性格形成や作品の背景を克明に分析しながらかなり辛辣な批判をしたり、また時代と関連づけてよくもこう読みとったものだという評価もするし、その辺の作法を見ていてこの人は西洋史を相当やった人かなという印象を受けました。

たとえば、西洋史の古典中の古典、ギボンの『ローマ帝国衰亡史』だとかブルクハルトの『ルネサンスの文化』とか、ものすごい古典的大著を読んでいらっしゃるのですね。シェークスピアにしても十五、六世紀のイギリスの時代背景の歴史を実によくつかんでおられた。その辺が他の人の追随を許さなかった強みだったのではないかと思います。英文学者がそういうものを訳すというのは、歴史家の資質ですね。厖大な資料を駆使した大著ですからね。それに取り組もうという意気込みは単なる英文学者のものじゃない。徳富蘆花を書くにしても、何のためにやるかということをきちんと把握しておられましたね。

新川　沖縄の問題でも歴史時間を非常に長い射程で考えるんですね。もちろん現実の目の細かいいろんな矛盾やイカサマ性についても仮借しないし、自身に対しても厳しい。一方、瑣末なところでガチャガチャしているものについては、もう一つ高いところから全部のみこんだ上で調停に当たるという、ふところの深さみたいなものがあったような気がしますね。

色川　その辺が学者を超えた世界でしょうね。それは東京都知事選の例にも見られましたね。中野さんには哲学があったと思うんです。それが市民運動のリーダーとしてのバックボーンだったんじゃないですか。

その哲学とは、はっきり言ってしまえば、次のように言えようか。思想、信念、信仰などは、すべてそれぞれの立場にたった人間ならびに人間集団が自己の精神の救済のために作りだした一つの幻想体系で、それはすべて相対的なものだ。なるほど自分は資本主義の社会というものは必ず滅びると思っている。歴史上にいつまでも続くものなどなに一つありゃしない、やがて社会主義的なものに変わるだろう。しかし、今の社会主義も相対的なもので、必ず修正されていく。マルクスが言うような無階級社会とかすべてが人間らしくなる社会というのは、実現しないだろう。それは人間の持っている業の深さが二千年や五千年の単位で変わるものではないということを、自分は長いこと人間を研究してきて知っているからだ。だからそういう理想にも自分は従わない。

理想を大上段にふりかざして、現実はこうあらねばならないという生き方にも同調しない。そういう意味では、無神論的相対主義者かもしれない、と言うんですね。

さらに、しかし、人間の歴史は共通した相互理解を持っていて、つまらん対立や誤解を超えて、もっと大きな一致の方向へ向かって進んでいるんだ。究極的にそれが地上天国になりはしないが、進んでいることを信じよう。そのためには、みんなが共同の力を振るわなくてはならない。その時にいちばん大事なのは、自分が尊重されたいならば他者をもまた他者として自分と違っていることを尊重しなければいかん。人間は所詮、そういう存在だとするならば、最高の美徳というのは、寛容じゃないか、というようなことをおっしゃるんですよ。

その寛容というのを、政策的な寛容なんじゃなくて哲学的信念として持っていたんですね。そういうものをどこで身につけられたか。中野さんのご家庭は確かクリスチャンでしたね。一時、入信していたからか、お母さんが儒教道徳の厳しい人でその感化からか、それとも中野さんが大学を出た頃は非常に就職難で、あの人は希望するところに就職できなかったんですね。失業時代、昭和恐慌、大陸侵略の中でさんざん人間不信を味わって、その上で自分に問いつめていって打ち立てた哲学だったのか。その経緯は中野さんの口からは語られなかったと思うんですけれど、そういうことがあったということが、あの人の思想や行動の芯になっていたんでしょうね。こういう人は、失ってみてはじめて大きさが分かる。ああいう誠実さをもって対立するものを説得する力を持った人材というのは日本ではいなくなってしまったし……。

新川　そうですね。

復帰後に自己批判

色川　沖縄問題にもずいぶん関わり一般の人とか本土のマスコミに対して大きな影響力を持ったんじゃないかと思うんですけどね。

新川　『沖縄問題二十年』（岩波書店）の序文にも書いてあったように中野さんが沖縄問題に直接的に関わるのは一九五四年、東京の沖縄学生会が『祖国なき沖縄』という沖縄の実情を訴える本を作る時に、乞われてその序文を書いたのが最初なんです。
色川　ちょうど大学を辞められた次の年ですね。
新川　そうです。また、『沖縄問題二十年』のあとがきでも、沖縄人が復帰を望む気持ちがある以上は、本土にいる人間としてなんとしてもお手伝いしなければいけないという形で、ずっと関わりを持ってこられたんですね。
そういう形で本も書いたし、主席公選問題でも具体的に沖縄まで来て、選挙の応援までしているし、また新聞雑誌等々を通じて、沖縄問題を訴えている。それは中野さんの人間的な誠実さみたいなものですね。戦争への責任と反省みたいなものがその原点にあると思います。
色川　中野さんは一九五三年に大学を辞めてから五六年ぐらいまで『平和』の編集長をやっていて、その中で沖縄問題を取り上げているんですね。五六年に確か島ぐるみの高揚した土地闘争が起こるでしょう。
「沖縄資料センター」の設置は、唐突なことではなくて、かなり前からのそういうものがあったんですね。
新川　ええ。また、取り組む以上はちゃんとした問題に対する裏づけをひとつひとつ確かめながら取り組まなければいけないという考え方に立って、そのための資料の整備ということを自分で実践されたんですね。
色川　『新沖縄文学』（臨時増刊号、総特集70年沖縄の潮流、一九六九年）で新川さんや川満信一さんらの「安保と沖縄」という対談に、祖国とはなにかとか復帰とは何かという復帰に対する懐疑が出されていますが、それもかなり中野さんがとりあげているんですが……。

新川　その前から中野さんは私たちの主張に理解を持っておられたんですが、しかし、考え方は違っていました。私たちの場合は、返還がすでに沖縄の望む方向でない以上、拒否すべきだと主張してきたんですが、中野さんは、取れるべき物は全部取っておいていいんじゃないかという立場でしたからね。

でも、復帰の後に中野さんはそれについて一種の自己批判をしています。日本政府は沖縄に一定の自治権を与える形のものを準備するんじゃないかという一種の期待感があったけれども、この点甘かった、というような形で。しかし、「反復帰論」の主張や運動に非常に関心を寄せていただき、個人的にも励ましはずっといただいていたんです。

色川　そうでしょうね。その頃（六八年頃）私たちも沖縄問題を意識していて『世界』なんかにもたびたび特集号が出たりしていましたが、今言われたような発想は本土のジャーナリズムにはほとんど出ていなかったですからね。

『沖縄七〇年前後』の結びに書いてあるあたりは大変重要なところで、展望を述べているんですが、それを見て改めて感銘しました。復帰を二年後に控えて非常に流動していた当時の沖縄の、その複雑な状況の中で、自分と違う意見をもかなりリアルに紹介しているんです。

たとえば、本土なみ復帰ということに対して漠然とした不安が非常に広範囲に起こっている。安保を持った復帰は絶対阻止するという復帰反対の意見も強く出ている。これは自立の方向を目指しているものだとそのいくつもの流れを整理しているんです。

しかし、自分はどれを取るなんていわない。ただ、これらの問題、非常に鋭い問題は実は本土の革新の運動や本土でやられている対沖縄運動の根本的な弱点を衝いているものなのだ。そのことに本土では誰も気がついていないと。だから、問題は沖縄におけるこういった諸論点と本土で行われている沖縄返還運動の間の大きなズレ（差異）をきちんと認識することが前提だと、本土の読者に向けて呼びかけているんですね。

そういう筆法を取って、中野さんは日本本土革新の中にある構造的な認識の欠点を剔出していった。つまり差別を言っても、それはいわれなき差別というような言い方であって、すこしも原構造的な差別の問題だと捉えられていない。そういうことが根底にあるから、例えば二・四ゼネストの場合に総評の連中があいう思いあがったことをやるんだ、と書いているんですね。これは極めて運動論的な持って行き方なんですよね。

こういった識見は、中野さんの大局を捉えて小局を押さえていくという弁証法なんだろうと思うんです。非常に的確にその時の状況を押さえている。目配りが周到だということを感じさせますね。なまなかの打ち込み方ではないと思うんです。

われわれが水俣の問題や韓国問題を発言するにしても目配りの利いた的確な全体状況の抑え方ができるかというと、非常に難しい。それと同じように沖縄の問題を創造的な方向へ転回させるというのは非常に難しかっただろうと思うんですよ。

中野さんの文章には読んでいて、当時の本土の運動家たちの持っていた沖縄に言うべきことはビシビシ言っている。それは今まで調査してきたことによる信念に立っていたからだろうと思います。

新川　そうですね。それに復帰の後、自分の甘さを率直に自己批判され、更にそれを書くのはなかなか出来ることではないと思いましたね。それには感銘も受けました。

色川　それはいつごろなんですか。

新川　一九八〇年です。「不満ながらせめて沖縄側が日本国憲法下に入るよう、むしろこの際はある点を忍んでも実現させるべきじゃないのかと申しました。奪《と》れるものなら何でも奪っておけということです。そしてそれにはこんな考え方も背景にありました。つまり、これまでは終始トカゲの尻尾扱いばかりしてきた本土日本ではありますが、せめて今度こそは罪障消滅とでもいうか、ある程度沖縄に対し特別の自治権、自主権を認める配慮ぐらいはするのではないかという、まことに甘い考えがあったのです。が、さて帰ってみますと、結果は完全に私の見当違い。完全に私の負でした」（『新沖縄文学』四四号、一九八〇年）という言い方をしています。

似たようなことは別な場所でも確か書かれたことがあったと思いますけどね。

当時の復帰運動は、心情論的なものが非常にアピールされ、運動にもそれが大きな比重を占めていました。中野さんは一貫してそのことを警告していましたね。ただ、中野さんは自分から沖縄は日本に帰るべきだということは言いませんでした。

中野さんにとってみれば、沖縄は歴史的にも日本から随分いじめられてきたので、よもや日本に帰ろうなんて沖縄の人たちが考えるとは夢にも思わなかったと言っています。ところが沖縄の人たちが、熱烈に帰りたいというのを知ってびっくりし、もし沖縄の人たちがそれほどの気持ちであるならば、本土の人間としてなんとしてでもお手伝いしよう、ということで関わってきたわけです。

そういう立場で沖縄と関わってきたわけですが、しかし、もう一方で復帰でもなく現状肯定でもない、いわゆる沖縄の独立的な方向を探る動きもあったのですが、中野さん自身はそれには何もおっしゃらなかったですね。そういう動きが、沖縄人の声として出てこなかった点もあって、中野さんの発言は当然、復帰を前提にした発言にほぼ限定されていくんですね。

色川　その辺が本土の人間としての節度みたいなものだったかもしれませんね。
新川　ええ、それを非常に守っていましたね。だから自分の方から、ああしろ、こうしろということは一切言わない。それは沖縄の人たちが、自ら考え決めることであるし、自分はそれに手伝いができれば、それが自分の分限だという形の節度がありました。

見事な戦闘的市民

色川　米軍の重爆撃機Ｂ52に対する抗議闘争のときに、総評の連中がオルグを出して二・四ストを途中で分解させたことに対する批判は痛烈でしたね。
　ところで、屋良主席についてはどうだったんですか。選挙応援にも一生懸命でしたが、屋良さんはすぐ問題にぶつかったわけですね。六八年に当選すると全軍労のストが始まるし二・四ストはあるしで。そういう時の屋良さんの態度に批判めいたことは言わなかったですか。
新川　いえ、直接的に屋良さんについて批判したということは聞かないですね。
色川　間に入って大変、苦悩されたというのは分かるわけですけど……。
新川　中野さんの考えでは、主席公選は沖縄の大きな前進であるという形で捉えられていたわけですから、積極的に応援したわけです。その後、二・四ゼネストの中止、ＣＴＳの誘致とか開発問題といろんな問題が出てくる。それで屋良政権の革新性についての幻想がだんだん薄れていく。その辺を私たちは指摘して批判をつよめていたんですが、中野さんにとっては、革新知事をあの状況の中で守るのは大切なことだという考えがあったようです。
　二・四ゼネストの挫折は、沖縄闘争の大きな敗北で、そこから闘争が大きく転換していくんですね。

その辺の状況認識も中野さんとは捉え方が違っていました。

色川　中野さんと沖縄の関係を追っていくと七二、三年ぐらいまでに沖縄問題のある波頭があらわれ、本土との接点の問題が両方から出てくるという歴史的な意味があったと思うんです。そういうことを成し得た文化人が日本にどれだけいるかと考えてみたんです。明治の場合はまだ文化人として分離していませんから大正期以降を見ますと、吉野作造がそれに該当する。

吉野作造は、東大教授の現職のまま世論をリードしてデモクラシー運動をやり、右翼とも対決していった人ですが、六十代になると閉じ籠もって明治文化研究会や自由民権運動の掘り起こしの方へずっとしぼんでいくわけなんです。ところが中野さんはどっちかというと六十代に馬力をかけた人ですよね。五十代は国内で発言し、六十代には非常にスケールが大きくなって、憲法問題から韓国問題、沖縄問題それから核の問題というふうに大きなスケールでがんばるわけです。

また、河上肇みたいに晩年を運動に賭けた人もいますが、中野さんのように関心をアジア全体の問題に拡げて、自分の生命を燃焼しきるというふうなことはしなかった。

戦後で該当する人がいたかというと、清水幾太郎は途中で転向したし、羽仁五郎もがんばったけど、彼はひとりのアリストクラート（貴族）の論客で、ひとつの現実問題に執念深く関わり合うということはなかった。問題の解決のために終始一貫して世論を動かすところまで持っていくということを羽仁さんはやっていない。

一世代若いところでは、日高六郎とか加藤周一さんがいますけど、まあ日高六郎さんなんかはこれからでしょうね。

大きな意味でいって保守と革新、中道と革新、そういったまったく処置に困るような対立する異物を、一つの運動の方向に調整しながらまとめていく。そういう大きな影響力を及ぼして、しかも十年ぐらいの単位で持続させる力を持ったいわゆる文化人は、ちょっと中野さんを措いて今まではいませんね。

こういう人物は、日本の近現代史の、特に戦後の自由度をあらわしていると思うんです。こういう人間は、明治には出ませんし、大正期はいやおうなしに弾圧されていますし。その意味で中野さんは、見事な戦後的市民だったという感じを持つんですけどね。

終いには中野さんのところは、駆け込み寺みたいになった。革新運動が分裂しそうになるといつも中野さんのところへ駆け込む。他に駆け込むところはないのかとずいぶん捜したんですけどないんですね（笑）。

そういう意味では、本土と沖縄の鎹《かすがい》だけでなく、本土の中での市民運動のかすがいだった人を亡くして、大きな損失だと思います。

新川　中野さんが亡くなったことを聞いて、なにか一つの時代が終わったという感じをもったんですがね。

色川　話は変わりますが、小国寡民の思想というのは、いつ頃からおっしゃっていたんですか。

新川　七九年に沖縄で平和学会が開かれ、そこで中野さんが特別講演をしたんです。それが『新沖縄文学』（四四号、一九八〇年）に掲載してある「小国主義の系譜」です。

この小国主義の系譜は別に書いたものがあるというんです。それは沖縄問題と直接関わるものではなかったようですが、平和学会であらためて話し、後半の方では、沖縄問題に関連づけながら問題提起されました。その中で、世界には沖縄より少ない人口の小さな独立国はいくらでもある。しかし、言葉で独立というのは至極簡単だが肝心なのはそこにいたる道程であることをはっきりおっしゃっています。

そしてアイルランドの独立へいたる八百年の歴史などに触れ、とにかく大変な問題で子や孫ぐらいの時間でそういったものができるようなもんじゃないと言いながら、沖縄の中にそういったものを地道に掘り下げていくグループなり研究会みたいなものをまず作って、そこでじっくり取り組んで欲しいと述べているんです。

色川　大変現実的なことを言うんですね。私はまた、抽象的な小国寡民論を述べられたのかと思ったらそうじゃないんですね。

沖縄には、ある意味では自然地理的にいえば太平洋諸国家群の中の一つの国として、おそらく経済関係でも、文化や社会的な人間的な交流関係でも生きていける余地があるんじゃないかと思う。日本との関係だけをかんがえると沖縄自立構想というのは非常に困難だと思うわけですけどね。もっとその枠を外して、それこそミクロネシア構想の中へ置いて考えると遠い先に展望が出てこないかという気がしますけどね。

新川　そうですね。

色川　もちろんいま第三世界やアジア自体がものすごく地獄みたいなところにいますから今はそういう状況じゃないと思いますけど。ただ、沖縄自立と言うと夢みたいなことになりがちですが、そうではない方向にですね。中野さんの場合には、アイルランド問題なんか出してくれれば、ある一つの射程が描けるわけですから、その中で住民がどう造っていくかという、そこの過程を力説するところにリアリストの目があるんですね。未来問題というとロマンチックに話をとんでもない舞台へ持っていったりするが、そういう幻想的なことを中野さんはあまりおっしゃらなかったですね。
新川 そうなんですね。ええ。
色川 中野さんはロマンチストのように見えながら、実はきわめてリアリスティックな考え方をしていたんですね。バーチェットの『十七度線の北』やトムソンの『現代の世界――歴史の流れ』みたいなシビアな本の訳書もかなりあるんです。中野さんは非常にグローバルな視野を現代史に対して持っていた。だからベトナム・韓国・沖縄、そしてヨーロッパからアメリカと世界をたえず気にしていたんじゃないですか。珍しい人だと思います。それがモームだの、アラビアのロレンスなどを訳す中野さんとどう結びつくのか、ちょっと分からないですね（笑）。
それから一九五三年からの中野さんの新聞や雑誌に発表した、ずけずけ物を言う時事エッセー、時事評論が大変な量になりますね。
新川 そうなんですね。
色川 ああいうのを集めたらある意味で日本の戦後政治の外郭史みたいなものが出来ると思うぐらいなんですが。
新川 数年前でしたか、新聞の論壇時評をやっておられましたが、大変ユニークな論評でしたね。本来の研究や著作活動、そして市民運動と、お忙しい体で、月間時評などというわずらわしいお仕事までこなされるエネルギーにはおどろきました。
色川 ええ。感心するのは、私たちでも六十近くになってくると、そろそろめんどくさくなってきて、どっか雑音の聞こえないところで本でも読んでいたい気が起こってくるのですが、中野さんは六十、七十もますます盛んで八十になってなお、ギラギラするような連中とつきあっていたんですからね

(笑)。あのエネルギーはどこから来たんですかね。

欲が深いといえば欲が深いんでしょうし、情熱家といえば情熱家、頑固といえば頑固なんでしょうけど……。

新川 よく言われるように人間に対する好奇心が旺盛でしたね。

色川 でも、晩年ちょっとかわいそうだなと思いました。物分かりの悪い石頭みたいな運動家たちがいちいち駆け込んで中野さんを悩ましたでしょう。なんとも苦虫かみしめた顔に腕組みしている姿を見ていて、気の毒だなあって(笑)思いましたね。それに、薬を飲ませてよくなれば別ですが、そうじゃないことが多かったですからね。

新川 先ほどの時事批評に関連することなんですが、中野さんは一般大衆の人たちが十分理解のできるような言葉で話し、文章もそういう形で書くことに努めていましたね。私たちの議論は、ついつい小難しい言葉で観念的な言葉をもてあそぶようなところに陥りがちで、中野さんにはずいぶん冷やかされました(笑)。

色川 そうそう、中野さんの時事評論というのは、話し言葉ですもんね。語り口の言葉の文体ですから、説得力ありましたよね。そういう意味では中野重治さんもああいう時事エッセーは非常に巧だった。まあ、中野好夫さんというのはどっちかというとソフィスト的で、中野重治さんの方は硬質で相手をギリギリと壁際に追い詰めていくような(笑)文章でしたけどね。いずれにしても庶民が読める文章だし、さすがだと思いますよ。

新川 ご存知のように鹿野政直さんに『近代日本の民間学』という著作がありますが、色川さんが中野さんのことを、「民間学者とよぶにふさわしい」というような話をされたことがありますが……。

色川　そういう意味では、民間学者の系譜の現代版みたいな人ですか（笑）。自分の専門領域にとらわれず、しかも専門領域の手法の手堅さを活かしながら、同時にその辺の床屋のおっさんや八百屋のかみさんにまで話しかけるような調子で、時事問題、現代問題を少しも厭わず取り上げて全体としては大きな社会的役割を果たす。それは民間学の特徴だと思うんですよ。そういった面では、山路愛山とか、南方熊楠や柳田国男なんかもそうだろうと思いますけど、在野で作り上げた民間学だと思いますよ。

それは東大で作られたんじゃないかという人もいるかもしれないけど、僕はそうじゃないと思いますね。東大にきた時は、もう基礎ができあがったような感じでしたね。東大に来られたのは三十代半ばぐらいでしたからね。それまでに独学で勉強したと思いますよ。

新川　そのような中野さんの学問領域におけるお仕事の偉大さや市民運動でみせる人間的スケールの大きさなどをよく承知していたのですが、現実にお会いすると、ついつい親父に甘えるような気分で生意気なことを申し上げたりしたものです。

沖大の新崎盛暉さんが告別式の弔辞で、中野さんが亡くなられたことで、もっとも衝撃をうけたのは沖縄の人ではなかろうか、という意味のことをのべましたが、ますます多事多難な問題をかかえている沖縄の将来を考えると、決してオーバーな表現ではないと実感します。中野さんが理解してくれている、中野さんならわかってもらえる、ということで、どれだけ私たちの心の支えになっていたことか、はかり知れないほどでした。

結局、沖縄のことは沖縄の人が考え、自分で決めることだよ、とくりかえしいわれたわけですが、「沖縄の人も少しは骨のあることをやっているな」と天国の中野さんをして言わしめるようにしたいと考えますね。

本当に、沖縄にとってかけがえのない人を喪った、という思いです。

（一九八五年四月二十九日採録、一九八五年六月『季刊　沖縄文学』追悼特集・中野好夫と沖縄）

この国はどこへ行くのか

日本の政治状況を憂慮する

上野千鶴子

うえの　ちづこ　一九四八〜。富山県生まれ。一九七二年京都大学文学部卒。八二年平安女学院短期大学助教授、九三年東京大学助教授。その後教授、文学博士。二〇〇九年ウィメンズアクションネットワーク（ＷＡＮ）を設立し現在は理事長。さまざまな論争に加わり、広い支持と共感を得ている。

（写真＝岡戸雅樹撮影）

社会問題の理論的闘士と

これは私が住んでいる八ヶ岳山麓、山梨県北杜市大泉の「鹿野苑《ろくやえん》」で、二〇一四年の年頭対談として行われたもの。内容は「日本の現状を憂慮する」というおめでたくない話だ。安倍晋三自民党内閣への不信で貫かれている。話の主導権はご覧のように理論家の上野千鶴子さんが執っている。彼女はいま超高齢化社会の諸問題の打開のために全国を走り回っている活動家でもある。

たまたま彼女の仕事場が私の家の近くにある関係で、地元紙の山梨日日新聞の高野芳宏記者が企画構成した。上野さんは言うまでもなく、京都大学出の社会学者、東京大学の名誉教授になったのは、一時、その大学院で教えていたから。早くから『家父長制と資本制』とか『近代家族の成立と終焉』などの労作がある。

最近では『ケアの社会学——当事者主権の福祉社会学へ』などの大著もある。二段組み五百頁余の労作だが、そうした学術書より、上野さんの名を高からしめたのは『おひとりさまの老後』であろう。これは大ベストセラーになり、「おひとりさま」が時代の流行語になった、このシリーズの影響はすこぶる大きい。

彼女の著書は七十冊ほどあるが、実践家としての業績はこれ以上であろう。介護施設の現場を訪ね、現場のスタッフや介護を受けている人びとから直接話しを聞くばかりか、自分の見聞を伝え、経験を交換しあうことに努めている。その足跡は全国すみずみに及んでいる。

その他にも憲法問題や内外の社会問題にも積極的に発言し、現政権への批判をも続けている。いまだに三十代ごろのフェミニズムの理論的闘士だった気迫は衰えていない。最新刊の『不惑のフェミニズム』(岩波現代文庫)にもそれが見られる。

京大時代にワンダーフォーゲル部員だっただけあって、登山もよくし、山スキーなどもこなす。海外旅行の範囲も広く、アフリカを除く四大陸の僻地にまで脚を伸ばしている。チベットの秘境カイラス山(六六五六メートル)を一周するという経験をもつ珍しく行動的な人文学者でもある。

二つの神話に共通点、経験に学ぶ声に希望

上野　あけましておめでとうございます、のはずがね、あまりおめでたい気分にはなれないお正月。昨年末に特定秘密保護法が成立した。国家安全保障会議（ＮＳＣ）が発足し、南スーダンで国連平和維持活動（ＰＫＯ）を展開する韓国軍へ弾薬を提供して武器輸出禁止の原則を侵したり。「共謀罪」も成立させようとしているとか。この国はどうなってしまうのでしょう。

色川　敗戦後、平和国家として憲法九条を守ることを国際的に約束したのに、尖閣諸島などをめぐる問題で中国と武力衝突が起きようかという中国敵視の雰囲気がつくり出され、九条を過去のこととして反古にしようとする安保法案を用意している。直接戦争を体験せず、親などから話を聞く機会もない世代は、経済大国としての日本の成功、幻想の上に立っており、その考え方は非常に危なく感じる。

上野　不都合な真実は見ない、聞かない。東日本大震災の福島第一原発事故がまさにそうだった。原発の安全神話は、日本不敗神話と全く同じ考え方。客観的なデータではなく、都合のいい状況だけを見て、事故を「想定外」とした。負けるのが分かっている戦争に突っ込んでいった日本軍と同じ。経営学者の野中郁次郎さんらが『失敗の本質―日本軍の組織論的研究』で、日本軍の体質が戦後の大企業に引き継がれたと指摘したとおり。

色川　確かに今でも企業や行政や学者、日本社会の至る所にそういうことがある。戦前の日本軍の組織と同じように、具合の悪いことは隠し、耳をふさぐということだ。福島の原発事故を例外にすべきではない。

上野　震災後、女性作家や歴史学者と対談したが、石牟礼道子さん（水俣病患者の世界を描いた『苦海浄土』の著者）、ノンフィクション作家澤地久枝さんら年長者ほど悲観気味。敗戦後からの日本を振り返り「日本は変わっていない」と指摘し、異口同音に「フクシマは繰り返す」とおっしゃる。ただ、震災を機に変わったこともある。首相官邸周辺で脱原発を求めるデモ活動に多くの人が参加した。言いたいことに声を上げる経験をした層の厚みが出来つつある。

色川　かつてのデモは組織による動員だったが、今は質が違う。組織と無縁な若い人も多い。それが希望だ。次の段階として東京だけでなく、全国各地で起こっている行動をつなげる役割を果たすものが求められる。まだ十分に形成されていないが、積み上がってきていることは確かだ。現状を変えるには、こうした直接行動と、署名活動や請願などを並行して行うことが必要だ。

上野　不満のマグマは高まっているが、一部がヘイトスピーチなどおかしな方向にも向かっている。水面下にあった差別意識や傲慢さが表に出ており、安倍晋三首相の言動がそれを煽っている面があるのではないか。

色川　不満のマグマをどこに向けるかが問われる。これまでの反省に立って、理性で判断することが必要だ。戦後の苦い思いや震災の経験から学んだ国民は増えていると思っている。だから、選挙ではしっかりと投票に行くよう呼び掛けたい。あきらめて投票を棄権するのではなく、投票して、その後のこの国のゆくえがどうなるか、自分の目で見守ってほしい。

短期利益追求に終始、「普通の国」に危うさ

上野　安倍政権が誕生したのが約一年前。自民党内でも最右翼、タカ派の政治家が政権を担っている。

戦争を知る世代の政治家が引退し、歯止めもなくなった。わざわざ韓国、中国との関係を悪化させるためのように、昨年末には靖国神社へ参拝。「国益」に反すると忠告するブレーンもいないのか。戦後生まれの政治家が「戦争ごっこ」をしているようで、はらはらする。何でこんなことになったのか。

色川　自民党が半世紀にわたって政権を担ってこられたのは派閥の存在が大きかった。派閥がバランスをとり、内側からチェックし、政権を譲り渡してきたが、それも限界となった。衆参両院の「ねじれ国会」は、決められない政治と批判されたが、むしろ健全な状態だったとも言えないか。

上野　一昨年の衆院選、昨年の参院選で自民党は大勝したが、本当に民意を反映しているのだろうか。衆院選の投票率は戦後最低で、自民党の比例の（全有権者数に対する）得票率は、前回衆院選を下回った。それなのに政権を握っている。また、三・一一以後、初めての国政選挙だったにもかかわらず、原発の問題を争点にしなかった。

色川　民主党は、福島第一原発事故に対し、有効な対策をとれなかったし、自民党は原発を推進してきた立場で、ともに争点から外さざるを得なかった。自民党が経済対策を前面に打ち出し、不況、デフレから脱出したい潜在願望を持つ国民の気持ちをとらえてしまった。本来、政治に対する課題は主権者である国民が指示するものなのに、政党が掲げた目先の景気対策に幻惑され、自民党の独走状態を許してしまった。

上野　今さえよければいいという短期利益に振り回されている。原発再稼働を求める財界は、自分の目の黒いうちだけ何とかなればいいという「一代主義」が強いようだ。原発は、もし事故が起きれば長期的に膨大なコストがかかることが分かったのに、短期利益を求めて推進しようとしている。こうした姿勢は安倍政権の来年度の予算編成に見事に表れている。公共事業費が増加し、大盤振る舞い。

税収が増えるのにもかかわらず国債発行は増える一方。日本は世界一の借金大国。一体、誰がツケを払うのか、子、孫の世代だ。

色川 非常に不健全な予算で「危険な時限爆弾」と言っていい。もし日本の国債への不信が表面化し、外国の投資家が日本から資金を引き揚げようという動きに出たら、爆弾は爆発する。経済危機に陥っているギリシャやスペインと似ている。また、防衛費予算が五兆円を超え、一・八％増えていることも見逃せない。

上野 安倍晋三首相は憲法九条を改正し、軍隊を持つ「普通の国」になることを目指しているとされる。まず改正の発議要件を緩和しようと九六条を変えようなんてことを考え、さらに憲法解釈の変更を拡大しつつある。このままだと解釈改憲だけで集団安全保障法が成り立ちそう。そうなれば世界中に展開している米軍にまきこまれて、自衛隊が各地で戦争することになってしまう。

色川 非常に問題だ。天皇は昨年、誕生日に、憲法は敗戦を経験した後に平和と民主主義を守るべき大切なものとしてつくられた、と発言され、皇后も明治初期に民間人がつくった「五日市憲法草案」にまで言及された。これは私が四十年ほど前に発見したもの。二〇四条のうち国民の権利に関する条文が一五〇条ほどもある。この民間草案に共感した皇后の言葉は、現状への危惧を表現したシグナルだろう。

成長から成熟社会へ、不作為には必ずツケ

上野 安倍政権は二〇二〇年までに、全ての領域における指導的な地位の女性の割合を三〇％に増やす計画を打ち出している。それなのに、自民党では候補者の一定割合を女性とするクオータ制を採用

する気がない。それに、「抱っこし放題育休三年」を提唱することは、子どもが三歳になるまでは母親が子育てに専念せよと、〇～三歳児の保育態勢を整える気がないことを意味する。早く職場復帰するために待機児童対策を求めている女性の要求とは食い違っている。

色川　それでも公約として掲げるわけだ。

上野　だから私はだまされるな、と言っている。かつて待機児童数の全国ワーストを記録した横浜市では林文子市長の政策で待機児童が一時、ゼロになった。トップが代わればできる。だが、まだまだ女性パワーが政治に反映されていない。雇用の崩壊も深刻だ。非正規雇用が増え、将来の見通しがたたない。

色川　以前は雇用に関する（労働者保護の）規制があったが、その緩和が進んでしまった。大事な部分の規制を緩和し、人を切り捨てる方向に進んでいると感じる。

上野　政府が雇用の規制緩和を進めておよそ四半世紀、今後も続けていくようだが、雇用の既得権益を守ってきた団塊世代が老年期に入ってきた。今、彼らの不安材料は自分たちの子どもの将来だ。団塊世代の老後は何とか乗り切れるだろうが、団塊ジュニアの老後はどうなるか、は怖くて考えられない状況にある。

色川　今の政府のやり方だと介護保険制度も使えなくなる恐れがある。

上野　子世代の将来が不良債権になるという社会をつくってしまった。ツケは回り回って自分のところにもくる。これから子どもが増える可能性は低い。人口減少を前提にした社会設計が必要になる。長野県の一部の限界集落では集団で移住するプロジェクトが進んでいる。

色川　東南アジアから労働者に来てもらって、労働力不足を補おうという動きは各地であるようだが。

上野　人口減少を覆すほどの規模にはならない。それに比べると、集まって暮らすことでお年寄りは安心だし、介護ビジネスも生まれる。こうした取り組みは都市部よりも地方の方が向いており、人口減少社会を生き残れるだろう。

色川　それは成長から成熟へ、ということだね。八ヶ岳南麓ではリタイア後の移住者が増えている。高齢化は進んでいるが、料理店も増え、地域のＧＤＰは上がっている。太陽と緑と水に恵まれ、首都圏に近い山梨には地の利もある。そんな山梨にリニア中央新幹線は必要だろうか。若い人たちには郷土に誇りを持ってほしいと思う。東京に出て出世して、という考え方は時代遅れだろう。積極的に山梨で生きる方法を考えてほしい。

上野　家族の考え方も変わっていく。誰もが結婚して家族をつくる時代は終わり、今後も非婚率は上がる。ただ、介護、育児など不安が高まることで世代間の凝集力は強まる。シェアハウスやグループホームなど血縁によらない他人が一緒に暮らす方式も増えるだろう。そのためには人と、それを支える制度が共に不可欠。国民年金、健康保険、介護保険は世界に誇る制度。絶対に維持しなければならない。家族がいる人も家族の上にあぐらをかいていてはいけない。家族を引き算しても「人持ち」になるためには種まきも水やりも必要。私の今年の目標は世代の若いお友だちづくりです。

色川　新たな人間関係の一つとして、被災地でのボランティアは今も続いている。未来への希望だ。

上野　こんな世の中に誰がした、と云ってきた私が若い世代に詰め寄られる年齢になった。ただ、若い世代に言いたいのは、数十年たてば後からくる世代に同じことを言われる、ということ。何もしない「不作為」には必ずツケが廻ってくる。あのときあなたは何をしていた、と言われないようにしたい。

（『山梨日日新聞』二〇一四年一月四日～六日）

おわりに——対談に応じて下さった方と協力者への謝辞

この対談には二十八人の方が登場する。だが、その方たち、すでに半数の方が亡くなられているのである。「あの人ともういちど」というタイトルには、私のその哀惜の想いがこめられている。

この亡き友たちをふくめ、ここに登場していただいたすべての方々と、そのご遺族に心からの感謝を捧げる。すべて私にとっては懐かしい畏友、親友、知己なのである。

目次の順であげれば、作家の色川武大（阿佐田哲也）、『話の特集』の主筆矢崎泰久、俳優の高峰秀子、女性史家の山崎朋子、映画評論家の佐藤忠男、水俣の作家石牟礼道子、記録映画監督土本典昭、童話や現代の民話作家の松谷みよ子、日本民話の会主宰の吉沢和夫、民俗学者の宮本常一、作家の安岡章太郎、フランス革命史家の井上幸治、俳人の金子兜太、西欧中世社会史家の阿部謹也、日本近代思想史家の鹿野政直、日本民衆史の安丸良夫、中央アジア美術史家の田辺勝美、日本経済史家の村上勝彦、『東京に原発を！』の化学者広瀬隆、『沖縄タイムス』編集長の新川明、社会学者の上野千鶴子の二十余名である。

どうしてこのように多彩な人たちに、地味な仕事の歴史家が対談できたかといえば、私には既刊の「昭和自分史」（小学館と岩波書店からの各二巻）に叙述したような変わった経歴があるからである。尋常な歴史家の枠にはおさまらない「裏街道」も歩いた一時期があることを理解していただきたい。

その私も今年、九十歳を越えた。高齢のまま仕事を続けられた柳田国男先生を三年も越えて生き延びた。したがって自然の定則通りにボケ（痴呆）も進行し、名実ともに「フーテン老人」になりつつある。このあたりで「店仕舞い」しないと世間のもの笑いの種になろうと言ったら、「店仕舞いはまだ早い」とか、「それも一興」とか、笑ってくれる友もいた。

最後にこの本の編集、刊行にあたって非常な努力をして下さった日本経済評論社の栗原哲也社長に深甚な謝意を表したい。また、編集部、出版部の皆さんにお礼を申し上げる。

色川大吉

二〇一六年五月

●本書収録の対談で御遺族・著作権者に連絡のとれないものがありました。ご存じの節はご一報いただけましたら幸いです。

編著者紹介

色川大吉《いろかわだいきち》

1925年千葉県佐原町（現香取市）生まれ．東京大学文学部卒．東京経済大学名誉教授．専門は日本近代史，自由民権思想史．主著に『明治精神史』（上・下，岩波現代文庫），『近代国家の出発』（日本の歴史21，中公文庫），『北村透谷』（近代日本の思想家6，東京大学出版会）など，近著に『新世紀なれど光は見えず――色川大吉時評論集』（日本経済評論社），『戦後七〇年史』（講談社）．ほかに『色川大吉著作集』（筑摩書房）がある．

色川大吉対談集 あの人ともういちど

2016年5月30日　第1刷発行

定価（本体3000円＋税）

編著者　色川大吉

発行者　栗原哲也

発行所　株式会社日本経済評論社

〒101-0051 東京都千代田区神田神保町3-2
電話 03-3230-1661／FAX 03-3265-2993
E-mail: info8188@nikkeihyo.co.jp
振替 00130-3-157198

装丁＊渡辺美知子　　藤原印刷／高地製本所

落丁本・乱丁本はお取替いたします　Printed in Japan

ISBN978-4-8188-2432-4

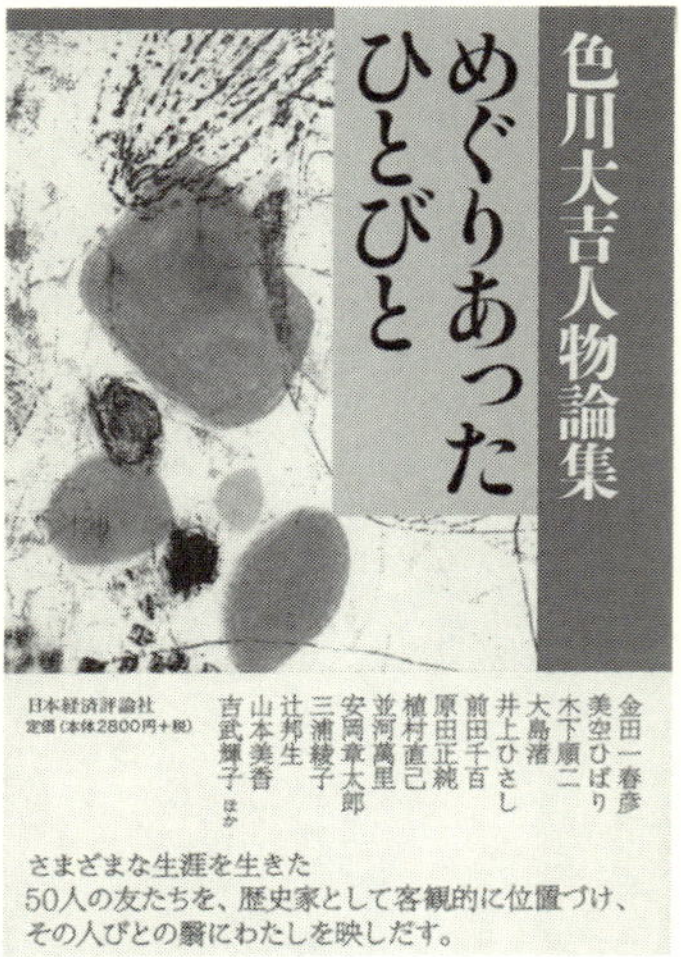
色川大吉人物論集
めぐりあったひとびと
金田一春彦
美空ひばり
木下順二
大島渚
井上ひさし
前田千百
原田正純
植村直己
並河萬里
安岡章太郎
三浦綾子
辻邦生
山本美香
吉武輝子 ほか
日本経済評論社
定価（本体2800円＋税）
さまざまな生涯を生きた
50人の友たちを、歴史家として客観的に位置づけ、
その人びとの鏡にわたしを映しだす。

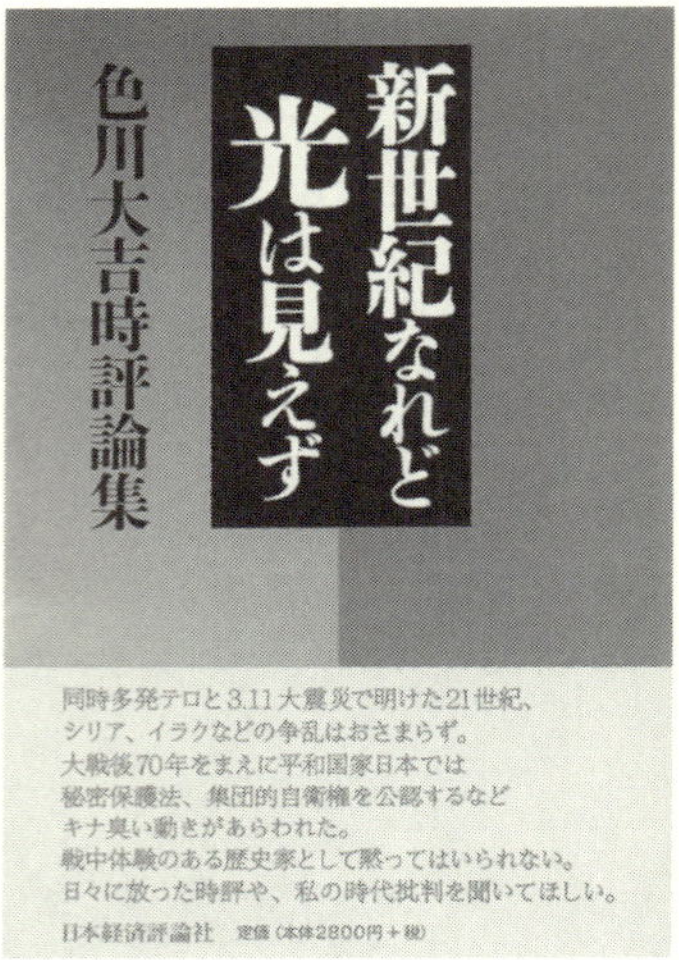
新世紀なれど光は見えず
色川大吉時評論集
同時多発テロと3.11大震災で明けた21世紀、
シリア、イラクなどの争乱はおさまらず。
大戦後70年をまえに平和国家日本では
秘密保護法、集団的自衛権を公認するなど
キナ臭い動きがあらわれた。
戦中体験のある歴史家として黙ってはいられない。
日々に放った時評や、私の時代批判を聞いてほしい。
日本経済評論社　定価（本体2800円＋税）

五日市憲法草案とその起草者たち
色川大吉 編著
五日市草案・嚶鳴社草案全文収録
美智子皇后も感銘した
五日市憲法草案の人権規定。
それはどんな地域で、
どのような人びとによって起草
されたか。原点をみる。
日本経済評論社
定価（本体3000円＋税）

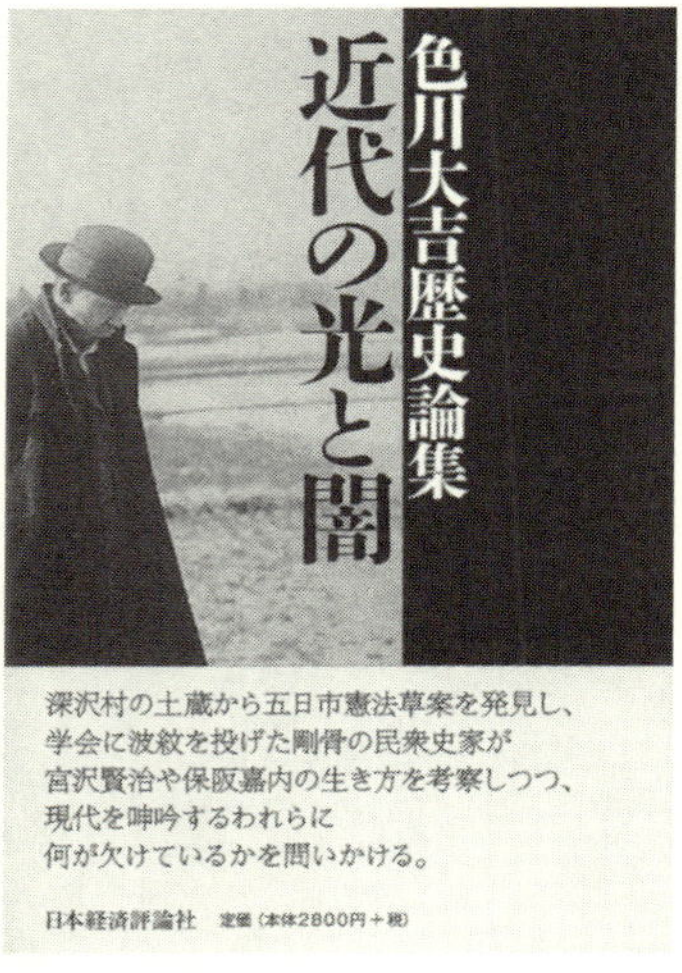
色川大吉歴史論集
近代の光と闇
深沢村の土蔵から五日市憲法草案を発見し、
学会に波紋を投げた剛骨の民衆史家が
宮沢賢治や保阪嘉内の生き方を考察しつつ、
現代を呻吟するわれらに
何が欠けているかを問いかける。
日本経済評論社　定価（本体2800円＋税）